한낮의 어둠

Darkness at Noon
Copyright ⓒ 2005 by Arthur Koestler
All rights reserved

Korean translation copyright ⓒ 2008 by Humanitas Publishing Inc.
Korean translation rights arranged with Intercontinental Literary Agency
through EYA (Eric Yang Agency)

이 책의 한국어판 저작권은 EYA(Eric Yang Agency)를 통한 Intercontinental Literary Agency
사와의 독점 계약으로 한국어 판권을 후마니타스(주)가 소유합니다.
저작권법에 의하여 한국 내에서 보호를 받는 저작물이므로 무단 전재와 복제를 금합니다.

한낮의 어둠

1판1쇄 | 2010년 9월 13일
1판5쇄 | 2021년 2월 1일

지은이 | 아서 쾨슬러
옮긴이 | 문광훈

펴낸이 | 정민용
편집장 | 안중철
편집 | 강소영, 윤상훈, 이진실, 최미정
교정·교열 | 신윤덕

펴낸곳 | 후마니타스(주)
등록 | 2002년 2월 19일 제2002-000481호
주소 | 서울 마포구 신촌로14안길 17, 2층 (04057)
전화 | 편집_02.739.9929/9930 영업_02.722.9960 팩스_0505.333.9960

블로그 | blog.naver.com/humabook
트위터, 페이스북, 인스타그램 | @humanitasbook
이메일 | humanitasbooks@gmail.com

인쇄 | 천일문화사_031.955.8083 제본 | 일진제책사_031.908.1407

값 12,000원

ISBN 978-89-6437-122-0 04840
     978-89-6437-121-3 (세트)

이 도서의 국립중앙도서관 출판시도서목록(CIP)은 e-CIP 홈페이지(http://www.nl.go.kr/ecip)에서
이용하실 수 있습니다(CIP제어번호: CIP2010003156).

한낮의 어둠

Darkness at Noon

아서 쾨슬러 지음
문광훈 옮김

후마니타스

차례

첫 번째 심문   9

두 번째 심문   135

세 번째 심문   225

문법적 허구   321

옮긴이 후기 : '역사'라는 기이한 희극   354

이 책에 나오는 인물들은 허구다. 그러나 그들의 활동을 결정지은 역사적 환경은 사실이다. N. S. 루바쇼프의 삶은 이른바 모스크바 재판에서 희생된 수많은 사람의 종합판이다. 그들 중 몇 사람을 작가는 개인적으로 알고 있었다. 그들에게 이 책을 바친다.
―1938년 10월~1940년 4월, 파리에서

독재 정권을 수립하면서 브루투스를 죽이지 않은 사람, 혹은 공화국을 세웠지만 브루투스의 아들들을 죽이지 않은 사람은 아주 짧은 기간만 통치했을 것이다.
―마키아벨리, 『로마사론』

인간, 인간은 누구도 연민 없이는 잘 살 수 없다.
―도스토옙스키, 『죄와 벌』

첫 번째 심문

1

그 누구도 죄를 짓지 않고는 통치할 수 없다.

―생쥐스트

감방 문이 루바쇼프 뒤에서 쾅 닫혔다.

그는 잠시 문에 기댄 채 담배에 불을 붙였다. 오른쪽 침대 위에는 꽤 깨끗한 모포 두 장이 놓여 있고, 짚으로 된 매트리스는 최근에 채워진 것 같았다. 왼편에 있는 세면대는 마개가 없지만 수도꼭지는 제대로 돌아갔다. 그 옆의 똥통은 소독된 지 얼마 되지 않아 냄새가 나지는 않았다. 양쪽 벽은 단단한 벽돌로 되어 있어서 두드리는 소리를 벽돌이 덮어 버릴지 모르지만, 난방 배관이나 배수관이 지나가는 벽은 회반죽이 발려 있어 소리가 아주 잘 울렸다. 난방 배관 자체가 소음을 전도하는 것 같았다. 창문은 눈높이에서 시작되어 굳이 창살을 잡고 몸을 곧추세우지 않아도 뜰을 내려다볼 수 있었다. 이때까지는 모든 것이 괜찮았다.

그는 하품을 한 뒤 겉옷을 벗어 둘둘 만 다음 요 위에 베개 삼아 놓았다. 그러고는 창밖의 뜰 안쪽을 내다보았다. 눈이 달빛과 전등에 두 겹으로 어리면서 노랗게 반짝거렸다. 뜰 주변으로 벽을 따라 난 좁다란 길은 매일매일 운동할 수 있도록 말끔히 치워져 있었다. 새벽 어스름은 아직 오지 않았고, 별은 맑고 싸늘하게 빛났다. 루바쇼프의 방 반대편에 위치한 바깥 성벽 담장 위에서는 한 병사가 소총을 비스듬히 멘 채 행진을 하고 있었다. 그는 한 걸음 한 걸음을 마치 행진할 때처럼 쿵쿵거리며 걸었다. 때때로 그 총검에서 전기 랜턴의 노란 불빛이 번뜩였다.

루바쇼프는 신발을 벗은 채 여전히 창가에 서 있었다. 그는 담뱃불을 끄고 꽁초를 바닥에 놓은 뒤 침대 위에 잠시 앉았다가 창가로 돌아갔다. 뜰은 조용했다. 보초가 막 몸을 돌리고 있었다. 기관총 감시탑 위로 은하수 한 줄기가 보였다.

침대 위로 오른 루바쇼프는 기지개를 켠 뒤 맨 위의 모포로 몸 전체를 감쌌다. 새벽 5시였다. 겨울이라서 반드시 7시 전에 일어나지는 않아도 될 것 같았다. 그는 밀려오는 졸음에 대해 곰곰이 생각하다가, 사나흘 동안 조사받는다고 불려 가는 일은 다시 없을 거라고 결론을 내렸다. 코안경을 벗어 타일이 깔린 바닥 위 담배꽁초 옆에 놓은 그는 미소를 지으면서 눈을 감았다. 모포에 감싸인 덕에 따뜻했고, 그래서 안전하다는 느낌이 들었다. 몇 달 만에 처음으로 그는 자기 꿈이 두렵지 않았다.

몇 분 뒤 교도관이 밖의 불을 끄고 감시 구멍으로 그의 감방 안을 들여다보았다. 전(前) 인민위원인 루바쇼프는 잠들어 있었다. 벽 쪽으로 등을 돌린 채 왼팔을 쭉 뻗어 머리를 받치고 있었는데, 이 팔이 침대 끝에 삐죽 나와 있었다. 팔 끝의 손은 맥없이 매달린 채 그가 자는 동안에도 꿈틀거렸다.

2

1시간 전, 내무성 인민위원회 소속의 두 관리가 루바쇼프를 체포하려고 그의 방문을 쾅쾅 두드릴 때, 그는 자기가 체포되는 꿈을 막 꾸고 있었다.

문을 두드리는 소리는 점점 더 커졌고, 루바쇼프는 깨어나려고 애를 썼다. 처음 체포당한 상황에 대한 꿈이 지난 수년 동안 규칙적으로 움직이는 태엽처럼 반복되었기 때문에, 그는 악몽에서 벗어나는 데 단련이 되어 있었다. 때로는 강력한 의지로 태엽을 멈추게 하여 자기 힘으로 그 꿈에서 빠져나오기도 했는데, 이번에는 그러지 못했다. 지난 몇 주 동안 그는 녹초가 되었다. 자면서도 땀을 흘리고 숨을 헐떡거렸다. 태엽은 째깍거렸고, 꿈은 계속되었다.

그의 꿈은 언제나 문을 두드리는 소리가 들리면서 세 명의 사내가 그를 체포하려고 밖에서 대기하고 있는 것이었다. 그는 그들이 밖에 선 채 문짝을 쿵쿵 치는 모습을 닫힌 문틈으로 보았다. 그들이 입은 새 제복은 독일 독재 정권의 친위대에게나 어울릴 만한 것이었다. 모자와 소매에는 그들만의 표식이 있었는데, 누군가를 해칠 듯한 갈고리가 그려진 십자가 기장이었다. 그들은 문을 두드리지 않는 손에는 기이할 만큼 커다란 총을 들고 있었고, 그들의 혁대와 옷에서는 새 가죽 냄새가 났다.

이제 그들은 방 안 침대 곁에 서 있었다. 두 명은 두꺼운 입술과 물고기 눈을 가진 지나치게 덩치가 큰 시골 청년들이었고, 세 번째 사람은 키가 작고 뚱뚱했다. 그들은 손에 권총을 든 채 침대 곁에 서서 힘에 겨운 듯 숨을 내쉬고 있었다. 키가 작고 뚱뚱한 사람이 내는 천식을 앓는 듯한 헐떡임 외에는 아주 조용했다. 위층의 누군가가 세면대 마개를 뽑았는지 벽 속의 관을 통해 물이 흘러내리는 소리가 들렸다.

꿈의 태엽은 다 풀려 가고 있었다. 루바쇼프의 방문을 두드리는 소리는 점점 커졌다. 그를 체포하려고 온 두 사람이 교대로 문을 두드리며 언 손에 입김을 호호 불었다. 루바쇼프는 고통스러운 장면(세 명의 사내가 그의 침대 곁에 서 있고 그는 실내복을 입으려고 애쓰는)이 잇따르리라는 것을 알고 있음에도 깨어날 수가 없었다. 소매가 뒤집혀 있어서 그는 팔을 그 안으로 집어넣을 수가 없었다. 애를 써 보지만 마비 증세가 그를 덮쳤다. 옷을 제때 걸치느냐에 모든 것이 달렸음에도 그는 움직일 수가 없었다.

이런 고통스러운 무기력은 몇 초 동안 이어지고, 그사이 루바쇼프는 관자놀이 부근에 식은땀이 나는 것을 느꼈다. 문을 두드리는 소리는 마치 멀리서 울려오는 북소리처럼 그의 수면을 관통했다. 베개 아래 있는 그의 팔은 실내복 소매를 찾으려고 애쓴 탓에 쿡쿡 쑤셨다. 총의 개머리판으로 귀 위쪽을 얻어맞는 것으로 그는 마침내 이 악몽에서 풀려났다.

루바쇼프는 수백 번 반복되는 꿈속에서의 일격 — 이렇게 맞아 그는 귀가 먹었는데 — 이 주는 익숙한 느낌과 함께 잠에서 깨어나곤 했다. 그는 잠시 공포로 몸을 떨었고, 그의 손은 베개 밑에서 실내복 소매를 찾느라 계속 애를 썼다. 늘 그러하듯이 완전히 깨어나기까지는 마지막 단계가 남아 있었다. 그것은 이렇게 깨어 있는 것이 실제로는 꿈인 듯싶고, 아직 그는 어두운 감방의 축축한 타일 바닥 위에 누워 있는 듯한 느낌이었다. 그의 발치에는 똥통이 놓여 있고, 머리맡에는 물 주전자와 빵 몇 조각이 있었다.

이번에도 넋이 나간 상태가 몇 초 동안 지속되었다. 더듬는 그의 손이 똥통을 만질지, 아니면 침대 옆의 램프 스위치를 만질지는 확실하지 않았다. 어느 순간 불빛이 번쩍였고, 이어 안개 같은 몽롱한 상태가 잦아들었다. 루바쇼프는 서너 번 숨을 깊이 들이쉰 뒤, 마치 회복기의 병자처럼 두 손을 가슴 위에서 마주

긴 채 자유와 안전이라는 달콤한 감정을 즐겼다.

그는 앞이마와, 머리카락이 듬성듬성 난 뒤통수를 시트로 닦고는, 당 지도자인 넘버원의 컬러 초상화를 빈정대는 거동으로 쳐다보았다. 사진은 그의 침대 위 벽에 걸려 있었는데, 위든 아래든 혹은 옆이든, 그 모든 벽에 걸려 있었다. 다시 말해 그가 싸웠고 그로 인해 고통받았으며 그를 지켜 주고 키워 준, 그 집과 마을과 거대한 나라의 모든 벽에 걸려 있었다.

그는 이제 완전히 깨어났다. 그러나 문을 쿵쾅대는 소리는 계속되었다.

3

루바쇼프를 체포하러 온 두 남자는 밖의 어두운 층계참에 서서 서로 상의했다. 위층으로 난 길을 그들에게 안내한 문지기 바실리는 열린 승강기 입구에 선 채 두려움으로 숨을 몰아쉬었다. 그는 깡마른 노인이었다. 긴 잠옷 위에 걸쳐 입은 군용 외투의 해진 옷깃 위로 큼직한 흉터가 보였는데, 이 흉터 때문에 그는 마치 연주창*을 앓은 듯한 모습이었다. 흉터는 내전에서 입은 목 부상 때문에 생긴 것인데, 내전 내내 그는 루바쇼프의 게릴라 연대에서 싸웠다. 그 뒤 루바쇼프는 외국으로 가라는 명령을 받았고, 바실리는 자기 딸이 저녁마다 읽어 주는 신문을 통해 가끔씩 그의 소식을 들었다.

딸은 루바쇼프가 여러 당 대회에서 행한 연설문을 그에게 읽어 주었다. 그러나 연설문은 길고 이해하기 어려웠다. 뿐만 아니라 카산 성모*마저 미소 지을 만큼 아름다운 그 맹세를 소중히 여기던, 수염을 약간 기른 그 빨치산 사령관의 어조를 그 연설문 어디에서도 느낄 수 없었다. 바실리는 연설문을 듣다 곧잘 잠들곤 했지만, 그의 딸이 목소리를 높이면서 마지막 문장과 환호 부분을 읽을 때는 늘 깨어났다. "국제 노동자 동맹 만세! 혁명 만세! 넘버원 만세!" 같은 환호에 바실리는 딸이 듣지 못하도록 숨을 죽이며 '아멘'을 충심으로 덧붙였다. 그러고는 재킷을 벗고 몰래 성호를 그은 뒤 양심의 가책을 느끼며 침대로 갔다. 그의 침대 위에는 넘버원 초상화가 걸려 있고, 그 옆에는 게릴라 대장 시절의 루바쇼프 사진이 걸려 있었다. 만약 이 사진이 발견되었다면 그는 아마 어디론가 끌려갔을 것이다.

춥고 어두웠으며 복도는 아주 조용했다. 내무성 인민위원회 소속의 두 남자 가운데 젊은 사람은 문 자물쇠를 쏘아 박살내자

- 연주창 : 림프샘의 결핵성 부종인 갑상샘종이 헐어서 터진 부스럼.
- 카산 성모상(madonna of kasan) : 러시아 정교에서 가장 숭배하는 아이콘의 하나. 16세기에 어린 소녀가 어느 불타 버린 집의 잿더미에서 발견했다고 전해진다. 원본 성모상은 1904년 분실되었지만, 정교 전통에서는 그 복사품도 기적을 일으키는 것으로 간주된다.

고 말했다. 바실리는 승강기 문에 기대어 섰다. 그는 부츠를 신을 시간도 없었다. 손이 너무 떨려 구두끈조차 맬 수 없었다. 두 사람 가운데 나이가 많은 사람은 총 쏘는 것을 반대했다. 체포는 신중하게 이루어져야 했다. 그들은 뻣뻣하게 언 손을 후후 불며 다시 문을 두드리기 시작했다. 젊은 사람이 개머리판으로 문을 쳤다. 아래층 현관쯤에서 한 여자가 사나운 목소리로 소리를 질렀다.

"닥치라고 해!"

젊은 사람이 바실리에게 말했다.

"조용히 해!"

바실리가 외쳤다.

"관에서 나왔단 말이야!"

그 여자는 즉시 조용해졌다.

젊은 사람은 군홧발을 바꿔 가며 문을 세게 찼다. 소음이 복도를 가득 채웠다. 마침내 문짝이 떨어지며 열렸다.

세 사람은 루바쇼프의 침대 곁에 섰다. 젊은 사람은 손에 권총을 들고 있고, 나이 든 사람은 부동자세를 취한 듯 뻣뻣하게 서 있었다. 바실리는 그들 뒤로 몇 걸음 떨어져 벽에 기댄 채 서 있었다. 루바쇼프는 머리 뒤쪽의 땀을 닦는 중이었다. 그는 졸린 눈으로 그들을 바라보았다.

"시민 니콜라스 살마노비치 루바쇼프, 우리는 법의 이름으로 당신을 체포하겠소."

젊은 사람이 말했다.

루바쇼프는 코안경을 쓰려고 베개 밑을 더듬으며 몸을 조금 일으켜 세웠다. 코안경을 쓰자 그의 눈은, 바실리와 나이 든 관리가 이전의 사진과 컬러 인쇄물에서 본 표정이 되었다. 나이 든 관리는 더욱 **뻣뻣**하게 부동자세를 취했다. 새로운 영웅 아래에서 성장해 온 젊은 사람은 침대로 한 걸음 더 가까이 다가갔다. 나머지 세 사람은 그가 난처함을 숨기기 위해 무언가 끔찍한 말을 하리라 생각했다.

"동지, 총은 치우게. 대체 무슨 짓인가?"

루바쇼프가 그에게 말했다.

"당신은 체포되었소. 옷을 입으시오, 공연한 짓 하지 말고."

사내가 대꾸했다.

"영장 있나?"

루바쇼프가 물었다.

나이 든 관리가 호주머니에서 서류 한 장을 꺼내 루바쇼프에게 건넨 다음 다시 차렷 자세를 취했다.

루바쇼프는 서류를 주의 깊게 읽은 뒤 말했다.

"그래, 좋아. 현명한 자라면 결코 이런 일을 저지르지는 않겠지, 제기랄."

"옷을 입고, 서두르시오."

사내가 말했다. 그의 잔혹함은 결코 꾸민 것이 아니라 아주 자연스러운 것이었다.

'이 잘난 세대를 우리가 만들어 냈다니.'

루바쇼프는 언제나 웃는 모습의 청년 얼굴이 담기곤 하던 선전 포스터들을 회상했다. 문득 그는 피로를 느꼈다.

"총을 만지작거리지 말고 내 실내복이나 건네주게."

루바쇼프가 사내에게 말했다. 사내는 얼굴을 붉혔지만 말이 없었다. 나이 든 관리가 루바쇼프에게 실내복을 건네주자, 그는 소매 속으로 팔을 집어넣었다.

"이번에는 잘 들어가는군."

루바쇼프는 억지로 미소를 지으며 말했다. 그의 말뜻을 이해하지 못하는 세 사람은 아무 말도 하지 않았다. 그들은 루바쇼프가 침대에서 천천히 나와 구겨진 옷들을 한군데로 모아 놓는 모습을 가만히 지켜보았다.

조금 전 여자가 소리 지른 이후로 그 집은 조용했다. 하지만 그들은 그곳에 사는 사람 모두 침대에서 숨죽이며 깨어 있을 것이라고 짐작했다. 잠시 뒤 위층에서 누군가가 플러그를 뽑는 소리와 물이 관을 통해 아래로 흘러내리는 소리가 들려왔다.

4

현관 입구에는 관리들이 타고 온 미국제 신형 자동차가 서 있었다. 밖은 여전히 어두웠다. 운전사는 전조등을 켜 두었고, 거리는 잠들었거나 잠든 체하는 것 같았다. 모두들 자동차에 올라탔다. 처음에는 청년이, 다음에는 루바쇼프가, 마지막으로 나이 든 관리가 탔다. 제복 차림의 운전사가 시동을 걸었다. 모퉁이를 지나자 아스팔트 포장도로가 끝이 났다. 그들은 아직 마을의 중심부에 있었다. 주위에는 9층, 10층 되는 거대한 현대식 건물이 서 있었지만, 도로는 얼어붙은 진흙투성이의 시골 마차 길이었고, 갈라진 틈으로 얇은 눈가루가 스며들어 있었다. 운전사는 자동차를 보행 속도로 몰았고, 심하게 뒤뚱대는 자동차는 소달구지처럼 삐걱거렸다.

"좀 더 빨리 몰아."

자동차 안의 침묵을 참을 수 없었는지 청년이 말했다.

운전사는 돌아보지도 않은 채 어깨를 으쓱거렸다. 그는 루바쇼프가 자동차에 오를 때 몹시 냉담하고 불친절한 표정을 지었다. 루바쇼프는 이전에도 같은 경험을 한 적이 있다. 앰뷸런스를 운전하던 사람도 그와 똑같은 표정으로 그를 바라보았던 것이다. 가물거리는 전조등을 켠 자동차를 타고 죽은 거리를 덜거덕거리며 지나는 것은 견디기 어려운 일이었다.

"얼마나 떨어져 있나?"

루바쇼프는 동석한 사람들을 쳐다보지도 않고 물었다. 하마터면 '병원까지 말이오'라는 말을 덧붙일 뻔했다.

"반시간은 족히 걸릴 거요."

제복 차림의 나이 든 사람이 말했다.
 루바쇼프는 호주머니에서 담배를 꺼내 입에 물고는 담뱃갑을 옆으로 건넸다. 젊은 사람은 퉁명스레 거절했고, 나이 든 사람은 두 개비를 꺼내 그중 하나를 운전사에게 주었다. 운전사는 한 손으로 운전대를 쥔 채 모자에 손을 올려 인사를 하고는 두 사람에게 불을 빌려 주었다. 루바쇼프의 마음은 좀 가벼워졌다. 동시에 그런 자신에게 화가 나기도 했다. 자칫하면 감상적으로 될 것 같았다. 그러나 그는 무슨 말인가 해서 주위에 어떤 인간적인 온기를 일깨워 놓고 싶은 유혹을 떨칠 수가 없었다. 잠시 뒤 그가 말했다.
 "이 자동차가 안됐군. 외제차는 돈이 꽤 들지. 우리 도로에서 반년만 구르면 끝장나니까."
 "당신 말이 옳소. 우리 도로는 아주 거꾸로 가고 있단 말이야."
 나이 든 관리가 말했다. 그의 말투에서 루바쇼프는 그가 자신의 무력증을 이해하고 있음을 깨달았다. 루바쇼프는 문득 자신이 누군가가 던져 준 뼈다귀를 받은 한 마리 개처럼 여겨졌다. 그는 다시는 말하지 않으리라 다짐했다. 그런데 갑자기 청년이 거칠게 말했다.
 "그럼 자본주의 국가에선 도로가 괜찮다는 거요?"
 루바쇼프는 씩 웃지 않을 수 없었다.
 "자네, 밖으로 나가 본 적 있나?"
 루바쇼프가 물었다.

"거기가 어떤지는 나도 알고 있어요. 그곳에 대해 내게 이런저런 얘길 하려고 애쓸 필요 없어요."

청년이 대답했다.

"자넨 내가 누군지 정확히 아나?"

루바쇼프는 아주 조용히 묻고는 이어 덧붙였다.

"자넨 당의 역사를 좀 공부해야겠어."

청년은 말없이 운전사의 등만 주시했다. 아무도 말을 하지 않았다. 운전사는 덜덜거리는 엔진의 초크를 세 번째 당겼다가 욕을 퍼부으며 다시 놓았다. 자동차는 난폭하게 교외를 지나갔다. 나무로 지어진 초라한 집들의 겉모습에서는 아무런 변화도 읽을 수 없었다. 갈고리처럼 구부러진 집 그림자 위로 창백하고 차가운 달이 걸려 있었다.

5

새로운 모델의 감옥 복도에는 전등이 모두 켜져 있었다. 전등은 철로 된 복도 위에, 그저 희게 칠해진 맨 벽 위에, 그리고 이름표와 검은 감시 구멍이 붙은 감방 문들 위에 황량하게 놓여 있었다. 이 색채 없는 불빛, 그리고 타일이 깔린 바닥에서 나는 메아리 없는 날카로운 발자국 소리는 루바쇼프에게 너무도 친숙한 것이어서, 그는 다시 꿈을 꾸는 듯한 환영에 잠시 젖어 들었다. 그는 이 모든 것이 현실이 아닐 거라고 믿으려 애썼다. '내가 꿈꾸고 있다는 걸 믿을 수 있다면, 그건 정말 꿈이 될 거야'라고 그는 생각했다.

루바쇼프는 너무나 애를 써서 현기증이 날 정도였다. 그러자 갑자기 질식할 듯한 수치심이 일었다.

'이것 역시 견뎌 내야 해. 끝까지 올바르게.'

그는 속으로 중얼거렸다.

그들은 404호 감방에 도착했다. 감시 구멍 위에는 그의 이름 '니콜라스 살마노비치 루바쇼프'가 적힌 카드가 붙어 있었다. 모든 걸 잘 준비해 놓았다고 그는 생각했다. 카드에 적힌 자기 이름을 보자 기이한 느낌이 밀려왔다. 그는 교도관에게 모포 한 장을 더 달라고 말하려 했으나, 문이 쾅 닫히고 말았다.

6

교도관은 규칙적으로 루바쇼프의 감방 안을 엿보았다. 루바쇼프는 침대 위에 조용히 누워 있었다. 잠이 들면 그의 손만 꿈틀거렸다. 침대 옆에는 그의 코안경이 있고, 타일 바닥에는 담배꽁초가 하나 놓여 있었다.

아침 7시, 그러니까 404호 감방으로 끌려온 지 2시간 만에 루바쇼프는 나팔 소리에 잠이 깼다. 그는 자는 동안 꿈을 꾸지 않아 머리가 맑았다. 나팔은 똑같은 울림을 세 번에 걸쳐 반복했다. 떨리는 듯한 음은 메아리치다가 사라졌고, 기분 나쁜 침묵이 뒤에 남았다.

날은 아직 완전히 밝지 않았다. 희미한 빛이 새어 들어와 물컵과 세면대의 윤곽이 아련하게 나타났다. 문의 창살은 검은 틀로 되어 있는데, 거무스름한 유리를 배경으로 그림자를 드러내고 있었다. 창유리 중 위쪽 한 칸은 부서져 있는데, 그 칸은 신문지로 덮여 있었다.

루바쇼프는 몸을 일으켜 코안경과 침대 구석의 담배꽁초를 집어 들고는 다시 누웠다. 그는 코안경을 쓴 다음 꽁초에 불을 붙였다. 침묵이 이어졌다. 하얗게 칠해진 벌집 모양의 이 모든 콘크리트 감방에서 사람들은 동시에 침대에서 일어나고, 욕설을 하며 타일 바닥 위에서 이리저리 뭔가를 더듬어 찾았다. 그러나 격리 감방에서는 어떤 소리도 들리지 않았다. 이따금 복도에서 멀어져 가는 발걸음 소리만 들릴 뿐. 루바쇼프는 자신이 독방에 있으며, 총살되기 전까지는 이곳에 머물러야 한다는 것을 알고 있었다. 그는 짧고 뾰족한 수염을 손가락으로 쓰다듬으며 꽁초를 피운 뒤 조용히 누웠다.

'결국 난 총살되겠지.'

루바쇼프는 이렇게 생각하며 큼직한 자기 발가락이 움직이는 모습을 쳐다보았다. 발은 침대 끝에서 수직으로 튀어나와 있었다. 따뜻하고 안전하다는 느낌이 들었지만 몹시 피로했다. 꾸벅꾸벅 졸다가 곧바로 죽음에 이른다고 해도 그는 이의를 달지 않을 터였다. 누군가가 자신을 모포 아래에 편안히 눕게만 해 준다면.

"그들은 널 총살할 거야."

루바쇼프는 혼자 중얼거렸다. 양말 신은 발을 천천히 옮기자, 예수의 발을 가시덤불 속의 흰 노루에 비유한 한 구절이 갑자기 떠올랐다. 그는 코안경을 소매에 문질렀다. 이는 그의 추종자들에게는 친숙한 동작이었다. 그는 모포의 온기 속에서 거의 완벽에 가까운 행복을 느꼈다. 단 하나, 일어나 움직여야 한다는 사실이 몹시 두려웠다.

"그렇게 너는 파멸되어 갈 거야."

그는 나직이 중얼거렸다. 그러고는 또 다른 담배에 불을 붙였다. 담배도 이제는 세 개비밖에 남지 않았다. 빈속에 담배를 피우면 처음에는 약간의 취기가 느껴지기도 했다. 이전에 죽음 가까이 간 경험도 있던 터라, 그런 독특한 흥분은 그에게 익숙한 것이었다. 동시에 그는 그런 상황이 비난받을 만한 것임을, 어떤 점에서는 허용될 수 없는 것임을 알았다. 그러나 그 순간 루바쇼프는 그런 생각을 하고 싶지 않았다. 대신 그는 양말 신은 발가락이 노는 듯 움직이는 것을 관찰했다. 그는 미소 지었다. 평상시에는 그리 좋아하지 않던 자기 몸에 대한 따뜻한 연민의 물결이 그를 덮쳐 왔다. 임박한 파멸이 그를 자기 연민에 대한 환희로 가득 채웠다.

"옛 파수꾼은 죽었어."

루바쇼프는 자신에게 말했다. 그러고는 곧 나지막이 노랫말을 읊조렸다.

"우리가 마지막이야. 우린 파멸하게 되겠지. 빛나는 소년과 소녀를 위해 모두 마치 굴뚝 청소부처럼 먼지가 되겠지……."

그는 '먼지가 되겠지'라는 말의 가락을 떠올려 보고자 애썼지만, 그저 가사만 떠오를 뿐이었다.

"옛 파수꾼은 죽었어."

그는 다시 중얼거리며 그들의 얼굴을 기억하려고 애썼다. 하지만 몇몇 사람만 떠올랐다. 반역자로 처형된 인터내셔널의 초대 의장은 약간 살찐 배 위에 걸친 체크 조끼만 떠오를 뿐이었다. 그는 바지 멜빵을 멘 적이 없고, 늘 가죽 벨트만 착용했다. 혁명 국가의 두 번째 수상 역시 처형되었는데, 그는 위험한 순간이면 손톱을 물어뜯곤 했다.

'역사가 당신들을 복원시킬 거야.'

루바쇼프는 아무런 확신 없이 이렇게 생각했다. 손톱을 물어뜯는 것에 대해 역사가 무엇을 안단 말인가? 담배를 피우며 그는 죽은 자들을, 그리고 그들 죽음에 앞서 있던 치욕을 생각했다. 그렇지만 그는 넘버원을 생각만큼 미워할 수 없었다. 그는 자기 침대 위에 걸린 넘버원의 컬러 초상화를 자주 쳐다보고는 그를 미워하려고 애썼다. 그들은 자기들끼리 있을 때 그를 여러 이름으로 불렀다. 그러나 결국 남은 것은 넘버원이었다. 넘버원이 모든 이에게 일으킨 공포는 그가 옳다는 것, 그래서 그가 죽인 모든 사람은, 심지어 목 뒤로 총알을 들이댄다 해도, 그가 옳을 것임을 받아들여야 한다는 데 있었다. 확실한 것은 어디에도 없었다. 그들이 역사라고 부른, 조롱하는 듯한 그 신탁에 대한 호소만 확실했다. 역사는 하소연하는 이들의 턱뼈가 떨어져 먼지가 될 즈음에야 판결을 내렸다.

루바쇼프는 감시 구멍을 통해 자신이 감시당하고 있다는 느낌이 들었다. 눈동자 하나가 그 구멍에 달라붙어 감방 안을 주시하고 있음을 그는 보지 않고도 알았다. 실제로 잠시 후 무거운 자물쇠 안에서 열쇠가 철커덕거렸다. 문이 열리기까지 시간이 좀 걸렸다. 작달막한 늙은 교도관이 슬리퍼를 신은 채 문가에 서 있었다.

"왜 아직 일어나지 않았소?"

그가 물었다.

"아파서."

루바쇼프가 대답했다.

"어디가 아픈 거요? 의사한테는 내일이나 갈 수 있는데."

"치통이오."

"치통이라고?"

교도관은 한마디 던지고는 발을 질질 끌면서 나가더니 문을 쾅 닫아 버렸다.

루바쇼프는 이제 조용히 누워 있을 수 있겠다고 생각했다. 그렇다고 해서 더 즐겁지는 않았다. 곰팡내 나는 모포 온기가 성가셔서 모포를 벗어 던져 버렸다. 그는 다시 발가락이 움직이는 것을 쳐다보려 했지만, 그것 역시 지루했다. 양말 양쪽 뒤꿈치에 구멍이 나 있었다. 꿰매고 싶었지만 문을 두드리고 교도관에게 바늘과 실을 청해야 한다고 생각하니 포기하게 되었다. 아무리 부탁을 해도 바늘은 절대 주지 않을 터였다.

그는 문득 신문을 읽고 싶은 강렬한 욕구를 느꼈다. 욕구가 너무나 강렬해서 인쇄기의 잉크 냄새가 나고 신문지의 바스락거리는 소리가 들리기까지 했다. 어쩌면 간밤에 혁명이 일어났는지도 모른다. 혹은 한 국가의 수뇌가 살해되었거나, 어떤 미국인이 중력을 거스르는 도구를 발견했을지도 모른다.

'내가 체포되었다는 소식은 아직 신문에 안 났으리라. 나라 안에서는 한동안 비밀에 부쳐질 테지만, 외국에서는 곧 밝혀질지 모른다. 그러면 그들은 신문사 문서 보관소에서 꺼낸 10년 전 사진을 인쇄해 나와 넘버원에 대한 수많은 이야깃거리를 기사화하겠지.'

갑자기 신문을 보고 싶은 마음이 싹 가셨다. 그러나 넘버원의 두뇌에서 무슨 일이 일어나는지는 무척이나 알고 싶었다. 그러자 넘버원이 책상에 팔꿈치를 받친 채 앉아서 무겁고도 침울한 목소리로 속기사에게 구술하는 모습이 보였다. 구술하는 동안 다른 사람들은 주위를 걸어 다니거나, 담배 연기로 동그라미를 만들거나, 자를 갖고 놀았다. 하지만 넘버원은 움직이지 않았고, 놀지도 않았으며, 동그라미 연기를 만들지도 않았다.

루바쇼프는 문득 자기가 5분 정도 거닐고 있었음을 깨달았다. 어느새인가 침대에서 일어나 있었던 것이다. 그는 바닥에 깔린 타일의 가장자리는 절대 밟지 않는 자신의 오랜 습관이 떠올랐다. 타일이 놓인 모양새가 머릿속에 입력되고 있었다. 그러나 그의 생각은 잠시도 넘버원을 떠나지 않았다. 책상 앞에 앉아 미동도 없이 구술을 하던 그의 얼굴은 초상화로, 잘 알려진 컬러 인쇄물로 점차 변해 갔다. 그리고 곧이어 그 나라의 모든 침대와 식기대 위에 걸린 채 얼어붙은 듯한 눈으로 사람들을 노려보는 모습으로 변했다.

루바쇼프는 감방 안에서 앞뒤로 걸었다. 문에서 창까지, 다시 뒤로, 침대와 세면대와 똥통 사이로, 그곳에서 여섯 걸음 반, 돌아서 여섯 걸음 반. 문에서 그는 오른쪽으로 돌았고, 창가에서는 왼쪽으로 돌았다. 그것은 감옥에서의 오랜 습관이었다. 도는 방향을 바꾸지 않으면 어지러웠기 때문이다.

'넘버원의 두뇌 속에서는 어떤 일이 진행되고 있을까?'

그는 넘버원 두뇌의 횡단면을 마음속에 떠올렸다. 그 횡단면은 압정으로 고정된 화판의 종이 위에 잿빛 수채화 물감으로 산뜻하게 칠해져 있었다. 회색의 나선형 주름들이 부풀어 올라 창자처럼 되어 있었는데, 그것은 마치 탱탱한 뱀처럼 서로 뒤틀리다가, 천문학 도표에 나오는 나선형 성운처럼 희미하게 되었다. 부풀려진 회색 소용돌이 안에서는 무슨 일이 일어났는가?

저 멀리 떨어진 나선형 성운에 대해서는 모든 것을 알 수 있지만, 넘버원의 회색 주름들에 대해서는 아무것도 알 수 없었다. 역사가 과학이기보다 신탁인 것은 아마 그 때문인지도 모른다. 어쩌면 나중에야, 한참 지난 뒤에야 역사는 통계표라는 도구로 가르쳐지고 해부학적 절단면으로 보충될는지도 모른다. 선생은 어느 특정한 시기의 특정한 나라에 살던 대중이 처한 삶의 조건들을 보여 주는 대수학 정식을 칠판 위에 그리게 될지도 모른다. "자, 시민 여러분, 여기 이 역사적 과정을 있게 한 객관적 요소를 보시오"라고 말하면서. 그러고는 넘버원 두뇌의 제2엽과 제3엽 사이의 흐릿한 잿빛 풍경을 자로 가리키면서 이렇게 말할지도 모른다.

"지금 여러분이 보고 있는 것은 그러한 객관적 요소들을 주관적으로 반영한 모습입니다. 1926년부터 1950년까지 동유럽에서 전체주의적 원칙이 승리할 수 있도록 이끈 것은 바로 이것이었습니다."

이 단계에 도달할 때까지 정치는 피비린내 나는 아마추어적 도락으로, 그저 미신과 어두운 마술로 남아 있으리라.

루바쇼프는 복도를 행진하는 몇 사람의 발자국 소리를 들었다.

'이제 매질이 시작되겠군.'

발자국 소리를 듣자마자 그는 속으로 중얼거렸다. 그는 감방

가운데에서 걸음을 멈추고 턱을 앞으로 내민 채 귀를 기울였다. 발자국 소리는 잠시 뒤 어느 감방 앞에서 멈추었다. 낮은 명령 소리가 들리고, 열쇠 소리가 덜커덕거렸다. 그리고 나서는 침묵이었다.

루바쇼프는 침대와 똥통 사이에 뻣뻣하게 섰다. 그리고 숨을 들이쉬며 첫 비명을 기다렸다. 그는 처음 내지르는 비명이 늘 가장 심하다는 사실을 알고 있었다. 육체적 고통을 능가하는 공포감 때문이었다. 곧 이어지는 비명은 그런대로 견딜 만했다. 그래서 곧 비명에 익숙해졌고, 얼마 지나서는 비명의 높낮이나 리듬만 듣고도 고문 방식을 도출해 낼 수 있었다. 대부분의 사람들은 마지막에 가면, 그 기질이나 목소리가 아무리 달라도, 똑같은 방식으로 행동했다. 비명은 점점 약해지면서 점차 흐느낌과 목멤으로 변해 가는 것이다. 그러고 나면 곧 문이 쾅 닫히고 열쇠 소리가 철커덕거렸다. 이어 그다음 희생자의 첫 비명이 울리는데, 그 비명은 복도에서 교도관들이 오는 소리만 나도 울려 퍼지곤 했다.

루바쇼프는 감방 중앙에 서서 첫 비명을 기다렸다. 그는 소매에 코안경을 문지르면서 "이번에는 어떤 일이 있어도 결코 소리를 지르지 않을 거야"라고 중얼거렸다. 마치 염주를 가지고 기도하듯 이 말을 여러 차례 반복했다. 그는 서서 기다렸다. 비명은 아직 들리지 않았다. 그러다가 땡그랑 하는 소리가 희미하게 들리고, 누군가가 중얼거리는 듯한 소리가 들려왔다. 감방 문이 쾅 닫혔다. 발걸음 소리가 다음 방으로 옮아갔다.

루바쇼프는 감시 구멍으로 복도를 내다보았다. 그의 방 반대편 가까이에 있는 407호에 그들이 멈추어 섰다. 늙은 교도관, 차통을 끌고 있는 두 명의 당번, 검은 빵 조각 통을 운반하는 한 사람, 그리고 권총을 찬 제복 입은 두 명의 관리였다. 매질은 없었다. 그들은 아침 식사를 나누어 주고 있었다.

407호에 막 빵이 전달되었다. 407호는 아마도 정해진 위치, 즉 문으로부터 한 걸음 떨어진 곳에 서 있을 것이다. 루바쇼프에게는 그의 팔과 손만 보였다. 가느다란 팔이 두 개의 평행봉처럼 문에서 복도로 삐죽 나와 있었다. 손은 위쪽을 향한 채 사발 형태로 오므라져 있었다. 빵이 건네지자 그는 두 손을 움켜쥐어 어두운 감방 안으로 거둬들였다. 곧 문이 쾅 닫혔다.

루바쇼프는 감시 구멍으로 내다보는 것을 포기하고 다시 왔다 갔다 하며 걷기 시작했다. 코안경을 제자리에 놓은 다음 깊이 숨을 내쉬었다. 그러고는 휘파람으로 노랫가락을 흥얼거리며 식사를 기다렸다. 그는 편치 않은 마음으로 그 연약한 팔과 움츠린 손을 떠올렸다. 그러자 막연한 무언가가 그의 머리에 떠올랐다. 쭉 내뻗은 손의 윤곽과 그 손 위에 드리워진 그림자는 그에게 친숙한 것이었다. 그것은 오래된 곡조나 어느 항구의 좁은 거리에 밴 냄새처럼 그의 기억에는 익숙하지만 이제는 사라져 버린 어떤 것이었다.

7

그들은 한 줄로 늘어선 감방 문의 자물쇠를 계속 열고 잠갔다. 그러나 그의 문까지는 아직 이르지 않은 상태였다. 루바쇼프는 그들이 오고 있는지 확인하기 위해 다시 감시 구멍을 통해 밖을 내다보았다. 차 통에서 김이 무럭무럭 나면서 얇은 레몬 조각들이 표면 위로 둥둥 떠올랐다. 그는 코안경을 벗고 감시 구멍에 눈을 댔다. 401호부터 407호까지 홀수로 되어 있는 반대편 감방 네 개가 보였다. 감방 위로 좁은 철제 난간이 있고, 그 난간 뒤 두 번째 복도에는 많은 감방이 있었다.

식사를 나누어 주는 행렬이 이제 막 오른쪽에서 복도를 따라 되돌아오는 중이었다. 먼저 홀수 방에 주고 나중에 짝수 방에 주는 것이 분명했다. 그들이 408호 앞에 섰다. 루바쇼프에게는 권총 벨트를 찬 제복 차림의 두 사내 등만 보였다. 나머지 사람들은 그의 시야 밖에 서 있었다. 이내 문이 닫혔다. 곧 그들은 406호 앞으로 왔다. 루바쇼프는 김이 나는 차와 빵 통을 든 당번을 보았는데, 통에는 빵이 몇 조각밖에 없었다. 406호 문은 곧장 닫혔다. 그 방에는 아무도 없었던 것이다. 행렬은 가까이 다가오더니 그의 방인 404호를 그냥 지나 402호 앞에 멈추어 섰다.

루바쇼프는 주먹으로 문을 두드리기 시작했다. 그는 차 통을 든 두 명의 당번이 서로 바라보다가 그의 문을 힐끗 쳐다보는 것을 보았다. 교도관은 402호 문을 바삐 열면서 문 두드리는 소리를 못 들은 척했다. 제복 차림의 두 사람은 루바쇼프의 감시 구멍에 등을 돌리고 서 있었다. 빵이 402호 문을 통해 안으로 건네지고, 행렬이 움직이기 시작했다. 루바쇼프는 문을 더 크게 두드렸다. 그러다가 한쪽 신발을 벗어 들고 문을 세게 쳤다.

제복 차림의 두 사람 가운데 더 큰 사람이 뒤로 돌더니 루바쇼프의 문을 무표정하게 응시하고는 다시 몸을 돌렸다. 교도관은 402호 문을 쾅 닫았다. 차 통을 든 당번들은 주춤거리며 서 있었다. 돌아섰던 제복 차림의 남자가 늙은 교도관에게 무어라고 말을 했다. 그러자 교도관은 어깨를 으쓱하더니 쨍그랑거리는 열쇠 꾸러미를 들고 루바쇼프 문 쪽으로 걸어왔다. 차 통을 든 당번 둘이 그를 따랐다. 빵을 든 남자는 감시 구멍으로 402호에게 무언가를 이야기했다.

루바쇼프는 한 걸음 물러나 문이 열리기를 기다렸다. 마음속 긴장이 갑자기 풀렸다. 그는 차를 받을 수 있을지 없을지에 대해서는 더 이상 괘념치 않았다. 통에 담긴 차에서는 이제 김이 나지 않았고, 물 위의 레몬 조각은 누르스름한 나머지 흐늘흐늘 오그라들어 보였다.

이윽고 그의 문 자물쇠가 돌아갔고, 노려보는 눈동자 하나가 감시 구멍에 나타나더니 다시 사라졌다. 문이 흔들리며 열렸다. 루바쇼프는 침대에 앉아 신발을 다시 신고 있었다. 교도관은 그 방으로 들어서는 제복 차림의 몸집 큰 사내를 위해 문을 열어 두었다. 제복 차림의 장교는 머리통이 둥글고, 깨끗하게 면도한 상태였으며, 눈에는 별 표정이 없었다. 그의 뻣뻣한 제복은 사각거렸고, 부츠 역시 그랬다. 루바쇼프는 그의 권총 벨트에서 가죽 냄새가 난다고 생각했다. 장교는 양동이 옆에 서더니 감방 안을 둘러보았다. 그가 들어온 탓에 방은 더욱 작아 보였다.

"방을 청소하지 않았군! 규칙을 잘 알 텐데."

장교가 말했다.

"내 아침 식사는 왜 빠뜨렸소?"

루바쇼프는 코안경으로 그를 조사하듯 바라보며 물었다.

"나와 언쟁하고 싶으면, 일어나서 하시오."

장교가 말했다.

"당신과 언쟁하고 싶은 마음은 눈곱만큼도 없소. 말을 건네고 싶지도 않소."

루바쇼프는 이렇게 말한 뒤 신발 끈을 묶었다.

"그러면 다음부터는 문을 세게 치지 마시오. 또 그러면 징계를 받을 수밖에 없소."

장교는 방 안을 다시 한 번 둘러보았다.

"바닥을 청소할 걸레가 없군."

그는 이번에는 교도관을 보며 말했다. 그러자 교도관이 빵 당번에게 무언가 말했고, 당번은 복도 아래로 서둘러 사라졌다. 다른 두 당번은 열린 문 앞에 서서 호기심에 찬 듯 방 안을 살펴보았다. 두 번째 장교는 등을 돌렸다. 그는 두 다리를 벌리고 두 손을 뒷짐 진 채 복도에 서 있었다.

"이 죄수에겐 그릇도 없소."

루바쇼프는 신발 끈을 묶으며 이야기를 계속했다.

"단식 투쟁 같은 골칫거리를 내게서 덜어 줄 모양이군. 당신들의 새로운 방법은 경탄할 만하오."

"틀렸소."

장교가 별 표정 없이 그를 쳐다보며 말했다. 그의 빡빡머리에는 널찍한 흉터가 있고, 단춧구멍에는 혁명 훈장의 리본이 달려 있었다. 그것을 보며 루바쇼프는 '이자도 내전에 참전했군' 하고 속으로 중얼거렸다. 그러나 그것은 오래전 일이었고, 그렇더라도 지금 달라질 것은 아무것도 없었다.

"당신이 잘못했소. 아프다고 당신이 보고했기 때문에 식사가 빠졌던 거요."

"치통 때문이에요."

문에 기대선 늙은 교도관이 말했다. 그는 슬리퍼를 신고 있었고, 구겨진 제복은 기름으로 얼룩져 있었다.

"좋을 대로."

루바쇼프가 말했다. 부상당한 군인을 강제 단식으로 대우하는 것이 현 정권의 가장 최근 업적인지 묻고 싶은 마음이 간절했으나 그는 자제했다. 이 모든 상황에 신물이 났다.

빵 당번은 더러운 걸레를 든 채 숨을 헐떡거리며 달려왔다. 교도관이 걸레를 그의 손에서 받아 똥통 옆 구석으로 던졌다.

"청할 게 또 있소?"

장교는 빈정대는 기색 없이 물었다.

"날 혼자 내버려 두시오. 이런 코미디도 집어치우고."

루바쇼프가 대답했다.

장교가 나가려고 몸을 돌렸고, 교도관은 열쇠 꾸러미를 철렁거렸다. 루바쇼프는 그들로부터 등을 돌린 채 창가로 갔다. 문이 닫히는 순간 중요한 일을 잊었다는 사실이 떠오른 그는 얼른 문가로 돌아갔다.

"종이와 펜!"

그는 감시 구멍에 대고 소리를 질렀다. 그들이 돌아갔는지 알아보기 위해 코안경을 벗고 감시 구멍에 눈을 댔다. 다시 한 번 소리를 질렀으나, 그들은 아무것도 못 들은 척 복도 아래로 내려갔다. 그가 마지막으로 본 것은 빡빡머리 장교의 등과 권총 지갑이 달린 널찍한 가죽 벨트였다.

8

루바쇼프는 다시 감방 안을 왔다 갔다 했다. 창가로 여섯 걸음 반, 뒤로 돌아 여섯 걸음 반. 조금 전의 그 소동이 다시 그를 자극했다. 그는 코안경을 소매에 문지르면서 그 일을 세세한 것까지 되짚어 보았다. 그는 흉터가 있는 장교에게 잠시 느낀 증오를 놓치지 않고자 애썼다. 그렇게 하면 다가올 투쟁에서 좀 더 강해지리라 여긴 것이다. 그러나 그는 상대방의 입장에서 자신을 살펴보려는 압박감에 빠져, 조금 전의 상황을 상대방의 눈으로 되짚어 보지 않을 수 없었다. 침대 위에 키가 작고 수염을 기른, 거만한 루바쇼프라는 사내가 도전적으로 앉아 땀내 나는 양말 위로 신을 신고 있었다. 물론 이 사람 루바쇼프에게는 공적과 위대한 과거가 있지만, 어떤 위원회의 단상 위 혹은 감옥의 밀짚 침대 위에 있는 그를 떠올리기란 어려운 일이었다.

'그건 전설상의 루바쇼프지.'

무표정한 장교가 되어 루바쇼프는 생각했다.

'아침 식사를 달라고 아이처럼 소리 지르는 것도 부끄러워하지 않는, 불평만 많은 지식인. 방 청소도 하지 않고, 양말에는 구멍이 나 있고. 법과 질서를 어기며 음모를 꾸미다니. 돈을 벌기 위해서건 원칙 때문이건 그건 별 차이가 없지. 그렇지만 우리가 괴짜들을 위해 혁명을 하지는 않았어. 혁명을 진실로 도왔고. 당시 그는 사내대장부였지만, 지금은 늙고 독선적인 인간일 뿐이지. 그러니 처치당할 때가 된 거야. 어쩌면 그 당시에 이미 그랬는지도 모르지. 나중에 들통 나 버린 허풍선이들이 혁명 당시에는 아주 많았으니까. 자존심이 조금이라도 남아 있다면 방 청소는 할 텐데.'

몇 초 동안 루바쇼프는 정말 타일 바닥을 문질러야 하는 것은 아닌가 생각했다. 그는 방의 중앙에 잠시 섰다가 코안경을 다시 쓰고는 창가에 몸을 기댔다.

뜰은 이제 한낮이었다. 노란 빛이 희미하게 섞인 잿빛 하늘에서는 눈이 더 내릴 듯했다. 아침 8시쯤이니, 그가 이 방으로 들어온 지 3시간이 지난 셈이었다. 뜰을 둘러싼 벽은 막사의 벽처럼 보였다. 모든 창문 앞에는 철제문이 있고, 그 뒤의 감방은 너무 어두워 안이 보이지 않았다. 창문 뒤에 누군가가 바짝 붙어 서서, 그가 그러하듯이, 뜰을 내려다보는지 아는 것조차 어려웠다. 뜰에 쌓인 눈은 살짝 얼어 멋진 모습이었다. 누군가가 그 위를 걷는다면 뽀드득 소리가 나리라. 좁은 길이 뜰 둘레로 나 있고, 그 길 양편으로는 삽으로 퍼 올린 눈이 낮은 난간을 이루고 있었다. 반대편 담장 누벽 위에서는 보초가 왔다 갔다 하고 있었다. 보초가 돌면서 뱉은 침이 큰 원을 그리며 눈 속으로 떨어졌다. 그는 침이 어디로 떨어져 얼게 되는지 보기 위해 난간 위로 몸을 기댔다.

'고질병이군.'

루바쇼프는 보초를 보며 속으로 중얼거렸다.

'혁명가는 다른 사람의 입장에서 생각해서는 안 된다. 아니, 그렇게 생각해야 하는 게 아닐까? 반드시 그래야만 하는 게 아닐까? 만약 자신을 모든 사람과 동일시한다면, 어떻게 세계를 변화시킬 수 있단 말인가? 다른 방법은 무엇이 있단 말인가? 모든 사람을 이해하고 용서한다면, 어디서 행동의 동기를 찾을 것인가? 혹은 어디서든 찾지 못할 것인가?…… 그들은 날 총살하겠지.

나의 동기 따위에는 관심이 없을 것이다.'

 루바쇼프는 이마를 창틀에 기댔다. 뜰이 하얗게 소리 없이 누워 있었다.

 차가운 유리에 이마를 대고도 그는 아무 느낌 없이 멍하니 서 있었다. 감방에서 톡탁이는 소리가 나지막하게 계속되었다. 문득 소리를 느낀 그는 귀를 기울이며 돌아섰다. 톡탁이는 소리는 너무나 작아서 처음에는 어떤 벽에서 울리는지 알 수 없었다. 그가 귀를 기울이는 동안 소리가 멎었다. 이제는 그가 두드리기 시작했다. 처음에는 침대 위의 벽에서 406호 방향으로. 하지만 대꾸가 없었다. 그는 다른 쪽 벽인 402호 쪽을 두드려 보았다. 그곳에서 답변이 왔다. 루바쇼프는 감시 구멍을 내다볼 수 있도록 침대에 편안히 앉았다. 심장이 두근거렸다. 첫 접촉은 언제나 흥분되는 것이었다.

 이제 402호가 규칙적으로 톡톡거렸다. 짧은 간격을 두고 세 번 두드린 뒤 한 번 휴식, 그리고 다시 세 번, 이어 휴식, 그리고 다시 세 번. 루바쇼프는 자신이 듣고 있다는 것을 알리기 위해 똑같이 세 번을 연속적으로 반복했다. 그는 상대방이 '2차 방정식 알파벳'을 알고 있는지 몹시 궁금했다. 만일 모른다면 그가 가르쳐 줄 때까지 많은 실수가 있을 터였다. 벽이 두꺼워 잘 울리지 않았다. 그는 좀 더 분명하게 들으려고 머리를 가까이 대고 감시 구멍을 살펴야 했다. 402호는 연습을 꽤 오랫동안 한 것 같았다. 그는 또렷하게 그리고 서두르지 않고 두드렸는데, 아마도 펜과 같은 딱딱한 물건으로 두드리는 듯싶었다.

루바쇼프는 상대방이 두드리는 숫자를 기억하면서, 한편으로는 스물다섯 칸을 가진 정사각형 문자판, 즉 한 줄에 각각 다섯 개의 알파벳이 든 다섯 개의 가로 칸을 눈앞에 그려 보려고 애썼다. 402호는 처음에 다섯 번을 두드렸다. 따라서 그것은 V에서 Z까지 포함된 다섯 번째 줄에 해당한다. 그리고 이어 두 번을 두드렸으니, 그것은 두 번째 열의 문자인 W다. 다음에 잠시 쉬었다가 다시 두 번을 두드렸다. 이는 두 번째 칸인 F-J열이다. 그리고 세 번을 두드렸으니, 이것은 그 열의 세 번째 문자인 H다. 다시 세 번, 또 다섯 번. 따라서 이것은 세 번째 칸의 다섯 번째 문자인 O다. 그는 멈추었다.

"WHO…… 누구?"

루바쇼프는 상대가 매우 현실적인 사람이라고 생각했다. 상대는 우선 자기가 상대해야 할 사람이 누구인지부터 알고 싶어 하는 것이었다. 혁명가들의 예의에 따르자면, 이런 경우 어떤 정치적인 꼬리표로 시작했어야 한다. 그리고 나서 음식과 담배 이야기를 하고, 한참 지난 뒤 모든 것이 괜찮다면, 자기소개를 하는 것이다. 그렇지만 그때까지 루바쇼프의 경험은, 당이 박해하는 쪽이 아닌 박해받는 쪽의 입장이 되는 나라들에만 국한된 것이었다. 그런 나라들에서 당의 구성원들은 음모 가능성을 차단하기 위해 가명으로만 상대를 알고, 심지어 그 가명조차 너무 자주 바꾸어 이름이란 것이 아무런 의미가 없었다. 그런데 지금 여기서는 분명 상황이 달랐다. 그래서 루바쇼프는 자기 이름을 알려 주어야 하는지 아닌지 망설였다.

402호는 더 이상 기다리지 못하겠는지 아까와 같은 방식으로 두드렸다.

"누구?"

'그래, 왜 대답을 못하겠는가.'

"니콜라스 살마노비치 루바쇼프."

그는 자기 이름을 두드려 주었다. 그리고 그 결과를 기다렸다.

오랫동안 아무런 대답이 없었다. 루바쇼프는 웃었다. 그는 자기 이름을 알게 된 옆 감방의 죄수가 받을 충격을 충분히 짐작할 수 있었다. 1분을 기다린 뒤 다시 또 1분을 기다렸다. 마침내 그는 어깨를 으쓱이고 침대에서 일어섰다. 그는 방 안 끝에서 끝까지 왔다 갔다 했다. 그리고 방향을 바꿀 때마다 멈추어 서서 벽에 귀를 기울였다. 벽은 말이 없었다. 그는 코안경을 소매에 문지른 뒤 피곤한 걸음으로 천천히 문 쪽으로 걸어갔다. 그리고 감시 구멍으로 복도를 내다보았다. 복도는 텅 비어 있었다. 전등만이 희미한 빛을 퍼뜨리고 있었다. 아무런 소리도 들리지 않았다.

왜 402호는 말이 없을까? 아마 두려움 때문일 것이다. 그는 루바쇼프로 인해 자신이 위험에 처해지지 않을까 두려워하고 있는지도 모른다. 402호는 위험한 이웃을 생각하고는 덜덜 떠는, 정치와 무관한 의사나 엔지니어이리라. 어쨌든 정치적 경험이 없는 사람임은 분명했다. 그렇지 않다면 처음부터 이름을 물어

보지는 않았을 것이다.

어쩌면 그는 이런저런 태업 사건에 연루되었는지도 모른다. 분명 그는 감옥에 오랫동안 있었을 테고, 그래서 두드리는 것을 완벽하게 익혔고, 자신의 무죄를 입증하고 싶은 욕구에 사로잡힌 사람일 것이다. 아직도 자신의 죄에 따라 무언가 달라질 것이라는 순진한 믿음을 가지고 있고, 정말 위기에 처한 더 고귀한 관심사에 대해서는 아무런 생각도 갖고 있지 않으리라. 아마도 그는 지금 침대에 앉아 결코 읽지 않을 당국에게 백 번째 항의 편지를 쓰고 있거나, 결코 받지 못할 아내에게 백 번째 편지를 쓰고 있을 것이다. 절망 속에서 푸시킨처럼 검은 수염을 기르고, 세수도 포기한 채 손톱을 물어뜯으며 에로틱한 몽상에 젖는 습관에 빠졌을 것이다. 감방에서는 자신이 무죄라고 생각하는 것만큼 나쁜 것도 없다. 그렇게 생각하다 보면 새로운 환경에 적응하지 못하게 되고, 자신을 해치게 되기 때문이다.

갑자기 톡톡거리는 소리가 다시 시작되었다. 루바쇼프는 침대 위에 재빨리 앉았다. 그러나 그는 첫 번째 두 글자를 이미 놓쳐 버렸다. 402호는 너무 빠르게, 아까보다는 좀 덜 분명하게 두드리고 있었다. 그는 흥분한 것이 틀림없었다.

"…… 당신 잘됐어."

뜻밖이었다. 402호는 순응주의자였던 것이다. 그는 반대파 이단자들을 증오했고, 역사란 레일 위에서 한 치의 오차도 없는 계획과 무오류로 달리는, 곧 넘버원을 따라 달려가는 것이라고 믿는 사람이었다. 그는 자기가 체포된 것은 순전히 오해 때문이고, 중국에서 스페인까지, 기아에서 옛 전사의 전멸에 이르기까지 지난날의 모든 재앙들은 후회할 만한 사건이거나, 루바쇼프와 그 반대파 동료들의 사악한 간계 때문에 일어났다고 믿었다. 402호의 푸시킨풍 수염은 사라졌다. 그는 이제 말끔하게 면도한, 광신자의 얼굴을 가졌다. 그는 자기 방을 깔끔히 정돈하고 엄격하게 규율에 따랐다. 그와 언쟁을 하는 것은 아무런 의미가 없는 일이었다. 그는 가르칠 수 있는 부류의 사람도 아니었다. 그러나 세상과의 유일한 그리고 아마 마지막이 될 접촉을 끊는 것 역시 아무런 의미가 없을 터였다.

"누구?"

루바쇼프는 아주 분명하고 느리게 두드려 물었다.

답변은 흥분한 듯 발작적으로 왔다.

"상관할 바 아니야."

"좋을 대로."

루바쇼프는 두드렸다. 그러고는 방을 가로질러 다시 걷기 위해 일어섰다. 대화가 끝났다고 여겼기 때문이다. 그러나 두들김은 다시 시작되었다. 이번에는 벨이 울리듯 소리가 아주 컸다. 402호는 자기 말에 좀 더 무게를 주려고 분명 신발을 벗었을 것이다.

"황제 폐하 만세!"

루바쇼프는 생각했다.

첫 번째 심문 45

'진짜배기 반혁명분자들이 아직도 있다니. 넘버원이 자신의 실패에 대한 책임을 뒤집어씌울 속죄양으로 삼아서, 그의 연설에만 나타나게 하는 인물들일 거라고 생각했는데. 저기에도 진짜가 하나 있었군. 넘버원을 위한 살아 있는 알리바이로, 황제 폐하 만세를 외치면서 말이지. 그로서는 당연히 그래야 하겠지만…….'

"아멘."

루바쇼프는 씩 웃으며 두드렸다. 조금 전보다 훨씬 큰 소리로 답변이 왔다.

"돼지 같은 놈!"

루바쇼프는 즐거웠다. 그는 어조를 바꾸기 위해 코안경을 벗어 그 금속 모서리로 느리고 고상한 톤으로 탁탁 두드렸다.

"잘 이해하지 못했어."

402호는 격앙한 것 같았다. 그는 '개새'라고 두드려 댔다. 그러나 '끼'라는 말까지는 들리지 않았다. 곧이어 그가 다시 두드렸다.

"왜 갇혔나?"

'상당히 간결하군.'

402호 얼굴은 새롭게 변했다. 잘생겼으나 어리석은 젊은 근위 장교의 얼굴이었다. 어쩌면 그는 한쪽 알만 있는 안경을 썼는지도 모른다. 루바쇼프는 코안경으로 두드렸다.

"정치적 일탈이지."

잠시 휴식. 402호는 분명 냉소적인 답변을 찾고 있을 것이었다. 마침내 답변이 왔다.

"브라보! 늑대는 서로 잡아먹지."

루바쇼프는 대답하지 않았다. 이런 식의 장난을 충분히 겪었으므로 그는 다시 걷기 시작했다. 그러나 402호 장교는 말이 많아졌다. 그는 두드렸다.

"루바쇼프……."

친숙함을 드러내는 말이었다.

"왜?"

루바쇼프가 대답했다.

402호는 서두르는 듯했다. 그러더니 제법 긴 문장이 나왔다.

"여자와 마지막으로 잔 건 언제지?"

확실히 402호는 한쪽 알만 있는 안경을 끼고 있었다. 아마 그는 그것으로 두드릴 테고, 안경을 벗은 그 눈은 불안하게 씰룩거릴 것이다. 루바쇼프는 불쾌하지는 않았다. 적어도 상대는 지금 자기를 있는 그대로 보여 주고 있었다. 그리고 그 편이 군주의 포고문을 두드려 보내오는 것보다는 나았다. 루바쇼프는 잠시 생각한 뒤 두드렸다.

"3주 전에."

곧 대답이 왔다.

"그걸 전부 내게 말해 줘."

'좀 멀리까지 가겠는걸.'

루바쇼프는 이쯤에서 대화를 중단하고 싶었다. 그러나 이 남자가 나중에는 400호나 그 위 감방들과의 연결 고리로 아주 유용할지도 모른다는 생각이 들었다. 왼쪽 방에는 분명히 사람이 안 들어왔다. 연결 고리가 끊긴 셈이었다. 루바쇼프는 머리를 짜냈다. 전쟁 전의 오래된 노래가 떠올랐다. 이 노래를 그는 학생 시절 어느 카바레에서 들었다. 그 카바레에서는 검은 스타킹을 신은 여자들이 프랑스의 캉캉 춤을 추었다. 그는 체념하듯 한숨을 내쉬며 코안경으로 두드렸다.

"샴페인 잔 같은 눈처럼 흰 젖가슴……."

그는 그것이 제대로 된 가락이기를 바랐다. 그건 분명했다. 왜냐하면 402호가 이렇게 재촉했기 때문이다.

"계속해, 자세히."

이쯤 되면 그는 분명 콧수염을 잡아 뜯고 있을 터였다.

'끝이 감긴 작은 콧수염이겠지. 제기랄, 그가 유일한 연결 고리군. 그와의 관계를 잘 유지해야 해. 그런데 장교들은 식당에서 뭘 얘기하지? 여자나 말에 관해서겠지?'

루바쇼프는 코안경을 소매에 문지르고는 신경 써서 두들겼다.

"야생 암말 같은 허벅지."

그는 멈추었다. 지쳐 있었던 것이다. 아무리 선량한 의지라 해도 더 이상은 할 수 없는 일이었다. 그러나 402호는 상당히 만족스러워 했다.

"멋진 놈!"

402호는 열광적으로 두드렸다. 그는 난폭하게 웃고 있을 것이 확실했지만, 아무 소리도 들리지 않았다. 그는 자기 허벅지를 찰싹찰싹 치면서 콧수염을 비비 꼬고 있을 테지만, 아무것도 보이지 않았다. 말 없는 벽의 어렴풋한 외설스러움이 루바쇼프를 당혹스럽게 했다.

"계속해."

402호는 재촉했다.

그러나 그는 더 이상 할 수 없었다.

"그게 다야."

루바쇼프는 두드린 뒤 곧 후회했다. 402호 기분을 상하게 해서는 안 되었다. 그러나 다행히 402호는 마음이 상한 것 같지 않았다. 그는 끈질기게 계속 두드렸다.

"계속해 줘, 제발, 제발……."

루바쇼프는 이제 숫자를 계산할 필요가 없을 정도로 숙달되어 있었다. 그는 두드리는 소리를 자동적으로 음향적으로 바꾸어 알아듣게 되었다. 402호의 어조는 좀 더 성적인 것을 간청하는 듯했다. 간청은 반복되었다.

"제발, 제발……."

402호는 확실히 아직 젊었다. 아마 그는 오랜 군인 집안 출신으로, 망명지에서 자라나 가짜 여권으로 다시 본국으로 보내졌을지도 모른다. 그리고 분명 자신을 심하게 괴롭히고 있을 것이었다. 그는 짧게 자란 콧수염을 쥐어뜯을 테고, 한쪽 알만 있는 안경을 눈에 붙이고는 회칠한 벽을 희망 없이 노려보고 있을

첫 번째 심문

것이었다.

"더, 제발, 제발."

말 없는 흰 벽을 희망 없이 응시하면서, 습기 때문에 생긴 얼룩을 노려보면서……. 얼룩은 점차 샴페인 잔 같은 젖가슴과 야생 암말의 허벅지를 가진 여자의 윤곽을 띠기 시작할 터였다.

"좀 더 말해 줘, 제발."

그는 두 손을 모은 채 침대 위에 무릎 꿇고 앉아 있을지도 모른다. 마치 407호 죄수가 빵 조각을 받기 위해 두 손을 포개던 것처럼.

마침내 루바쇼프는 이런 몸짓이 어떤 경험을 떠올린 것이었는지 알게 되었다. 그것은 쭉 뻗은 야윈 손으로 애원하는 듯한 몸짓이었다. 그것은 바로 〈피에타〉*였다…….

9

〈피에타〉…….

어느 월요일 오후, 독일 남부 어느 도시의 미술관. 그곳에는

---

* 피에타(Pieta) : 십자가에서 내린 그리스도를 무릎 위에 놓고 애도하는 성모 마리아를 표현한 작품.

루바쇼프와 한 젊은이 외에는 아무도 없었다. 그들은 어느 빈방 중간에 놓인 둥글고 호화스러운 소파 위에서 대화를 나누는 중이었다. 그 방 벽에는 플랑드르 지방의 거장들이 그린, 몇 톤이나 되는 풍만한 여성들의 살덩어리가 걸려 있었다. 1933년, 루바쇼프가 체포되기 직전, 그러니까 테러가 일어났던 달의 어느 날이었다.

당시 당의 활동은 실패했고, 당원들은 법적 권리가 박탈되어 쫓기거나 죽도록 맞았다. 당은 더 이상 정치 조직이 아니었다. 그것은 천 개의 팔과 천 개의 머리를 가진 피 흘리는 살덩어리 외에 아무것도 아니었다. 사람이 죽은 뒤에도 머리카락과 손톱은 계속 자라나듯이, 죽은 당의 근육과 사지를 통해 개별 감옥 안에서의 활동은 계속되었다.

재앙에서 살아남은 사람들은 나라 안 여기저기에서 계속 일을 꾸몄다. 그들은 지하실에서, 숲에서, 기차역에서, 박물관에서 그리고 스포츠클럽에서 만났다. 숙소를 자주 바꾸고, 자신들의 이름은 물론 심지어 습관까지 계속 바꾸었다. 상대를 오로지 가명으로만 알았고, 서로의 주소도 묻지 않았다. 그들의 목숨은 상대의 손에 달려 있어서 그 누구도 다른 사람을 믿지 않았다.

그들은 팸플릿을 인쇄했고, 그 팸플릿을 통해 자신들이 살아 있음을 자신들과 다른 사람들에게 확인시키고자 했다. 밤이면 교외의 좁은 거리를 몰래 돌아다녔고, 묵은 구호를 벽에 적으면서 자신이 살아 있음을 증명하고자 했다. 동이 틀 때면 공장 굴

둑에 기어올라 낡은 깃발을 내걸고는 자신이 여전히 살아 있음을 입증하려 했다. 그들이 재빨리 팸플릿을 던지면 몇몇 사람들만 그것을 보았다. 모두들 죽은 자의 메시지에 몸서리쳤기 때문이다. 수탉이 울 무렵이면 벽 위의 구호는 사라지고 깃발은 굴뚝에서 끌어내려졌다. 그러나 그것들은 늘 다시 나타나곤 했다. 나라 안 곳곳에 스스로를 '휴일의 사자(死者)'라고 부르는 작은 모임의 사람들이 있었다. 그들은 자신들이 아직 살아 있음을 증명하는 데 삶의 나머지를 바쳤다.

그들은 서로 접촉할 수 없었다. 당의 신경 조직이 거덜 난 탓에 개별 모임이 저마다 스스로를 대변했다. 그러나 그들은 점차 염탐꾼을 다시 내보내기 시작했다. 능력 있는 외판원이 가짜 여권과 이중 고리 트렁크를 가지고 외국에서 왔다. 그들은 밀사였다. 그들은 대개 잡혀 고문을 받고 참수를 당했다. 그러면 다른 사람들이 그 자리를 이어받았다. 당은 죽었기 때문에 움직이거나 숨을 쉴 수 없었지만, 그 머리카락과 손톱은 계속해서 자라났다. 해외 지도자들은 굳어 버린 사지를 통해 전기 치료용 전류를 보냈고, 그 전류는 손발에 간헐적인 경련을 일으켰다.

〈피에타〉…….

루바쇼프는 402호를 잊고 여섯 걸음 반씩 계속 왔다 갔다 했다. 그는 다시 미술관의 둥글고 화려한 소파에 앉아 있었다. 그는 역에서 약속 장소로 곧장 차를 몰고 갔고, 몇 분 빠르게 도착했다. 그는 아무도 자기를 감시하지 않고 있다고 확신했다. 그의 여행 가방은 물품 보관소에 놓여 있었는데, 그 안에는 네덜란드의 어느 회사에서 출시한 최신의 치과용 비품 샘플이 들어 있었다. 그는 코안경을 쓴 채 화려한 둥근 소파에 앉아 벽에 걸린 축 늘어진 살덩이를 바라보고 있었다.

리하르트라는 이름으로 알려진, 당시 이 도시의 당 그룹 지도자였던 젊은이가 몇 분 늦게 도착했다. 그는 루바쇼프를 본 적이 없었고, 루바쇼프 역시 그를 본 적이 없었다. 그는 텅 빈 진열실을 두 곳이나 지나 둥근 소파에 앉아 있는 루바쇼프를 발견했다. 루바쇼프의 무릎에는 레클람 출판사에서 나온 괴테의『파우스트』문고판이 놓여 있었다. 젊은이는 그 책을 알아보고는, 서둘러 주위를 돌아본 뒤 루바쇼프 옆으로 갔다. 그는 다소 수줍어하면서 모자를 무릎에 얹은 채 루바쇼프로부터 60센티미터쯤 떨어진 소파 구석에 앉았다. 자물쇠 제조업자인 그는 검은색 외출복을 입고 있었다. 미술관에서 눈에 잘 띄는 옷차림이었다.

"늦어서 죄송합니다."

"괜찮네. 자네 쪽 사람들을 우선 알아봐야지. 리스트 가져왔나?"

"가져오지 않았어요. 주소를 비롯해 모든 게 머릿속에 들어 있으니까요."

리하르트는 고개를 가로저으며 대답했다.

"좋아. 그런데 만일 자네가 체포된다면?"

"리스트를 애니에게 주었습니다. 애니는, 잘 아시겠지만, 제

아내입니다."

리하르트는 말을 멈추고 침을 꿀꺽 삼켰다. 목뼈가 위 아래로 움직였다. 그는 처음으로 루바쇼프의 얼굴을 똑바로 쳐다보았다. 루바쇼프는 그의 눈이 충혈되어 있음을 깨달았다. 외출복의 검은 칼라 위로 드러난 턱과 뺨에는 억센 수염이 자라나 있었다.

"그런데 애니가 어젯밤에 체포되었습니다."

그는 이야기를 하며 루바쇼프를 쳐다보았다. 루바쇼프는 그의 눈에서, 중앙 위원회 파견자인 자신이 무슨 기적 같은 일이라도 해서 도움을 주었으면 하는, 희미하고도 유치한 바람을 읽었다.

"정말인가? 그렇다면 경찰이 리스트를 가지고 있겠군."

루바쇼프가 코안경을 소매에 문지르며 말했다.

"그렇지 않습니다. 그들이 아내를 잡으러 왔을 때 처제가 아파트에 와 있었어요. 다행히 아내가 그걸 처제에게 건넸습니다. 처제가 갖고 있는 한 리스트는 안전합니다. 그녀는 경찰과 결혼했는데, 우리 편이거든요."

"좋아. 그렇다면 아내가 체포될 때 자네는 어디에 있었나?"

루바쇼프가 물었다.

"석 달째 저는 제 아파트에서 자지 못하고 있습니다. 영화 기사로 일하는 친구가 있는데, 영화 상영이 끝난 뒤 그의 영사실에서 잡니다. 그곳은 거리에서 곧장 비상계단을 통해 들어갈 수 있거든요. 영화는 공짜로 보고……."

리하르트는 침을 삼킨 뒤 이야기를 계속했다.

"제 친구가 애니에게 늘 공짜 표를 주었어요. 그래서 날이 어두워지면 그녀가 극장으로 오곤 했습니다. 아내는 저를 볼 수 없었지만, 화면이 아주 밝을 때 저는 그녀 얼굴을 잘 볼 수 있었지요……."

리하르트는 문득 이야기를 멈추었다. 그의 맞은편에 〈최후의 심판〉이 걸려 있었다. 곱슬곱슬한 머리카락과 통통한 몸집의 천사가 트럼펫을 불며 천둥 번개 속으로 날아들고 있었다.

리하르트 왼편에는 어느 독일 거장의 펜 소묘가 걸려 있었다. 루바쇼프에게는 그 그림 가운데 일부만 보였다. 나머지는 호화스러운 소파와 리하르트의 머리로 가려져 있었다. 위를 향해 둥글게 오므린 성모 마리아의 여윈 두 손과 연필 선으로 그려진 빈 하늘의 한 모퉁이가 그림의 전부였다. 이야기를 하는 동안 리하르트의 머리가 약간 숙여진 채 똑같은 자세로, 불그레한 목 위에서 미동도 하지 않았기 때문에 더는 보이지 않았다.

"자네 아내는 나이가 몇인가?"

루바쇼프가 물었다.

"열일곱 살이에요."

리하르트가 대답했다.

"그래? 그러면 자네는?"

"열아홉 살입니다."

"아이는 없고?"

루바쇼프는 물으면서 고개를 약간 옆으로 젖혔다. 그러나 그 그림에서 더 이상의 것은 볼 수 없었다.

"첫아이를 임신 중입니다."

리하르트가 대답했다. 그는 납으로 빚어진 듯 꼼짝도 하지 않고 앉아 있었다.

잠시 뒤 루바쇼프가 리하르트에게 당원 리스트를 말해 보라고 했다. 당원은 서른 명 정도였다. 루바쇼프는 몇 가지 질문을 한 다음 네덜란드 회사의 치과용 비품 주문서에 주소를 서너 개 받아 적었다. 전화부에서 베껴 둔, 그 지방 치과 의사들과 제법 지위가 높은 시민들의 명단 사이사이에 있는 빈자리에 주소를 적었다. 그가 주소를 다 적자 리하르트가 말했다.

"이제 동지에게 우리 일에 대해 간단히 보고하고 싶습니다."

"좋아. 말해 보게."

루바쇼프가 고개를 끄덕이며 말했다. 리하르트가 보고를 시작했다. 그는 루바쇼프로부터 60센티미터쯤 떨어져 몸을 앞으로 약간 숙인 자세로 소파에 앉아 있었는데, 크고 붉은 두 손은 무릎 위에 올려놓은 상태였다. 이야기를 하는 동안 그는 한 번도 자세를 바꾸지 않았다. 그는 줄지어 선 굴뚝들 위에 깃발을 달고, 벽에 슬로건을 써 붙이고, 공장 변소에 팸플릿을 놓고 나온 일들을 사무적으로 말했다. 그의 맞은편에서는 트럼펫 부는 천사가 뇌우 속으로 날아들고 있었고, 그의 머리 뒤에서는 보이지 않는 성모 마리아가 가는 팔을 뻗고 있었다. 그 벽의 곳곳에서 엄청나게 많은 젖가슴과 넓적다리 그리고 궁둥이들이 그를 노려

보았다.

　루바쇼프는 문득 '샴페인 잔 같은 젖가슴'이란 말이 떠올랐다. 402호가 아직도 두드리고 있는지 듣기 위해 그는 검은 타일 위에 아직도 서 있었다. 하지만 아무 소리도 들리지 않았다. 루바쇼프는 감시 구멍으로 가서 빵을 달라고 손을 내밀던 407호 쪽을 내다보았다. 작고 검은 감시 구멍이 붙은 407호의 회색 철문이 보였다. 언제나 그렇듯이 복도에는 전등이 켜져 있었다. 황량하고 조용했다. 그 문들 뒤에 인간들이 존재하고 있다는 사실을 아무도 믿지 못할 듯싶었다.

　리하르트가 보고를 하는 동안 루바쇼프는 묵묵히 듣고만 있었다. 대격변 이후 루바쇼프가 모은 서른 명의 남자와 여자 중 이제 열일곱 명만 남아 있었다. 경찰이 잡으러 왔을 때 한 공장 노동자와 그의 애인은 창밖으로 뛰어내렸다. 또 한 명은 달아났다. 마을을 떠나 사라진 것이다. 두 명은 경찰 스파이가 아닐까 싶었지만 확실하지는 않았다. 세 명은 중앙 위원회의 정책에 대한 항의 표시로 당을 떠났다. 그들 중 두 명은 새로운 단체를 만들었고, 다른 한 명은 온건파에 합류했다. 다섯 명이 지난밤에 체포되었는데, 그 가운데에 애니가 포함되어 있었다. 이 다섯 명 중 적어도 두 명은 더 이상 살아 있지 않은 것으로 알려졌다. 그렇게 해서 남은 사람이 열일곱 명이었고, 이들은 계속해서 팸플릿을 뿌리고 벽 위로 기어올랐다.

　그들의 인맥과 중요한 목적을 루바쇼프가 이해할 수 있도록 리하르트는 이 모든 사항을 아주 상세히 말해 주었다. 중앙 위원회가 그 모임에 자기 사람을 심어 두었고, 그 사람이 오래전에 대부분의 사실을 루바쇼프에게 알려 주었다는 것을 리하르트는 알지 못했다. 그리고 그렇게 모든 사실을 알려 준 사람이 영화 기사 친구라는 점도, 또한 그 사람이 지난밤에 체포된 자기 아내 애니와 오랫동안 정을 통해 왔다는 사실도 리하르트는 몰랐다.

이 모든 사실을 리하르트는 몰랐지만 루바쇼프는 알고 있었다. 당은 와해되었지만 정보 통제부는 여전히 제 기능을 하고 있었던 것이다. 당 기관 중 제 기능을 하고 있는 유일한 것이 바로 정보 통제부였고, 그 수뇌부에 루바쇼프가 있었다. 외출복 차림의 불도그 같은 목을 가진 이 청년이 아는 것이라고는 자신의 아내가 먼 곳으로 끌려갔다는 것, 그리고 팸플릿을 배포하고 벽 위로 오르는 일을 계속해야 한다는 사실뿐이었다. 또 당 중앙 위원회에서 온 동지 루바쇼프를 아버지처럼 믿어야 한다는 점도 잘 알고 있었다. 그러나 누구도 감상적이 되거나 약한 모습을 보여서는 안 된다는 것도 잘 알았다. 유약하고 감상적인 사람은 그 일에 맞지 않기에 제외되었기 때문이다. 그러면 결국 당의 활동에서 배제되어 고독과 어둠 속으로 쫓겨나고 마는 것이다.

복도에서 나는 발자국 소리가 점점 가까워지고 있었다. 루바쇼프는 코안경을 벗고 감시 구멍에 눈을 댔다. 가죽 권총 벨트를 찬 두 관리가 복도를 따라 젊은 촌뜨기 하나를 데려오는 중이었다. 그들 뒤로 열쇠 꾸러미를 든 늙은 교도관이 따라왔다. 청년의 눈은 부어 있고, 아랫입술에는 마른 핏자국이 있었다. 그는 피가 나는 코 위를 소매로 문질렀다. 납작한 얼굴에는 표정이 없었다. 복도 아래 더 멀리에서, 그러니까 루바쇼프의 시야 밖에서 감방 문 하나가 열렸다가 쾅 닫혔다. 잠시 뒤 관리들과 교도관이 다시 돌아갔다.

루바쇼프는 감방 안을 왔다 갔다 했다. 문득 리하르트 옆의 둥글고 화려한 소파에 앉아 있는 자신의 모습이 보였다. 그 청년이 보고를 마쳤을 때 덮친 침묵이 다시 느껴졌다. 그는 움직이지 않았다. 두 손을 무릎 위에 얹은 채 기다렸다. 마치 고해성사 뒤 신부의 말을 기다리는 사람처럼 앉아 있었다. 말없이 앉아 있던 루바쇼프가 마침내 입을 열었다.

"그게 전부인가?"

청년은 고개를 끄덕였다. 그의 목뼈가 위아래로 움직였다.

"보고한 내용 중에서 몇 가지가 불분명해. 손수 만들었다는 전단과 팸플릿에 대해 자넨 거듭 말했지. 그건 잘 알려져 있고, 그 내용은 혹독하게 비판을 받은 것이었어. 당이 수긍할 수 없는 구절이 몇 개 있었거든."

리하르트는 놀란 듯 그를 바라보았다. 리하르트의 얼굴이 붉어졌다. 루바쇼프는 광대뼈를 덮은 그의 살갗이 달아오르고, 이글거리는 눈의 핏발이 더 짙어지는 것을 보았다. 그가 이야기를 계속했다.

"또 우린 배포용 인쇄물을 자네에게 계속 보냈는데, 그 가운데에는 작은 크기의 당 공식 기관지가 있었네. 그걸 받았나?"

리하르트는 고개를 끄덕였다. 얼굴은 여전히 달아올라 있었다.

"그러나 자넨 우리가 보낸 자료를 배포하지 않았어. 자네 보고에서 그건 언급조차 되지 않았고. 대신 자네가 만든 자료를 돌리기만 했어. 당의 어떤 통제나 승인도 없이 말이야."

"그, 그렇지만 우리는 그럴 수밖에 없었어요……."

리하르트가 어렵사리 말을 꺼냈다.

루바쇼프는 코안경으로 그를 주의 깊게 바라보았다. 청년이 더듬거리고 있다는 사실을 알아챘다.

"2주가 지나는 동안 이게 세 번째 경우야. 당 안에도 결격자들이 있어. 그건 우리가 일하는 환경 때문이거나 활동 자체가 그런 결격자들을 선택하도록 만들기 때문이지."

"도, 동지, 이, 이해하셔야 합니다. 당신들이 보낸 선전물의 어, 어조는 틀렸습니다. 왜, 왜냐하면……."

리하르트가 고통스러워하며 말했다.

"조용히 말하게. 그리고 문 쪽으로 고개를 돌리지 말게."

루바쇼프는 갑자기 날이 선 어조로 말했다.

현 정권의 검은 친위대 제복을 입은 키가 큰 젊은이가 여자와 함께 들어왔다. 그 여자는 가슴이 풍만한 금발이었다. 젊은이는 그녀의 넓적한 엉덩이에 손을 얹었고, 그녀는 그의 어깨 위에 팔을 올려놓고 있었다. 그들은 루바쇼프와 리하르트에게 주의를 기울이지 않고 곧장 트럼펫 부는 천사 앞으로 걸어가 등을 소파

쪽으로 돌린 채 섰다.

"계속 말하게."

루바쇼프가 나직이 말하며 호주머니에서 담뱃갑을 꺼냈다. 그는 불현듯 미술관에서는 흡연을 하면 안 된다는 사실이 떠오른 듯 다시 그것을 집어넣었다. 리하르트는 전기 충격으로 마비된 듯 앉아 두 남녀를 쏘아보았다.

"계속 이야기하게. 어릴 때부터 말을 더듬거렸나? 저쪽은 보지 말고 대답하게."

루바쇼프가 조용히 말했다.

"가, 가끔……."

리하르트는 몹시 힘들게 대답했다.

두 남녀는 줄지어 선 그림을 따라 움직였다. 그들은 공단 소파에 비스듬히 앉아 관람자를 쳐다보는 누드 차림의 아주 뚱뚱한 여성 그림 앞에 멈추어 섰다. 남자가 농담이라도 했는지 여자가 키득거리며 소파 위의 두 사람 쪽을 슬쩍 바라보았다. 그들은 죽은 꿩과 과일이 그려진 정물화 쪽으로 걸어갔다.

"나, 나가야 하지 않을까요?"

리하르트가 물었다.

"아니야."

루바쇼프가 대답했다. 그는 자신들이 일어설 경우 흥분한 리하르트가 눈에 띄는 행동을 하지 않을까 염려했다.

"저들은 곧 갈 거야. 불빛 쪽으로 등을 돌리고 앉아 있으니,

우리를 잘 못 볼 걸세. 천천히 그리고 깊이 숨을 쉬어 보게. 그러면 괜찮아질 테니까."

여자는 계속 키득거렸고, 곧 두 사람은 출구 쪽으로 천천히 걸어갔다. 그러다 루바쇼프와 리하르트 쪽으로 고개를 돌렸다. 그들이 그 진열실을 막 나가려는 순간 여자가 〈피에타〉를 손가락으로 가리켰다. 두 사람은 그 그림을 보려고 걸음을 멈추었다.

"제가 마, 말을 더듬으니 난처하신가요?"

리하르트는 바닥을 내려다보며 낮은 목소리로 물었다.

"자중하게나."

루바쇼프가 냉정하게 말했다.

"조금 있으면 나, 나아질 거예요. 애니는 제가 마, 말을 더듬는다고 늘 노, 놀렸어요."

리하르트의 목뼈가 경련하듯 위아래로 움직였다.

두 남녀가 진열실 안에 있는 한 루바쇼프는 대화를 끝고 나갈 수 없었다. 제복 입은 남자의 등 때문에 그는 리하르트 옆에서 꼼짝도 할 수가 없었다. 이런 루바쇼프의 상황으로 인해 리하르트는 수줍음을 이겨 낼 수 있었다. 그는 루바쇼프 쪽으로 조금 더 가까이 다가갔다.

"그래도 애니는 하, 한결같이 절 좋아했어요."

그는 흥분한 목소리로 속삭이듯 계속 말했다.

"애니를 어떻게 대해야 할지 저는 자, 잘 몰랐어요. 그녀는 아이를 원치 않았지만, 그, 그러나 아이를 없앨 수는 없었어요. 그,

그녀가 임신했으니, 그들은 아, 아마 아무 짓도 안 할 거예요. 그들이 임신한 여자를 서, 설마 때릴까요?"

리하르트는 턱으로 제복 차림의 남자를 가리켰다. 순간 그 남자가 고개를 리하르트 쪽으로 돌렸다. 잠시 그들은 서로를 쳐다보았다. 제복 입은 남자는 낮은 목소리로 여자에게 뭔가를 말했다. 그녀 역시 고개를 돌렸다. 루바쇼프는 다시 호주머니에 손을 넣어 담뱃갑을 만지작거렸다. 하지만 꺼내지는 않았다. 여자는 무언가를 말하면서 남자를 자기 쪽으로 끌어당겼다. 두 사람은 진열실을 천천히 떠났는데, 남자는 약간 머뭇거리는 듯했다. 키득거리는 여자 소리와 멀어져 가는 그들의 발자국 소리가 밖에서 들려왔다.

리하르트는 고개를 돌려 그들을 눈으로 좇았다. 그가 움직이자, 루바쇼프는 그림을 좀 더 잘 볼 수 있었다. 그는 이제 성모 마리아의 야윈 팔꿈치까지 볼 수 있었다. 십자가의 안 보이는 기둥 쪽으로 힘없이 들린 앙상한 팔이었다.

루바쇼프는 시계를 보았다. 리하르트는 소파에서 움직여 그에게서 약간 더 떨어졌다.

"결론을 내려야겠군. 내가 잘 이해했다면, 우리가 준 인쇄물을 자넨 의도적으로 배포하지 않은 거야. 그 내용에 동의할 수 없었기 때문이지. 하지만 우리 역시 자네의 전단지 내용에 동의할 수 없었네. 그로 인해 몇 가지 결과가 나왔음을 자네도 이해할 거야."

리하르트는 충혈된 눈으로 그를 바라보다가 고개를 떨어뜨렸다.

"보낸 자료들이 말도 안 되는 걸로 가득 차 있음을 당신 스스로 잘 알 텐데요."

리하르트는 밋밋한 어조로 말했다. 더듬거림이 어느덧 멈추어 있었다.

"그것에 대해 난 아무것도 모르네."

루바쇼프가 건조하게 말했다.

"당신은 마치 아무 일도 일어나지 않은 것처럼 썼습니다."

리하르트가 지친 목소리로 이야기를 계속했다.

"그들은 당을 아수라장이 되도록 두들겨 댔고, 당신은 그저 승리를 위한 불굴의 의지에 대해 몇 구절 썼을 뿐입니다. 그건 '위대한 전쟁'의 공표문과 똑같은 거짓말입니다. 누구든 그걸 본 사람은 침을 뱉을 거예요. 그 모든 걸 당신 스스로 잘 알 겁니다."

루바쇼프는 리하르트를 쳐다보았다. 그는 무릎 위에 팔꿈치를 대고 움켜쥔 주먹 위에 턱을 괸 채 앞쪽으로 기대어 앉아 있었다. 루바쇼프가 건조하게 대답했다.

"내가 가지지도 않은 견해를 자넨 두 번이나 내 것이라 여기고 있네. 부탁하네만, 그러지 말게."

리하르트는 이글거리는 눈빛으로 믿을 수 없다는 듯 그를 쳐다보았다.

"당은 가혹한 시련을 겪고 있네. 예전의 다른 혁명당들은 훨씬 더 어려운 시련을 겪었지. 이런 상황을 헤쳐 나갈 결정적인 요소는 다름 아닌 우리의 불굴의 의지야. 지금 나약하게 행동하는 사람은 우리 당원이라 할 수 없지. 공포 분위기를 조성하는 사람 역시 적의 손에 놀아나는 것이고. 어떤 동기에서든 그렇게 행동하는 사람들은 우리의 활동에 위험 요소가 되지. 따라서 그런 사람들에게는 그에 합당한 대우를 할 수밖에 없다네."

리하르트는 손으로 턱을 받치고 루바쇼프 쪽으로 얼굴을 돌린 채 조용히 앉아 있었다.

"그래서 저는 활동에 위험한 사람이군요. 적의 손에 놀아나는……. 그래서 지금 그 대가를 치르는 것이겠지요. 애니 역시……."

루바쇼프는 여전히 건조한 어조로 말했다.

"자네가 만들었다고 인정한 팸플릿에는 다음과 같은 구절이 자주 나오지. '우리는 패배를 겪었다', '당에 재난이 닥쳤다', '우리는 새롭게 출발해야 하고, 우리 정책을 근본적으로 고쳐야 한다' 등등. 그건 패배주의야. 당의 투쟁 정신을 불구로 만드는 것이지."

"어찌 되었든 사람들에게 사실을 말해야 한다고 생각합니다. 사람들은 이미 다 알고 있어요. 그들을 속이는 것은 어리석은 일입니다."

"지난번 당 대회에서 결의문을 통해 언급한 것은 당은 패배하지 않았고, 그저 전략상의 후퇴를 했을 뿐이라는 거야. 그리고 이전의 정책을 변화시켜야 할 이유는 어디에도 없다는 거네."

"하지만 그건 쓰레기예요."

"자네가 이런 식으로 계속하면 대화를 멈출 수밖에 없네."

리하르트는 잠시 조용해졌다. 진열실은 어두워지기 시작했고, 벽에 걸린 그림 속 천사와 여인들 윤곽은 점점 더 희미해져 갔다.

"죄송합니다."

리하르트가 다시 입을 열었다.

"제 말은 당 지도부가 실수했다는 것입니다. 당신은 '전략상의 후퇴'라고 말했지만, 우리 쪽 사람들 가운데 반이 죽었고, 남은 사람들은 그저 살아 있다는 사실에 너무 기뻐한 나머지 무리지어 상대편으로 넘어가고 있어요. 당신 쪽 사람들이 밖에서 날조한 이 궤변투성이의 결의문을 여기서는 전혀 납득하지 못하고 있습니다."

리하르트의 얼굴은 짙어 가는 어스름 속에 희미해져 갔다. 그는 잠시 멈추었다가 덧붙였다.

"애니 역시 지난밤에 '전략적 후퇴'를 했을 겁니다. 제발 당신도 이해해야 합니다. 우리는 지금 정글 속에 살고 있어요……."

루바쇼프는 그의 다음 이야기를 기다렸다. 그러나 리하르트는 더 이상 아무 말도 하지 않았다. 주위는 점점 더 어두워지고 있었다. 루바쇼프는 코안경을 벗어 소매에 문지르며 말했다.

"당은 결코 잘못할 수 없어. 자네와 나는 실수할 수 있어. 그러나 당은 아니네. 동지, 당은 자네나 나, 그리고 자네나 나 같은 수천 명 이상의 존재야. 당은 역사에 나타나는 혁명적 사상의 구현체지. 역사는 망설임과 주저를 모른다네. 완만하지만 과오 없이 자기 목표를 향해 흘러갈 뿐이지. 역사는 지나는 경로의 모든 굴곡에 그것이 실어 나르는 진흙과 익사자의 시체를 남기네. 역사는 자기 길을 알고 있고, 결코 어떤 잘못도 저지르지 않아. 역사에 대한 절대적 믿음을 갖지 못한 자는 당원이 아니야."

리하르트는 말없이 루바쇼프를 바라보며 미동도 하지 않은 채 앉아 있었다. 잠시 침묵이 흐른 뒤 루바쇼프가 이야기를 계속했다.

"자넨 우리가 인쇄한 자료의 배포를 막았어. 당의 목소리를 깔아뭉갤 거야. 그 대신 해롭고 거짓된 팸플릿을 배포했지. 자넨 이렇게 적었어. '혁명 활동의 잔존자들은 결집해야 하고, 독재에 적대적인 모든 세력은 힘을 합쳐야 한다. 우리의 오래 묵은 내부 싸움을 중단하고, 공동의 투쟁을 새롭게 시작해야 한다'고 말이지. 그건 틀렸어. 당은 온건파와 합류해선 안 돼. 온갖 선의의 믿음으로 무수한 활동을 배반한 것은 그들이었어. 그들은 다음에도 그렇게 할 거야. 그리고 그 후에도. 그들과 타협하는 자는 혁명을 매장시킬 걸세. 자넨 이렇게도 썼지. '집이 불타고 있다면, 모두 나서서 불 끄는 걸 도와야 한다. 당의 노선에 대해 계속 싸운다면, 우리 모두는 재로 불타 버릴 것이다'라고. 하지만 그것 역시 틀렸어. 우린 불에 대항해 물로 싸우고 있어. 다른 사람들은 기름으로 싸우고 있고. 그러므로 우리는 소방단을 구성하기 전에, 물이든 기름이든 무엇이 바른 방법인지 우선 결정해야 해.

정치를 그런 식으로 이끌 수는 없네. 열정과 절망으로 정책을 만드는 건 불가능해. 당의 경로는 마치 산에 난 협로처럼 선명하게 규정되어 있지. 왼쪽이든 오른쪽이든 약간만 잘못 디뎌도 벼랑 아래로 떨어지고 말아. 공기는 희박하고, 그래서 현기증을 느끼면 패배하고 말지."

주위는 이제 어둠으로 둘러싸여 루바쇼프는 그림의 손 형태도 더 이상 볼 수 없었다. 그때 날카롭게 벨이 두 번 울렸다. 15분 뒤면 미술관이 닫힐 것이다. 루바쇼프는 시계를 보았다. 그는 아직 해야 할 중요한 말이 남아 있었지만, 이미 시기를 놓친 상태였다. 리하르트는 무릎에 팔꿈치를 댄 채 꼼짝도 하지 않았다.

"거기에 대해선 할 말이 없군요."

마침내 리하르트가 입을 열었다. 그의 목소리는 지쳐 있었다. 그가 계속했다.

"당신이 말한 것은 확실히 옳아요. 그리고 산길에 대해 말한 것도 아주 좋아요. 그렇지만 제가 아는 건 우리가 패배했다는 사실입니다. 남아 있는 자들마저 우리를 떠나고 말았어요. 그건 산길이 너무 좁기 때문인지도 몰라요. 다른 사람들에겐 음악과 근사한 깃발도 있어요. 그리고 그들은 따뜻한 화롯가에 앉아 있습니다. 아마 그 때문에 그들은 이겼을 겁니다. 그리고 그 때문에 우린 애써 노력하고 있고요."

루바쇼프는 말없이 듣고 있었다. 아직 못한 중요한 말을 하기 전에 리하르트가 하는 말을 더 듣고 싶었다. 리하르트가 무슨 말을 하든 루바쇼프의 중요한 말은 결코 달라지지 않을 것이었다. 그렇더라도 그는 리하르트의 이야기를 귀 기울여 기다렸다.

덩치 큰 리하르트의 모습은 어둠 때문에 점차 희미해져 갔다. 그는 둥근 소파에서 약간 더 먼 쪽으로 움직였다. 어깨를 구부리고 얼굴은 두 손 사이에 거의 파묻은 채 그는 앉아 있었다. 루바쇼프는 몸을 일으켜 반듯하게 앉아 기다렸다. 턱 위쪽으로 약간 옥죄는 듯한 고통이 느껴졌다. 아마도 말썽 난 송곳니 때문인 듯했다. 잠시 뒤 리하르트가 말했다.

"제게 무슨 일이 생긴 거죠?"

다시금 치통이 느껴졌다. 루바쇼프는 아주 중요한 말을 꺼내기 전에 손가락으로 송곳니를 만져 보고 싶은 충동을 느꼈지만 참았다. 그가 조용히 말했다.

"중앙 위원회의 결정을 자네에게 통고하지 않을 수 없네. 리하르트, 자넨 더 이상 당원이 아닐세."

리하르트는 동요하지 않았다. 루바쇼프는 일어나려다 잠시 그대로 앉아 있었다. 리하르트 역시 여전히 앉아 있었다. 잠시 뒤 그가 얼굴을 들어 루바쇼프를 쳐다보며 물었다.

"이걸 말하려고 여기로 온 건가요?"

"주된 용건은 그것이지."

루바쇼프는 대답했다. 그는 나가고 싶었으나 리하르트 앞에서서 잠시 기다렸다.

"이제 저는 어떻게 되는 건가요?"

첫 번째 심문

리하르트가 물었다. 루바쇼프는 대답하지 않았다. 잠시 뒤 리하르트가 다시 물었다.

"이젠 제 친구의 영사실에서 지낼 수도 없겠군요?"

잠시 망설이다 루바쇼프가 대답했다.

"그렇게 하지 않는 것이 좋지."

루바쇼프는 그렇게 말하는 자신 때문에 갑자기 화가 났다. 그는 리하르트가 그 말의 의미를 이해하는지 확신하지 못했다. 루바쇼프가 리하르트를 내려다보며 말했다.

"각자 따로 이 건물을 떠나는 게 좋겠네. 잘 가게."

리하르트는 몸을 쭉 폈지만 여전히 앉아 있었다. 어두워 잘 보이지는 않았으나, 루바쇼프는 그의 눈빛이 이글거리고 있으리라 짐작했다. 루바쇼프의 기억에 각인된 것은 엉거주춤 앉아 있던 그의 희미한 이미지였다.

루바쇼프는 그 진열실을 떠나 다음 진열실을 가로질러 갔는데, 그곳 역시 텅 빈 채 어두웠다. 모자이크로 처리된 나무 바닥에서 그의 발자국 소리가 저벅저벅 울렸다. 출구에 도착해서야 루바쇼프는 완전한 형태의 〈피에타〉를 보지 못했음을 깨달았다. 그가 본 것은 구부러진 손과 팔꿈치까지 드러난 앙상한 팔의 일부뿐이었다.

루바쇼프는 입구에 있는 계단에서 걸음을 멈추었다. 치통이 더 심해졌다. 밖은 차가웠다. 희미한 회색 모직 스카프를 단단히 여몄다. 미술관 앞쪽의 크고 조용한 광장에는 가로등이 이미 켜져 있었다. 사람이 거의 없을 시간이었다. 벨을 울리는 폭 좁은 전차가 느릅나무 가로수 길을 끽끽거리며 지나갔다. 그는 어디서 택시를 잡아야 할지 몰라 난감했다.

계단을 다 내려갈 즈음 숨을 헐떡이며 리하르트가 쫓아왔다. 루바쇼프는 발걸음을 서두르거나 늦추지 않고 고개를 돌리지도 않은 채 계속 걸었다. 리하르트는 루바쇼프보다 키도 약간 크고 몸집도 더 컸지만, 어깨를 구부리고 몸을 움츠린 채 보폭을 줄이며 루바쇼프 옆을 따라 걸었다.

"제 친구 영사실에서 계속 지내도 되는지 물었을 때 당신이 그렇게 하지 않는 것이 좋다고 했는데, 그건 경고였나요?"

루바쇼프는 거리를 따라 달려오는 불빛 밝은 택시를 바라보았다. 그는 커브 길에서 멈추어 선 채 택시가 가까이 오기를 기다렸다. 리하르트는 그 옆에 서 있었다.

"리하르트, 난 자네에게 더 이상 할 말이 없어."

루바쇼프는 이렇게 말한 뒤 택시를 불렀다.

"그, 그러나 당신이 절 비난하면 안 돼요, 동지."

리하르트가 말했다. 택시가 달려오다 스무 걸음 정도 떨어진 곳에서 속도를 줄였다. 리하르트는 루바쇼프 앞에서 몸을 구부린 채 서 있었다. 그는 루바쇼프의 외투 소매를 잡고 그의 얼굴을 내려다보며 곧장 말했다.

"전 당의 적이 아닙니다. 도, 동지, 절 늑대들한테 던지면 안 됩니다······."

리하르트의 숨결이 루바쇼프의 이마에 와 닿았다. 숨결 때문에 이마 쪽이 약간 축축해졌다.

택시가 두 사람 앞에 멈추어 섰다. 운전사는 틀림없이 마지막 말을 들었을 것이다. 택시를 보내도 소용없다는 것을 루바쇼프는 즉각 계산했다. 위쪽으로 1백 미터 정도 떨어진 곳에 경찰관 한 명이 서 있었다. 가죽 잠바를 입은 약간 늙은 운전사는 두 사람을 무표정하게 바라보았다.

"역까지."

루바쇼프가 말하며 택시에 올라탔다. 운전사는 오른팔을 뒤로 뻗어 문을 닫았다. 리하르트는 손에 모자를 든 채 도로 구석에 서 있었다. 그의 목울대가 아래위로 급히 움직였다. 택시가 출발해서 경찰관 쪽으로 달려갔다. 그리고 경찰관을 지났다. 루바쇼프는 돌아보지 않았으나 리하르트가 아직도 도로 구석에 서서 택시의 미등을 응시하고 있음을 알고 있었다.

몇 분 동안 택시는 도로 위를 달렸다. 택시 운전사는 승객이 여전히 안에 있는지 확인이라도 하려는 듯 고개를 여러 번 돌렸다. 루바쇼프는 그 도시를 너무 모르기 때문에 택시가 정말 역으로 가고 있는지 아닌지 판단할 수가 없었다. 거리는 조용했다. 그 거리의 끝에서 택시가 섰다. 커다란 시계가 걸린, 불을 밝힌 거대한 건물이 눈앞에 나타났다. 역이었다.

루바쇼프는 택시에서 내렸다. 이 도시의 택시에는 아직도 미터기가 달려 있지 않았다.

"얼마요?"

그가 물었다.

"필요 없소."

운전사가 대답했다. 그의 얼굴은 주름져 있었다. 그는 가죽 잠바 호주머니에서 붉은 손수건을 꺼내 가볍게 코를 풀었.

루바쇼프는 코안경으로 그를 유심히 쳐다보았다. 아무리 살펴보아도 전에 본 적이 없는 얼굴이었다. 운전사가 손수건을 집어넣으며 말했다.

"선생 같은 사람은 늘 공짜지요."

그는 핸드 브레이크를 만지던 손을 빼더니 밖으로 내밀었다. 혈관이 튀어나오고 손톱이 검은 노인 손이었다.

"행운을 비오, 선생."

그는 웃으며 약간 졸음에 겨운 듯 말했다. 루바쇼프가 아무 말도 하지 않자 그가 덧붙였다.

"선생의 젊은 친구가 뭔가를 원한다면, 내 차가 있는 곳은 미술관 앞이니, 차 번호를 보내 주면 될 거요."

한 문지기가 기둥에 기댄 채 두 사람을 바라보았다. 루바쇼프는 운전사가 뻗은 손을 잡지 않았다. 그는 그 손에 동전을 놓고는 한마디 말도 없이 역 안으로 들어갔다.

루바쇼프는 기차가 출발할 때까지 1시간을 기다려야 했다. 간이식당에서 맛없는 커피를 마셨다. 치통 때문에 몹시 괴로웠다. 기차 안에서 선잠이 든 그는 기차 앞에서 달리는 꿈을 꾸었다. 리하르트와 택시 운전사가 기차 안에 서 있었다. 그들은 차비를 속였다며 루바쇼프를 차로 치려고 했다. 바퀴가 덜컹거리며 점점 더 가까이 왔지만, 그의 발은 움직이지 않았다. 멀미 때문에 잠에서 깬 루바쇼프는 오한이 났다. 객차 안의 다른 사람들이 놀라 그를 쳐다보았다. 밖은 어두웠다. 기차는 어두운 적의 나라를 통과하면서 달리고 있었다. 리하르트와의 일은 이제 끝내야 했다. 이가 쑤셔 왔다. 그로부터 일주일 뒤 루바쇼프는 체포되었다.

10

루바쇼프는 창문에 이마를 기대고 뜰을 내려다보았다. 계속 서성거린 탓에 다리가 피로하고 현기증도 났다. 시계를 쳐다보았다. 11시 45분이었다. 그는 〈피에타〉가 떠오른 뒤부터 거의 4시간째 계속해서 왔다 갔다 하고 있었다. 그건 놀라운 일이 아니었다. 그는 감방에서의 백일몽이나 하얀 회벽에서 나는 중독성 짙은 냄새에 충분히 익숙해 있었다. 직업이 미용사 조수이던 한 젊은 동지가 떠올랐다. 그는 독방 생활 중 가장 지독했던 2년차 시절에 눈을 뜬 채 7시간 동안 계속해서 꿈을 꾸었다고 했다. 눈을 뜬 채 꿈을 꾸면서 다섯 걸음 길이의 감방 안에서 28킬로미터를 걸었다고 했다. 그래서 자기도 모르게 발에 물집이 생겼다는 것이다.

그러나 이번에는 그것이 다소 빨리 왔다. 이전에는 몇 주 지나서야 시작됐는데, 이번에는 첫날부터 그 버릇이 루바쇼프를 덮쳤다. 또 다른 이상한 일은 그가 과거를 생각했다는 점이다. 만성적인 감옥 몽상가들은 거의 언제나 미래를 꿈꾸었다. 만일 과거를 생각한다 해도 그것은 실제 있던 일이 아니라 자기들이 추측하거나 바라는 대로 각색된 것이었다. 루바쇼프는 자기의 정신 기관에 또 다른 놀라운 일이 저장되어 있지 않을까 궁금했다. 죽음과의 대면은 늘 사고의 메커니즘을 바꾸었고, 자극에 끌리는 나침반처럼 가장 놀라운 반응을 일으킨다는 사실을 그는 경험으로 알았다.

곧 눈이 내리려는지 하늘은 여전히 무거웠다. 안뜰에서는 두 사람이 삽으로 파낸 길을 걷고 있었다. 두 사람 중 한 사람은 루바쇼프의 창문을 거듭 올려다보았다. 루바쇼프가 체포되었다는 소식이 벌써 퍼진 모양이었다. 그는 피부가 노랗고 많이 여윈 언청이였는데, 얇은 방수복을 입고 있었다. 다른 한 사람은 나이가 좀 더 들었고, 담요를 몸에 두르고 있었다. 뜰을 걷는 동안 그들은 아무 말도 하지 않았다.

10분 뒤 고무 곤봉과 권총을 가진 제복 차림의 한 관리가 그들을 건물 안으로 불러들였다. 그 관리가 기다리는 곳은 루바쇼프 창문의 반대편에 있는 문 앞이었다. 문이 닫히기 전 째진 입술을 가진 사람은 다시 한 번 루바쇼프 쪽을 올려다보았다. 그는 분명 루바쇼프를 볼 수 없었다. 루바쇼프의 창문은 안뜰에서 보면 아주 어두워 보였기 때문이다. 그러나 그는 무언가를 찾듯이 그 창문에서 눈을 떼지 못했다.

'난 당신을 보지만, 당신을 알지는 못한다. 당신은 날 볼 수 없지만, 당신은 분명 날 안다.'

루바쇼프는 생각했다. 그는 침대에 앉아 402호에게 두드렸다.

"저들은 누군가?"

루바쇼프는 402호가 기분이 상해 대답하지 않을 거라고 여겼다. 그러나 그 장교는 원한을 품은 것 같지 않았다. 그는 즉각 대답했다.

"정치범."

루바쇼프는 놀랐다. 그는 그 언청이를 범죄자로 간주했던 것이다.

"당신 같은 부류의?"

그가 물었다.

"아니, 당신 같은."

402호가 대답을 두드렸다. 그는 어쩌면 약간 만족한 듯 씩 웃었을지도 모른다. 다음 문장은 좀 더 큰 소리였다. 아마 한쪽 알만 있는 안경을 낀 채 두드렸을 것이다.

"내 옆방 400호의 저 언청이는 어제 고문을 당했소."

루바쇼프는 1분 동안 말이 없었다. 그리고 두드릴 때만 이용하고 있는 코안경을 소매에 문질렀다. 그는 '왜?'라고 묻고 싶었지만, 대신 이렇게 두드렸다.

"어떻게?"

402호의 두드림이 건조하게 되돌아왔다.

"한증막."

루바쇼프는 지난번에 수감되었을 때 엄청 맞았다. 그러나 이 방법에 대해서는 그저 소문으로만 알고 있었다. 그는 모든 '알려진' 육체적 고통이란 견딜 만하다는 사실을 배웠다. 어떤 일이 일어날 것인지 미리 정확히 알기만 한다면, 외과 수술을 받을 때처럼, 예를 들면 이를 빼는 것처럼 견딜 수 있었다. 정말 안 좋은 것은 알려지지 않은 것이었다. 그 경우 자기 반응을 예상할 기회도, 견딜 수 있는 능력을 계산할 기준도 가질 수 없었다. 그리고 가장 지독한 것은 자신이 결코 돌이킬 수 없는 어떤 행동이나 말을 하게 되지 않을까 하는 두려움이었다.

"왜?"

루바쇼프가 물었다.

"정치적 일탈."

402호는 조롱하듯 두드렸다.

루바쇼프는 코안경을 쓰고는 호주머니에 든 담뱃갑을 만지작거렸다. 이제 두 개비밖에 안 남았다. 그는 다시 두드렸다.

"그런데 당신은 어떤가?"

"고맙군. 아주 좋지."

402호는 이것으로 대화를 중지해 버렸다.

루바쇼프는 어깨를 으쓱했다. 그는 담배에 불을 붙였다. 그리고 앞뒤로 다시 걷기 시작했다. 앞으로 닥칠 일들 때문에 자신이 기뻐하기까지 한다는 사실이 그는 참으로 기이했다. 약간의 우울함이 자기를 떠나는 것을 느꼈고, 머리는 더 맑아졌으며, 신경은 긴장되었다. 그는 세면대의 차가운 물에 얼굴과 팔 그리고 가슴을 씻었다. 그리고 이를 헹군 뒤 손수건으로 몸을 닦았다. 휘파람을 몇 소절 불면서 미소를 지었다. 그는 늘 가락을 형편없이 틀려서 며칠 전 누군가가 이렇게 말하기도 했다.

"넘버원이 음악을 좋아했다면, 그는 오래전에 당신을 총살할 구실을 찾았을 거요."

"어쨌거나 그는 그렇게 할 건데, 뭐."

그는 심드렁하게 대답했다.

루바쇼프는 마지막 담배에 불을 붙인 뒤, 반대 심문에 불려 갈 때 어떤 노선을 취할지 맑은 머리로 생각하기 시작했다. 학생 시절 특별히 어려운 시험을 앞두었을 때처럼 그는 자신감으로 가득 차 있었다. 루바쇼프는 '한증막'에 대해 자신이 알고 있는 모든 세부적인 사항을 떠올려 보았다. 그리고 상황을 세세히 상상해 보면서 예상되는 물리적 느낌을 분석하고자 애썼다. 끔찍함에서 벗어나기 위해서였다. 중요한 것은 아무런 준비도 없이 그들에게 낚이지 않는 것이었다. 그들이 그 일을 다른 사람들이 하는 것 이상으로 해내지 못할 것임을 그는 확신했다. 말하고 싶지 않은 것은 그 무엇도 말하지 않을 자신이 있었다. 그는 그들이 그 일을 어서 시작해 주기를 바랄 뿐이었다.

루바쇼프는 자기를 쫓아오던 리하르트와 택시 운전사가 나온 꿈이 떠올랐다. 그들은 루바쇼프가 자신들을 속이고 배신했다고 여겼다.

'내 차비를 지불하겠소.'

그는 어색한 웃음을 지으며 속으로 중얼거렸다.

마지막 담배가 손가락 끝에서 거의 다 타고 있었다. 루바쇼프는 담배꽁초를 바닥에 던진 뒤 밟으려다 문득 생각을 바꾸었다. 그는 몸을 구부려 담배꽁초를 다시 집어 들었다. 그러고는 타고 있는 담배꽁초를 손등 위 푸르고 구불구불한 혈관 사이에 놓고는 천천히 비벼 껐다. 시계의 초침으로 재면서 정확히 30초 동안 비벼 껐다. 그는 기뻤다. 손은 30초 동안 한 번도 따끔거리지 않았기 때문이다. 그런 다음 그는 걷기를 계속했다.

그때 감시 구멍으로 3~4분 동안 그를 관찰하던 눈빛이 사라졌다.

11

점심 행렬이 복도를 지나갔다. 이번에도 루바쇼프의 방은 제외되었다. 그는 감시 구멍으로 내다보는 모욕적인 일은 하고 싶지 않았다. 그래서 이번 점심 메뉴가 무엇인지 알아내지는 못했지만, 아주 좋은 음식 냄새가 그의 감방을 가득 채웠다.

루바쇼프는 담배를 피우고 싶은 욕구를 강하게 느꼈다. 집중하기 위해서는 어떻게든 담배를 마련해야 했다. 담배는 음식보다 더 소중했다. 음식을 나누어 준 지 30분이 지난 뒤 그는 문을 쾅쾅 두드리기 시작했다. 나이 든 교도관이 신발을 질질 끌며 나타나기까지 15분이 넘게 걸렸다.

"뭘 원하오?"

그는 늘 그러하듯 퉁명스러운 목소리로 물었다.

"매점에서 담배를 가져다주시오."

루바쇼프가 말했다.

"감옥 상환권은 있소?"

"내 돈은 도착하자마자 빼앗겼소."

"그렇다면 그 돈이 상환권으로 교환될 때까지 기다려야 하오."

"그러려면 소위 말하는 당신들의 이 시범 감옥에서 시간이 얼마나 걸릴까?"

"진정서를 쓸 수도 있소."

"내겐 종이도 펜도 없다는 걸 잘 알 텐데."

"필기도구를 사려면 상환권이 있어야 하오."

루바쇼프는 분노가 일었다. 가슴을 억누르고 목을 죄는 듯한 친숙한 느낌이었다. 그러나 그는 분노를 억눌렀다. 교도관은 코안경을 쓴 루바쇼프의 눈동자가 날카롭게 번뜩이는 모습을 보았다. 순간 교도관의 머릿속에는 예전에 어디서나 볼 수 있던 제복 입은 루바쇼프의 컬러 사진이 떠올랐다. 그는 노인 특유의 심술 궂은 미소를 지으며 한 걸음 뒤로 물러났다.

"똥 덩어리 같은 것들."

루바쇼프는 천천히 말하며 등을 돌린 뒤 다시 창가로 돌아갔다.

"모욕적인 언사를 썼다고 보고하겠소."

나이 든 교도관의 목소리가 들린 뒤 문이 쾅 닫혔다.

루바쇼프는 코안경을 소매에 비비고는 숨이 좀 가라앉기를 기다렸다. 담배가 절실했다. 담배가 없으면 견뎌 내지 못할 것 같았다. 그는 10분 동안 참아 보았다. 그러다 402호에게 두드렸다.

"담배 있나?"

대답을 듣기 위해 잠시 기다렸다. 이윽고 답변이 왔다.

"당신 줄 건 없어."

루바쇼프는 창가로 천천히 되돌아갔다. 짧은 콧수염을 한 옆방의 젊은 장교가 보였다. 그는 한쪽 알만 있는 안경을 낀 채 바보처럼 씩 웃으면서 그들을 갈라놓은 벽을 주시하고 있었다. 렌즈 뒤의 눈은 흐릿했다.

'402호는 어떤 생각을 하고 있을까? 넌 내게 잘 혼났어. 이렇게 생각하고 있겠지? 이 새끼, 얼마나 많은 내 사람을 쏴 죽였어? 이런 질문을 던지고 있을지도 모르겠군.'

루바쇼프는 하얀 회벽을 바라보며 생각했다. 벽 뒤에는 다른 사람들이 얼굴을 모두 자기 쪽으로 돌린 채 서 있을 것 같았다. 그중 한 사람이 헐떡거리는 소리를 들은 것도 같았다.

'그래, 얼마나 많은 당신 사람들을 내가 쏘았던가.'

루바쇼프는 정말 기억할 수가 없었다. 그건 아주 오래전 내전 동안의 일이었다. 아마도 일흔 명에서 백 명 사이일 것이다. 그런데 그것이 어떻단 말인가? 분명 옳은 일이었다. 그것은 리하르트의 경우와는 다른 차원이었다. 지금도 같은 상황에 처한다면 그는 또 그렇게 할 것이다. 혁명으로 결국 넘버원이 권력을 잡게 된다는 사실을 미리 안다 하더라도.

루바쇼프는 하얀 회벽을 바라보았다. 그 벽 뒤로 다른 사람이 서 있을 것 같았다. 그는 아마 담배에 불을 붙인 뒤 벽을 향해 연기를 뿜어내리라. 루바쇼프는 속으로 중얼거렸다.

'난 너와 정산할 게 없어. 빚진 게 없으니까. 너와 우리 사이엔 어떤 공통의 화폐도, 공통의 언어도 없어. 그런데 지금 너는 내게 뭘 원하는 거지?'

402호가 다시 두드리기 시작했다. 루바쇼프는 벽 쪽으로 갔다.

"당신에게 담배를 주지."

402호는 교도관의 주의를 끌기 위해 자기 감방 문을 두드렸다.

루바쇼프는 숨을 죽였다. 몇 분 뒤 나이 든 교도관이 발을 끌며 걸어오는 소리가 들렸다. 교도관은 402호의 감시 구멍을 통해 물었다.

"뭘 원하시오?"

루바쇼프는 402호의 목소리를 듣고 싶었지만 들을 수 없었다. 잠시 뒤 교도관이 다시 말했다.

"그건 안 되오. 규정 위반이오."

402호의 목소리는 이번에도 들리지 않았다.

"모욕적 언사를 쓴 것에 대해 보고하겠소."

교도관은 이렇게 말한 뒤 되돌아갔다. 그의 발걸음 소리가 점차 잦아들더니 마침내 사라졌다. 잠시 침묵이 흐른 뒤 402호가 다시 두드렸다.

"고약한 감시꾼이군."

루바쇼프는 대꾸하지 않았다. 담배에 대한 간절한 욕구 때문에 목이 근질근질했다. 그는 왔다 갔다 했다. 402호를 생각하다가 혼자 중얼거렸다.

"하지만 다음에도 난 또 그렇게 할 거야. 그건 필요한 일이고 또 옳은 일이었어. 당신들에게 내가 빚을 진 건가? 올바르고 필요한 행동에 대해서도 대가를 치러야 한단 말인가?"

목구멍이 점점 더 근질거렸다. 머리가 깨질 것 같았다. 루바쇼프는 무감각하게 앞뒤로 걸으며 자기도 모르게 중얼거리기 시작했다.

"올바른 행동에 대해서도 대가를 치러야 하는가? 이성 이외에 또 다른 척도가 있는가? 다른 척도로 잰다면, 올바른 사람이 가장 무거운 빚을 진 셈인가? 그 빚은 두 배가 될지도 모르지. 다른 사람들은 자기가 뭘 하는지 모르기 때문에……."

루바쇼프는 창가 가까운 곳의 타일 위에 서 있었다.

"이건 뭐야, 종교적 광기인가?"

그는 자기가 몇 분 동안 혼자서 중얼거리고 있다는 사실을 의식하게 되었다. 그의 입술은 자신의 의지와는 상관없이 움직였다.

"나는 대가를 치를 거야."

루바쇼프는 체포된 뒤 처음으로 두려움에 떨었다. 담배를 피우고 싶은 마음이 간절했다. 그러나 남아 있는 담배는 한 개비도 없었다. 다시 침대 위 벽에서 미세하게 두드리는 소리가 들렸다.

"언청이가 당신에게 인사를 보내는군."

루바쇼프는 누렇게 뜬 400호의 얼굴을 마음속으로 그려 보았다. 인사를 보냈다는 메시지 때문에 마음이 편치 않았다. 그가 두드렸다.

"그의 이름은 뭔가?"

402호가 대답했다.

"그가 말하지 않아. 그러나 당신에게 인사는 보내는군."

12

오후 들어 루바쇼프는 몸 상태가 더 나빠진 것 같았다. 오한을 동반한 경련이 주기적으로 그를 덮쳤다. 이도 다시 아프기 시작했다. 시신경 계통과 연결된 오른쪽 송곳니였다. 체포된 뒤 아무것도 먹지 않았으나, 아직까지는 허기가 느껴지지 않았다. 정신을 차리려고 애썼지만, 덮쳐 오는 싸늘한 전율과 따끔거리는 목구멍 때문에 그럴 수 없었다. 그의 생각은 두 축을 교대로 돌았다. 담배를 피우고 싶은 절망적인 욕구와 '나는 대가를 치를 거야'라는 구절이 그것이었다.

여러 가지 기억이 루바쇼프를 짓눌렀다. 기억들이 그의 귀에서 낮게 윙윙거렸다. 여러 얼굴과 목소리가 떠올랐다가 사라졌다. 억누르려고 애쓰면 애쓸수록 고통스럽기만 했다. 모든 과거가 고통스러워 약간만 건드려도 아팠다. 그의 과거는 당의 활동과 당이 전부였다. 현재나 미래 역시 당에 속한 것으로 당의 운명과 결부되어 있었다. 그의 과거는 당과 동일했다. 그런데 갑작스럽게 문제가 된 것이 바로 이 과거였다. 따스하고 살아 숨 쉬는 당이라는 몸뚱이가 그에게는 곪아 가는 상처와 선혈의 낙인으로 뒤덮인 것처럼 보였다. 그런데 역사상 언제 어느 곳에 그렇게 결함 많은 성인들이 있었단 말인가? 당이 역사의 의지를 구현하는 것이라면, 역사는 결함투성이였다.

루바쇼프는 감방 벽의 눅눅한 곳을 뚫어지게 쳐다보았다. 그러다 침대에서 담요를 집어 들어 어깨에 걸쳤다. 빠른 발걸음으로 문과 창가를 왔다 갔다 했다. 그러나 오한은 계속 등을 타고 내렸다. 귀의 윙윙거림 역시 희미하고도 부드러운 목소리와 뒤

섞여 계속되었다. 그는 이 소리가 복도에서 들려오는 것인지, 아니면 환청 때문인지 알 수가 없었다.

"시신경 때문이야. 부서진 송곳니 뿌리 때문일 거야. 내일 의사에게 말해야겠다."

그는 혼자 계속 중얼거렸다.

"치통이 심하더라도 할 일은 해야지. 우선 당의 오류에 대한 원인을 찾아내야 해. 우리의 모든 원칙은 옳았어. 하지만 결과는 틀렸지. 지금은 병든 세기야. 우린 질병의 원인을 현미경으로 들여다보듯 정확하게 진단했지만, 치료용 칼을 들이댈 때마다 새로운 종기가 나타났어. 우리의 의지는 단단하고 순수했지. 당연히 인민으로부터 사랑받아야 했어. 그러나 그들은 우릴 증오했지. 우린 왜 그렇게 미움을 받게 되었을까?"

그는 잠시 중단했다가 다시 중얼거렸다.

"우린 당신들에게 진리를 가져다주었지. 하지만 우리 입을 통해 나오는 진리는 거짓처럼 들렸어. 우린 당신들에게 자유를 가져다주었지. 그러나 우리 손에 있는 자유는 채찍처럼 보였어. 우린 당신들에게 생명을 가져다주었어. 하지만 우리 목소리가 들리는 곳에선 나무가 시들고 나뭇잎이 떨어졌지. 우린 당신들에게 미래를 가져다주었어. 하지만 우리의 혀는 더듬거리며 짖는 듯 고함쳤지······."

루바쇼프는 오한으로 몸을 떨었다. 그의 마음의 눈에 나무 액자 속에 들어 있는 큼직한 사진이 나타났다. 제1회 당 대회에 참석한 대의원들 사진이었다. 그들은 긴 나무 책상을 앞에 두고 앉아 있었는데, 몇 명은 책상에 팔꿈치를 대고 있고, 나머지 사람들은 무릎 위에 손을 얹고 있었다. 다들 수염을 기르고 매우 진지한 표정으로 카메라 렌즈를 응시했다. 각각의 머리 위에는 번호가 적힌 작은 동그라미가 있고, 사진 아래에는 그 번호에 해당되는 이름들이 인쇄되어 있었다. 모두 근엄한 표정이었는데, 회의를 주재하는 그 어른만 타타르 사람의 눈처럼 난폭하고 사나운 눈에 재미있다는 듯한 표정을 짓고 있었다. 그의 오른쪽 두 번째 자리에 루바쇼프가 코안경을 끼고 앉아 있었다. 넘버원은 무겁고 네모진 책상의 끄트머리에 앉아 있었다.

　사진은 어느 지방 도시의 평의회 모임 장면 같았지만, 사실은 인류 역사에서 가장 위대한 혁명을 준비하는 모임이었다. 그들은 그 당시 전혀 새로운 소수의 인간 유형인 투사적 철학자들이었다. 그들은 방문 판매원들이 호텔에 대해 훤하듯이 유럽의 여러 도시에 있는 감옥에 대해 훤했다. 그들은 권력 철폐를 지향하는 권력을 꿈꾸었고, 사람들의 지배받는 습관을 없애기 위해 지배하는 일을 꿈꾸었다. 그들의 모든 사고는 행동이 되었고, 그들의 모든 꿈은 실현되었다. 그런데 지금 그들은 어디에 있는가? 세계의 진로를 바꾼 그들의 두뇌는 모두 총알을 맞았다. 몇몇은 이마에, 몇몇은 목 뒤에. 그들은 전 세계에 뿔뿔이 흩어졌고 기력이 고갈된 두세 명만 겨우 남았다. 그리고 루바쇼프 자신과 넘버원이 살아남았다.

루바쇼프는 몸이 꽁꽁 얼어붙는 것 같았다. 담배 한 개비가 그리웠다. 그는 벨기에의 오래된 항구에서 쾌활한 리틀 뢰비의 안내를 받던 순간을 떠올렸다. 리틀 뢰비는 곱사등이였고, 선원 파이프로 담배를 피웠다. 그곳에서는 항구 특유의 냄새가 났다. 썩어 가는 해초와 가솔린이 뒤섞인 냄새였다. 오래된 길드 집회소 탑에 걸린 시계에서는 음악처럼 똑딱이는 소리가 들렸다. 그 가까운 곳에는 밖으로 창들이 줄지어 달린 좁은 거리가 있었다. 격자무늬 창에는 항구의 창녀들이 낮에 빨아 널어 둔 빨래들이 걸려 있었다.

그것은 리하르트와의 사건이 있고 나서 2년 뒤의 일이었다. 그 전에 붙잡혔을 때 경찰들은 루바쇼프에게 불리한 어떤 것도 증명해 내지 못했다. 가혹하게 매질을 당해도 그는 침묵을 지켰다. 그들이 이를 빼내고 청각을 손상시키고 안경을 부수어도 그는 침묵했다. 그는 침묵을 고수하면서 모든 것을 부인했으며, 꼭 말을 해야 할 때는 냉정하고 신중하게 거짓말을 했다. 감방 안을 왔다 갔다 했고, 어두운 처벌 감방의 타일 위를 기어 다니기도 했다. 그는 두려움에 떨며 자기를 어떻게 변호할지 계속 고심했다. 고문을 받는 도중 의식을 잃었다가 차가운 물세례를 받고 깨어나기도 했다. 그리고 난 뒤에는 담배를 찾으며 계속 거짓을 말했다. 그는 자신을 고문하는 사람들의 증오에 놀라워하지 않았다. 왜 자신이 그들에게 그토록 미움을 받는지도 이상하게 여기지 않았다. 독재 정권의 모든 법률 기관이 이를 갈았지만, 그들은 그 어떤 것도 입증해 낼 수 없었다.

석방된 뒤 그는 비행기를 타고 혁명의 고국으로 돌아왔다. 여러 접대 행사와 환호하는 군중 모임 그리고 군사 퍼레이드가 그를 반겼다. 심지어 넘버원도 연이어 그와 함께 군중 앞에 모습을 드러냈다.

몇 년 동안 조국을 떠나 있다 돌아와 보니 많은 것이 변해 있었다. 사진에 나오는 수염 기른 사람들의 반은 더 이상 존재하지 않았다. 그들의 이름을 언급해서는 안 되었고, 그들을 기억하는 것도 오로지 저주 속에서나 가능했다. 그 옛날 지도자였던 타타르 사람의 눈을 가진 그 어른만은 예외였다. 그는 얼마 지나지 않아 죽었기 때문이다. 그는 성부(聖父)로, 넘버원은 성자(聖子)로 숭배되었다. 그러나 넘버원이 후계자가 되기 위해 그 어른의 유서를 날조했다는 소문이 도처에서 들렸다. 낡은 사진 속의 수염 기른 사람들 가운데 살아남은 자들은 이미 알아볼 수 없게 변해 있었다. 그들은 깨끗하게 수염을 자르고 있었지만, 기력을 잃은 채 환멸 속에서 냉소적인 우울로 가득 차 있었다. 넘버원은 때때로 그들 중에서 새로운 희생자를 얻으려고 손을 뻗쳤다. 그러면 그들 모두 가슴을 치면서 자신들의 죄를 뉘우쳤다.

조국으로 돌아온 지 2주 만에, 아직 목발을 짚고 있던 루바쇼프는 해외에서의 새 임무를 달라고 요청했다.

"좀 서두르는 것 같소."

넘버원이 담배 연기 뒤에서 그를 쳐다보며 말했다. 당의 지도부에서 20년을 함께 보냈건만, 그들은 아직도 형식적인 관계였다. 넘버원의 머리 위에 그 어른의 초상화가 걸려 있었다. 예전에는 그 옆으로 번호가 붙은 사람들의 사진이 걸려 있었는데, 지금은 모두 사라지고 없었다. 대화는 겨우 몇 분 이어지다 끝나고 말았다. 루바쇼프가 밖으로 나가려 하자 넘버원이 힘을 주어 악수를 했다. 루바쇼프는 이 악수의 의미를 오랫동안 곰곰이 생각했다. 넘버원이 담배 연기 뒤에서 그에게 보내던 기이한 냉소에 대해서도. 루바쇼프는 목발을 짚고 절뚝거리며 그 방을 나왔고, 다음 날 벨기에로 떠났다.

배 안에서 몸이 약간 회복된 루바쇼프는 자신의 임무에 대해 곰곰이 생각했다. 선원 파이프를 문 리틀 뢰비가 항구에 도착하는 그를 마중 나왔다. 그는 당의 부두 노동자 분과의 지도자였다. 루바쇼프는 곧 그가 좋아졌다. 그는 마치 자기가 직접 짓기라도 한 것처럼 자랑스레 부두와 항구 곳곳을 구경시켜 주었다. 어느 술집에 가든 부두 노동자, 선원, 창녀 등 그를 아는 사람들이 있었다. 어디를 가든 사람들이 그에게 술을 주었고, 그는 파이프를 귀에까지 올리며 인사를 했다. 리틀 뢰비와 루바쇼프가 지나가면 시장의 교통경찰까지도 그에게 윙크를 했다. 말이 잘 통하지 않는 외국 배의 선원들은 그의 기형적인 어깨를 부드럽게 토닥거리곤 했다. 루바쇼프는 이 모든 걸 놀라운 눈으로 바라보았다. 리틀 뢰비는 결코 혐오스럽거나 사람들의 미움을 받는 인물이 아니었다. 이 도시의 부두 노동자 분과는 이 세상에서 가장 잘 조직된 당의 분과 중 하나였다.

밤이 되어 루바쇼프, 리틀 뢰비 그리고 몇 사람이 항구 주점들 중 한 곳으로 들어갔다. 그들 중에 그 지역 조직의 서기관인 파울이라는 사람이 있었다. 이전에 레슬링 선수였던 그는 대머리에다 큰 귀가 튀어나와 있고 얼굴에는 마마 자국까지 있었다. 파울은 코트 안에 검은 스웨터를 입고, 머리에는 검은 중산모를 쓰고 있었다. 귀를 움직이는 재능을 가진 그는 가끔 귀로 모자를 들어 올렸다가 제자리에 내려놓곤 했다. 빌이라는 사람도 있었는데, 그는 선원 생활에 관한 소설을 한 편 써서 1년여 동안 꽤 유명해졌던 전직 선원이었다. 지금은 당의 신문에 기사를 쓰고 있었다. 그리고 부두 노동자가 여럿 있었다. 그들은 몸집이 큰 술꾼들이었다. 술집에는 새로운 사람들이 계속 들어왔는데, 모두들 탁자 앞에 앉거나 서서 술을 마시거나 빈둥거리며 시간을 보냈다. 뚱뚱한 술집 주인은 한가할 때면 그들이 앉은 탁자로 와서 함께 어울렸다. 모두들 꽤나 취해 있었다.

리틀 뢰비는 루바쇼프를 자세한 설명 없이 그저 '저 너머에서 온 동지'라고 소개했다. 그의 정체를 알고 있는 사람은 리틀 뢰비뿐이었다. 술자리의 사람들은 루바쇼프가 말을 나눌 기분이 아니거나 혹은 꼭 그래야 할 만한 이유가 없다는 걸 알았기 때문에, 그에게 많은 질문은 하지 않았다. 그들이 물었던 것은 '저 너머'의 생활 조건, 임금, 땅 문제, 산업 발전 등에 관련된 것이었다. 이와 관련해 그들은 전문적이고 상세한 지식을 갖고 있었는데, '저 너머'의 일반적 상황이나 정치 분위기에 대해서는 무지하기 이를 데 없었다. 약속의 땅 가나안의 포도가 정확히 얼마나 큰지를 묻는 아이들처럼, 그들은 경금속 산업의 생산 발전에 대해 물었다. 리틀 뢰비가 한 잔 마시자고 부를 때까지 주문도 하지 않은 채 서 있기만 하던 늙은 부두 노동자가 루바쇼프와 악수를 한 뒤 말했다.

"당신은 옛날 루바쇼프와 아주 닮았소."
"그런 말을 종종 듣소."
루바쇼프가 말했다.
"왕년의 루바쇼프, 당신과 맞먹는 그런 사람이 있었지요."
노인은 잔을 비우며 말했다.

그때 루바쇼프는 석방된 지 한 달이 채 지나지 않았고, 6주 전만 해도 그는 자신이 살아남을 거라고 생각하지 못했다. 뚱뚱한 술집 주인이 하모니카를 연주했다. 루바쇼프는 담배에 불을 붙인 뒤 술을 더 주문했다. 그들은 루바쇼프와 '저 너머' 사람들의 건강을 위해 건배를 했다. 서기관 파울은 귀로 중절모를 위아래로 움직였다.

밤이 깊어지자 모두들 돌아가고 루바쇼프와 리틀 뢰비만이 남아 있었다. 술집 주인은 블라인드를 내린 뒤 의자를 탁자 위에 쌓아 올리고 카운터에 기대 잠들었다. 리틀 뢰비가 불현듯 루바쇼프에게 살아온 이야기를 털어놓았다. 모든 동지들이 자신의 인생사를 그에게 이야기하고 싶어 했다. 그로서는 어쩔 수 없는 일이었다. 루바쇼프는 그만 돌아가고 싶었지만 갑자기 피로감이 몰려왔다(자신의 체력을 과대평가한 탓이었다). 그래서 그냥 앉아 이야기를 듣고 있었다.

리틀 뢰비는 벨기에 말을 잘하고 그곳 사람들과 각별하게 지냈지만, 그 나라 태생이 아니었다. 남부 독일의 한 마을에서 태어난 그는 목수 일을 배웠으며, 기타를 연주할 줄 알았고, 혁명 청년 클럽의 일요일 소풍 때면 다윈의 진화설에 대해 강연을 하기도 했다.

독재 정권이 들어서기 몇 달 전의 혼란스러운 시기에 당은 무기가 절실한 상황이었다. 그 무렵 그가 태어난 작은 마을에서는 거짓 술책이 횡행하고 있었다. 어느 일요일 오후, 그 지역의 가장 번화한 곳의 경찰서에서 쉰 자루의 장총과 스무 자루의 권총 그리고 탄약을 채운 두 개의 경기관총이 가구를 싣는 화물차에 실려 반출된 사건이 일어났다. 그 차에 있던 사람들은 공식 도장이 찍힌 몇 가지 명령서를 가지고 있었고, 제복 입은 경찰 두 명이 그들과 함께 차에 타고 있었다. 무기는 그 뒤 어느 마을에서 한 당원의 차고를 수색하는 동안 발견되었다. 그 사건의 진상은 완전히 밝혀지지 않았는데, 그 일이 일어난 다음 날 리틀 뢰비는 마을에서 자취를 감추었다. 당은 그에게 여권과 신분증명서를 마련해 주기로 약속했지만 지켜지지 않았다. 그에게 여행용 여권과 돈을 가져다주기로 했던 당의 상부 연락책이 약속 장소에 나타나지 않았던 것이다.

"우리 일이란 게 늘 그 모양이지요."

리틀 뢰비가 나직이 말했다. 루바쇼프는 침묵을 지켰다.

여권이 없었지만 리틀 뢰비는 그럭저럭 도망쳐 마침내 국경을 넘을 수 있었다. 그에 대한 체포 영장이 발부된 상황이었고, 그의 사진이 모든 경찰서에 나붙어 있어서 국경을 넘기까지 여러 달이 걸렸다. 상부 연락책을 만나기 위해 출발했을 때 그의 호주머니에는 사흘 정도 쓸 수 있는 돈밖에 없었다.

"사람들이 나무껍질을 씹어 먹는다는 이야기는 책에나 나오는 거라고 생각했어요. 어린 플라타너스가 가장 맛있지요."

리틀 뢰비는 일어나 카운터에서 소시지 두 개를 가져왔다. 루바쇼프는 감옥에서 먹던 수프와 단식 농성을 떠올리며 그와 함께 소시지를 먹었다.

마침내 리틀 뢰비는 프랑스 국경을 넘었다. 여권이 없었기 때문에 며칠 뒤 체포되었는데, 다른 나라로 가라는 명령을 듣고 풀려났다.

"달로 올라가라는 게 차라리 나았을 거예요."

리틀 뢰비는 당에 도움을 청했다. 하지만 프랑스의 당은 그를 알지 못하기 때문에 먼저 그의 조국에 조회를 해 보아야 한다고 했다. 그는 며칠 떠돌아다니다 결국 다시 체포되어 3개월 수감 선고를 받았다. 수형 생활을 시작한 그는 부랑자인 감방 동료들에게 지난번 당 대회 결의문에 대한 강연을 해 주었다. 그 대가로 그들은 고양이를 잡아 가죽을 팔면 먹고살 수 있다는 비밀을 알려 주었다. 그로부터 석 달 뒤 그는 벨기에 국경 부근의 한 숲으로 호송되었다. 헌병이 그에게 빵과 치즈, 그리고 프랑스 담배 한 갑을 주며 말했다.

"곧장 계속 가시오. 30분 정도 가면 벨기에에 도착할 거요. 만일 우리한테 다시 잡히면, 그때는 머리통을 부숴 버릴 거야."

서너 주 동안 리틀 뢰비는 벨기에에서 이리저리 떠돌아다녔다. 그는 다시 당에 도움을 청했지만, 프랑스에서와 똑같은 답변을 들었다. 플라타너스 나무 껍질을 씹어 먹는 일에 진력이 난 그는 고양이를 잡아 가죽을 팔아야겠다고 생각했다. 고양이를 잡는 일은 아주 쉬웠다. 게다가 탱탱하고 더럽지 않은 고양이 가죽 하나면 반 덩어리의 빵과 파이프 담배 한 갑을 얻을 수 있었다. 하지만 고양이를 죽이는 일은 몹시 힘들고 불쾌했다. 한 손으로는 고양이 귀를, 다른 손으로는 꼬리를 잡고 고양이 등을 무릎 위에 올려놓은 채 분지르는 게 가장 빨랐다. 처음에는 너무나 역겨웠지만 차츰 익숙해졌다.

불행히도 리틀 뢰비는 몇 주 뒤에 다시 체포되었다. 벨기에에서도 신분증명서가 필요했기 때문이다. 정해진 순서대로 추방 명령, 석방, 두 번째 체포, 수감이 이어졌다. 그러던 어느 날 저녁, 두 헌병이 프랑스 국경의 숲으로 그를 데려갔다. 그들은 빵과 치즈, 벨기에산 담배 한 갑을 주며 말했다.

"계속 곧장 가시오. 30분이면 프랑스에 도착할 거요. 여기서 다시 우리한테 잡히면, 머리통을 박살내 버릴 거야."

그 다음 해 1년 동안 리틀 뢰비는 프랑스 당국과 벨기에 당국의 공모로 인해 국경을 세 번이나 왔다 갔다 해야 했다. 그는 이러한 장난이 수년 동안 수백 가지의 유사한 경우에도 이루어졌음을 알게 되었다. 그는 다시 당에 의뢰했다. 당과 연락이 두절되지 않을까 걱정되었기 때문이다.

"우리는 당신 도착에 대한 어떤 통보도 당신 조직으로부터 받지 않았소. 우리의 문의에 대한 답변이 올 때까지 기다려야 하오. 만약 당신이 당원이라면, 당 규약을 지키시오."

당은 이렇게 말할 뿐이었다. 리틀 뢰비는 고양이 장사를 계속하면서 국경을 가로질러 이쪽저쪽을 넘나들었다. 그의 고국에도 독재 정권이 들어섰다. 그리고 다시 한 해가 지나갔다. 그러는 동안 리틀 뢰비는 건강이 나빠져 피를 토하기 시작했고, 밤에는 고양이 꿈을 꾸곤 했다. 그는 모든 것에서, 그가 먹는 음식이나 피우는 담배, 심지어 그에게 가끔 잠잘 곳을 제공하는 친절하고 늙은 창녀에게서조차 고양이 냄새가 난다는 망상에 시달렸다.

"문의에 대한 답변을 아직도 받지 못했소."

당의 대답은 여전했다. 또 한 해가 지난 뒤, 리틀 뢰비의 과거에 대한 정보를 줄 수 있는 동료들이 모두 살해되거나 감금, 혹은 사라졌다는 사실이 밝혀졌다.

"당신을 위해 아무것도 해 줄 수 없을 듯싶소. 공식적인 통고 없이는 오지 말아야 했소. 어쩌면 당신은 당의 허락 없이 떠난 것인지도 모르지. 우리가 어떻게 알겠소? 많은 스파이와 앞잡이가 우리 당원으로 끼어들려 하고 있소. 따라서 당은 그 점을 경계해야 하오."

당이 말했다.

"무엇 때문에 이런 이야기를 나한테 하는 건가?"

오랫동안 리틀 뢰비의 이야기를 듣고 있던 루바쇼프가 물었다. 그는 그만 자리에서 일어나고 싶었다.

리틀 뢰비는 맥주 통에서 직접 술을 따라 와 건배한 뒤 말했다.

"교훈적인 얘기니까요. 아주 전형적인 예이지요. 다른 수백 명의 사람에 대해서도 얘기할 수 있어요. 몇 년 동안 우리 가운데 가장 훌륭한 사람들이 그런 식으로 짓밟혔습니다. 당은 점점 더 화석화되고 있지요. 당의 팔다리는 통풍과 혈관 폐색증에 걸려 있어요. 그래서는 혁명을 일으킬 수 없지요."

'그런 얘기라면 당신보다 내가 더 많이 알고 있지.'

루바쇼프는 속으로 중얼거릴 뿐 입을 열지는 않았다.

그러나 리틀 뢰비의 이야기는 뜻하지 않게 행복한 결말에 이르렀다. 수감 생활 중 그는 전직 레슬링 선수인 파울을 감옥 동료로 만나게 되었다. 파울은 당시 부두 노동자였는데, 파업이 벌어지는 동안 '이중 목 조르기'라는 레슬링 기술을 어느 경찰관에게 행한 죄로 감옥에 들어와 있었다. 이중 목 조르기는 상대방의 뒤에서 양쪽 겨드랑이에 두 팔을 끼운 뒤 목 뒤에서 두 손을 꽉 쥔 채 목 척추가 우두둑거릴 때까지 머리를 누르는 기술이었다. 그는 링에서 이 기술로 상당한 갈채를 받았으나, 계급 투쟁에서 이중 목 조르기는 그렇지 못하다는 걸 후회하며 깨닫게 되었다.

리틀 뢰비와 파울은 친구가 되었다. 알고 보니 파울은 당의 부두 노동자 분과의 행정 서기관이었다. 두 사람이 출감한 뒤 파울은 리틀 뢰비를 위해 서류와 일거리를 조달했고, 당에서 그의 복권이 이루어지도록 했다. 그리하여 리틀 뢰비는 부두 노동자들에게, 마치 아무 일도 일어나지 않았던 것처럼, 다윈의 진화론에 대해 그리고 최근의 당 대회에 대해 다시 강연할 수 있었다. 그는 행복한 일상을 보내면서 고양이와 당 관료에 대한 분노를 잊게 되었다. 그리고 반년 뒤 그는 지역 분과의 정치 서기관이 되었다. 끝이 좋으면 모든 게 좋은 법이다.

루바쇼프는 이야기를 계속 듣다 보니 어느덧 지치고 힘이 들었지만, 결말이 좋은 쪽으로 나길 온 마음으로 바랐다. 물론 자신이 어떤 임무를 띠고 그곳에 와 있는지는 잊지 않았다. 아쉽게도 그가 배우지 못한 혁명가의 덕목이 하나 있었는데, 바로 자기기만이라는 미덕이었다. 어느 순간에도 그는 자신의 임무를 잊지 못하는 사람이었다.

루바쇼프는 코안경을 통해 리틀 뢰비를 조용히 쳐다보았다. 그의 시선이 의미하는 것이 무엇인지 이해하지 못한 리틀 뢰비는 순간 당황하여 웃으면서 파이프로 인사를 했다. 루바쇼프는 고양이를 생각하고 있었다. 그는 문득 술을 너무 많이 마신 것이 아닌지 두려워졌다. 왜냐하면 그가 리틀 뢰비의 귀와 다리를 잡은 채, 그의 무릎으로 그 불구의 등을 부러뜨려야 한다는 강박증에서 벗어날 수가 없었기 때문이다. 그는 아프다고 느꼈고, 그래서 가려고 일어섰다. 리틀 뢰비는 그를 친근하게 바라보았다. 그는 루바쇼프가 갑작스레 우울에 사로잡혔다는 사실을 깨닫고는 공손하게 입을 다물었다. 일주일 뒤 리틀 뢰비는 목매달아 자살했다.

그날 저녁과 리틀 뢰비의 죽음 사이에 몇 차례의 밋밋한 당 세포 모임이 있었다. 사실은 간단했다.

2년 전 당은 전 세계의 노동자들에게 정치적·경제적 불매 운동을 통해 얼마 전 유럽의 중심에 세워진 독재 정권에 맞서 싸우라고 요구했다. 적국에서 들어오는 어떤 상품도 구매해서는 안 되고, 거대 군수 산업에 필요한 탁송품의 통과도 허용되지 않았다. 당의 분과들은 이런 명령을 열광적으로 수행했다. 작은 항구의 부두 노동자들은 그 나라에서 오거나 그곳으로 가는 화물을 부리거나 싣기를 거부했다. 다른 노동조합들도 합류했다. 그러나 동맹 파업이 끝까지 가기는 어려웠다. 경찰과 충돌이 있을 때마다 부상자나 사상자가 속출했다.

싸움의 결과가 아직 불확실한 상황에서 구형인 검은 화물선 다섯 척이 항구로 들어왔다. 배의 고물에는 '저 너머'에서 사용하는 문자로 위대한 혁명 지도자의 이름이 쓰여 있고, 뱃머리에서는 혁명의 깃발이 펄럭였다. 파업을 하던 노동자들은 그들에게 열광적으로 인사했다. 그들은 곧 짐을 부리기 시작했다. 그러나 몇 시간 뒤 밝혀진 사실은, 그 화물이 불매 운동을 하는 나라의 전쟁 산업에 사용될 희귀한 광물이라는 것이었다.

당의 부두 노동자 분과는 즉시 위원회를 소집했는데, 거기서 사람들은 서로 치고 받고 싸웠다. 이 분쟁은 당 전체로까지 퍼졌다. 반동적 언론은 이 사건을 조롱하며 악용했다. 경찰은 파업을 해결하기 위한 시도를 중단하더니 중립을 선언하면서 부두 노동자들로 하여금 그 기이한 검은 선단의 화물을 부릴지 말지 결정하게 했다. 당 지도부는 파업을 중지시키고, 화물을 내리라고 명령했다. 그들은 혁명의 나라의 이번 행동에 대해 합리적인 설명과 교묘한 논리를 폈으나, 그것을 확신하는 사람은 아무도 없었다. 분과들은 갈라졌다. 당원 대부분이 떠나 버렸다. 여러 달 동안 당은 명색만 유지했다. 그러나 차츰 그 나라 산업 부문의 곤궁이 커지자 당은 인기와 힘을 다시 얻게 되었다.

그리고 2년이 흘렀다. 유럽 남쪽의 또 다른 굶주린 독재 정권이 아프리카에서 약탈과 정복의 전쟁을 시작했다. 이번에도 당은 불매 운동을 외쳐 댔다. 그들은 이전 경우보다 훨씬 더 열광적인 호응을 얻었다. 이 세상 거의 모든 나라 정부들이 침략국에게 원료 공급을 중단하기로 결정한 것이다.

원료, 특히 가솔린이 없다면, 침략자들은 패배할 터였다. 이런 상황에서 그 기이하고 작은 검은 선단이 다시 길을 떠났다. 그 배들 중 가장 큰 것에는 전쟁에 반대하다 살해된 사람의 이름이 적혀 있었다. 돛대 꼭대기에서는 혁명기가 휘날렸고, 배 밑

창고에는 침략국에게 가져갈 가솔린이 실려 있었다. 그들은 하루 정도면 항구에 닿을 거리에 있었는데, 리틀 뢰비와 그 친구들은 그들이 다가오는 것에 대해 아직 아무것도 몰랐다. 그에 대비하여 이들을 준비시키는 것이 루바쇼프의 임무였다.

루바쇼프는 첫날에는 아무 말도 하지 않았다. 이튿날 아침 당 회의실에서 토론이 시작되었다.

회의실은 아무런 실내 장식 없이 크고 지저분했으며, 오래된 가구들이 비치되어 있었다. 당의 회의실은 세상의 어느 도시에 있든 모두 비슷한 모습이었다. 가난한 탓도 있었지만, 주로 금욕주의의 음울한 전통 때문이었다. 벽은 오래된 선거 포스터, 정치적 슬로건 그리고 타자로 쳐진 통지서로 뒤범벅이었다. 한쪽 구석에는 먼지 낀 낡은 복사기가 놓여 있고, 다른 편 구석에는 파업 노동자들의 가족들에게 보낼 헌 옷이 한 무더기 쌓여 있었다. 그 옆으로 누런 전단지와 소책자가 수북했다. 긴 탁자는 두 개의 다리 위에 펼쳐진, 두 개의 평행 널빤지로 되어 있었다. 창문은 마치 마무리되지 않은 건물처럼 페인트로 더럽혀져 있고, 천장에서 내려온 코드에 매달린 전구 하나가 탁자 위에서 달랑거렸다. 그리고 그 옆으로 종이로 된 파리 잡는 끈끈이가 있었다. 탁자 주위에는 곱사등이 리틀 뢰비와 전직 레슬링 선수 파울, 작가인 빌 그리고 다른 세 사람이 앉아 있었다.

루바쇼프는 잠시 연설하듯 말했다. 그런 누추한 환경은 그에게 매우 친숙한 것이었다. 그는 누추함에서 오히려 편안함을 느졌다. 그런 환경 속에서 그는 자신의 임무가 꼭 필요하며 유용한 것이라는 점을 다시 확신했다. 그래서 왜 그 전날 저녁 시끄럽던 술집에서 자신이 불편함을 느꼈는지 납득이 되지 않았다.

　루바쇼프는 현 사태를 객관적으로, 그러나 온화함을 잃지 않으면서 설명했다. 하지만 자신이 온 실제 목적은 여전히 말하지 않았다. 침략국(나치 독일―옮긴이)에 대한 전 세계적인 불매 운동은 유럽 정부들의 위선과 탐욕 때문에 실패했다. 그들 중 몇몇은 여전히 항의하는 척했지만, 다른 정부들은 그런 모습조차 보이지 않았다. 침략국에게는 가솔린이 필요했다. 과거에는 혁명 국가가 상당량을 제공해 주었다. 이제 공급을 중단하면, 다른 탐욕스러운 나라들이 불매 운동을 깨뜨려 버릴 것이었다. 그들은 혁명 국가가 세계 시장에서 벗어나는 것 이상은 바라지 않았다. 가솔린 공급을 중단하는 식의 낭만적인 제스처는 '저 너머'의 산업 발전을 방해하는 것이고, 그로 인해 전 세계의 혁명 활동을 방해하는 것인지도 모른다. 그런 추론은 명확했다.

　파울과 세 부두 노동자는 고개를 끄덕였다. 그들은 천천히 생각하는 사람들이었다. '저 너머'의 동지가 그들에게 말한 모든 것은 설득력이 있었다. 하지만 그것은 그들에게 즉각적 결과가 없는, 그저 이론적 담론에 불과했다. 그들은 루바쇼프가 겨냥한 실제 요점을 알지 못했다. 그들 중 아무도 항구로 다가오고 있는 검은 선대를 생각하지 못했다. 리틀 뢰비와 뒤틀린 얼굴의 작가만 재빠른 눈짓을 주고받았다. 루바쇼프는 그걸 알아챘다. 그는 약간 더 건조하게, 온기 없는 목소리로 이야기를 마무리했다.

"원칙에 관한 한 사실상 내가 당신들에게 말해야 할 건 이게 전부요. 중앙 위원회의 결정을 수행하고, 정치적으로 미숙한 동지들에게 자초지종을 설명해 주기 바라오. 누구라도 의문을 가진다면 말이오. 현재로선 더 이상 할 말이 없소."

잠시 말이 없었다. 루바쇼프는 코안경을 벗고 담배에 불을 붙였다. 리틀 뢰비가 평상시 어조로 말했다.

"말씀해 주신 분께 감사드립니다. 질문할 사람 있습니까?"

아무도 묻지 않았다. 잠시 뒤 세 부두 노동자 가운데 한 사람이 서투르게 말했다.

"그 점에 대해서는 할 말이 많지 않소. '저 너머' 동지들은 자신들이 뭘 하려는지 분명히 알아야 해요. 물론 우린 계속 불매 운동에 매진해야 하고. 당신은 우릴 믿으셔도 됩니다. 우리 부두에선 어떤 것도 그놈들에게 유리하게 하진 않을 테니까."

그의 두 동료가 고개를 끄덕였다. 전직 레슬링 선수인 파울은 확신하듯 말했다.

"여기선 안 되지."

그는 호전적인 표정을 지으며 재미 삼아 귀를 움직였다.

루바쇼프는 잠시 자기가 반대파와 마주하고 있다고 여겼다. 하지만 곧 다른 사람들이 요점을 파악하지 못했음을 깨달았다. 그는 리틀 뢰비가 오해를 해소해 주었으면 하는 바람으로 그를 쳐다보았다. 그러나 리틀 뢰비는 눈을 내리깔고 침묵할 뿐이었다. 갑자기 작가가 불안한 듯 움찔하며 말했다.

"이번에는 다른 항구를 택해 그 거래를 할 수는 없습니까? 언제나 우리 항구여야만 합니까?"

부두 노동자들은 깜짝 놀라 그를 쳐다보았다. 그들은 '거래'란 말이 무슨 뜻인지 이해하지 못했다. 안개와 물보라를 헤치고 항구를 향해 달려오는 작고 검은 선박들에 대한 생각이 그들 마음에서는 어느 때보다 멀리 있었던 것이다. 그러나 루바쇼프는 이런 질문을 예상했다.

"그건 정치적으로나 지리적으로도 권할 만하기 때문이오. 물품은 여기서부터 육지로 운송될 거요. 물론 어떤 것도 비밀에 부칠 이유는 없소. 그러나 반동 언론이 악용할 만한 말썽은 피우지 않는 게 현명할 거요."

작가는 리틀 뢰비와 다시 한 번 시선을 교환했다. 부두 노동자들은 루바쇼프를 이해하지 못해 쳐다보았다. 그들은 머리로 이런저런 궁리를 했다. 갑자기 파울이 거친 목소리로 말했다.

"당신이 하는 말이 대체 무슨 얘기요?"

모두들 파울을 쳐다보았다. 그의 목이 붉게 달아올라 있었다. 파울은 튀어나온 눈으로 루바쇼프를 바라보았다. 리틀 뢰비가 자제하며 말했다.

"그걸 이제야 알아차렸소?"

루바쇼프는 한 사람 한 사람씩 돌아보며 조용히 말했다.

"자세히 말하는 걸 빠뜨렸군. '저 너머'의 해외 무역 인민 위원회 소속 화물선 다섯 척이, 날씨가 좋으면, 내일 아침에 도착할 예정이오."

그들 모두가 이해하기까지 이번에도 몇 분이 걸렸다. 아무도 말을 하지 않았다. 모두들 루바쇼프를 쳐다보았다. 잠시 뒤 파울이 모자를 바닥으로 내던지며 천천히 일어나더니 회의실을 떠났다. 두 동료가 고개를 돌려 그를 바라보았다. 아무도 말하지 않았다. 리틀 뢰비가 헛기침을 한 뒤 말했다.

"지금 막 연사 동지가 이 일이 필요한 이유를 설명했습니다. 당에서 그 물품을 공급해 주지 않는다면, 다른 나라들이 공급할 거라는 얘기입니다. 더 말하고 싶은 사람 있습니까?"

이미 말을 했던 부두 노동자가 앉은 자세를 바꾸며 말했다.

"우린 그런 식의 얘기를 잘 압니다. 파업을 할 때면 그렇게 말하는 사람들이 꼭 있지요. 당신이 그 일을 안 하면, 다른 누군가가 할 거라고. 우린 그런 얘기를 싫도록 들어 왔습니다. 그건 파업 훼방꾼들이나 하는 얘기지요."

다시금 이야기가 중단되었다. 밖에서 파울이 문을 닫는 소리가 쾅 하고 들렸다. 이윽고 루바쇼프가 입을 열었다.

"동지들, '저 너머'의 산업 발전의 의의가 그 밖의 모든 것에 우선하오. 감상은 우리에게 도움이 되지 않소. 잘 생각해 보시오."

부두 노동자가 턱을 앞으로 내밀며 말했다.

"우린 그걸 이미 숙고했습니다. 그에 대해 충분히 들었고요. '저 너머'에서 온 당신들이 모범을 보여야 합니다. 전 세계가 그 일을 당신들에게 기대하고 있으니까요. 당신은 연대와 희생, 규율을 말하면서, 동시에 파업을 방해하려고 선단을 이용하고 있습니다."

그 말에 리틀 뢰비가 갑자기 고개를 들었다. 그의 얼굴은 창백했다. 그는 루바쇼프에게 파이프를 들어 인사한 뒤 낮고도 매우 빠르게 말했다.

"루바쇼프 동지가 말한 게 나의 의견이기도 해요. 누구 더 말할 것 있습니까? 회의를 끝내겠습니다."

루바쇼프는 목발을 짚고 절뚝거리며 회의실을 나왔다. 사건들은 미리 규정된, 피하기 어려운 경로를 밟았다. 구식의 작은 선단이 항구로 들어오는 동안, 루바쇼프는 '저 너머'의 유능한 당국과 몇 차례 전보를 교환했다. 사흘 뒤 부두 노동자 구역의 지도자들은 당에서 제명되었고, 리틀 뢰비는 당 공식 조직에서 '스파이'로 규탄을 받았다. 그리고 사흘이 더 지난 뒤 리틀 뢰비는 목을 매 자살했다.

13

그날 밤에는 몸 상태가 훨씬 안 좋았다. 루바쇼프는 새벽까지 잠을 잘 수 없었다. 오한이 일정한 간격을 두고 그를 덮쳤다.

이가 덜덜 떨렸다. 뇌의 연상 중추가 따끔거리고 흥분된 듯한 느낌이었다. 그럼에도 그는 여러 광경이나 목소리를 떠올릴 수밖에 없는 고통스러운 충동에 시달렸다. 그는 검은색 외출복을 입은, 충혈된 눈의 리하르트를 생각했다.

"절 늑대들한테 던지면 안 됩니다……."

그는 불구의 리틀 뢰비를 생각했다.

"더 말하고 싶은 사람 있습니까?"

더 말하고 싶어 한 사람은 많았다. 그들 모두 당의 활동에는 아무런 주저함도 없었기 때문이다. 당 활동은 목표를 향해 태연히 굴러갔고, 지나는 길의 굽이에서 익사자가 생기면 그 시체를 치워 버렸다. 그 경로에는 많은 굴곡이 있었다. 그것이 바로 당 활동의 존재 법칙이었다. 굽은 경로를 따르지 못하면, 누구라도 물에 휩쓸려 둑으로 밀려났다. 그것이 당의 법칙인 까닭이었다. 개인의 동기는 당의 활동에서 중요하지 않았다. 양심도 문제 되지 않았고, 무슨 생각을 하고 무엇을 느끼는지도 상관하지 않았다. 당은 한 가지 죄, 곧 계획된 노선에서 벗어나는 것만 알았다. 그리고 한 가지 처벌, 즉 죽음만 알았다. 죽음은 당의 활동에서 신비로운 것이 아니었다. 의기양양해할 어떤 것도 아니었다. 그저 정치적 일탈에 대한 논리적 해결책일 뿐이었다.

새벽녘이 되어서야 루바쇼프는 지친 채로 침대에서 잠이 들었다. 그는 새날을 알리는 나팔 소리에 깨어났다. 잠시 뒤 늙은 교도관과 제복 입은 두 관리가 와서 그를 의사한테 데려갔다.

루바쇼프는 언청이와 402호 감방 문의 이름표를 볼 수 있기를 희망했지만, 반대 방향으로 끌려갔다. 그의 오른편 감방은 비어 있었다. 복도 끝에 있는 마지막 방들 중 하나였다. 격리 감방의 옆은 무거운 콘크리트 문으로 차단되어 있었는데, 이 문을 늙은 교도관이 꽤 서투르게 열었다. 그들은 긴 복도를 통과해 지나갔다. 루바쇼프 앞에는 늙은 교도관이 섰고, 뒤에는 제복 입은 두 남자가 섰다. 각각의 감방 문에는 서너 개의 이름이 적혀 있었다. 감방에서 얘기하는 소리, 웃는 소리, 심지어 노랫소리까지 들려왔다. 루바쇼프는 자기가 경범죄자 구역에 있음을 곧 알았다. 그들은 문이 열린 이발소 앞을 지나갔다. 새처럼 뾰족한 얼굴의 한 늙은 기결수 수감자가 면도를 받는 중이었다. 두 명의 농부는 머리를 자르고 있었다. 세 사람 모두 루바쇼프와 호송원들이 지나가는 모습을 궁금한 듯 바라보았다. 그들은 붉은 십자가가 그려진 문 앞으로 갔다. 교도관이 문을 조심조심 두드려 열었고 그와 루바쇼프가 안으로 들어섰다. 제복 차림의 두 관리는 밖에서 기다렸다.

진료소는 작고 공기가 답답했다. 석탄과 담배 냄새가 났다. 통 하나와 접시 두 개에 탈지면과 더러운 붕대가 가득 차 있었다. 의사는 등진 채 책상 앞에 앉아 있었는데, 빵을 씹고 수프를 홀짝이며 신문을 읽는 중이었다. 신문은 핀셋과 주사기 등 한 무더기의 기구들 위에 놓여 있었다. 교도관이 문을 닫자 의사가 천천히 몸을 돌렸다. 대머리인 그의 머리통은 몇 올 되지 않는 흰 털로 덮여 있었는데, 매우 작았다. 그 머리통을 보자 루바쇼프는 타조가 연상되었다.

"치통이 있다고 합니다."

늙은 교도관이 말했다.

"치통?"

의사는 루바쇼프를 쳐다보더니 다시 말했다.

"입 벌려, 어서."

루바쇼프는 코안경을 통해 그를 쳐다보며 조용히 말했다.

"실례지만, 난 정치범이고, 따라서 바른 진료를 받을 자격이 있다는 걸 지적하고 싶소."

의사가 교도관 쪽으로 고개를 돌리고 물었다.

"이 작자는 누군가?"

교도관이 루바쇼프의 이름을 댔다. 그 순간 루바쇼프는 둥그런 타조 눈이 자기에게 머무는 것 같은 느낌이 들었다. 의사가 말했다.

"당신 뺨이 부었소. 입을 벌려요."

루바쇼프의 이는 그 순간 아프지 않았다. 하지만 그는 입을 벌렸다.

"왼쪽 윗니는 남은 게 없군."

의사가 손가락으로 루바쇼프의 이를 검사하며 말했다. 갑자기 얼굴이 창백해진 루바쇼프는 몸을 벽에 기대야 했다.

"여기군! 오른쪽 송곳니 뿌리가 부서진 채 턱 속에 남아 있군."

루바쇼프는 몇 차례 깊이 숨을 쉬었다. 통증 때문에 턱부터 눈까지 그리고 머리 뒤통수까지 욱신거렸다. 피가 일정한 간격으로 요동치는 것 같았다. 의사는 다시 앉더니 신문을 펼쳤다.

"당신이 원한다면 이 뿌리를 뽑아 줄 수 있소."

그는 빵을 한 입 물고 수프를 홀짝거린 뒤 다시 말했다.

"물론 우리한테 마취제는 없소. 수술은 1시간 정도 걸릴 거요."

의사의 목소리가 안개 속에서처럼 흐릿하게 들려왔다. 루바쇼프는 벽에 기대 숨을 내쉰 뒤 말했다.

"고맙지만 지금은 싫소."

그는 언청이와 '한증막', 그리고 어제의 조롱 섞인 몸짓을 생각했다. 그때 그는 자기 손등에 담배꽁초를 문질러 껐다.

'일이 잘 안 돼 가는군.'

그는 생각했다.

감방으로 돌아온 루바쇼프는 침대에 누워 곧 잠들었다.

점심시간에 루바쇼프에게도 수프가 전달되었다. 식사에서 더 이상 제외되지 않은 것이었다. 그때부터 그는 자기 배급량을 규칙적으로 받았다. 치통은 가라앉아 견딜 만했다. 루바쇼프는 이 뿌리의 종기가 절로 터지길 바랐다.

사흘 뒤 그는 처음으로 심문을 받기 위해 불려 갔다.

14

오전 11시에 그들이 루바쇼프를 데리러 왔다. 교도관의 근엄한 표정에서 루바쇼프는 그들이 어디로 갈지 곧 짐작했다. 그는 태연하고도 침착하게 교도관을 따라갔는데, 이런 침착성은 예기치 않은 복된 선물처럼 늘 위험한 순간에 그를 찾아왔다.

그들은 사흘 전 의사한테 갈 때와 똑같은 길을 갔다. 콘크리트 문이 다시 열렸다가 쿵 닫혔다.

'신기하게도 사람은 좋지 않은 환경에 재빨리 적응한단 말이야.'

루바쇼프는 걸으며 속으로 중얼거렸다. 그는 그 복도의 공기를 들이마신 것이 벌써 몇 년은 된 것 같았다. 그가 겪었던 감옥 안의 온갖 나쁜 공기가 복도에 저장되어 있는 것 같기도 했다.

그들은 이발소와 문이 닫혀 있는 진료소를 지나갔다. 세 명의 죄수가 진료소 문 앞에서 차례를 기다리며 서 있고, 졸린 듯한 교도관이 그들을 지키고 있었다.

진료소 너머는 루바쇼프에게는 새로운 영역이었다. 그들은 바닥까지 이어진 나선형 계단을 지나쳤다.

'저 밑에는 무엇이 있지? 창고나 처벌 감방?'

루바쇼프는 전문가적 안목으로 그것을 알아맞혀 보려고 애썼다. 그는 나선형 계단이 마음에 들지 않았다. 그들은 이어 창문도 없는 좁은 통로를 지나갔다. 약간 어두웠지만, 위로 하늘이 조금 보였다. 안뜰의 다른 쪽 복도는 더 밝았다. 놋쇠 손잡이가 달린 문은 콘크리트가 아니라 페인트가 칠해진 나무였다. 관리들이 황급히 그들 앞을 지나갔다. 문 뒤로 라디오가 켜져 있었다. 다른 문 뒤에서는 타자를 치는 소리가 났다. 그곳은 행정실이었다.

그들은 복도 끝에 있는 마지막 문에서 걸음을 멈추었다. 교도관이 노크를 했다. 안에서 누군가가 전화를 하고 있었다.

"잠시 기다리시오."

조용한 목소리가 밖으로 흘러나왔다. 목소리는 수화기에 대고 '예'와 '그렇지요'를 참을성 있게 계속 말했다. 루바쇼프는 그 목소리가 익숙했으나 누구의 목소리인지는 알 수 없었다. 남자 목소리였고, 약간 쉰 목소리였다. 분명히 어디선가 들은 목소리 같았다.

"들어와요."

그 목소리가 말했다. 교도관이 문을 열었다. 문은 루바쇼프가 들어오자마자 닫혔다. 책상 하나가 보였다. 그 책상 뒤에는 오랜 대학 친구이자 전직 대대장인 이바노프가 앉아 있었다. 그는 수화기를 내려놓은 뒤 웃음 띤 얼굴로 루바쇼프를 보며 말했다.

"여기서 이렇게 다시 만나는군."

루바쇼프는 아직 문가에 서 있었다.

"뜻밖에도 즐거운 일인데."

그가 건조하게 말했다.

"앉게나."

이바노프가 정중한 몸짓으로 말한 뒤 일어섰다. 루바쇼프보다 키가 머리 반 정도 더 큰 그가 웃으며 루바쇼프를 보았다. 두 사람은 마주 앉았다. 이바노프는 책상 뒤에, 루바쇼프는 그 앞에. 그들은 한동안 거리낌 없는 호기심을 드러내며 서로를 쳐다보았다. 이바노프는 다정한 미소를 지은 채, 루바쇼프는 뭔가를 기다리며 주의 깊게. 루바쇼프의 시선은 책상 아래 놓인 이바노프의 오른쪽 다리로 미끄러져 갔다. 그의 시선을 느낀 이바노프가 얼른 입을 열었다.

"아, 이건 괜찮네. 자동 관절과 녹슬지 않는 크롬으로 도금된 의족일세. 수영도 하고, 말도 타고, 차도 몰고, 춤도 출 수 있다네. 담배 한 대 피우겠나?"

그는 나무로 된 담배통을 꺼내 루바쇼프에게 건넸다.

루바쇼프는 담배를 보면서, 이바노프의 다리가 절단된 뒤 군용 병원으로 그를 처음 면회 가던 때를 떠올렸다. 이바노프는 진통제를 구해 달라고 루바쇼프에게 요청했고, 그날 오후 계속된 토론에서 모든 인간은 자살할 권리가 있음을 증명하고자 애썼다. 루바쇼프는 생각할 시간을 달라고 했지만, 그날 밤 전선의 다른 구역으로 이송되고 말았다. 그가 이바노프를 다시 만난 것은 몇 년 지난 뒤였다.

루바쇼프는 담배통을 바라보았다. 손으로 만들어진, 푸석푸석한 금빛의 미국산 담배였다.

"이건 비공식적인 서막인가, 아니면 싸움이 시작된 건가? 두 번째 경우라면, 난 안 피우겠네. 예의란 것도 있지 않나."

루바쇼프가 말했다.

"쓸데없는 것."

이바노프가 대꾸했다.

"그래, 좋아. 쓸데없는 것이지."

루바쇼프는 담배를 한 개비 뽑아 불을 붙였다. 그는 기쁨이 드러나지 않도록 애쓰면서 담배 연기를 깊이 들이마셨다.

"자네 어깨의 류머티즘은 어떤가?"

루바쇼프가 물었다.

"괜찮다네. 그런데 화상 입은 데는 어떤가?"

이바노프가 웃으며 루바쇼프의 왼쪽 손을 가리키며 물었다. 사흘 전 그가 담배를 비벼 껐던 손등에 동전만 한 물집이 생겨 있었다. 둘은 잠시 무릎에 놓인 루바쇼프 손을 쳐다보았다.

'그가 어떻게 알지? 날 몰래 감시했구나.'

루바쇼프는 속으로 중얼거리며 분노보다는 치욕을 느꼈다. 그는 담배를 마지막으로 한 모금 깊이 빨아들이고는 멀리 던지며 말했다.

"나에 관한 한 비공식적인 부분은 끝났군."

이바노프는 담배 연기를 불어 동그라미를 만들었다. 그러고는 약간 빈정대는 웃음을 띤 채 말했다.

"공격적으로 나오진 말게."

"너그럽게 여기게. 내가 자네를 체포했나, 아니면 자네들이 날 체포했나?"

루바쇼프가 물었다.

"우리가 자넬 체포했지."

이바노프가 대답했다. 그는 담뱃불을 끈 다음 새 담배에 다시 불을 붙이고는 담배통을 루바쇼프에게 건넸다. 하지만 루바쇼프는 받지 않았다.

"제기랄, 자네, 그 당시 진통제 얘기는 기억하나?"

이바노프가 말했다. 그는 앞쪽으로 몸을 기울이며 담배 연기를 루바쇼프 얼굴 쪽으로 내뿜었다.

"난 자네가 총살되길 원치 않네."

그는 천천히 말하며 몸을 의자에 기댔다.

"제기랄."

그는 다시 미소 지으며 되뇌었다.

"자네 말이 참으로 감동적이군. 그런데 자네들은 무엇 때문에 날 죽이려고 하나?"

루바쇼프의 물음에 이바노프는 몇 초 동안 뜸을 들였다. 그는 담배를 피우며 펜으로 압지 위에 이런저런 형태를 그렸다. 정확한 낱말을 찾고 있는 듯 보였다. 마침내 그가 말했다.

"루바쇼프, 들어 보게. 내가 자네에게 지적하고 싶은 게 있네. 자네는 지금 되풀이해서, 당과 국가를 뜻하는 '자네들'이라는 말을, '나', 곧 니콜라스 살마노비치 루바쇼프와 대립되는 것으로 얘기했네. 일반인의 경우라면 당연히 재판을 받고 법적 변명이 필요한 일이지만, 자네 경우는 내가 방금 말한 걸로 족하네."

이바노프의 말을 곰곰이 생각해 본 루바쇼프는 약간 놀란 듯 움찔했다. 마치 이바노프가 소리굽쇠를 치고 루바쇼프의 마음이 그것에 저절로 반향을 일으킨 것 같았다. 지난 40년 동안 그가 믿었던 것, 투쟁의 목적이었던 것, 싸우며 고취했던 것들이 커다란 물결을 이루며 마음을 휩쓸고 지나갔다. 개인은 아무것도 아니고 당이 전부였다. 나무에서 부러진 가지는 시들기 마련이다.

루바쇼프는 코안경을 소매로 닦았다. 이바노프는 담배를 피우며 의자에 앉아 있었다. 그는 더 이상 웃지 않았다. 그때 불현듯 벽에 난 네모난 자국이 루바쇼프의 눈을 사로잡았다. 그는 수염 난 얼굴들과 번호가 매겨진 이름들이 있는 사진이 그곳에 걸려 있었음을 알아차렸다. 이바노프는 표정을 바꾸지 않은 채 루바쇼프의 눈길을 좇았다. 루바쇼프가 입을 열었다.

"자네 논지는 시대에 좀 맞질 않아. 자네가 잘 말했듯이 우리는 언제나 '우리'라는 복수를 쓰는 데 친숙했지. 되도록 일인칭 단수를 피하려 하고 말이야. 난 한동안 그런 식의 말버릇을 잊고 있었다네. 자넨 그걸 여전히 고수하고 있고. 그런데 자네가 말하는 '우리'란 과연 누구인가? 재정의가 필요하다고 생각하네. 그게 핵심이야."

"내 의견도 같아. 우리가 이토록 쉽게 문제의 핵심에 도달하다니, 기쁘네. 달리 말하면 '우리', 즉 당이요 국가요 대중인 '우리'가 더 이상 혁명의 대의명분을 대표하는 게 아니라고 자네는 확신한단 말이지."

이바노프가 말했다.

"난 혁명에서 대중을 뺄 수밖에 없어."

루바쇼프가 대꾸했다.

"자넨 언제부터 대중에 대한 이런 엄청난 경멸감을 갖게 되었나? 그것도 일인칭 단수의 문법적 변화와 관련이 있나?"

이바노프가 물었다. 그는 냉소적인 표정으로 책상에 몸을 기댔다. 그러자 그의 머리가 사진이 걸려 있던 자리와 맞닿았다. 그 모습을 본 루바쇼프는 미술관에서의 장면이 갑작스레 떠올랐다. 리하르트의 머리가 〈피에타〉의 구부러진 손 옆에 있던 장면이었다. 그와 동시에 턱에서 이마와 귀에 이르기까지 경련이 일면서 몹시 고통스러웠다. 그는 눈을 감았다.

'이제 대가를 치르고 있어.'

루바쇼프는 속으로 중얼거렸다. 그는 자신이 속으로 중얼거렸는지, 아니면 소리 내어 말했는지 잠시 헷갈렸다.

"무슨 뜻인가?"

이바노프가 물었다. 약간 조롱하는 느낌도 들고 놀란 것 같은 느낌도 드는 말투였다.

고통이 사그라졌다. 고요한 평화로움이 루바쇼프의 마음을 채웠다. 그가 대답했다.

"거기서 대중을 빼게. 자넨 그들에 대해 아무것도 이해하지 못하고 있어. 나 역시 그리 많이 알지는 못하지. 위대한 '우리'가

존재했을 때 우리는 그 전에는 누구도 이해하지 못하던 그들을 이해했지. 우린 그들 속으로 깊이 들어갔고, 역사라는 무정형의 원료를 가지고 일했지……."

루바쇼프는 이바노프의 담배통에서 자기도 모르게 담배 한 개비를 꺼냈다. 담배통은 여전히 탁자 위에 열린 채 놓여 있었다. 이바노프는 앞쪽으로 몸을 기울여 그에게 불을 붙여 주었다. 루바쇼프가 계속 말했다.

"그 당시 우리는 평민들의 정당으로 불렸지. 역사에 대해 다른 사람들이 뭘 알겠는가? 지나가는 잔물결, 작은 소용돌이 그리고 부서지는 파도들. 그들은 표면에서 변화하는 형태들에 놀라워했지만, 그걸 설명할 수는 없었네. 그러나 우리는 밑바닥으로 내려갔지. 형태 없는 익명의 대중 속으로 말이야. 그들은 언제나 역사의 실체를 구성했어. 우린 그 운동 법칙을 처음으로 발견했고. 우리는 역사의 관성 법칙과 그 분자적 구조의 느린 변화, 그리고 그 갑작스런 분출 법칙을 발견했지. 그것이 우리가 지녔던 원칙의 위대함이었어. 자코뱅 당원들은 도덕주의자였지. 우린 경험주의자였고. 우리는 역사의 원초적인 진흙 속으로 파고들어 갔고, 거기서 역사의 법칙을 발견했네. 우리는 인류에 대해 그 누구보다 많이 알았지. 그게 바로 우리 혁명이 성공한 이유야. 그런데 지금 자네들은 그 모든 것을 다시 파묻어 버렸어……."

이바노프는 두 다리를 쭉 뻗은 채 귀를 기울이면서 압지 위에 뭔가를 그리고 있었다.

"이야기를 계속하게나. 자네가 무얼 노리는지 궁금하군."

루바쇼프는 담배를 맛있게 피웠다. 오랜만에 담배를 피우니 약간 어지러웠다.

"자네도 알고 있듯이, 난 장황한 얘기로 자넬 지루하게 하고 있네."

루바쇼프는 웃으며 사진이 걸려 있던 자리를 올려다보았다. 그가 이야기를 계속했다.

"한마디 덧붙인다고 해서 달라질 건 없겠지. 모든 게 매장되었어. 사람들도, 그들의 지혜도, 그리고 그들의 희망마저. 자네들이 '우리'를 죽인 거야. 그런데도 아직 대중이 자네들 뒤에 있다고 주장하는가? 유럽의 다른 강탈자들도 자네들처럼 위선을 떨고 있어……."

그는 담배를 한 개비 더 꺼내 직접 불을 붙인 뒤 말을 이었다.

"나의 과장을 용서하게. 그러나 정말 자네들 뒤에 아직도 대중이 있다고 믿는가? 사람들이 체념한 채 자네들을 견디고 있는 걸세. 다른 나라 사람들이 견디고 있듯이. 그러나 저 밑바닥에선 아무런 반응이 없지. 대중은 다시 귀먹은 벙어리가 된 거야. 역사는 배를 실어 나르는 바다처럼 무심하네. 스쳐 가는 빛이 표면을 비추지만, 그 아래는 어둠과 침묵뿐이지. 우리는 오래전에 그 밑바닥을 건드렸네. 그러나 그건 끝났어. 다른 말로 하자면……."

루바쇼프는 이야기를 잠시 멈추고 코안경을 쓴 다음 계속했다.

"그 당시 우리는 역사를 만들었네. 지금 자네들은 정치를 하고 있고. 그것이 차이야."

이바노프는 몸을 다시 의자에 기대고 담배 연기로 동그라미를 만들었다. 그가 말했다.

"미안한데, 그 차이는 내게 그리 분명하지가 않아. 자네가 친절하게 설명해 줄 텐가?"

"물론이지. 언젠가 한 수학자가 말하길, 대수학은 게으른 사람을 위한 학문이라고 하더군. x를 풀지 않고서도 마치 아는 듯 조작하기 때문이라네. 우리의 경우, x는 익명의 대중, 즉 인민을 상징하지. 정치란 x의 실제적 본질을 생각하지 않은 채 x로 작업하는 걸 의미하네. 그러나 역사를 만든다는 것은, 방정식에서 x가 차지하는 의미로서의 x를 인식한다는 것이지."

"좋아. 그렇지만 불행히도 좀 추상적이네. 좀 더 구체적으로 이야기해 보세. 그러니까 자네 말은, 이를테면 당이나 국가 같은 '우리'가 혁명과 대중 혹은 자네가 원하는 대로 인류의 진보라는 대의명분을 더 이상 대변하지 않는다는 거지?"

"이번에는 제대로 이해했군."

루바쇼프가 웃으며 말했다. 이바노프는 그의 웃음에 아무런 반응도 보이지 않고 곧장 물었다.

"언제부터 이런 견해를 발전시켰나?"

"몇 년 전부터."

루바쇼프가 대답했다.

"좀 더 정확히 말해 줄 수 있겠나? 1년? 2년? 3년?"

"그건 어리석은 질문이네. 자넨 몇 살에 어른이 되었나? 열일곱 살? 열여덟 살? 열아홉 살?"

"어리석은 체하는 건 바로 자네라네. 정신적 발전의 매 단계는 일정한 경험의 결과지. 자네가 정말 알고 싶다면, 말하겠네. 내가 처음으로 추방된 열일곱 살 때 난 어른이 되었지."

"그 당시 자넨 아주 괜찮은 청년이었지. 잊어버리게."

루바쇼프는 말하며 사진이 걸려 있던 자리를 다시 보았다. 그러고는 이내 담배를 멀리 던졌다.

"질문을 되풀이하겠네. 자넨 얼마나 오랫동안 반대 조직에 속해 있었나?"

이바노프는 몸을 조금 앞으로 굽히면서 물었다. 그때 전화벨이 울렸다. 이바노프는 수화기를 들어 "나 지금 바빠"라고 말한 뒤 내려놓았다. 그는 의자에 발을 쭉 뻗고 뒤로 기댄 채 루바쇼프의 대답을 기다렸다.

"내가 어떤 반대 조직에도 가담하지 않았다는 걸 자넨 나만큼 잘 알지 않나."

"좋을 대로 해 보게. 자넨 나를 관료로서 행동해야만 하는 괴로운 처지로 몰아넣는군."

이바노프는 서랍에서 한 뭉치의 파일을 꺼낸 뒤 말을 이었다.

"1933년부터 시작하세."

그가 루바쇼프 앞에 서류를 펼쳤다. 루바쇼프는 묵묵히 듣고만 있었다.

"당의 승리가 바로 눈앞에 보이던 나라에서 독재 정권이 일어나고 당이 짓밟혀 버린 해이네. 자넨 당원을 숙청하고 조직을 새롭게 재편하라는 임무를 띠고 그곳에 불법으로 파견되었지……."

루바쇼프는 몸을 뒤로 기댄 채 이야기에 귀를 기울였다. 그는 리하르트를 생각했고, 택시를 불러 세우던 미술관 앞의 황혼을 떠올렸다.

"…… 3개월 뒤 자넨 체포되었네. 2년 동안의 수감 생활을 했지만, 자네의 행동은 모범적이었고 자네에게 불리한 어떤 것도 입증되지 않았지. 자넨 결국 석방되었고, 승리의 귀환……."

이바노프는 말을 멈추고 루바쇼프를 흘낏 바라본 뒤 계속했다.

"귀환을 했을 때 자네는 크게 환대받았지. 당시 우린 만나지 못했어. 자네가 몹시 바빠서였을 거야. 하지만 그걸 나쁘게 생각하지는 않았네. 자네가 친구들을 모두 찾아다닐 수 있으리라고 기대하지 않았으니까. 그렇지만 난 집회가 열리는 곳 단상 위에 올라선 자네를 두 번 보았네. 자넨 여전히 목발을 짚고 있었고, 매우 지쳐 보였지. 몇 달 동안 요양원에서 보낸 뒤 정부의 직책을 맡는 게 옳았을 거야. 외국에서 4년이나 지내다 왔으니까 말이지. 그런데 2주 뒤 자네는 또 다른 해외 임무를 지원했어……."

그는 얼굴을 루바쇼프에게 가까이 갖다 대면서 갑자기 앞으로 몸을 숙이더니 물었다.

"왜 그랬지?"

처음으로 날카로운 목소리였다. 그가 말을 이었다.

"자넨 이곳에서 편치 않았겠지? 자네가 없는 동안 나라에는 몇 가지 변화가 일어났고, 그런 변화들이 자네는 달갑지 않았던 거야."

이바노프는 루바쇼프가 무언가 말하기를 기다렸다. 그러나 루바쇼프는 코안경을 소매에 문지르며 조용히 앉아 있을 뿐이었다. 대꾸가 없자 이바노프가 다시 말을 뱉었다.

"당시는 첫 번째 반대파들이 유죄 선고를 받고 소탕된 직후였지. 그중에는 자네의 절친한 친구들도 있었어. 그 반대파들의 부패가 어느 정도인지 알려지자 나라 전역에서 분노가 일어났네. 자넨 아무것도 말하지 않고, 2주 뒤 외국으로 나갔지. 목발 없이는 걸을 수도 없었는데 말이야."

루바쇼프는 해초와 가솔린이 뒤섞인, 그 작은 항구의 부두 냄새를 다시 맡는 것 같았다. 귀를 움직이던 전직 레슬링 선수 파울, 파이프 담배를 들어 인사하던 리틀 뢰비……. 리틀 뢰비는 자기 집 다락방의 들보에 목을 매 자살했다. 그가 살던 낡은 집은 화물 자동차가 지나갈 때마다 덜덜 흔들렸다. 리틀 뢰비의 시체가 처음 발견되었을 때 그의 몸은 저절로 천천히 돌고 있었고, 그래서 사람들은 그가 아직 살아 있는 줄 알았다고 했다.

"임무는 성공적으로 끝났고, 자넨 B 나라에 있던 우리 측 통상 사절단 단장으로 임명되었지. 단장으로서의 직무 역시 착오 없이 수행했고. B 나라와의 새로운 통상 조약은 확실히 성공적이었어. 외양적으로 자네 행동은 모범적이고 오점이 없었지. 그러나 자네가 그 자리에 오르고 6개월이 지난 뒤 자네와 가장 가깝던 두 명의 협력자, 아, 그중 한 명은 자네 비서인 알로바였어. 아무튼 그 두 명의 협력자는 반대파와의 공모라는 혐의 아래 소환되어야 했지. 이러한 혐의는 조사로 입증됐네. 자네가 그들과의 관계를 공개적으로 부인할 것이라고 여겨졌지. 그런데 자네는 침묵을 지키고 있었고……."

루바쇼프는 여전히 입을 다문 채 듣기만 했다. 이바노프는 이야기를 계속했다.

"다시 6개월이 지난 뒤 이번엔 자네가 직접 소환되었지. 반대파들의 2차 재판을 위한 준비가 진행 중인데, 그 재판에서 자네 이름이 거듭 등장했네. 알로바가 무죄를 주장하기 위해 자네를 들먹였거든. 이런 상황에서 자네가 침묵을 지키는 건 죄가 있음을 인정하는 것이나 다름없지. 그걸 알면서도 자넨 당이 최후 통첩을 보낼 때까지 공개 선언을 거부했어. 목숨이 위태로워져서야 비로소 자넨 생색을 내면서 충성 선언을 하고, 그것으로 알로바의 목숨은 끝장이 났지. 그녀의 운명을 자네도 알지 않나."

루바쇼프는 여전히 침묵했다. 통증이 다시 시작되었다. 그는 알로바의 운명을 알고 있었다. 리하르트의 운명도, 리틀 뢰비의 운명도, 그리고 자기 자신의 운명도. 그는 사진이 걸려 있던 자리를 바라보았다. 그것은 얼굴에 번호가 새겨진 사람들이 남긴 유일한 흔적이었다. 그들의 운명 역시 그는 알았다. 역사는 단

한 번 전진했고, 그 전진은 인류에게 보다 위엄 있는 삶을 약속했다. 하지만 이제 그것은 끝났다. 그러니 이 모든 대화와 이 모든 의식이 무슨 소용이란 말인가. 만약 인간의 무엇인가가 파괴에도 살아남을 수 있다면, 알로바는 저 거대한 공허 속 어딘가에 누워 있겠지. 소처럼 선한 눈으로 동지 루바쇼프를 쳐다보며. 그는 그녀에게 우상이었지만, 그는 그녀를 죽음으로 내몰고 말았다. 치통이 점점 심해졌다.

"자네가 그때 했던 공개 성명을 읽어 줄까?"

이바노프가 물었다.

"고맙지만, 됐네."

루바쇼프가 대답했다. 그는 자기 목소리가 조금 거칠어졌음을 깨달았다.

"자네도 기억하다시피 자네 진술은, 뭐 그걸 자백이라 칭할 수도 있겠지만, 반대파들에 대한 신랄한 저주와 당 정책 및 넘버원 개인에 대한 무조건적인 지지를 선언하는 것으로 끝나네."

"그만하게. 자넨 이런 식의 진술이 어떻게 만들어지는지 알 거야. 모른다면, 자네에게 더 좋을 것이고. 제발 이 코미디는 그만두게."

루바쇼프가 맥없는 소리로 말했다.

"거의 끝나 가네. 이젠 2년 전 얘기만 남았어. 이 두 해 동안 자넨 국영 알루미늄 기업의 우두머리였지. 1년 전 반대파들의 3차 공판에서 기소된 주동자는 자네 이름을, 좀 애매한 맥락에서 이긴 했지만, 계속 댔네. 명백히 밝혀진 건 아무것도 없었지만, 당원들 사이에서 의혹이 커져 갔어. 자넨 공개 진술을 다시 했고, 이 진술에서 지도부 정책에 대한 헌신을 선언했지. 또한 반대파들의 범죄행위를 여전히 신랄한 어투로 비난했고……. 이게 6개월 전 일이야. 그런데 오늘 자네는 지도부의 정책은 이미 수년 전부터 틀렸고 해로운 것으로 여겨 왔다고 인정하고 있네……."

그는 말을 멈추고 의자에 몸을 기댄 뒤 이야기를 계속했다.

"그러므로 자네의 첫 번째 충성 선언은 순전히 어떤 목적을 위한 수단이었네. 내가 지금 도덕적 교훈을 말하려는 게 아니라는 것을 알아주게. 우리 둘은 똑같은 전통 아래에서 자라났고, 이런 문제에 대해 똑같은 생각을 가지고 있지. 자넨 우리 정책이 틀렸고, 자네의 것이 옳다고 확신했어. 그걸 공개적으로 말했다면 자네는 당으로부터 축출되었을 테고, 자네의 이념을 위해 계속 일할 수 없었겠지. 그래서 자넨 스스로 옳다고 여긴 정책에 봉사하기 위해 보루를 쌓아야 했어. 자네 입장이었다면 나 역시 똑같이 행동했을 거야. 여기까지는 모든 것이 괜찮았네."

"그런데 그 뒤에 무슨 일이 생긴 거지?"

루바쇼프가 물었다.

이바노프는 온화한 웃음을 지으며 말했다.

"내가 이해하지 못하는 건 바로 이거야. 자네는 우리가 혁명을 망가뜨렸다는 확신을 수년 전부터 가졌음을 인정하고 있어.

그런데 동시에 자네는 반대파에 속한다는 것도, 우리에게 반대하는 일을 꾸몄다는 것도 부인하고 있어. 자네 확신에 따르면, 나라와 당을 우리가 파멸로 이끄는데도 자네는 무릎 위에 손을 얹은 채 우릴 쳐다보기만 하고 있다는 건데, 그 말을 내가 믿을 것 같은가?"

루바쇼프는 어깨를 으쓱거리며 말했다.

"내가 너무 늙었거나 지쳐 버린 건지도 모르지……. 자네 좋을 대로 하게나."

이바노프는 새 담배에 다시 불을 붙였다. 그의 목소리는 조용하고 예리해졌다.

"자네가 알로바를 희생시켰고 그들을 부정했다고 내가 믿기를 바라는가?"

그는 사진이 걸려 있던 자리를 턱으로 가리키며 말을 이었다.

"오직 자네 목숨을 구하려고 말이지?"

루바쇼프는 말이 없었다. 두 사람 사이에 침묵이 흘렀다. 이바노프는 고개를 숙이고 있었다. 한참 뒤 그가 다시 말했다.

"난 자네를 이해할 수가 없어. 30분 전에 자넨 우리 정책에 대해 공격적인 발언을 아주 맹렬히 했네. 그 어떤 부분이든 자네를 끝장내기에는 충분할 걸세. 그런데 지금은 자네가 반대파에 속한다는 것과 같은 단순한 논리적 추론도 부인하고 있어. 어쨌든 우리는 그에 대한 모든 증거를 가지고 있네."

"정말인가? 모든 증거를 가졌다면, 왜 내 자백이 필요하단 말인가? 그리고 그건 무엇을 위한 증거인가?"

"그 가운데에는……."

이바노프가 천천히 말을 이었다.

"넘버원 암살 계획에 대한 증거도 있네."

다시 침묵이 흘렀다. 루바쇼프가 코안경을 쓴 뒤 말했다.

"이번엔 내가 질문을 하지. 이런 바보 같은 일을 자넨 정말 믿는단 말인가? 아니면 그저 믿는 체하는 건가?"

이바노프의 얼굴에 부드러운 미소가 번졌다. 그가 말했다.

"내가 말하지 않았나, 우리에게 증거가 있다고. 정확히 말하자면, 자백서지. 더 정확히 말하자면, 자네 선동에 실제로 가담한 사람의 자백서야."

"축하하네. 그 사람 이름이 뭔가?"

"신중하지 못한 질문이군."

루바쇼프의 물음에 이바노프가 웃으며 대꾸했다.

"그 자백서 좀 읽어 볼 수 있는가? 아니면 그 사람과 대면시켜 줄 수 있나?"

이바노프는 냉소적인 표정을 지으며 루바쇼프의 얼굴에 담배 연기를 내뿜었다. 루바쇼프는 불쾌했지만 고개를 움직이지는 않았다. 이바노프가 천천히 말했다.

"그 진통제 기억하나? 아, 이미 물어봤군. 이젠 역할이 바뀌었지. 오늘 절벽 아래로 떨어지려는 사람은 바로 자네야. 내 도움을 받지 않고 말이지. 자넨 그때 자살이란 소부르주아의 낭만주의라는 걸 내게 확신시켜 주었어. 자네가 자살할 수 없도록 이번에는 내가 조처하겠네. 그러니 우린 서로 비기는 거겠지."

루바쇼프는 침묵했다. 그는 이바노프가 거짓말을 하는지, 아니면 진심을 말하는지 생각하고 있었다. 동시에 그는 사진이 걸려 있던 부분을 손가락으로 만지고 싶은 기이한 욕구(거의 물리적 충동이기도 한)를 느꼈다.

'신경과민이군. 강박관념이고. 검은 타일 위를 걷고, 의미 없는 구절을 중얼거리며, 코안경을 소매에 문지르고. 이것 봐, 지금도 문지르고 있잖아.'

루바쇼프는 속으로 중얼거렸다. 그러다 큰 소리로 말했다.

"나를 구제하기 위해 자네가 어떤 계획을 갖고 있는지 몹시 궁금하군. 자네가 지금까지 날 조사한 방식은 정반대의 목표를 가진 것 같은데 말이야."

이바노프가 활짝 미소 지으며 말했다.

"바보 같으니라고."

그는 탁자 위로 손을 뻗어 루바쇼프의 코트 단추를 잡으며 말을 이었다.

"난 자네의 감정이 한 번쯤 폭발하도록 하지 않을 수 없었네. 그렇지 않으면 좋지 않은 상황에서 폭발할 테니까. 옆에 속기사를 두지 않았다는 걸 모르겠나?"

이바노프는 담배 한 개비를 꺼내 억지로 루바쇼프 입에 물린 뒤 이야기를 계속했다.

"자넨 아이처럼 행동하고 있어. 공상에 빠진 아이처럼 말이야. 지금 우린 간단한 자백서를 만들면 되네. 그러면 오늘 일은 끝이지."

루바쇼프가 마침내 단추를 움켜쥔 이바노프의 손아귀에서 벗어났다. 그는 코안경을 통해 이바노프를 날카롭게 쳐다보며 물었다.

"자백서에는 뭐라고 쓸 건가?"

이바노프는 여전히 환한 표정으로 대답했다.

"음, 그러저러한 해부터 자네가 그러저러한 반대파에 속해 있었다는 사실을 인정한다는 점, 그러나 암살을 기도하기 위해 조직을 만들거나 계획을 세운 일은 강력하게 부인하고 있다는 점, 그리고 자네가 반대파의 테러 계획을 알게 되었을 때 그 그룹에서 탈퇴했다는 점 등이지."

루바쇼프가 처음으로 미소를 지으며 말했다.

"그것이 이 모든 대화의 목적이라면, 지금 당장 대화를 중단해도 되겠군."

"내가 하려던 말을 마저 하겠네."

이바노프는 서두르지 않고 말을 계속했다.

"난 물론 자네가 대답을 회피하리라는 걸 알고 있었지. 우선 문제의 도덕적 혹은 감상적 측면을 고려해 보세. 자네가 사실을 인정한다고 해서 누군가를 배신하는 건 아닐세. 자네보다 앞서 패거리 전부가 체포되었고, 그들 중 절반은 이미 처치당했네. 자네도 알고 있잖은가. 그 나머지 사람들로부터 우리는 원하는 자백을 얻어 낼 수 있어……. 난 자네가 날 이해할 거라고, 내 솔직함을 믿을 거라고 여긴다네."

"다른 말로 하면, 자네도 넘버원 암살 계획에 관한 얘기를 믿지 않는다는 것이군. 그렇다면 어째서 자백을 했다는 그 알 수 없는 X와 날 대면시키지 않나?"

루바쇼프가 물었다.

"좀 더 생각해 보게. 내 입장이 되어 그 답을 스스로 찾아보게."

이바노프가 대답했다.

루바쇼프는 곰곰이 생각한 뒤 말했다.

"내 사건에 대해 상부 지시를 받은 모양이군."

이바노프는 웃었다.

"그건 너무 신랄한 표현이군. 사실은 자네를 A 범주에 넣어야 할지, P 범주에 넣어야 할지 아직 결정되지 않았네. 혹시 이 용어를 알고 있나?"

루바쇼프가 고개를 끄덕이자, 이바노프가 이야기를 계속했다.

"이제 자네도 이해하기 시작하는군. A는 행정적인 재판을, P는 공개재판을 뜻하네. 정치적인 사건 대부분은 행정적인 재판을 받지. 공개재판을 할 필요가 없다는 뜻이야. 만일 자네가 A 범주에 들어간다면, 내 권한으로는 어찌할 수가 없네. 행정 위원회의 재판은 비밀로 진행되고, 자네도 알다시피, 즉석에서 이루어지니까. 대질 심문 같은 걸 할 기회가 전혀 없다네. 생각해 보게……."

이바노프는 서너 명의 이름을 들면서 사진이 걸려 있던 부분을 얼핏 쳐다보았다. 그가 다시 고개를 돌렸을 때, 루바쇼프는 처음으로 그의 얼굴에 어린 고통스러운 표정을 보았다. 또한 이바노프의 시선은 루바쇼프가 아닌, 루바쇼프 뒤에 있는 어떤 지점을 응시하는 듯했다.

이바노프는 낮은 목소리로 옛 친구들의 이름을 되풀이 말한 뒤 이야기했다.

"자네와 마찬가지로 나 역시 그들을 잘 알지. 그러나 자네와 그들이 혁명의 종말을 꾀했음을 우리가 확신한다는 것을 인정해야 하네. 자넨 우리가 혁명의 종말을 꾀했다고 생각하겠지만. 그게 핵심이야. 재판상의 세세한 일에 우리가 신경 쓸 여유는 없네. 자네 시절에도 그랬지?"

루바쇼프는 아무 대꾸도 하지 않았다. 이바노프가 이야기를 계속했다.

"그 모든 건 자네가 P 범주로 분류되어 내 권한 안에 있느냐에 달려 있지. 공개재판이 어떤 관점으로 선별되는지는 자네도 알 거야. 난 자네가 자발적으로 응할 마음이 있다는 것을 입증해야 하네. 그러기 위해 자백이 들어 있는 진술서가 필요해. 자네가 영웅 역할을 하면서 계속 자네와는 더 이상 할 일이 없다는 인상을 준다면, 자넨 X의 자백을 구실로 끝장나고 말 거야. 그러나 일부라도 자백을 한다면, 좀 더 철저한 조사를 위한 근거가 마련되는 셈이지. 그 근거 아래에서 내가 X와의 대질 심문을 마련할 수 있을 테고. 우린 자네의 가장 불리한 기소 사항을 반박한 뒤, 조심스레 정해진 한도 내에서 유죄를 주장할 거야. 그렇더라도 20년형보다 낮게 할 수는 없겠지. 하지만 실상은 2~3년형이 되고 특사로 사면될 거야. 그리고 5년이 지나면, 자넨 다시 링으로 복귀하는 거지. 대답하기 전에 조용히 생각해 보게."

"난 이미 생각했어. 자네 제의를 거절하네. 논리적으로는 자네 말이 옳을지도 몰라. 그러나 이런 식의 논리는 겪을 만큼 겪었어. 난 지쳤고, 이 같은 게임을 더 이상 하고 싶지 않아. 부디 내 감방으로 날 데려다 주게."

"자네가 즉각 동의할 거라고는 기대하지 않았네. 이런 종류의 대화는 늘 효과가 늦게 나타나거든. 2주의 시간이 있네. 충분히 생각한 뒤 다시 내게 데려다 달라고 하게. 아니면 진술서를 써서 내게 보내든가. 난 자네가 진술서를 써서 보낼 거라고 확신하네."

루바쇼프가 일어섰다. 이바노프도 일어나 책상 옆의 전기 벨을 눌렀다. 교도관이 들어와 루바쇼프를 데려가기를 기다리며 이바노프가 말했다.

"몇 달 전에 쓴 마지막 글에서 자넨 앞으로의 10년이 우리 시대의 세계 운명을 결정할 것이라고 했더군. 그걸 위해서라도 이 세상에 남아 있고 싶지 않나?"

그는 루바쇼프를 내려다보며 웃었다. 복도에서 발걸음 소리가 다가오고 있었다. 문이 열렸다. 두 교도관이 들어와 인사를 했다. 루바쇼프는 한마디도 하지 않고 그들 사이에서 걸어갔다. 그들은 루바쇼프의 감방으로 되돌아가기 시작했다. 복도의 소음은 이미 사그라진 뒤였다. 몇몇 감방으로부터 코고는 소리가 억눌린 듯 들려왔다. 그것은 한탄처럼 들렸다. 건물 곳곳에서 누렇고 희미한 전기 불빛이 새어 나오고 있었다.

두 번째 심문

1

교회의 존재가 위협받을 때 교회는 비로소 도덕률로부터 풀려난다. 통합을 목적으로 하여 모든 수단이, 심지어 교활함과 반역, 폭력과 성직 매매, 감옥과 죽음마저도 정당화된다. 왜냐하면 모든 질서는 공동체를 위한 것이고, 개인은 공동의 선을 위해 희생될 수밖에 없기 때문이다.

―디트리히 폰 니하임(베르덴의 주교, A.D. 1411)

수감 5일째, 루바쇼프의 일기장에서 발췌한 글.

……궁극적 진리는 끝에서 두 번째 지점에서는 언제나 거짓이다. 결국 옳다고 입증될 사람은 그 전에는 틀린 것으로, 그리고 해로운 것으로 나타난다.

그러나 누가 옳은 것으로 입증될 것인가? 그건 단지 나중에야 알려지리라. 그동안 그는 역사가 사면해 주리라는 희망으로, 반드시 외상(外上)으로 행동하면서 악마에게 자기 영혼을 팔도록 되어 있다.

넘버원은 마키아벨리의 『군주론』을 항상 침대 옆에 놓아둔다고 한다. 그 시대 이후 정치적 윤리의 지배에 대한 정말 중요한 것은 언급된 적이 없다. 페어플레이라는 19세기의 자유주의적 윤리를 20세기의 혁명적 윤리로 바꾼 사람은 우리가 처음이었다. 그 점에서 우리는 옳았다. 크리켓처럼 규칙에 따라 행해지는 혁명은 터무니없는 것이다. 역사가 휴식하는 동안 정치는 상대적으로 정당할 수 있다. 그러나 위태로운 전환기에는 오래된 법칙(목적이 수단을 정당화한다는 법칙) 외에는 어떤 것도 불가능하다.

우린 이번 세기에 신마키아벨리즘을 도입했다. 다른 사람들, 즉 반혁명적 독재 정권은 그것을 서투르게 모방했다. 우리는 보편적 이성의 이름을 내건 신마키아벨리주의자였고, 그것이 우리의 위대성이었다. 다른 사람들은 민족적 낭만주의의 이름을 내건 신마키아벨리주의자였는데, 그것은 그들의 시대착오였다. 그래서 우리는 역사에 의해 결국 용서받을 것이다. 하지만 그들은 그렇게 안 될 것이다······.

그럼에도 불구하고 현재 우리는 외상으로 사고하고 행동하고 있다. 모든 관습과 크리켓 도덕성*을 배 밖으로 던져 버렸으므로 우리의 유일한 지침 원리는 필연적 논리의 원리다. 우리는 우리의 사고를 최후의 논리적 귀결에 이르게 한 뒤 그것에 맞게 행동하고자 하는 끔찍한 강박관념에 휩싸여 있다. 우리는 바닥짐* 없이 항해하고 있다. 그러므로 키를 조금만 건드리는 것도 생사가 달린 문제가 된다.

얼마 전 우리의 농업 전문가인 B가 서른 명의 협력자와 함께 총살되었다. 질산 인조 비료가 산화칼륨보다 더 좋다는 견해를 그가 고수했기 때문이다. 넘버원은 산화칼륨에 전적으로 찬성했다. 그래서 B와 서른 명이 방해자로서 처치된 것이다. 중앙집권화된 농업에서 질산이냐 산화칼륨이냐 하는 양자택일은 엄청나게 중요하다. 다음 전쟁의 이슈를 결정할 수도 있는 문제이다. 넘버원이 옳다면 역사가 그를 용서해 줄 것이고, 서른한 명의 처형은 그저 하찮은 일이 될 것이다. 그러나 그가 틀렸다면…….

객관적으로 누가 옳은가? 그것만이 문제이다. 크리켓 도덕주의자들은 전혀 다른 문제, 즉 B가 질산을 추천했을 때 그가 주관적으로 선한 믿음을 가졌는지 아닌지 하는 문제로 흥분한다. 만일 그가 선한 믿음을 가지지 않았다면, 그는 그들 윤리에 따라 총살될 것이다. 설령 나중에 질산이 더 나은 것이라고 밝혀진다 해도. 선한 믿음을 가졌다면, 그는 석방되어 질산 선전을 계속하도록 허락받을 것이다. 질산으로 인해 그 나라가 파괴된다 해도…….

• 크리켓 도덕성 : 구기 경기인 크리켓 게임의 규칙처럼 몇 가지 간단한 규칙과 규율만으로 모든 것이 도덕적으로 된다고 믿는 규범 체계.
• 바닥짐 : 배의 균형과 안전을 위해 그 바닥에 싣는 물이나 자갈 따위.

물론 그것은 완전히 난센스이다. 주관적인 선한 믿음의 문제는 우리에게 흥밋거리가 아니다. 틀린 자는 대가를 치러야 하고, 옳은 자는 용서를 받을 것이다. 그것이 역사적 신용 대출의 법칙이고, 우리의 법칙이다.

때로는 진실보다 거짓이 역사에 더 큰 도움이 된다는 사실을 역사 스스로 우리에게 가르쳐 주었다. 인간은 둔해서 발전에 이르기까지 40여 년 동안 사막에서 끌려가야 한다. 도중에 주저앉아 쉬거나 금송아지를 숭배하는 등 옆길로 새지 않도록, 사막 끝까지 위협과 약속을 해 가며 가상의 테러와 가상의 위로 속에서 인간을 끌고 가야 한다.

우리는 다른 사람들보다 더 철저히 역사를 배웠다. 논리적 일관성에서 우리는 다른 사람들과는 다르다. 그래서 우리는 미덕이 역사에서 그리 중요하지 않다는 점, 죄악은 여전히 처벌되지 않았다는 점을 안다. 그러나 모든 과오는 반드시 그 결과를 드러내며, 그것이 7대 자손에 이르러 복수한다는 것도 안다. 그래서 우리는 과오를 막고 과오의 씨앗을 없애는 데 우리의 모든 노력을 집중했다. 우리 경우처럼 인류의 미래를 지배하는 그렇게 큰 권력이 그렇게 몇 안 되는 사람들 손에 집중된 적은 역사에 결코 없었다. 우리가 좇는 잘못된 생각은 모두 미래 세대에게 자행되는 범죄행위다. 그러므로 우리는 다른 사람들이 죄를 벌하듯이, 잘못된 생각을 죽음으로써 벌해야만 한다.

우리는 모든 사고를 그 최후의 논리적 귀결까지 따지며 행동했기 때문에 미친 사람들로 취급받았다. 또한 우리는 다가오는 초개인적 삶에 대한 전적인 책임의 무게를 우리 스스로 계속 느꼈기 때문에 종교 재판소와 비교되었다. 인간의 행동뿐만 아니라 사고 속에 깃든 악의 씨앗까지 학대했다는 점에서 우리는 종교 재판관을 닮아 있다. 우리는 그 어떤 개인적인 영역도 인정하지 않았다. 심지어 인간의 두개골 안의 영역조차. 우리는 여러 가지 문제를 최종 결론까지 이끌어 내지 않으면 안 되는 강박관념 속에 살았다. 그리하여 우리의 마음은 언제나 너무나 긴장된 상태여서 약간의 충돌로도 치명적인 합선을 일으키곤 했다. 따라서 우리는 서로 파괴할 운명에 놓여 있었던 것이다.

나는 그런 사람들 중 한 명이었다. 나는 내가 해야 하는 대로 생각하고 행동했다. 내가 좋아하는 사람들을 파괴했고, 내가 좋아하지 않는 사람들에게 권력을 주었다. 역사가 나를 그런 자리에 세워 놓았기 때문이다. 나는 역사가 내게 대출해 준 신용을 모두 탕진해 버렸다. 내가 옳았다면 후회할 것이 없고, 틀렸다면 대가를 치러야 할 것이다.

그러나 미래에 무엇이 진리로 판단될 것인지 현재가 어떻게 결정할 수 있겠는가? 우리는 타고난 예지적 능력도 없이 예언자의 일을 하고 있다. 우리는 비전을 논리적 추론으로 대치시켰다. 우리 모두 같은 출발 지점에서 시작했지만, 결과는 서로 달랐다. 증거가 증거의 잘못을 입증했고, 마침내 우리는 믿음으로 되돌아갈 수밖에 없었던 것이다. 자신의 추론이 정당하다는 공리적 믿음으로. 그것이 중요한 점이다. 우리는 모든 바닥짐을 배 밖으로 던져 버렸다. 단 하나의 닻, 즉 자기 자신에 대한 믿음만이 우리를 지탱하고 있다. 기하학은 인간 이성의 가장 순수한 실현이다. 그러나 유클리드 기하학의 공리는 증명될 수 없다. 따라서 그것을 믿지 않는 자는 건물 전체가 무너지는 것을 볼 수밖에 없다.

넘버원은 거칠고 느리며 무뚝뚝하고 흔들리지 않는 자기 자신에 대한 믿음을 가지고 있다. 그는 가장 단단한 닻의 사슬을 가지고 있다. 나의 사슬은 지난 몇 년 동안 닳고 닳아 약해졌다…….

사실 나는 이제 더 이상 나의 무오류성을 믿지 못하게 되었다. 이것이 내가 패배한 이유이다.

2

루바쇼프에 대한 첫 번째 심문이 있고 난 다음 날, 조사 책임자인 이바노프와 그의 동료 글레트킨이 저녁 식사를 마친 뒤 식당에 앉아 있었다. 이바노프는 피로했다. 그는 의족을 보조 의자 위에 놓고, 제복의 칼라를 느슨하게 풀었다. 그리고 값싼 포도주를 조금 따른 뒤 글레트킨을 미심쩍은 듯 말없이 바라보았다. 글레트킨은 풀 먹인 제복을 입고 꼿꼿이 의자에 앉아 있었는데, 움직일 때마다 제복이 서걱거렸다. 그 역시 무척 피로했지만, 그는 권총 벨트도 풀지 않았다. 글레트킨은 잔을 비웠다. 깨끗하게 깎은 머리에 난, 눈에 띄는 흉터가 약간 붉어졌다. 세 명의 장교가 좀 떨어진 탁자 앞에 앉아 있었는데, 두 명은 체스를 두고 한 명은 옆에서 구경을 하고 있었다.

"루바쇼프는 어떻게 될 것 같습니까?"

글레트킨이 물었다.

"안 좋을 것 같아. 그러나 늘 그렇듯 아직도 논리적이야. 그러다가 항복하겠지."

이바노프가 대답했다.

"난 그렇게 여겨지질 않습니다."

글레트킨이 말했다.

"그는 모든 걸 논리적 결론까지 생각한 뒤 항복할 걸세. 그러니까 중요한 건 그를 가만히 놔두고 방해하지 않는 일이지. 난 그에게 종이와 펜 그리고 담배를 허락해 주었네. 사고 과정이 촉진되도록."

"난 그게 틀렸다고 생각합니다."

"자넨 그를 좋아하지 않는군. 자네가 며칠 전에 그와 소란을 벌인 걸로 알고 있는데?"

글레트킨은 루바쇼프가 침대 위에 앉아 너덜너덜해진 양말 위로 신발을 신던 장면을 떠올리며 말했다.

"그건 중요하지 않아요. 그의 인품은 중요하지 않습니다. 내가 잘못이라고 생각하는 것은 방법입니다. 그 방법으로는 그는 결코 굴복하지 않을 겁니다."

"루바쇼프가 항복한다면 그건 겁이 나서가 아니라 논리 때문이겠지. 그에게는 아무리 심한 방법을 써 봐야 소용없어. 그는 두드리면 두드릴수록 더욱 강해진다네."

"말로는 그렇지요. 하지만 신체적 압박을 끝까지 견뎌 낼 수 있는 사람은 없습니다. 난 그런 사람을 본 적이 없어요. 내 경험에 따르면, 인간 신경 체계의 저항력은 원래 한계가 있습니다."

"나라면 자네 손아귀에 붙들리고 싶지는 않네."

이바노프가 미소를 지으면서, 그러나 조금 불편한 표정으로 말을 이었다.

"어쨌든 자네는 자네 자신의 이론에 대한 살아 있는 반증이야."

이바노프의 시선이 글레트킨의 머리에 난 흉터에 잠시 머물렀다. 그 흉터 이야기는 잘 알려져 있었다. 흉터는 내전 당시 글레트킨이 적의 손에 붙잡혔을 때 생긴 것이다. 글레트킨으로부터 정보를 빼내기 위해 적들이 불 켜진 양초 심지를 그의 깎은 머리 위에 붙들어 맸다. 몇 시간 뒤 글레트킨 쪽 사람들이 그곳 진지를 탈환해 의식을 잃은 그를 발견했다. 양초 심지는 끝까지 타 버린 상태였다. 글레트킨이 끝까지 비밀을 지킨 것이다.

글레트킨은 이바노프를 무표정한 눈으로 쳐다보며 말했다.

"그것 역시 얘기일 뿐입니다. 제가 항복하지 않은 것은 기절했기 때문이지요. 만일 내가 기절하지 않은 채 몇 분 더 있었다면 말했을 겁니다. 그건 체질 문제입니다."

글레트킨은 조심스럽게 잔을 비웠다. 그가 잔을 탁자에 내려놓는데 그의 소맷부리가 서걱거리는 소리가 났다. 그가 계속했다.

"의식이 돌아왔을 때 전 제가 다 불어 버렸다고 생각했습니다. 그런데 함께 풀려난 두 명의 하사관이 그 반대라고 주장했어요. 그렇게 포장된 겁니다. 모든 건 체질 문제입니다. 나머진 그저 꾸민 얘기고."

이바노프 역시 술을 마시고 있었다. 포도주를 꽤 많이 마신 상태였다. 그는 어깨를 으쓱거리며 말했다.

"자넨 언제부터 그 고상한 체질 이론을 갖게 되었나? 예전에는 그런 이론이 없었는데. 그 당시 우리는 환상에 빠져 있었지. 형벌 철폐, 범죄에 대한 보복 철폐, 비사회적 분자들을 위한 정원이 있는 요양원……. 하지만 그 모든 게 헛소리지."

"전 그렇게 생각하지 않습니다. 당신은 냉소적이군요. 1백 년 뒤에는 우리가 그 모든 걸 갖게 될 겁니다. 그러나 우리는 먼저 견뎌 내야 합니다. 유일한 망상은 그 시간이 이미 왔다고 믿는 것입니다. 처음 여기 왔을 때 저 역시 그런 망상에 사로잡혀 있었지요. 우리 대부분, 사실상 맨 꼭대기에 이르기까지 조직 전체가 그랬습니다. 우리는 꽃이 만발한 정원으로 시작하길 원했지요. 그건 실수였어요. 1백 년이 지나면 우린 범죄자의 이성이나 사회적 본능에 호소할 수 있겠지요. 하지만 지금 당장은 범죄자의 체질에 근거해서 일해야 하고, 필요하다면 육체적이든 정신적이든 범죄자를 짓밟아 버려야 합니다."

이야기를 듣고 있던 이바노프는 글레트킨이 취한 게 아닌가 싶었다. 그러나 침착한 그의 눈을 보니 취하지 않았음이 분명했다. 이바노프는 모호한 미소를 지으며 말했다.

"한마디로 난 냉소주의자이고, 자넨 도덕주의자로군."

글레트킨은 아무 말도 하지 않았다. 그는 풀 먹인 제복을 입은 채 의자에 뻣뻣하게 앉아 있었다. 그의 권총 벨트에서는 새 가죽 냄새가 났다. 잠시 뒤 그가 말했다.

"3~4년 전, 한 보잘것없는 농부가 반대 심문을 받기 위해 내게 끌려왔습니다. 지방이었고, 당신이 말하는 정원 이론을 우리가 아직도 믿던 시절이었지요. 반대 심문은 매우 신사적으로 이루어졌어요. 그 농부가 자신의 작물을 다 파묻은 사건이었습니다. 당시는 토지 집단 농장화 초기였지요. 난 규정된 관례를 엄격히 고수하면서 그에게 친절하게 설명했어요. 수출을 위해 그리고 우리 산업을 이룩하기 위해 늘어나는 도시 인구를 먹여 살릴 곡물이 필요하다고 말이지요. 그래서 그가 어디에 곡물을 숨겼는지 알려 달라고 청했습니다. 맞을 걸 예상하며 내 방으로 불려 왔을 때 그는 어깨를 움츠리고 있었지요."

이바노프는 말없이 듣기만 했다.

"난 그런 부류의 인간을 잘 알고 있었습니다. 나 역시 시골 출신이니까요. 때리는 대신 논리적으로 얘기하고, 대등한 위치에서 설득하고, 그를 '시민'으로 불러 주자, 그는 내가 얼간이인 줄 알더군요. 눈을 보면 알 수 있죠. 나를 얼간이로 여겼습니다.

그의 눈을 통해 알 수 있었지요. 30분 동안 설득했지만, 그는 절대 입을 열지 않았어요. 코와 귀를 번갈아 후빌 뿐이었지요. 그가 그 모든 걸 농담으로 여기고 아무것도 귀담아듣지 않는다는 사실을 알았지만, 난 계속 얘기했어요. 그러나 내 얘기는 그의 귀로 쉽게 들어가지 못했습니다. 그의 귀는 수백 년 동안 정신을 마비시킨 밀랍으로 꽉 막혀 있었거든요. 난 규정을 엄격하게 고수했어요. 다른 방법이 있을 거란 생각은 하지 못했지요…….”

글레트킨은 담담한 목소리로 이야기를 계속해 나갔다.

"그 시절 난 매일 이삼십 건씩 그런 일을 취급했습니다. 내 동료도 마찬가지였어요. 혁명은 이런 얼마 되지 않는 살찐 농부들 위에 세워지려는 위험에 처해 있었지요. 노동자들은 영양 부족이었고, 전 지역이 기아와 발진티푸스로 황폐한 상태였습니다. 우리는 군수산업을 일으킬 어떤 신용 대출도 받을 수 없었어요. 그저 공격을 당하리라 예상하고 있었지요. 그런데 2억 달러나 되는 금이 그 농부 같은 사람들의 양말 속에 숨겨져 있었고, 곡물의 반은 지하에 파묻힌 상황이었습니다. 심문할 때 우리는 그들을 '시민'이라고 불렀지요. 하지만 그들은 그 모든 걸 농담으로 여기고는 교활한 눈으로 우리를 쳐다보면서 콧구멍만 후볐습니다.”

글레트킨은 심호흡을 한 뒤 이야기를 계속했다.

"내 부하들이 맡은 세 번째 심문은 새벽 2시에 열렸습니다. 나는 그 전에 18시간 동안이나 쉬지 않고 일했지요. 잠에 취해 있는 그를 깨우자, 그가 깜짝 놀라며 일어나더군요. 그러고는 겁을 먹었는지 쉽게 불더군요. 그때부터 난 내가 맡은 사람들을 밤에 주로 심문했지요. 한번은 어떤 여자가 차례를 기다리며 밤새 내 방 앞에서 기다렸다고 불평을 했어요. 다리가 후들거릴 정도로 완전히 녹초가 된 상태였지요. 심문을 받는 동안 그녀는 잠에 곯아떨어졌어요. 난 그녀를 깨웠지요. 그녀는 졸면서도 계속 얘길 했어요. 자기가 무슨 말을 하는지도 모르는 채 말입니다. 그러다가 다시 잠에 빠져들었어요. 난 그녀를 다시 깨웠고, 그녀는 모든 걸 시인한 뒤 진술서를 읽어 보지도 않은 채 서명을 했습니다. 그녀 남편은 헛간에 기관총 두 자루를 숨겼고, 마을 농부들에게 곡물을 태워 버리라고 설득했지요. 그리스도의 적들이 그의 꿈속에 나타났기 때문이랍니다. 그녀가 밤새 내 방문 앞에서 기다린 것은 내 하사관의 부주의 탓이었습니다. 그렇지만 그때부터 난 그런 부주의를 오히려 장려했어요. 다루기 힘든 고집 센 사람일 경우 48시간 정도 기다리도록 시켰지요. 그러고 나면 그들의 귓속에 있는 밀랍이 녹아내려 말이 통하게 됩니다……."

한쪽에서 체스를 두던 두 사람은 말을 던지더니 게임을 새로 시작했다. 나머지 한 명은 자리를 뜬 상태였다. 이바노프는 글레트킨을 살펴보았다. 그는 무표정한 얼굴로 이야기를 계속했다.

"내 동료들도 비슷한 걸 경험했습니다. 그게 결과를 얻을 수 있는 유일한 방법이었으니까요. 물론 규정은 지켰습니다. 어떤 죄수도 손대지 않았어요. 그러나 가끔은 죄수가 처형되기도 했지요. 그런 장면은 죄수들에게 정신적으로 또 육체적으로 영향을 주었어요. 다른 예도 있습니다. 위생을 고려하여 샤워와 목욕을 할 수 있게 했는데, 기술적인 어려움 때문에 겨울에 난방이나 온수 파이프가 잘 작동되지 않았어요. 목욕 시간은 일꾼에게 달려 있었지요. 때로는 난방과 온수 기구가 잘 작동되기도 했습니다. 그것 역시 일꾼에게 달려 있었어요. 그들은 숙련된 노동자들이라서 세세하게 지시할 필요는 없었어요. 무엇이 문제인지 알고 있었으니까요."

"이제 그만하지."

이바노프가 말했다.

"당신이 내 이론을 어떻게 발견하게 되었는지를 물어서 대답하는 것입니다. 문제는 모든 것의 논리적 필연성을 마음에 새겨 두어야 한다는 점입니다. 그렇지 않으면 당신처럼 냉소적인 사람이 되지요. 늦었군요. 이젠 가야겠습니다."

이바노프는 잔을 비우고 의족을 의자 위에 올려놓았다. 다리에서 다시 심한 통증이 느껴졌다. 그는 이런 대화를 시작한 스스로에게 화가 났다.

글레트킨이 술값을 계산했다. 식당 웨이터가 돌아가고 난 뒤 그가 물었다.

"루바쇼프는 어떻게 되는 건가요?"

"이미 자네에게 말했네. 그를 가만히 내버려 둬야 해."

이바노프가 대답했다.

글레트킨이 일어났다. 그의 군화에서 소리가 났다. 그는 이바노프의 의족이 있는 의자 옆에 서서 말했다.

"난 그의 과거의 공적은 인정합니다. 그러나 오늘날의 그는 그 살찐 농부처럼 해로운 인간이 되었어요. 아니, 위험한 인간이 되어 버렸습니다."

이바노프는 글레트킨의 무표정한 눈을 쳐다보았다.

"그에게 2주 동안 생각할 시간을 주었네. 그때까지는 그를 그냥 내버려 두길 바라네."

이바노프는 공식적인 어조로 딱딱하게 말했다. 글레트킨은 그의 부하였다. 글레트킨은 인사를 한 뒤 저벅거리는 군화 소리를 내며 식당을 떠났다.

이바노프는 앉은 채로 술을 한 잔 더 마신 뒤 담배에 불을 붙이고는 연기를 훅 내뿜었다. 잠시 뒤 그는 체스 게임을 구경하려고 장교들이 있는 쪽으로 절뚝거리며 걸어갔다.

3

첫 번째 심문 뒤 루바쇼프의 생활수준은 놀랄 만큼 나아졌다. 다음 날 아침 늙은 교도관이 종이, 펜, 비누, 수건 등을 가져다주었다. 그와 동시에 교도관은 루바쇼프가 체포될 때 갖고 있던 현금에 해당하는 감옥 상환권을 주면서, 그것으로 감옥 매점에서 담배나 음식 등을 살 수 있다고 설명해 주었다.

루바쇼프는 담배와 음식 약간을 주문했다. 언제나처럼 무뚝뚝하고 쌀쌀맞은 늙은 교도관은 루바쇼프가 요청한 물건을 들고 발을 질질 끌면서 올라왔다. 루바쇼프는 감옥 외부의 의사를 청할까 잠시 생각해 보다 곧 잊어버렸다. 이는 더 이상 아프지 않았고, 세수를 하고 먹을 것이 생기자 기분이 좀 나아졌다.

안뜰에 쌓인 눈은 깨끗이 치워져 있었는데, 수감자 무리가 날마다 운동 삼아 그 주위를 걷고 있었다. 그동안은 눈 때문에 운동이 중단된 상태였고, 언청이와 그 동료들만 매일 10분씩 걸을 수 있도록 허락되었다. 아마도 의사의 특별 지시 때문일 것이다. 뜰로 들어가거나 떠날 때마다 언청이는 루바쇼프의 창문을 올려다보았다. 그 몸짓은 너무도 분명해서 의심의 여지가 없었다.

루바쇼프는 글을 쓰거나 방 안을 왔다 갔다 할 때가 아니면 이마를 창살에 기댄 채 창문가에 서서 수감자들이 운동하는 모습을 바라보곤 했다. 한 번에 열두 명이 무리를 지어 운동을 했는데, 두 명씩 짝을 지어 앞뒤로 열 걸음 정도 거리를 둔 채 뜰을 둥글게 돌았다. 뜰 중앙에는 제복 입은 네 명의 관리가 서 있었는데, 그들은 수감자들이 말을 하지 못하도록 감시했다. 그 관리들은 원형의 축을 이루었는데, 정확히 20분마다 천천히 그리고 어김없이 교대를 했다. 그런 뒤 수감자들은 다시 오른편 문을 통해 건물로 되돌아갔고, 동시에 그 문 왼편을 통해 새 무리가 뜰 안으로 들어왔다. 그들은 다음 무리와 교체될 때까지 단조로운 원을 그리며 똑같이 걸었다.

처음 며칠 동안 루바쇼프는 친숙한 얼굴이 있는지 찾아보았으나 아무도 발견하지 못했다. 마음이 놓였다. 그는 당분간 바깥세상을 기억나게 하는 그 어떤 것도 피하고 싶었다. 일을 하는 데 방해가 될 수 있기 때문이었다. 일이란 자기 생각을 결론에 이르기까지 작동시켜 보는 것, 그래서 과거와 미래, 산 자와 죽은 자가 화해하는 것이었다. 이바노프가 정해 놓은 기간까지 아직 열흘이 남아 있었다.

루바쇼프는 자기 생각을 글로 적어 두어야만 그것이 머릿속에 간직되었다. 그러나 글을 쓰고 나면 너무도 기진맥진해서 기껏해야 하루 1~2시간 정도나 겨우 쓸 수 있었다. 글을 쓰지 않는 동안 그의 두뇌는 제멋대로 놀았다.

루바쇼프는 자기 자신을 잘 안다고 믿어 왔다. 도덕적 편견이 없던 그는 '일인칭 단수'라고 불리는 현상에 대한 어떤 환상도 갖지 않았으며, 그런 현상 속에 사람들이 마지못해 인정하는 어떤 충동이 깃들어 있음을, 특별한 감정 없이, 당연한 것으로 여기곤 했다. 그런데 창틀에 이마를 기대고 서 있거나 갑자기 걸음을 멈출 때 그는 뜻밖의 발견을 하게 되었다. 흔히 '독백'으로 잘못 알려진 이런 과정들이 사실은 특별한 종류의 대화임을 발견한 것이다. 이런 대화에서 한쪽은 침묵하는 반면, 다른 쪽은 상대의 마음속으로 들어가 속뜻을 헤아리기 위해 문법을 무시하고 상대를 '너' 대신 '나'로 부른다. 그러나 침묵하는 쪽은 여전히 침묵하면서 감시에서 벗어나고, 심지어 시간과 공간 속에 위치하는 것조차 거부한다.

그러나 습관적으로 침묵하던 상대도 때로는 누가 말을 걸지 않아도, 혹은 특별한 구실 없이도 말을 하는 것처럼 보였다. 루바쇼프는 상대의 목소리가 너무나 낯설어서 놀라움 속에서 듣다가 문득 자기 입술이 움직이는 것을 깨달았다. 이런 경험에는 신비로운 어떤 것도 없었다. 그것은 아주 구체적인 경험이었다. 루바쇼프는 스스로를 관찰하면서, 수년 동안 줄곧 침묵을 지키다 이제 비로소 말하기 시작한 이 일인칭 단수 속에 완전한 실체를 갖춘 어떤 요소가 있음을 점차 확신하게 되었다.

이러한 발견은 루바쇼프가 이바노프와 가졌던 대화의 세부 내용보다 훨씬 더 강렬하게 그를 사로잡았다. 그는 자신이 이바노프의 제의를 받아들이지 않고, 그런 게임에 함께하지 않을 것이 확실하다고 생각했다. 결국 그는 자신이 정해진 시간밖에 살 수 없을 거라고 확신했다. 이런 확신이 그의 성찰의 바탕을 이루었다.

루바쇼프는 자신이 넘버원의 생명을 위협하는 어떤 일을 꾸몄다는 얼토당토않은 얘기에 대해서는 전혀 생각하지 않았다. 그가 관심을 가진 것은 이바노프라는 인물이었다. 이바노프는 그들의 역할이 뒤바뀔 수 있다고 말했다. 그 점에서는 그의 말이 분명 옳았다. 그 자신과 이바노프의 발전 과정은 쌍둥이처럼 닮아 있었다. 그들은 같은 난세포에서 태어난 것은 아니지만, 공동 신념이라는 한 탯줄에 의해 양육되었다. 두 사람의 성격은 당의 환경 아래에서 만들어지고 다듬어졌다. 그들은 똑같은 도덕적 기준과 똑같은 철학을 가졌으며, 똑같은 용어로 사고했다. 그들의 입장이 서로 바뀌었어도 괜찮았을 것이다. 그랬다면 루바쇼프는 책상 뒤에, 이바노프는 책상 앞에 앉게 되었으리라. 만일 루바쇼프가 책상 뒤에 앉았다면, 그 역시 이바노프와 동일한 논지를 폈을지도 모른다. 게임의 법칙은 정해진 것이니까. 그 법칙은 세부적인 면에서의 변주만 허용했으므로.

다른 사람의 마음이 되어 생각하고자 하는 오래된 강박증이 그를 다시 사로잡았다. 그는 이바노프의 자리에 앉아 이바노프의 시각으로, 피소된 자의 입장에서, 자신을 바라보았다. 언젠가 리하르트와 리틀 뢰비를 그렇게 본 것처럼. 그는 루바쇼프라는 타락한 인물, 옛 동지의 망령을 보았다. 그러자 자신을 다룰 때의 이바노프의 그 부드러움과 멸시 섞인 감정이 이해되었다. 대화를 나누는 동안 그는 계속해서 이바노프가 진심인지 위선인지, 그가 함정을 파 놓고 있는 것인지 아니면 정말 탈출구를 가르쳐 주려고 하는 것인지 자문했다. 루바쇼프는 이바노프의 입장이 되어 보니 그가 진실하다는 것을 깨달을 수 있었다. 그 자신이 리하르트나 리틀 뢰비에게 그랬던 것처럼.

이러한 성찰 역시 독백 형태를 띠었지만, 그건 익히 알고 있는 방식에 따른 것이었다. 말하자면 최근에 발견된 실체, 즉 침묵하는 상대는 참여하지 않은 것이다. 모든 독백에서 침묵하는 상대에게 말을 붙였지만, 그는 귀가 먹은 것 같았다. 그는 '일인칭 단수'라는 문법적 추상 개념으로 제한되어 있었다. 직접적인 질문이나 논리적인 명상을 통해서도 그에게 말을 하게 할 수는 없었다. 그의 진술은 뚜렷한 이유 없이 일어났고, 참으로 이상하게도 늘 심각한 치통을 동반했다. 그의 정신적 영역은 〈피에타〉의 구부러진 손, 리틀 뢰비의 고양이들, '먼지가 되다'라는 후렴구 노랫가락, 알로바가 특이한 경우에 말하던 특이한 문장 등과 같은 너무나 다양하고도 관련 없는 부분들로 이루어진 것 같았다. 그 표현 방법 역시 단편적이었다. 예를 들면 코안경을 소매에 문지르는 강박적인 행동, 이바노프 방의 사진이 걸려 있던 자리를 건드리고 싶은 충동, '난 대가를 치를 거야'와 같은 의미 없는 문장들을 중얼대는 입술의 참기 힘든 움직임, 그리고 한 사람의 삶에 있는 지나간 삽화의 백일몽이 초래하는 멍한 상태 같은 것들 말이다.

루바쇼프는 새로 발견한 이 실체를 방 안을 오가면서 아주 철저히 탐구하고자 애썼다. 당에서는 보통 일인칭 단수를 강조하지 않는 게 관례라서 그는 이것에 '문법적 허구'라는 이름을 붙였다. 그가 살아 있을 날은 아마 몇 주일 되지 않을 터여서 그는 이 문제를 해결하고 싶은, 말하자면 '논리적 결론에까지 사고하고 싶은' 거부할 길 없는 충동을 느꼈다. 그러나 '문법적 허구'의 영역은 '결론에까지 사고하는 것'이 끝나는 지점에서 시작하는 것처럼 여겨졌다. 논리적 사고가 도달하는 영역의 밖에 머무는 것, 그래서 누군가를 매복 장소에서처럼 모르는 사이에 낚아채고, 백일몽과 치통으로 공격하는 것이 분명 그 존재의 핵심적인 부분이었다. 그리하여 수감 7일째 되는 날, 곧 첫 번째 심문이 끝나고 사흘째 되는 날, 루바쇼프는 자기 실존의 지나간 한 시기, 말하자면 총살된 여자 알로바와의 관계를 다시금 떠올리며 하루를 보냈다.

굳은 결의에도 불구하고 루바쇼프가 백일몽으로 빠져드는 순간은 마치 잠에 빠져드는 순간처럼 언제였다고 정확히 말하기가 어려웠다. 수감 7일째 되는 날 아침, 그는 글을 쓴 뒤 발을 약간 펴려고 일어선 모양이었다. 그리고 자물쇠의 덜거덕거리는 소리가 났을 때에야 그는 벌써 한낮이 되었고 자기가 방에서 여러 시간째 계속해서 앞뒤로 걸었음을 깨달았다. 그는 어깨에 담요까지 걸치고 있었는데, 추측건대 오한으로 인해 여러 시간 동안 몸이 떨렸고 이 신경이 관자놀이를 자극해 두통이 심했기 때문인 것 같았다. 그는 당번이 주걱으로 음식을 채워 놓은 그릇에서 몇 숟갈 떠서 먹다가 걷기를 계속했다. 감시 구멍으로 이따금씩 루바쇼프를 관찰하던 교도관은 그가 몸서리치듯 어깨를 떨고 입술을 움직이는 모습을 바라보곤 했다.

루바쇼프는 예전의 통상 사절단 사무실 공기를 다시금 들이마시는 기분이었다. 사무실은 크고 맵시 있으며, 언제나 알로바 몸에서 나는 독특한 향내로 가득 차 있었다. 그녀는 몸집이 컸으나 맵시가 있었고 좀 느렸다. 루바쇼프가 구술하는 동안 알로바는 몸을 숙이고 있었는데, 그럴 때면 흰 블라우스 위로 그녀의 고개 숙인 목선이 보였다. 그가 한 문장을 말한 뒤 다음 문장을 말하기 위해 뜸을 들이며 방 안을 오갈 때, 그녀의 둥근 눈은 그를 좇았다.

알로바는 늘 흰 블라우스를 입었는데, 루바쇼프 여동생이 집에서 입던 것과 똑같은 것이었다. 블라우스의 옷깃은 작은 꽃들로 수가 놓여 있었다. 그녀는 언제나 똑같은 싸구려 귀고리를 하고 있었는데, 그녀가 노트 위로 몸을 구부릴 때면 귀고리가 양 뺨에서 약간 앞으로 튀어나오곤 했다. 느리고 수동적인 몸짓 때문에 그녀는 마치 이 직업을 위해 태어난 듯싶었다. 그녀의 그런 몸짓은 과로할 때면 예민해지는 루바쇼프의 신경을 누그러뜨려주는 효과가 있었다.

루바쇼프는 리틀 뢰비와의 사건 이후 B 나라의 통상 사절단 단장으로 임명되어 즉시 일을 시작했다. 그는 이런 사무적 활동을 제공한 중앙 위원회에 감사했다. 인터내셔널 출신의 지도급 인물이 외교 업무를 맡게 되는 것은 아주 드문 일이었기 때문이다. 넘버원에게 뭔가 의도가 있는 듯했다. 왜냐하면 인터내셔널과 외교 업무는 조직상 서로 엄격하게 분리되어 있었고, 서로 접촉하는 것이 금지되었으며, 때로는 서로 정반대의 정책을 따르기도 했기 때문이다. 넘버원 중심의 보다 높은 관점에서 볼 때에야 비로소 모순은 해결되었고, 그 동기가 분명히 드러났다.

루바쇼프에게는 새로운 생활 방식에 적응하기 위해 얼마간의 시간이 필요했다. 그는 외교용 여권을 갖게 된 것이 기뻤다. 그건 진짜였고, 자기 이름으로 된 것이었다. 옷을 갖춰 입고 환영 행사에 참석하기도 했다. 경찰관들이 그를 보면 차렷 자세를 취했고, 중산모를 쓴 사람들이 눈에 띄지 않는 옷차림을 하고 그의 안전을 고려해 따라다니기도 했다.

통상 사절단은 공사관에 소속되어 있었는데, 루바쇼프는 처음에는 그 방 분위기가 조금 낯설었다. 부르주아 세계에서는 그들을 잘 흉내 내야 하고 부르주아식으로 놀아야 한다고 그는 이해했다. 그러나 지나치게 잘 놀아서 외양과 실재를 구분하기가 어려울 정도였다. 공사관의 제1서기관(그는 혁명 전에 당에 봉사하려고 돈을 위조한 적이 있었다)이 옷이나 생활 방식에 어느 정도 변화가 있어야 한다고 그에게 주지시킬 때에도 지나치게 사려 깊은 태도여서 루바쇼프는 당혹스럽고 거슬렸다.

루바쇼프에게는 열두 명의 부하가 있었는데, 각자의 지위가 분명했다. 제1조수와 제2조수가 있었고, 제1장부 계원과 제2장부 계원이 있었으며, 서기관과 부서기관이 있었다. 루바쇼프는 그들 모두가 자신을 국가 영웅과 강도 두목 사이의 어떤 사람쯤으로 간주한다는 느낌을 받았다. 그들은 과장된 존경과, 상대를 만만하게 보는 데서 나오는 너그러움으로 루바쇼프를 대했다. 서기관은 그에게 어떤 자료를 보고할 때 미개인이나 어린아이에게나 사용할 법한 쉬운 말로 표현하려고 애썼다. 루바쇼프의 신경을 제일 덜 건드린 사람은 개인 비서인 알로바였다. 하지만 루바쇼프는 그녀가 왜 수수하고 소박한 블라우스와 스커트에 에나멜가죽으로 된 우스꽝스러운 하이힐을 신고 다니는지 이해할 수가 없었다.

루바쇼프가 그녀에게 대화 투로 말을 붙인 건 거의 한 달이 지나서였다. 구술하느라 지쳐 있던 그는 문득 방 안을 감싸고 있는 침묵을 깨닫게 되었다.

"알로바 동지, 당신은 왜 아무 말도 안 하는 거요?"

루바쇼프가 물었다. 그는 책상 뒤의 안락의자에 앉아 있었다.

"당신이 좋다면, 당신이 구술하는 문장의 맨 끝 단어를 늘 반복하겠습니다."

알로바는 졸린 듯한 목소리로 대답했다.

그녀는 수놓인 블라우스를 입고, 귀고리를 달고, 크고도 맵시 있는 상반신을 노트 위로 구부린 채 매일 책상 앞의 의자에 앉아 있었다. 단 하나 거슬리는 것은 발꿈치 뒤축을 강조한 에나멜가죽 신발이었다. 루바쇼프가 아는 대부분의 여성이 그러하듯이 그녀는 다리를 꼬는 법이 없었다. 루바쇼프는 구술하는 동안 앞뒤로 걸어 다녔기 때문에 뒤나 옆에서 그녀를 볼 수 있었다. 그가 가장 선명하게 기억하는 것은 고개 숙인 그녀의 목선이었다. 그녀의 목 뒷덜미에는 솜털이 없었는데 그렇다고 깎은 것 같지도 않았다. 목뼈의 피부는 하얗고 팽팽했다. 그 아래 흰 블라우스 가장자리에는 꽃이 수놓여 있었다.

루바쇼프는 젊은 시절에 여성과의 경험이 많지 않았다. 주변 여성들은 거의 대부분 동지였고, 연애는 대부분 토론에서 시작되었다. 토론이 밤늦게까지 이어지다 손님으로 온 사람이 집으로 가는 마지막 전차를 놓쳤을 경우 연애가 시작되는 것이었다.

알로바와의 대화 시도가 실패로 끝난 지 2주일이 지났다. 그녀는 처음에 정말로 그가 구술한 문장의 마지막 단어를 나른한 목소리로 되풀이했다. 하지만 곧 그만두었다. 방 안은 루바쇼프가 구술을 멈추면 다시 조용해지면서 그녀의 향내로 가득 찼다.

어느 날 오후 루바쇼프는 놀랍게도 그녀 의자 뒤에서 걸음을 멈춘 뒤, 손을 그녀 어깨 위에 가볍게 올려놓았다. 그러고는 저녁에 자신과 함께 나가지 않겠느냐고 물었다. 알로바는 그의 손을 뿌리치지 않고, 고개를 끄덕였다. 하지만 고개를 돌리지는 않았다. 경박한 농담을 하는 것은 루바쇼프의 습관이 아니었지만, 그날 저녁 그는 웃으며 이렇게 말했다.

"누가 보면 지금도 내가 구술하는 것을 당신이 받아 적고 있는 거라고 여길 거요."

그녀의 크고 맵시 있는 가슴의 윤곽은 그 방의 어둠과 대조되면서 늘 그곳에 있었던 것처럼 낯익어 보였다. 단지 베개 위에 놓인 귀고리만이 낯설어 보였다. 〈피에타〉의 구부러진 손이나 항구도시의 해초 냄새처럼 루바쇼프의 뇌리에서 사라지지 않을 그 한마디를 그녀가 했을 때, 그녀의 눈은 여느 때와 똑같은 표정이었다.

"언제든지 날 마음대로 해도 돼요."

"어째서 그렇소?"

루바쇼프는 놀라 움찔했다.

알로바는 대답하지 않았다. 벌써 잠든 모양이었다. 잠든 그녀의 숨소리는, 마치 깨어 있는 것처럼, 들리지 않았다. 루바쇼프는 그녀가 숨을 쉰다는 것을 느끼지 못했다. 그녀의 감긴 눈을 본 것도 처음이었다. 그 때문에 그녀 얼굴이 그에게는 매우 낯설었다. 눈을 뜬 얼굴보다 감은 얼굴의 표정이 훨씬 더 풍부했다. 그녀의 겨드랑이 아래에 있는 어두운 부분 역시 그에게는 낯설었다. 평상시라면 가슴 쪽으로 숙여져 있을 그녀의 턱이 죽은 여성의 턱처럼 심하게 내밀어져 있었다. 그러나 가볍고도 누이 같은 그녀의 향내만은, 그녀가 잠들어 있다 해도 친밀하게 여겨졌다.

다음 날 그리고 그 뒤 여러 날 동안, 그녀는 다시 흰 블라우스를 입고 책상 위에 몸을 숙인 채 앉아 있었다. 다음 날 저녁 그리고 그 뒤의 여러 저녁 동안, 그녀 가슴의 희미한 윤곽이 어두운 침대 커튼을 배경으로 떠올랐다. 루바쇼프는 밤과 낮 동안 그녀의 나른한 몸을 둘러싼 공기 속에서 살았다. 일하는 동안 그녀의 행동은 변하지 않았다. 그녀의 목소리와 눈의 표정도 똑같았다. 어떤 암시 같은 것도 담겨 있지 않았다. 가끔 구술을 하다 지칠 때면 루바쇼프는 알로바의 의자 뒤에 멈추어 서서 두 손을 그녀 어깨 위에 올려놓았다. 그는 아무것도 말하지 않았고, 블라우스 아래 그녀의 따뜻한 어깨는 움직이지 않았다. 잠시 뒤면 그는 찾고 있던 구절을 떠올리게 되어 계속 오가며 구술을 이어 갔다.

때때로 루바쇼프는 자기가 구술하고 있는 것에 대한 신랄한 논평을 보태기도 했다. 그러면 알로바는 받아 적기를 멈추고 펜을 쥔 채 그가 논평을 끝낼 때까지 기다렸다. 그러나 그녀는 루바쇼프의 혹평에 결코 웃지 않았고, 루바쇼프는 그녀가 무엇을 생각하는지 결코 알지 못했다. 어느 날 루바쇼프가 아주 위험한 농담을 하자, 그녀는 넘버원의 개인적인 습관을 언급하면서 여전히 졸린 목소리로 말했다.

"다른 사람들 앞에서는 그런 걸 말해선 안 돼요. 당신은 좀 더 조심해야 합니다……."

그러나 때때로, 특히 상부로부터 지시와 회람장이 왔을 때 그는 조롱을 내뱉고 싶은 욕구를 느꼈다.

당시는 반대파의 두 번째 대심판을 준비하던 시기였다. 공사관의 공기는 유난히 가라앉아 있었다. 사진과 초상화들이 하룻밤 사이에 벽에서 사라졌다. 여러 해 동안 벽에 걸려 있었지만, 아무도 그것을 쳐다보지는 않았다. 그런데 이제는 사진이 걸려 있던 부분이 유독 눈에 띄었다.

참모들은 대화를 업무 문제에만 국한시켰고, 대화를 나눌 때에도 조심스러운 태도를 견지했다. 대화를 피하기 어려운 공사관 식당에서 식사를 할 때면 사무적인 용어를 사용해 늘 하던 대화만을 나누었다. 이런 식의 대화는 친숙한 분위기에서 기이하고 좀 불편해 보였다. 소금 통이나 겨자 병을 달라고 하는 사이

사이에 그들은 최근 당 대회의 선언문 표어를 외치는 듯했다. 어떤 사람이 방금 말한 내용을 누군가 잘못 해석한 것에 항의해 "그렇게 말하지 않았네"라거나, "내가 말한 의미는 그게 아냐"라고 조급하게 소리치며 옆 사람에게 증인이 되어 달라는 일이 종종 일어났다. 이런 상황이 루바쇼프에게는 기이하고도 의례적인 인형 놀이처럼 보였다. 알로바만 변함없이 졸린 모습으로 있는 듯 보였다.

벽 위의 초상화들뿐만 아니라 도서관의 책마저 줄어들었다. 몇몇 책과 소책자가 조심스레 사라지곤 했는데, 그런 일은 대개 상부로부터 새 메시지가 도착한 다음 날 일어났다. 루바쇼프는 알로바에게 구술하는 동안 그것에 대해 신랄하게 논평했지만, 알로바는 그저 듣기만 했다. 외국 무역과 통화에 관한 저작 대부분이 서가에서 사라졌고, 그 저자인 인민 재정 위원이 즉각 체포되었다. 동일한 주제를 다루던 오래된 당 대회 보고서들, 혁명의 역사와 내력을 다룬 대부분의 책과 참고 문헌들, 법학과 철학에 관한 저술들, 산아 제한의 문제를 다룬 팸플릿들, 인민군대 조직에 관한 편람들, 인민 국가에서의 쟁의 권리와 노동조합주의에 대한 논문들, 2년 이상 된 정치 조직 문제에 대한 거의 모든 연구서, 그리고 마지막으로 학술원이 발간한 여러 권의 백과사전까지 모두 사라져 버렸다. 특히 백과사전은 곧 개정판이 나올 예정이었다.

새로운 책들을 들여오기도 했다. 사회과학의 고전들이 새로운 각주와 논평을 달고 나타났고, 옛날 역사서는 새로운 역사서로 대치되었으며, 죽은 혁명 지도자들의 오래된 회상록은 새 회상록으로 바뀌었다. 앞으로 남은 일은 모든 신문의 묵은 호를 새로 개정하여 발간하는 것밖에 없다고 루바쇼프는 알로바에게 농담하듯 말했다.

몇 주 전, 공사관의 도서관 내용물을 정치적으로 책임질 사서 한 명을 임명하라는 지시가 상부로부터 내려왔다. 그들은 알로바를 그 자리에 임명했다. 처음에 루바쇼프는 '유치원'이니 뭐니 중얼거렸고, 알로바가 공사관 당 세포의 주간 회의에서 여러 사람에게 심하게 공격받은 날까지만 해도 그 모든 일을 바보 같은 짓이라고 여겼다.

서너 명의 발언자(그중에는 제1서기관도 있었다)가 일어나, 넘버 원의 가장 중요한 연설문 몇 개가 도서관에 없는 데 반해 반대파 저작들은 아직도 있으며, 스파이나 반역자 혹은 외국 권력의 앞잡이로 탄로 난 정치인들 책이 아주 최근까지 서가의 눈에 안 띄는 곳을 차지하고 있었다고 불만을 털어놓았다. 그들의 주장은 이것이 어떤 의도적 시위가 아니겠느냐는 것이었다. 그들은 차가울 정도로 사무적으로 발언했는데, 조심스레 선택한 어휘를 사용해 마치 이미 정해진 텍스트에 대한 신호를 서로 주고받는 듯했다. 당의 주요 임무란 감시하는 것이고, 악습을 규탄하는 것이며, 이 의무를 완수하지 않는 자는 누구든 나쁜 공작원과 공범이 된다는 결론으로 연설은 끝이 났다.

진술하기 위해 소환된 알로바는 그런 사악한 의도를 가진 적이 결코 없으며, 자기에게 주어진 모든 지시를 따랐다고 평소처럼 말했다. 그녀가 약간 무딘 목소리로 말하는 동안, 그녀의 시선은 루바쇼프에게 머물러 있었다. 평상시 같으면 그녀는 그렇게 행동하지 않았을 터였다. 그 회의는 알로바에게 '중대한 경고'를 주는 것으로 결론을 맺고 끝이 났다.

최근 당에서 사용하는 방법들을 너무도 잘 아는 루바쇼프는 불안해졌다. 알로바에게 무슨 일인가 닥쳐올 것이라고 추측한 그는 그것에 대항해 싸울 수 없는 자신이 무력하게만 느껴졌다.

공사관의 분위기는 한층 더 가라앉았다. 루바쇼프는 구술하는 동안 하던 개인적 논평을 멈추었다. 그것이 그에게 죄책감만 안겨 주었기 때문이다. 알로바와의 관계에서는 어떤 변화도 없었다. 하지만 구술하는 동안 더 이상 재치 있는 말을 할 수 없다고 느끼는 데서 오는 기이한 죄책감 때문에, 그는 의자 뒤에 서서 손을 그녀의 어깨 위에 올려놓을 수가 없었다.

일주일 뒤 저녁 알로바는 그의 방에 머물지 않았고, 그 다음 날 저녁에도 오지 않았다. 사흘이 지난 뒤 루바쇼프는 그녀에게 이유를 물었다. 알로바는 졸린 목소리로 편두통에 대해 뭐라고 얘기했는데, 루바쇼프는 더 이상 다그쳐 묻지 않았다. 그때부터 그녀는 다시 오지 않았다. 단 한 번을 제외하고는.

그것은 '중대한 경고'를 했던 당 세포 회의를 한 지 3주가 지났을 때였고, 그녀가 그를 방문하던 일을 중단한 지 2주가 되던 때였다. 알로바의 행동은 평상시와 거의 다름없었지만, 그날 저녁 내내 루바쇼프는 그녀가 결정적인 무엇인가를 말하길 기다린다는 느낌을 받았다. 그러나 루바쇼프가 말한 것은 그녀가 다시 돌아와 기쁘다는 것, 그리고 일을 너무 많이 해서 피로하다는 것뿐이었다. 사실이 그랬다. 그날 밤 그는 알로바가 잠들지 않고 어둠을 응시하는 모습을 여러 번 보았다. 루바쇼프는 죄책감을 떨쳐 버릴 수가 없었다. 치통까지 도졌다. 그것이 그녀의 마지막 방문이었다.

다음 날 당 서기관이 루바쇼프에게 기밀이라도 털어놓는 듯한 태도로, 그러나 한마디 한마디 공식화된 문장으로, 알로바의 오빠와 올케가 일주일 전 '저 너머'에서 체포되었다고 이야기했다. 알로바의 오빠는 외국 여자와 결혼했는데, 그들 두 사람이 그 여자의 조국과 반역적 관계를 맺음으로써 적에게 이롭게 했다고 고발되었다는 것이다.

잠시 뒤 알로바가 그의 사무실에 도착했다. 늘 그렇듯 그녀는 수놓인 블라우스를 입고, 몸을 앞으로 약간 숙인 채 책상 앞 의자에 앉았다. 루바쇼프는 그녀 뒤에서 왔다 갔다 하면서 살갗이 보이는 그녀의 목을 바라보았다. 그 살갗에서 시선을 뗄 수 없던 그는 불안해졌다. 이 불안함 때문에 몸이 불편해졌다. '저 너머'에서는 죄를 지으면 목덜미에 총을 맞는다는 생각이 머릿속을 떠나지 않았다.

다음에 열린 당 세포 회의에서 알로바는 정치적 불신임을 이유로 제1서기관의 명령에 의해 사서 직위에서 해고되었다. 이에 대해 아무런 논평도 언급되지 않았고, 어떤 토론도 없었다. 참을 수 없는 치통에 시달리던 루바쇼프는 그 회의에 참석하지 않았다. 며칠 뒤 알로바와 다른 참모가 소환되었다. 그들의 이전 동료들은 그들의 이름조차 언급하지 않았다.

소환되기 전 여러 달 동안 루바쇼프는 공사관에 남아 있었다. 큼직하고 나른한 그녀 몸에서 나던 누이 같은 향내가 그의 방 벽에 달라붙어 결코 사라지지 않았다.

4

"일어라, 너희들 땅 위의 비참한 자들이여."

루바쇼프가 체포된 지 열흘째 되던 날 아침부터 왼쪽에 있는 새 이웃인 406호는 똑같은 문장을, 일정한 간격을 두고, '일어나라'를 '일어라'로 철자를 실수하며 두드렸다. 루바쇼프는 여러 번 그와 대화를 시도하려고 애썼다. 루바쇼프가 두드리고 있는 동안, 그의 새 이웃은 조용히 들었다. 그러나 그가 여태껏 받았던 유일한 답변은 서로 연결되지 않는 한 문장이었다.

"일어라, 너희들 땅 위의 비참한 자들이여."

새 이웃은 전날 밤에 그곳에 수감되었다. 그가 수감되던 때에 루바쇼프는 잠에서 깨어났지만, 희미한 소음과 406호 감방을 잠그는 소리만 들을 수 있었다. 아침에 첫 나팔 소리가 난 뒤 406호는 즉각 두드리기 시작했다.

"일어라, 너희들 땅 위의 비참한 자들이여."

그는 뛰어난 기술로 빠르고 능란하게 두드렸다. 따라서 철자를 틀리고 의미가 모호한 문장을 두드리는 것은 기술적인 원인이 아니라, 정신적인 원인 때문임이 분명했다. 어쩌면 새 이웃은 마음이 혼란스러웠는지도 모른다.

아침 식사를 마친 뒤 402호 젊은 장교가 대화를 원한다는 신호를 보내왔다. 루바쇼프와 402호 사이에는 어느덧 우정이 싹튼 상태였다. 안경을 쓰고 치켜 올라간 콧수염의 그 장교는 틀림없이 만성적인 권태 속에 살고 있을 터였다. 그는 아주 간단한 얘기를 해 줘도 루바쇼프에게 늘 고마워했던 것이다. 그는 하루에 대여섯 번씩 루바쇼프에게 대화를 간청했다.

"내게 말해 주게······."

루바쇼프는 이야기를 하고 싶은 기분이 아니었고, 402호에게 해 줄 말도 없었다. 402호는 대개 장교들의 난잡한 일에 대한 일화를 두드려 주었다. 그런데 그런 얘기의 중요한 지점에 이르면 고통스러운 침묵이 흘렀다. 402호는 이야기의 결론까지 두드려 준 뒤, 터져 나오는 웃음을 기다리며 말 없는 벽을 절망적으로 응시하고 있을 것이었다. 연민과 예의 차원에서 루바쇼프는 가끔 "하하!"를 코안경으로 두드려 주었다. 그럴 때면 402호는 지

체하지 않고 주먹과 구두로 벽을 두드리며 즐겁게 "하하!" 하고 따라 했다. 그는 루바쇼프가 동참하는 걸 확인하기 위해 가끔 두드리는 것을 멈추기도 했다. 루바쇼프가 조용히 있으면 그는 "당신은 웃지 않았군"이라며 책망했다. 좀 편하게 있기 위해 루바쇼프가 한두 번 "하하!" 소리를 보내면, 402호는 조금 있다 "굉장히 재미있었소"라고 쳤다.

402호가 루바쇼프에게 욕설을 퍼부을 때도 있었다. 가끔 루바쇼프가 아무런 대답도 하지 않으면, 그는 한없이 이어지는 군가의 구절 전체를 두드려 대기도 했다. 그래서 루바쇼프는 백일몽이나 명상에 잠긴 채 앞뒤로 걸으며 옛날 군가의 후렴구를 자기도 모르게 중얼거리곤 했다.

402호는 아직 쓸모가 있었다. 수감된 지 2년이 넘은 그는 수감 생활에 대한 여러 가지 요령을 잘 알았고, 몇몇 이웃과는 연락을 하고 지내 잡담거리를 많이 알고 있기도 했다. 그는 그 건물에서 일어나는 모든 일을 알고 있는 듯했다.

406호가 도착한 다음 날 아침, 402호가 늘 하던 대로 대화의 문을 열었다. 루바쇼프는 새 이웃이 누구인지 아느냐고 그에게 물었다. 402호가 대답했다.

"립 반 윙클."

402호는 대화를 재미있게 하려고 수수께끼처럼 말하는 것을 좋아했다. 루바쇼프는 기억을 더듬었다. 25년 동안 잠들었다가 깨어나 자기가 살던 세상을 못 알아본 한 남자 이야기가 떠올랐다.

"기억을 잃어버린 사람인가?"

루바쇼프가 물었다.

402호는 자기가 노린 효과에 만족해하며 루바쇼프에게 알고 있는 것을 말해 주었다.

406호는 유럽 남동쪽의 한 작은 나라에서 한때 사회학 선생을 지낸 사람이었다. 지난번 전쟁이 막바지에 이르렀을 때, 그는 당시 유럽 대부분의 나라에서처럼 자기 나라에서도 혁명이 터지자 참가했다. '코뮌'이 창설되어 몇 주 낭만적으로 지속되었지만, 늘 그렇듯이 유혈로 끝이 났다. 혁명의 지도자들은 아마추어였지만, 진압은 프로들처럼 철저하게 진행되었던 것이다. 코뮌으로부터 '인민 계몽 서기장'이라는 격조 높은 칭호를 받았던 406호는 교수형을 선고받았다. 그는 1년 뒤 종신 징역으로 감형되어 20년간을 복무했다.

20년 동안 그는 외부 세계와 접촉이 없음은 물론 신문도 읽을 수 없는 독방 생활을 했다. 그러면서 그는 모든 의도와 목적을 잊고 살았다. 남동쪽에 위치한 그 국가의 법무부는 아직도 가부장적인 성격을 띠고 있었는데, 한 달 전 갑자기 그를 사면했다. 그리하여 립 반 윙클은 20년 동안의 어둠을 겪은 뒤 이 세상에 다시 서게 된 것이었다.

립 반 윙클은 이곳, 그가 꿈꾸던 나라로 가는 첫 기차를 탔다. 그러나 도착한 지 14일이 지나 체포되었다. 20년 동안의 외로운 감금 생활 탓에 그는 상당히 수다스럽게 변한 건지도 모른다. 혹은 그가 감방에서 밤낮으로 상상하던 '저 너머'의 삶이 어떤지 사람들에게 말했을지도 모른다. 아마 그는 옛 친구의 주소와 혁명 영웅들(그들이 반역자이자 스파이에 불과함을 알지 못한 채)에 대해 물었는지도 모른다. 어쩌면 그는 엉뚱한 무덤 위에 꽃다발을 가져다 놓았거나, 저명한 이웃인 루바쇼프 동지를 방문하고자 했는지도 모른다.

이제 립 반 윙클은 무엇이 더 좋은지 자문할 수 있었다. 어두운 감방 안의 지푸라기 담요 위에서 꾸던 20년간의 꿈이 더 좋은지, 아니면 대낮 밝은 빛 속의 2주간의 현실이 더 좋은지. 아마도 그는 더 이상 제정신이 아니었는지도 모른다. 이것이 립 반 윙클의 이야기였다.

402호가 긴 이야기를 두드리고 나자, 이번에는 립 반 윙클이 시작했다. 그는 "일어라, 너희들 땅 위의 비참한 자들이여"라는 불완전한 문구를 대여섯 번 반복하더니 이내 잠잠해졌다.

루바쇼프는 눈을 감은 채 침대 위에 누워 있었다. '문법적 허구'가 다시금 느껴졌다. 그것은 말로 표현되지 않았다. 단지 다음과 같은 불안함으로만 표현되었다.

'그것에 대해 너는 대가를 치러야 하고, 그것에 대해 너는 책임을 져야 한다. 그가 꿈꾸는 동안 네가 행동한 것에 대해.'

그날 오후 루바쇼프는 면도를 하기 위해 끌려갔다. 이번 행렬은 늙은 교도관과 제복 입은 호위병 한 명으로만 이루어졌다.

노인은 루바쇼프의 두 걸음 앞에서 발을 끌며 걸었고, 호위병은 두 걸음 뒤에서 걸었다. 406호 앞을 지나치는데, 문 위에 이름표가 없었다. 이발소에는 그곳을 운영하는 두 죄수 중 한 사람만 있었다. 루바쇼프가 사람들과 접촉하지 않도록 조치한 것이 분명했다.

루바쇼프는 팔걸이의자에 앉았다. 그곳은 상대적으로 깨끗했다. 심지어 거울도 있었다. 그는 코안경을 벗고 거울에 비친 자신의 얼굴을 바라보았다. 뺨에 난 짧은 수염 외에는 특별한 변화가 없었다.

이발사는 말없이 빠르고도 조심스럽게 면도를 했다. 이발소 문은 열려 있고, 교도관은 발을 끌며 걸어 다녔다. 제복 입은 호위병은 문기둥에 기댄 채 그 과정을 바라보고 있었다.

얼굴의 미지근한 비누 거품이 루바쇼프를 행복하게 했다. 그는 삶의 작은 즐거움들을 누리고 싶다는 유혹을 살짝 느꼈다. 이발사에게 잡담을 늘어놓고 싶었다. 그러나 그것이 금지되어 있음을 그는 잘 알았고, 자신이 좋아하는 정직한 표정을 지닌 이발사를 곤란하게 만들고 싶지 않았다. 인상으로만 보면 이발사는 자물쇠 수리공이나 기계공 같았다. 비누칠이 끝나고 면도를 한 번 한 뒤 이발사는 그를 '시민 루바쇼프'라고 부르면서 칼날에 긁히지 않았는지 물었다.

루바쇼프가 그곳에 들어간 뒤 이발사가 처음 한 말이었다. 사무적인 어조였지만 그 말에는 어떤 특별한 의미가 담겨 있었다. 그리고 다시 침묵이 이어졌다. 문가의 호위병은 담배에 불을 붙였다. 이발사는 루바쇼프의 턱수염과 머리카락을 민첩하고 정확한 동작으로 손질했다. 그러다 그는 잠시 루바쇼프를 바라보더니, 루바쇼프의 목에 붙은 머리카락을 쉽게 떼어 내려는 듯 그의 옷깃 밑으로 두 손가락을 밀어 넣었다. 그가 손가락을 빼냈을 때 루바쇼프는 자기 옷깃 아래에 작은 쪽지가 있다는 사실을 알게 되었다.

몇 분 뒤 이발이 끝났고, 루바쇼프는 자기 감방으로 돌아왔다. 그는 침대에 앉아 감시 구멍을 살피며 쪽지를 꺼내 읽었다. 쪽지에는 매우 서둘러 쓴 것이 분명해 보이는 짧은 글이 있었다.

'침묵 속에 죽을 것.'

루바쇼프는 쪽지를 담요 안으로 던지고 다시 걷기 시작했다. 그것은 외부로부터 온 첫 메시지였다. 적국 감옥 안에서 그는 종종 남몰래 메시지를 받았다. 그들은 저항의 목소리를 내라고, 그를 비난하는 사람들에게 그 비난을 되돌려 주라고 루바쇼프에게 명령했다.

'혁명가가 침묵해야 하는 역사적 순간이 있는가? 침묵 속에 죽는 것만이 혁명가에게 요구되고, 이 하나만이 옳은 그런 역사적 전환점이 있는 것인가?'

루바쇼프의 생각은 402호 때문에 중단되었다. 402호는 그가 돌아오자마자 즉각 두드리기 시작했다. 그는 호기심이 폭발한 듯, 루바쇼프가 어디 갔다 왔는지 알아내고 싶어 했다.

"면도하러."

루바쇼프가 설명했다.

"난 벌써부터 최악의 사태를 염려했어."

402호가 뭔가를 느낀 듯 두드렸다.

"자네가 먼저겠지."

루바쇼프가 되받아쳤다.

늘 그렇듯이 402호는 고마워하는 청취자였다.

"하하! 당신은 악마 같은 동지군……."

참으로 기이하게도 이 고색창연한 칭찬으로 인해 루바쇼프의 마음은 일종의 만족감으로 가득 찼다. 그는 402호를 부러워했다. 402호 같은 계급의 사람들은 어떻게 살고 어떻게 죽을지 미리 규정된 엄격한 신사도를 갖고 있었기 때문이다. 그 신사도대로 살면 되는 것이었다. 그러나 루바쇼프 같은 사람들에게는 교과서가 없었다. 모든 것을 스스로 풀어 나가야 했다. 죽는 일에도 정해진 규범은 없었다. 어느 쪽이 더 명예로울 것인가? 침묵 속에 죽는 것인가, 아니면 목표를 이루기 위해 사람들 앞에서 자신을 공개적으로 깎아내리는 것인가? 혁명을 위해서는 자신의 존재가 더 귀한 까닭에 그는 알로바를 희생시켰다. 루바쇼프의 친구들이 그를 확신시키려고 사용했던 결정적인 논거가 바로 그것이었다. 나중을 위해 스스로 삼가야 하는 의무가 소부르주아 도덕성의 계율보다 더 중요했다. 역사의 얼굴을 바꾼 사람들에게는 이 세상에 머물며 준비하는 일 외에 다른 의무란 없었다.
"언제든지 날 마음대로 해도 돼요."
알로바가 말했고, 그는 그렇게 했다. 왜 그는 자기 자신을 더 중요하게 다루어야 했는가? '앞으로의 10년이 우리 시대의 세계 운명을 결정할 것'이라는 그의 글을 이바노프가 인용했다. 그런데 그가 개인적인 역겨움과 피로 그리고 공허함 때문에 도망갈 수 있겠는가? 무엇보다 넘버원이 옳은 것이라면? 그 모든 것에도 불구하고 여기, 이 더러움과 피와 거짓 속에 미래의 웅대한 토대가 놓여 있는 것이라면? 역사는 언제나 거짓과 피와 진흙의 회반죽을 뒤섞은, 비인간적이고 악랄한 건설자가 아니던가?
침묵 속에 죽는다는 것, 즉 어둠 속으로 사라진다는 것……. 그것은 말로는 쉬운 일이었다.
루바쇼프는 창문으로부터 세 번째 검은 타일 위에서 갑자기 걸음을 멈추었다. 그는 '침묵 속에 죽는다'는 말을 두세 번 반복했다. 마치 이 말의 불합리성을 강조라도 하듯, 냉소적으로 거절하는 듯한 어조로……. 이바노프의 제의를 거절한 자기 결정이 믿었던 절반만큼도 확실하지 않았다는 것을 그는 이제야 깨닫게 되었다. 자신이 그 제의를 거절하고 한마디 말도 없이 그 무대를 떠나려고 진지하게 마음먹은 적이 있었는지조차 의문이었다.

5

   루바쇼프의 생활수준은 연이어 개선되었다. 11일째 날 아침, 그는 처음으로 운동을 하기 위해 앞뜰로 끌려갔다.
   아침 식사를 마친 뒤 교도관이 그를 데려가기 위해 왔다. 루바쇼프가 이발소에 갈 때 호위했던 호위병도 함께 왔다. 교도관은 루바쇼프에게 오늘부터 앞뜰에서 매일 20분씩 운동하도록 허락되었다고 알려 주었다. 루바쇼프는 아침 식사 뒤 시작되는 '첫 라운드'에 속했다. 교도관은 운동할 때 지켜야 할 규정들을 읊어 댔다. 도보 시 옆 사람 혹은 다른 수감자와의 대화는 금지되었다. 신호를 주고받거나 메시지 교환, 대열에서 이탈하는 것도 금지 사항이었다. 규정을 조금이라도 어기면 운동할 특권이 즉각 취소되는 처벌을 받는다고 했다. 규정을 많이 어기면 최고 4주간 어두운 감방에 수감된다고 했다. 설명을 마친 뒤 교도관은 루바쇼프의 방문을 밖에서 꽝 닫았고, 셋은 걷기 시작했다. 몇 걸음을 가더니 교도관이 걸음을 멈추고 406호 문을 열었다.
   문에서 약간 떨어져 교도관 옆에 있던 루바쇼프는 그 방 안에 있는 립 반 윙클의 다리를 보았다. 그는 침대에 누워 있는 모양이었다. 립 반 윙클은 검은 구두를 신고 밑이 해진 체크 바지를 입고 있었다. 바지는 공들여 솔질을 한 듯했다. 교도관이 한 번 더 규정을 읊조리자, 체크 바지 다리가 약간 주춤하며 침대에서 빠져나왔다. 이어 약간 나이 든 사람이 문가에 나타났다. 그의 얼굴은 회색 수염으로 덮여 있고, 그는 금속 시계 고리가 달린 검은 조끼와 검은색 코트를 입고 있었다. 그는 루바쇼프를 진지한 얼굴로 훑어보며 문가에 서더니 살짝 고개를 끄덕였다. 이어 네 사람은 걷기 시작했다.

루바쇼프는 406호가 정신이 이상한 사람일 거라고 여기던 생각을 바꾸었다. 눈썹이 파르르 떨리며 씰룩거렸지만(그건 아마 수년간 어두운 감방에 감금된 탓에 생긴 버릇 같았다), 립 반 윙클의 눈은 깨끗하고 아이처럼 순수해 보이기도 했다. 그는 약간 힘겹게 걸었으나 짧고 단호한 걸음걸이였고, 루바쇼프에게 가끔 친절한 표정을 지어 보였다. 계단을 내려가면서 그가 갑자기 비틀거렸는데, 교도관이 제때 팔을 잡지 않았더라면 넘어졌을 것이다. 립 반 윙클이 몇 마디 중얼거렸으나, 소리가 너무 작아 루바쇼프에게는 들리지 않았다. 그러나 그건 분명 정중하게 감사를 표하는 것이었다. 교도관이 이를 드러내며 바보처럼 웃었다. 열려 있는 문을 지나 뜰 안으로 들어가자, 다른 수감자들이 짝을 지어 정렬해 있었다. 뜰 중앙에서 호루라기 소리가 두 번 짧게 울린 뒤 운동이 시작되었다.

하늘은 기이할 정도로 창백한 푸른색을 띠고 있었다. 공기는 하얀 눈의 수정 같은 기운으로 가득 차 있었다. 루바쇼프는 담요를 가져오지 않아 몸을 떨었다. 립 반 윙클은 어깨에 낡은 잿빛 담요를 두르고 있었는데, 뜰로 나올 때 교도관이 건넨 것이었다. 그는 작은 보폭으로 루바쇼프 옆에서 말없이 걸으며 가끔 하늘을 올려다보았다. 잿빛 담요는 종처럼 그를 감싸며 무릎 아래까지 내려가 있었다.

루바쇼프는 립 반 윙클의 감방에 달린 창문이 어떤 것인지를 알아냈다. 그의 창문 역시 다른 사람들의 창문처럼 어둡고 더러웠다. 그래서 방 안에 뭐가 있는지 전혀 알 수 없었다. 그는 잠시 402호 창문에 시선을 두었지만, 거기서도 안이 안 보이는 빗장 달린 창살만 보였다. 402호는 운동이 금지되어 있었다. 그는 이발소를 가거나 검사를 받을 수도 없었다. 루바쇼프는 402호가 감방 나가는 소리를 한 번도 듣지 못했다.

모두들 말없이 뜰 주위를 천천히 원을 그리며 걸었다. 립 반 윙클의 입술이 눈에 띄지 않을 만큼 살짝 움직였다. 그는 뭔가 중얼거리고 있었는데, 루바쇼프는 처음에는 알지 못했다. 잠시 뒤 루바쇼프는 그가 '일어나라, 너희들 땅 위의 비참한 자들이여'라는 가락을 흥얼대고 있음을 알았다. 그는 미치지는 않았으나, 수감되어 있던 7천 일의 낮과 밤 동안 분명 뭔가 특이하게 변한 것 같았다.

루바쇼프는 그를 관찰하면서 20년 동안 세계와 단절되는 것이 무엇을 의미하는지 상상하려고 애썼다. 20년 전에는 자동차가 드물었고 모양도 이상했다. 무선 전신도 없었고, 오늘날의 정치 지도자 이름도 알려지지 않았다. 아무도 새로운 대중 운동이나 위대한 정치적 승리를 예상하지 못했고, 혁명 국가가 치러야 하는 비틀린 길과 당혹스러운 단계를 알지 못했다. 그 시절 사람들은 유토피아의 문이 열려 있고, 인류는 그 문턱에 서 있는 것으로 믿었다……

　루바쇼프는 아무리 상상력을 발동해 보아도, 다른 사람의 마음을 철저히 생각해 보는 기술을 동원해 보아도, 립 반 윙클의 정신 상태는 알 수 없었다. 이바노프와 관련해서 혹은 넘버원이나 한쪽 알만 있는 안경의 장교와 관련해서는 그 정도의 노력 없이도 상상이 가능했다. 그러나 립 반 윙클의 경우는 실패했다. 그가 비스듬히 루바쇼프를 쳐다보았다. 그는 웃고 있었다. 어깨에 담요를 두른 채 그는 짧은 보폭으로 '일어나라, 너희들 땅 위의 비참한 자들이여'라는 가락을 거의 들리지 않을 정도로 작은 소리로 웅얼거리며 옆에서 걷고 있었다.

　그들이 다시 각자의 감방으로 끌려 들어갈 때, 립 반 윙클은 다시 한 번 돌아보며 루바쇼프에게 고개를 끄덕였다. 그의 눈은 끔찍하고도 절망스러운 표정으로 변해 있었다. 루바쇼프는 그가 자기에게 뭐라고 소리칠 거라고 여겼는데, 교도관이 406호 문을 쾅 닫아 버렸다. 루바쇼프는 방 안에 갇히자마자 벽으로 갔다. 그러나 립 반 윙클은 침묵했고, 두드림에도 대답하지 않았다.

　한편 창문을 통해 이들을 바라보던 402호는 그 운동에 대해 세세한 것까지 듣고 싶어 했다. 루바쇼프는 공기는 어떤 냄새였고, 날씨가 이미 추워졌는지 아니면 추워지기 시작했는지, 복도에서 그가 어떤 수감자들을 만났는지, 그리고 무엇보다 그가 립 반 윙클과 몇 마디 말을 나눌 수 있었는지 등을 그에게 알려 줘야 했다. 루바쇼프는 모든 질문에 참을성 있게 답했다. 바깥출입이 결코 허용되지 않은 402호와 비교하여, 그는 자신이 특권을 지닌 사람임을 느꼈다. 그는 그에게 죄책감까지 가질 지경이었다.

다음 날 그리고 그 다음 날, 루바쇼프는 아침 식사를 마친 뒤 똑같은 시간에 운동을 하기 위해 불려 갔다. 립 반 윙클은 그렇게 순회하는 일과에서 늘 그의 동료였다. 그들은 나란히 서서 어깨에 담요를 제각각 걸친 채 말없이 천천히 뜰을 돌았다. 루바쇼프는 생각에 잠긴 듯 고개를 숙이고 있었고, 가끔 조심스럽게 코안경을 통해 다른 수감자들을 쳐다보거나 건물 창문을 바라보았다. 자라나는 수염자리에 부드럽고도 아이 같은 미소를 띤 립 반 윙클은 늘 같은 노래를 흥얼거렸다.

같이 세 번째 운동을 할 때까지 그들은 한마디도 나누지 않았다. 관리들이 침묵 규정을 엄격히 강제하려고 애쓰지 않았고, 따라서 다른 수감자들은 서로 얘기하는 걸 보았음에도. 수감자들은 앞을 바라보며 입술을 거의 움직이지 않은 채 말했는데, 그건 루바쇼프에게는 친숙한 감옥 기술이었다.

셋째 날 루바쇼프는 공책과 펜을 들고 나갔다. 공책은 왼쪽 호주머니 밖으로 나와 있었다. 10분 뒤 립 반 윙클이 그걸 알아챘다. 그의 눈이 반짝거렸다. 그는 원 중앙에 있는 교도관을 넌지시 보았는데, 그 교도관은 대화 중이라서 수감자들에게는 별 관심이 없는 듯 보였다. 립 반 윙클은 루바쇼프 호주머니에서 펜과 노트를 꺼내 종처럼 감싸진 담요 밑에서 뭔가를 끼적이기 시작했다. 그러더니 재빨리 그 종이를 찢어 루바쇼프 손 안으로 밀어 넣었다. 그런 뒤에도 그는 펜을 쥐고 계속 끼적였다. 보초들이 자신들에게 주의를 기울이지 않는다는 것을 확신한 루바쇼프는 종이를 보았다. 종이에는 글씨는 적혀 있지 않았다. 그것은 그들이 있는 나라에 대한, 놀랍도록 정확하게 그려진 지리학적 스케치였다. 주요 마을과 산, 바다가 있고, 중앙에는 혁명의 상징성을 지닌 깃발이 꽂혀 있었다.

그들이 반쯤 다시 돌아갔을 때, 립 반 윙클은 두 번째 종이를 찢어 루바쇼프 손 안에 넣어 주었다. 종이에는 아까와 같은 스케치가 그려져 있었는데, 혁명 국가와 정확히 같은 지도였다. 그는 미소를 지은 채 루바쇼프를 쳐다보았다. 립 반 윙클이 빤히 바라보자 루바쇼프는 약간 당황하면서 고마움을 표시했다. 립 반 윙클이 루바쇼프에게 눈짓을 하며 말했다.

"나는 눈을 감고서도 그릴 수 있다오."

루바쇼프가 고개를 끄덕이자, 그가 웃으며 다시 말했다.

"당신은 날 믿지 않는군. 하지만 20년 동안 그걸 연습해 왔다오."

립 반 윙클은 재빨리 보초를 쳐다보고는 눈을 감았다. 그러고는 걸음걸이도 바꾸지 않은 채 담요 밑에서 새 종이에 스케치를 시작했다. 그는 여전히 눈을 감은 채였고, 맹인처럼 턱을 뻣뻣이 치켜들고 있었다. 루바쇼프는 불안하게 교도관을 쳐다보았다. 그는 립 반 윙클이 넘어지거나 대열에서 벗어날까 봐 걱정되었다. 그러나 나머지 반을 도는 동안 스케치는 끝이 났다. 이번

스케치는 다른 것보다는 약간 불안정했지만 마찬가지로 정확했다. 단지 그 나라 중심에 있는 깃발의 상징이 불균형적일 만큼 컸다.

"이제 날 믿겠소?"

립 반 윙클이 속삭이며 행복한 미소를 지었다. 루바쇼프는 고개를 끄덕였다. 립 반 윙클의 얼굴이 갑자기 어두워졌다. 루바쇼프는 그의 얼굴이 어두워지는 것은 감방에 갇힐 때마다 그를 사로잡는 두려움 때문임을 알았다.

"이건 소용없는 일이오. 난 기차에 잘못 태워진 거요."

그가 루바쇼프에게 속삭였다.

"무슨 뜻입니까?"

루바쇼프가 물었다.

립 반 윙클은 그에게 부드럽고도 슬픈 미소를 지어 보이며 말했다.

"내가 출발할 때 그들이 날 엉뚱한 기차역으로 데리고 간 거라오. 그러고는 내가 모를 거라고 생각했지. 내가 알고 있다는 걸 누구에게도 말하지 마시오."

그는 눈짓으로 보초를 가리켰다.

루바쇼프는 고개를 끄덕였다. 곧 운동의 끝을 알리는 호루라기 소리가 울렸다.

문을 지나는 동안 아무도 감시하지 않는 순간이 있었다. 그 틈을 타 립 반 윙클이 물었다.

"아마 당신에게도 똑같은 일이 있었던가 보오?"

루바쇼프는 고개를 끄덕였다.

"희망을 포기해선 안 되오. 언젠가는 그곳에 도달할 테니."

립 반 윙클은 루바쇼프 손에 있는 구겨진 지도를 가리키며 말했다.

이윽고 그는 공책과 펜을 루바쇼프의 호주머니 안으로 도로 찔러 넣었다. 계단에서 그는 다시 그 영원한 가락을 흥얼거렸다.

6

이바노프가 정한 기한이 종료되기 전날, 저녁 식사를 나누어 주는 동안 루바쇼프는 뭔가 평소와는 다른 분위기를 느꼈다. 왜 그런지는 설명할 수 없었다. 음식은 순서에 따라 나누어졌고, 우울한 나팔 소리가 정해진 시간에 정확히 울렸다. 그럼에도 루바쇼프는 주변의 분위기가 뭔가 절박한 것처럼 여겨졌다. 아마 당번 중 한 사람이 그를 평상시와는 약간 다른 시선으로 바라보았기 때문인지도 모른다. 늙은 교도관의 목소리가 기이한 저음을 냈기 때문인지도 모른다. 루바쇼프는 그 이유를 알지 못했지만, 아무 일도 할 수가 없었다. 그는 류머티즘 환자가 고통을 느끼듯이, 신경이 팽팽해져 옴을 느꼈다.

소등나팔 소리가 난 뒤 그는 복도를 염탐했다. 전구는 전류 부족으로 희미한 빛을 내뿜고 있었다. 복도의 침묵은 어느 때보다 더 절망적인 것처럼 보였다. 루바쇼프는 침대에 누워 있다가 다시 일어나 글 몇 줄을 억지로 적었고, 담배를 비벼 껐다가 새 담배에 불을 붙였다. 그는 뜰을 내려다보았다. 눈이 녹고 있어 바닥은 몹시 지저분했고, 하늘에는 구름이 잔뜩 끼어 있었다. 반대편 난간에서는 장총을 든 보초가 왔다 갔다 했다. 루바쇼프는 감시 구멍으로 복도를 한 번 더 쳐다보았다. 침묵과 쓸쓸함 그리고 전기 불빛…….

평소 습관과는 달리 그리고 늦은 시각에도 불구하고 그는 402호와 대화를 시작했다.

"자네, 자고 있나?"

그가 두드렸다.

곧장 대답이 없어 루바쇼프는 실망했으나, 잠시 뒤 평상시보다 조용하고 느리게 답변이 왔다.

"아니. 자네 역시 그걸 느끼나?"

"느끼다니, 무얼?"

루바쇼프는 무겁게 숨을 내쉬고는 침대에 누운 채 코안경으로 두드렸다.

402호는 잠시 망설이더니 침착히 두드렸다. 너무나 침착히 두드려서 아주 낮은 목소리로 말하는 것처럼 들렸다.

"자넨 자는 게 나을 거야…….”

루바쇼프는 침대에 여전히 누워 있었는데, 402호가 아버지 같은 어조로 말하자 부끄러웠다. 그는 어둠 속에 누워 벽을 향해 손으로 반쯤 치켜 올린 코안경을 바라보았다. 바깥은 너무 고요해 그의 귓속에서 윙윙거리는 소리가 들릴 정도였다. 갑자기 벽이 다시 톡탁거렸다.

"자네가 그걸 즉각 느끼다니, 우습군……."
"무엇을 느꼈다고? 설명해!"
루바쇼프가 침대 위로 앉으며 두드렸다.
402호는 숙고하는 듯 잠시 망설이더니 두드렸다.
"오늘 밤 정치적 불화가 해소될 거야……."
루바쇼프는 이해했다. 그는 벽에 기대앉아 다음 말을 기다렸다. 그러나 402호는 더 이상 말하지 않았다. 잠시 뒤 루바쇼프가 두드렸다.
"처형?"
"그래."
402호가 간단히 대답했다.
"어떻게 알았지?"
루바쇼프가 물었다.
"언청이한테서."
"언제?"
"몰라. …… 곧."
"이름을 아나?"

루바쇼프가 물었다.

"아니."

402호가 대답했다. 잠시 쉬었다가 그는 덧붙였다.

"당신과 같은 부류야. 정치적 일탈자들."

루바쇼프는 다시 누워 기다렸다. 잠시 뒤 그는 코안경을 쓰고 한 팔을 목 뒤에 넣은 채 다시 조용히 누웠다. 밖에서는 아무 소리도 들려오지 않았다. 건물 안의 모든 움직임이 어둠 속에 얼어붙은 듯 억눌러 있었다.

루바쇼프는 처형을 목격한 적이 한 번도 없었다. 자신이 처형될 뻔한 것을 빼고는. 그러나 그건 내전 동안 일어난 일이었다. 그는 어떻게 그런 일이 평상시에 질서 있는 일상의 일부분으로 일어날 수 있는지를 상상할 수 없었다. 그는 처형이란 밤에 지하실에서 이루어지며, 범법자가 목에 총을 맞고 죽는 일이라는 것을 어렴풋이 알고 있었다. 그러나 자세한 건 알지 못했다.

당에서는 죽음이 신비로운 것이 아니었고, 거기에는 어떤 낭만적인 요소도 없었다. 죽음은 논리적 결과였고, 사람이 평가하는, 다소 추상적인 성격을 가진 한 요소에 불과했다. 그래서 죽음은 잘 얘기되지 않았고, '처형'이란 말도 거의 사용된 적이 없었다. 관습적 표현은 '물리적 제거'였다. '물리적 제거'란 말은 정치 활동의 중단을 의미했다. 죽는다는 행위는 특별히 관심을 끌 만한 것이 없는, 그저 기술적이고 사소한 일에 불과했다. 논리적 방정식의 한 요소로서, 죽음은 그 어떤 친밀한 육체적 속성도 잃고 있었다.

루바쇼프는 코안경을 통해 어둠 속을 뚫어지게 바라보며 생각에 잠겼다.

'처형 절차는 벌써 시작되었나? 아니면 앞으로 시작될 것인가?'

그는 신발과 양말을 벗었다. 발은 담요 끝자락에 핏기 없이 튀어나와 있었다. 침묵은 점점 더 부자연스러워졌다. 그것은 소음이 없을 때 흔히 있는 안락함이 아니라, 모든 소리를 삼키고 묵살시키는 침묵이었고, 북의 팽팽한 표면처럼 떨리는 침묵이었다. 루바쇼프는 드러나 있는 발을 응시한 채 천천히 발가락을 움직였다. 하얀 발은 마치 저 자신의 독자적인 삶을 사는 듯 기이하고 섬뜩해 보였다. 그는 평상시 같지 않게 강렬하게 자기 몸을 의식했다. 발에서는 미지근한 담요 감촉이, 목 밑에서는 손의 압박이 느껴졌다.

'물리적 제거'가 어디에서 일어났던가? 루바쇼프는 그것이 이발소를 지나 밑으로 이어지는 계단 아래에서 일어날 것이라는 생각이 어렴풋이 들었다. 루바쇼프는 글레트킨의 권총 벨트에서 풍기던 가죽 냄새를 맡았고, 그의 제복이 서걱거리는 소리를 들었다. 그가 희생자에게 뭐라고 말할까 궁금했다. '벽을 보고 서시오'라고 말할까? 아니면 '두려워 마시오, 해치지 않을 테니'라고 말할까? 아마도 그는 아무런 경고 없이 그들이 걷고 있는 동안 뒤에서 쏠 것이다. 그러나 희생자는 계속해서 자기 머리를 주위로 돌릴 것이다. 아마 그는 치과 의사가 핀셋을 숨기듯 총을 소매 안에 숨길는지도 모른다. 아마 다른 사람도 있을 것이다. 그 사람은 앞으로 넘어질까, 뒤로 넘어질까? 그는 외칠까? 그를 끝 장내기 위해 두 번째 총알이 필요할지도 모른다.

루바쇼프는 담배를 피우며 발가락을 쳐다보았다. 너무 조용해서 담배 타는 소리가 들릴 정도였다. 그는 담배를 깊이 빨아들였다.

"어리석은 생각이야."

그는 중얼거렸다. 사실 루바쇼프는 '물리적 제거'가 기술적으로 실재하리란 걸 믿은 적이 없었다. 죽음이란 추상적 개념이고, 더구나 자기 자신의 것이었다. 지금쯤 모든 게 끝난 것인지도 모르고, 지나간 것은 어떤 실재도 갖지 않는다. 주위는 어둡고 조용했으며, 402호도 두드리는 것을 멈춘 상태였다.

이 부자연스런 침묵을 찢기 위해 밖에서 누군가가 소리쳤으면 했다. 코를 쿵쿵거리던 그는 이미 한동안 알로바의 향내를 맡았다는 것을 알아차렸다. 심지어 담배에서도 그녀 냄새가 났다. 그녀는 가방 속에 가죽 통을 가지고 다녔는데, 그 통에서 꺼낸 담배에서는 분 냄새가 났다. 침묵은 집요하게 계속되었다. 단지 침대만이 그가 움직일 때 약간 삐걱거릴 뿐이었다.

루바쇼프가 자리에서 일어나 담배에 불을 붙이려는 순간, 벽을 두드리는 소리가 다시 들려왔다.

"그들이 오고 있다."

루바쇼프는 귀를 기울였다. 관자놀이에서 맥박이 고동치는 소리가 들렸다. 그 밖에는 아무 소리도 들리지 않았다. 그는 기다렸지만 침묵만 깊어졌다. 그가 코안경을 벗어 두드렸다.

"아무 소리도 안 들려······."

402호는 잠시 아무 말이 없었다. 그러다 갑자기 크고 날카롭게 두드렸다.

"380호야. 다음으로 전달해."

루바쇼프는 즉각 일어나 앉았다. 그리고 상황을 알아차렸다. 소식은 380호 이웃들에 의해, 그러니까 열한 개의 감방을 쭉 지나오면서 두드림을 통해 전해진 것이었다. 380호와 402호 사이의 감방 거주자들이 어둠과 침묵을 통해 일종의 음향 릴레이를 한 것이다. 그들은 네 벽에 갇힌 채 무방비 상태로 있었다. 이 점 때문에 그들은 연대를 형성했다. 루바쇼프는 침대에서 벌떡 일어나 맨발로 다른 벽 쪽으로 걸어가 똥통 옆에서 406호에게 두드렸다.

"알림. 380호가 지금 총살된다. 전달."

그는 귀를 기울였다. 똥통에서 냄새가 났다. 그 냄새가 알로바의 향내를 덮어 버렸다. 대답이 없었다. 루바쇼프는 다시 서둘러 침대로 가서 이번에는 코안경이 아닌 손가락 관절로 두드렸다.

"380호가 누구야?"

아무런 대답이 없었다. 루바쇼프는 402호도 자기처럼 감방의 두 벽 사이를 왔다 갔다 하며 두드리고 있을 거라고 추측했다. 402호뿐만 아니라 그 너머 열한 개의 감방에서도 사람들이 맨발로 벽 사이를 소리 없이 오가고 있을 것이었다. 402호가 다시 이쪽 벽으로 돌아와 알렸다.

"그들은 지금 그에게 선고문을 읽고 있는 중이다. 전달."

루바쇼프는 좀 전의 질문을 반복했다.

"그가 누구지?"

그러나 402호는 다시 가 버렸다. 406호에게 메시지를 건네는 것은 쓸모없는 일이었지만, 루바쇼프는 똥통이 있는 쪽으로 걸어가 벽을 두드렸다. 그는 이 연락 고리가 끊어져서는 안 된다는 의무감에서 움직였다. 가까이 있는 똥통 때문에 속이 메스꺼웠다. 그는 침대로 다시 돌아가 기다렸다. 밖에서는 여전히 아무 소리도 들려오지 않았다. 벽에서 다시 토닥거리는 소리가 났다.

"그가 도와 달라고 소리치고 있어."

루바쇼프는 얼른 406호에게 두드려 주었다.

"그가 도와 달라고 소리치고 있어."

그는 다시 귀를 기울였다. 아무 소리도 들리지 않았다. 루바쇼프는 다시 똥통 옆으로 가면 토할 것 같아 걱정스러웠다.

"그들이 그를 끌고 가고 있어. 소리 지르고 때리면서. 전달."

402호가 두드렸다.

"그의 이름이 뭔가?"

402호가 문장을 채 끝내기도 전에 루바쇼프는 재빨리 두드렸다. 이번에는 답변을 얻었다.

"보그로프, 반대파. 전달."

루바쇼프는 갑자기 다리가 무거웠다. 그는 벽에 기댄 채 406호에게 두드렸다.

"미하엘 보그로프, 전함 포템킨의 전직 선원, 동부 함대 함장, 첫 혁명 훈장 수여자, 처형되다."

그는 이마의 땀을 훔쳤다. 똥통 때문에 속이 메슥거렸지만 문장을 마저 끝냈다.

"전달."

루바쇼프는 보그로프를 생생히 떠올릴 수는 없었지만, 그의 커다란 몸집과 어색하게 축 늘어진 팔, 약간 치켜 올라간 코, 넓고 평평한 얼굴의 주근깨 등이 희미하게 떠올랐다. 그들은 1905년 이후의 망명 시절 동안 같은 방을 쓴 동료였다. 루바쇼프는 그에게 읽기와 쓰기 그리고 역사의 기본적인 사고 토대를 가르쳤다. 그때 이후 어디에 있든 루바쇼프는 1년에 두 번씩 손으로 쓴 편지를 받았는데, 편지는 늘 다음과 같은 말로 끝을 맺었다.

'무덤까지 충실할 당신의 동지, 보그로프.'

"그들이 오고 있어."

402호가 급하게 두드렸다. 그런데 그 소리가 너무 커서, 감방을 가로질러 머리를 벽에 기댄 채 똥통 옆에 서 있던 루바쇼프에게까지 전달되었다.

"감시 구멍 앞에 서서 두드려. 전달."

루바쇼프는 몸이 굳어졌다. 그는 메시지를 406호에게 빠르게 두드려 주었다.

"감시 구멍 앞에 서서 두드려. 전달."

그는 문 앞으로 걸어가 기다렸다. 다시 침묵이 흘렀다. 몇 초 뒤 다시 두드리는 소리가 났다.

"지금."

복도를 따라 두드리는 소리가 낮고 공허하게 들렸다. 그것은 가볍게 두드리는 소리도, 망치로 치는 듯한 소리도 아니었다. 380호부터 402호에 이르기까지 음향적 고리를 형성한 사람들이 자신들의 감방 문 뒤에 서서, 마치 어둠 속의 의장병처럼 믿기 힘들 만큼 비슷하게, 억제되고도 장대한 소리를 북소리처럼 둥둥 울렸다. 루바쇼프는 두 눈을 감시 구멍에 둔 채 서서 두 손으로 콘크리트 문을 리듬에 맞춰 두드림으로써 그 합창에 동참했다.

그 억제된 소리의 물결은 오른쪽으로, 406호와 그 너머로 전달되었다. 립 반 윙클도 분명 이해했을 것이다. 그 역시 두드리고 있었으니까. 그와 동시에 루바쇼프는 그의 시야가 미치는 경계에서 약간 떨어진 왼쪽에서 철문이 미끄러지듯 삐걱대며 닫히는 소리를 들었다. 왼쪽의 두들김은 좀 더 커졌다. 루바쇼프는 격리 감방과 보통 감방을 분리시키는 철문이 열렸다는 사실을 깨달았다.

한 뭉치의 열쇠가 철거덕거린 뒤 철문이 다시 닫혔다. 곧 발걸음 소리가 타일 위로 미끄러지는 소리를 내며 가까이 다가왔다. 왼쪽에서 두드리는 소리는 조금 낮게 그러나 점차 강하게 물결처럼 일어났다. 401호 감방에서 407호 감방 사이로 제한된 루바쇼프의 시야에는 아직 아무것도 들어오지 않았다. 미끄러지고 비명을 지르는 소리가 빠르게 들려왔다. 그는 이제 신음 소리와 아이의 울먹임 같은 소리를 분간할 수 있었다. 걸음 소리가 점점 빨라졌다. 왼쪽의 두드림은 약간 잦아들었고, 오른쪽에서는 더 커졌다.

루바쇼프는 두드렸다. 그는 시간과 공간의 감각을 점차 잃어 갔다. 그 공허한 소리는 정글 속의 북소리처럼 들렸다. 그건 제 가슴과 북을 치며 우리 창살 뒤에 있는 원숭이인지도 몰랐다. 벽을 두드리는 동안 그는 눈을 감시 구멍에 댄 채 발끝을 세웠다 낮추었다 했다. 감시 구멍으로는 전구의 희미한 빛만 보였다. 401호부터 407호까지의 철문 외에는 아무것도 보이지 않았다. 그러나 곧 두들기는 소리가 들리더니 서걱거리는 옷 소리와 울먹이는 소리가 가까이 다가왔다. 그러다 갑자기 그늘진 모습이 그의 시야 안으로 들어섰다. 그들이 거기에 있었다. 루바쇼프는 두드리는 것을 멈추고 눈여겨보았다. 몇 초 뒤 그들은 지나갔다.

그 몇 초 동안 본 것이 루바쇼프의 머릿속에 각인되었다. 희미한 조명 아래 제복을 입은 두 사람이 지나갔고, 그 둘의 팔에 매달린 또 한 사람이 그들 사이에서 끌려갔다. 중간의 인물은 축 늘어져 있었다. 얼굴은 바닥을 향하고, 배는 아치처럼 아래쪽으로 구부러진 채 매달려 있었다. 두 다리는 질질 끌려갔고, 신발 끝은 바닥을 긁고 있었으며, 입으로는 비명 소리를 내고 있었다.

루바쇼프는 그 소리를 멀리서부터 들었다. 흰 머리카락이 얼굴을 향해 늘어뜨려져 있고, 입은 크게 벌어져 있었다. 얼굴에는 땀이 몇 방울 붙어 있고, 입에서는 침이 흐르고 있었다. 그들이 루바쇼프 시야 밖으로 벗어나면서 신음 소리는 점차 작아졌다. 신음 소리는 세 개의 애처로운 모음으로 이루어진 메아리처럼 들렸다.

"우, 아, 오."

그들이 이발소 앞을 지나 복도 끝을 돌기 직전 보그로프는 큰 소리로 고함을 두 번 질렀다. 이번에는 모음뿐만 아니라 단어 전체가 들렸다. 그것은 다름 아닌 루바쇼프의 이름이었다. 루바쇼프는 그 고함 소리를 선명하게 들었다.

"루, 바, 쇼, 프!"

다시 어떤 신호처럼 침묵이 덮쳤다. 언제나처럼 전구는 희미한 빛을 뿜어내고 있고, 복도는 늘 그러하듯 텅 비어 있었다. 406호 안에서만 두드리는 소리가 났다.

"일어라, 너희들 땅 위의 비참한 자들이여."

루바쇼프는 자기도 모르는 사이에 침대 위에 다시 누워 있었다. 귓가에서는 아직도 두드리는 소리가 났지만, 주위는 침묵뿐이었다. 402호는 아마 잠든 모양이었다. 보그로프, 혹은 그에게 살아남아 있던 것들은 지금쯤 아마 모두 죽었으리라.

"루, 바, 쇼, 프!"

그 마지막 외침이 루바쇼프의 머릿속에 강하게 남아 있었다. 보그로프에 대한 시각적 이미지는 그리 선명하지 않았다. 땀에 젖은 얼굴과 축 늘어지고 뻣뻣한 다리로 몇 초 사이에 자신의 시야를 지나 질질 끌려간 그 인물이 바로 보그로프라는 사실을 그는 아직도 인정하기 어려웠다. 문득 그 흰 머리카락이 떠올랐다.

'그들이 보그로프에게 무슨 짓을 했는가? 그들이 대체 어떤 짓을 했기에 그 건장한 선원이 아이처럼 울먹이는 소리를 냈단 말인가? 알로바도 복도를 따라 질질 끌려갈 때 똑같은 방식으로 흐느꼈을까?'

루바쇼프는 자리에 앉아 벽에 이마를 기댔다. 그 벽 뒤에는 402호가 잠들어 있을 터였다. 그는 다시 메스꺼울까 봐 두려웠다. 지금까지 그는 알로바의 죽음을 그리 상세히 상상하지 않았다. 알로바의 죽음은 그에게 늘 어떤 추상적인 사건이었다. 그녀의 죽음이 그에게 심한 불안감을 남긴 것은 사실이지만, 그는 자기 행동의 정당성을 결코 의심하지 않았다. 그런데 메스껍고 이마에 식은땀이 나는 역겨운 상황 속에서 그는 예전의 사고방식이 바보 같은 것이라 여겨졌다. 보그로프의 울먹임이 그의 논리적 평형 상태를 깨뜨려 버린 것이다. 지금까지 알로바는 이런 평형 상태에서 한 요소에 불과했다. 그러나 그 평형 상태는 더 이상 유지되지 못했다. 뒤축 높은 신발을 신은 알로바의 다리가 복도를 따라 질질 끌려가는 모습이 평형 상태를 뒤엎어 버린 것이다. 중요하지 않던 작은 요소가 측정할 수 없는 절대적인 것이 되었다. 보그로프의 흐느낌, 자신의 이름을 외치던 비인간적인 울먹임, 벽을 두드리는 공허한 소리 등이 그의 귀를 가득 채웠다. 그 소리들이 마치 밀려드는 파도가 익사자의 헐떡이는 소리를 삼키듯 이성의 목소리를 덮어 버렸다.

　루바쇼프는 자리에 앉아 머리를 벽에 기대고, 감은 눈 위에 코안경을 얹은 채 탈진 상태로 잠에 빠져들었다.

7

　루바쇼프는 자면서 계속 끙끙거렸다. 처음 체포되던 때의 일을 다시 꿈꾸고 있었던 것이다. 침대에 맥없이 매달린 손이 실내복의 한쪽 소매를 잡으려고 안간힘을 썼다. 꿈속에서 그는 또다시 주먹질이 시작될 거라 여겼지만, 다행히 그런 일은 일어나지 않았다.

　루바쇼프는 감방의 전깃불이 갑자기 켜지는 바람에 잠에서 깨어났다. 누군가가 침대 옆에 서서 그를 쳐다보고 있었다. 그는 15분도 채 못 잔 상태였다. 늘 그렇듯이 처음 체포되던 일을 꿈꾸고 나면 정신을 차리기까지 몇 분이 필요했다. 그는 불빛 때문에 눈을 깜박였다. 마음속은 마치 무의식적인 의식이라도 치르듯 습관적인 추측을 힘겹게 해대고 있었다.

그는 감방 안에 있을 뿐 적국에 있는 것은 아니었다. 그건 그저 꿈일 뿐이었다. 그러니까 그는 자유로운 몸이었다. 하지만 그의 머리 위에 걸려 있어야 할 넘버원 컬러 초상화는 없고, 대신 그 너머에 똥통이 놓여 있었다. 게다가 이바노프가 침대 옆에 서서 담배 연기를 그의 얼굴에 뿜어 대고 있었다.

이것도 꿈인가? 아니다. 이바노프는 실재하고, 똥통도 실재한다. 그는 자신의 조국에 있었지만, 그 조국이 적국이 되었다. 그리고 친구였던 이바노프는 이제 적이 되었다. 알로바의 흐느낌 역시 꿈이 아니었다. 아니, 밀랍 인형처럼 끌려간 사람은 알로바가 아니라 보그로프였다. 무덤까지 신의를 지키겠다던 동지 보그로프. 그는 자신의 이름을 외쳐 불렀다. 그것은 꿈이 아니었다. 또한 알로바는 "언제든지 날 마음대로 해도 돼요"라고 말했다.

"자네, 어디 아픈가?"

이바노프가 물었다.

루바쇼프는 불빛 때문에 눈이 부셔 눈을 깜빡이면서 이바노프에게 말했다.

"내 실내복을 주게."

이바노프가 그를 쳐다보았다. 루바쇼프의 오른쪽 얼굴이 부어 있었다.

"브랜디 좀 마시겠나?"

이바노프가 물었다. 그는 대답을 기다리지도 않고 감시 구멍 쪽으로 절뚝이며 가더니 복도 쪽으로 뭐라고 외쳤다. 루바쇼프는 눈으로 그를 좇으면서도 여전히 멍한 상태였다. 잠에서 깨어나기는 했으나, 마치 안개 속에서처럼 어렴풋이 보고, 듣고, 생각했다.

"자네도 체포된 건가?"

루바쇼프가 물었다.

"아닐세. 난 그저 자네를 방문하러 온 거라네. 자네, 열이 있는 것 같은데?"

이바노프가 조용히 말했다.

"담배 한 대 주게."

루바쇼프가 말했다. 그는 담배를 얻어 불을 붙인 뒤 깊이 빨아들였다. 그러자 시선이 분명해졌다. 그는 누워 담배를 피우며 천장을 바라보았다. 그때 방문이 열렸다. 교도관이 브랜디 한 병과 잔을 가져왔다. 이번 교도관은 노인이 아니라 제복 차림을 하고 철테 안경을 쓴 깡마른 청년이었다. 그는 이바노프에게 인사한 뒤 브랜디와 술잔을 그에게 건네더니 문을 닫고 나갔다. 복도 저 멀리 걸어가는 그의 발걸음 소리가 들렸다.

이바노프는 루바쇼프의 침대 가장자리에 앉아 잔에 브랜디를 채운 뒤 말했다.

"마시게."

루바쇼프는 일어나 앉아 잔을 받아 비웠다. 몽롱한 머리가 맑아지면서 첫 번째와 두 번째의 수감, 알로바, 보그로프, 이바노프 등이 시간과 공간 속에 제자리를 잡았다.

"아프지 않나?"

이바노프가 물었다.

"아니."

루바쇼프가 대답했다. 그는 이바노프가 자신의 감방에서 무엇을 하는 것인지 도무지 이해할 수가 없었다.

"자네 뺨이 상당히 부어올랐군. 열이 있는 것 같은데."

루바쇼프는 침대에서 일어나 감시 구멍으로 복도를 내다보았다. 복도는 텅 비어 있었다. 그는 머리가 좀 더 맑아지도록 방을 왔다 갔다 했다. 그러다 잠시 뒤, 침대 끝에 앉아서 담배 연기로 동그라미를 만들어 대는 이바노프 앞에 멈추어 섰다.

"자넨 대체 여기서 무얼 하나?"

그가 물었다.

"자네와 얘기를 하고 싶네. 브랜디 몇 잔 더 마시게."

이바노프가 대답했다.

루바쇼프는 냉소적인 시선으로 그를 보며 말했다.

"지금까지 나는 자네가 선한 믿음 아래 행동하고 있다고 믿고 싶었네. 그런데 지금은 야비한 인간이라고 생각하네. 여기서 나가 주게."

이바노프는 움직이지 않은 채 말했다.

"그렇게 주장하는 이유를 좀 말해 줄 수 있겠나?"

루바쇼프는 406호 쪽 벽에 등을 기대며 이바노프를 쳐다보았다. 이바노프는 침착하게 담배를 피우고 있었다.

"첫째, 자넨 나와 보그로프가 친구 관계임을 알고 있었네. 그래서 보그로프, 어쩌면 보그로프에게 남아 있는 그 몸뚱이를 내 감방 앞으로 지나가게 했지. 마지막 가는 길을 말이야. 그가 끌려가는 모습을 내가 놓치지 않도록 하기 위해서였겠지. 보그로프의 처형 소식이 옆방을 통해 내게로 전달될 거라는 사실을 미리 알고 말이야. 일은 실제로 그렇게 되었지. 둘째, 그가 끌려오기 직전에 내가 이곳에 있다는 걸 보그로프에게 알려 준 것이네. 그 마지막 충격으로 그에게서 어떤 진술을 끌어낼 수 있으리라는 믿음으로 말이지. 이 역시 그렇게 되었네. 모든 것이 날 절망 상태에 빠뜨리기 위해 계산된 일이었지. 그러고는 이 어두운 시각에 이바노프 동지가 손에 브랜디 한 병을 들고 구세주로 나타난 거야. 화해라는 감동적인 장면이 이어질 거라고 기대하며 말이지. 서로의 팔에 기대고, 전쟁의 슬픈 기억들을 나누고, 서로 고백하며 말일세. 그 뒤 수감자는 잠시 선잠에 빠져들지. 이바노프 동지는 발꿈치를 들고 호주머니에 그 말들을 담은 채 떠나네. 그리고 며칠 뒤 진급을 하지……. 여기서 그만 나가 주길 바라네."

이바노프는 움직이지 않았다. 그는 담배 연기를 허공에 뿜어 대고는 미소를 지은 채 금니를 드러내며 물었다.

"자넨 정말 내가 그토록 원시적인 생각을 가졌다고 보나? 아니면 내가 그런 형편없는 심리학자라도 된다고 믿는가?"

루바쇼프는 어깨를 으쓱거린 뒤 대답했다.

"자네 술책이 역겨워. 난 자넬 밀쳐 버릴 수가 없네. 자네에게 조금이라도 품위가 남아 있다면, 이제 그만 날 혼자 내버려 두게. 자네가 얼마나 날 역겹게 하는지 자넨 잘 모를 걸세."

이바노프는 술잔을 들어 마시며 이야기했다.

"제안을 한 가지 하지. 5분 동안 내가 방해받지 않고 말하도록 해 주게. 그리고 내가 말하는 걸 맑은 정신으로 들어 주게. 그런 뒤에도 여전히 내가 가야 한다고 자네가 고집하면, 그땐 가겠네."

"얘기해 보게."

루바쇼프는 이바노프 맞은편 벽에 기대선 채로 자신의 시계를 쳐다보았다.

"첫째, 보그로프는 실제로 총살되었네. 자네가 가질지도 모르는, 그리고 있을 수 있는 의심이나 환상을 없애기 위해 하는 말이네. 둘째, 그는 수개월 동안 감옥에 있었고, 마지막 며칠 동안 고문을 당했지. 자네가 이런 사실을 공개재판 때 말하거나, 벽을 통해 옆방 사람들에게 알릴 경우 난 끝장나네. 보그로프를 그렇게 다룬 이유에 대해선 나중에 말하지. 셋째, 그가 자네 감방 앞으로 끌려 지나간 건 의도적이었네. 그리고 자네가 여기 있다는 걸 그에게 말한 것도 의도적이었지. 넷째, 이런 추잡한 모략은 내가 꾸민 것이 아니라 동료인 글레트킨이 나의 긴급 지시를 어기고 한 것이라네."

루바쇼프는 벽에 기대선 채 듣기만 했다. 이바노프가 이야기를 계속했다.

"나라면 그런 실수를 저지르지 않았을 걸세. 자네 감정에 대한 고려 때문이 아니라, 내 책략에 어긋나는 일인 데다 내가 알고 있는 자네의 심리 작용에도 상반되기 때문이네. 자넨 최근 들어 인간주의적으로 망설이거나 그런 종류의 또 다른 감상적 경향을 보여 주었지. 뿐만 아니라 알로바 얘기가 아직도 마음에 걸려 있을 테고. 그런 상황에서 보그로프를 보게 되어 자네의 절망과 도덕주의적 성향이 더욱 강화되었겠지. 그건 예상할 수 있다네. 심리학에 서툰 글레트킨 같은 자만이 그런 실수를 할 수 있을 거야. 글레트킨은 지난 열흘 동안 내내 자네에게 '혹독한 방법'을 써야 한다고 떠들어 댔지. 그가 자네를 싫어하는 첫째 이유는 자네가 그에게 양말에 난 구멍을 보여 주었기 때문이라네. 또 다른 이유는 그가 농부들을 대하는 데 익숙하다는 점이야……. 보그로프 사건에 대한 설명은 이쯤으로 그치겠네. 브랜디는 물론 내가 청한 것이지. 여기 들어와 보니 자네가 제정신이 아닌 것 같아서 말이야. 내 관심사는 자네가 취하는 데 있지 않아. 정신적 충격을 받는 것도 내 관심거리가 아니고. 그런 것은 모두 자네를 도덕적으로 고양시킬 테니까. 내겐 차분하고 논리적인 상태의 자네가 필요해. 내 유일한 관심사는 자네가 조용하게 자네 경우를 결론까지 사고해야 한다는 점이네. 왜냐하면 자네가 그 모든 일을 결론에 이르도록 사고할 때에야 비로소 자네는 항복할 테니 말이야……."

루바쇼프는 어깨를 으쓱거렸다. 그가 말을 하려는 순간 이바노프가 끼어들었다.

"자네는 항복하지 않을 거라고 확신할 걸세. 하나만 대답해 주게. 만약 항복의 논리적 필연성과 객관적 정당성을 확신하게 된다면, 그땐 항복하겠나?"

루바쇼프는 대답하지 않았다. 그는 두 사람의 대화가 자기가 허용해서는 안 될 지점까지 접어들었음을 느꼈다. 5분이 지나갔지만, 그는 이바노프를 나가라고 밀치지 않았다. 그것만으로도 루바쇼프는 자신이 보그로프를 배신하고, 나아가 알로바와 리하르트, 리틀 뢰비를 배신한 것 같았다. 그가 말했다.

"나가 주게. 소용없다네."

그는 자신이 이바노프 앞에서 한동안 왔다 갔다 했음을 깨달았다.

침대에 앉아 있던 이바노프가 다시 입을 열었다.

"자네 어조로 보아, 보그로프 사건에 내가 관여했다는 것이 착각임을 인정하는군. 그런데 왜 내가 나가길 원하는가? 왜 내가 묻는 질문에 대답하지 않지?"

그는 앞으로 몸을 숙이며 루바쇼프의 얼굴을 비웃듯이 바라보았다. 그런 다음 말 하나하나마다 힘을 주어 천천히 말을 이었다.

"자네가 날 두려워하기 때문이지. 내 사고방식과 논쟁 방식이 바로 자네의 것이고, 그것이 자네 머릿속에서 메아리를 울리는 게 두려운 거야. 조금 있다가 자넨 '사탄아, 물러가라'라고 외치겠지……."

루바쇼프는 아무 말도 하지 않았다. 그는 이바노프 앞에서 앞뒤로 걷고 있었다. 루바쇼프는 명확한 논지를 펼칠 수 없을 것 같은 무력감을 가졌다. 이바노프가 '도덕적 고양'이라고 부른 그의 죄책감은 논리적으로 표현될 수 없는 것이었다. 그건 '문법적 허구'의 영역에 놓여 있었다. 동시에 이바노프의 모든 말이 그의 내면에 메아리를 일으켰다. 루바쇼프는 자신이 이런 토론에 말려들어서는 안 된다고 생각했다. 그는 어쩔 수 없이 아래로 미끄러져 내려가는 완만한 경사면에 서 있는 것 같았다.

"사탄아, 물러가라!"

이바노프는 되풀이해 외친 뒤 다시 술 한 잔을 따르며 말했다.

"예전에는 유혹이 육욕적 성격을 띠었네. 그러나 이제 그건 순수 이성의 형태를 띠고 있어. 가치는 변하네. 난 신과 사탄이 성 루바쇼프의 영혼을 얻기 위해 논쟁하는 수난극 한 편을 쓰고 싶네. 죄스런 삶을 산 후 루바쇼프는 신에게 귀의하네. 산업자유주의와 자비로운 구세군 수프라는 두 겹의 턱을 가진 신 말일세. 그에 반해 사탄은 깡마르고 금욕적이며, 논리의 광적 추종자라네. 그는 마키아벨리와 이그나티우스 데 로욜라, 마르크스 그리고 헤겔을 읽지. 일종의 수학적 자비심에서 그는 인류에 냉정하고 무자비하네. 그는 늘 자기가 가장 싫어하는 것을 하도록 저주받았지. 말하자면, 학살 행위를 없애기 위해 학살자가 되고, 양을 도살하지 않기 위해 그 양을 희생시키고, 인민을 매로 채찍질함으로써 그들이 채찍질당하지 않도록 가르치는, 그래서 신중함이라는 이름으로 모든 신중함을 빼앗고, 인류에 대한 사랑 때문에 인류를 감히 증오하는, 추상적이고 기하학적인 사랑이네. 사탄아, 물러가라! 루바쇼프 동지는 순교자가 되기로 한 걸세. 평생 루바쇼프를 증오한 자유주의 언론의 칼럼니스트들은 그가 죽은 뒤 그를 신성시하겠지. 그가 양심을 발견했다고 말이야. 하지만 양심이란 살찐 사람의 두 겹의 턱처럼 혁명에는 적당하지 않지. 양심은 마치 암처럼 뇌를 그 회백질이 완전히 없어질 때까지 먹어 치우네. 사탄은 매 맞고 물러가지. 그러나 사탄이 이를 갈며 격노하리라고는 생각지 말게. 사탄은 그저 어깨를 으쓱일 뿐이지. 그는 깡마르고 금욕적이야. 많은 사람이 마음이 약해져 과장된 변명을 하며 자기 대열에서 기어 나오는 걸 그는 보아 왔거든……."

이바노프는 말을 멈추고 브랜디를 한 잔 더 따랐다. 창문 앞에서 왔다 갔다 하던 루바쇼프가 물었다.

"왜 보그로프를 처형했나?"

이바노프가 대답했다.

"왜냐고? 잠수함 때문이지. 톤수 문제와 관련된 것이라네. 오래된 싸움이지. 그 싸움의 발단은 자네도 익히 알고 있을 텐데……. 보그로프는 큰 용적 톤수와 긴 작전 범위를 지닌 잠수함 건조를 주장했네. 당은 짧은 작전 범위를 가진 작은 잠수함을 선호했고. 큰 잠수함 하나를 만들 돈이면 작은 잠수함을 세 개는 만들 수 있거든. 양쪽 모두 타당한 기술적인 주장을 했지. 전문가들은 기술 도면과 대수학 정식들을 거창하게 내보였고. 그러나 실제 문제는 전혀 다른 데 있었네. 큰 잠수함이 뜻하는 건 세계 혁명을 더 진전시키려는 공격적 정책이지. 작은 잠수함은 해안 방어를 뜻하는 것이고. 말하자면 그건 자체 방어이자, 세계 혁명의 지연을 의미한다네. 후자가 넘버원과 당의 견해였지."

루바쇼프는 말없이 듣고만 있었다. 이바노프가 이야기를 계속 이어 나갔다.

"보그로프에게는 해군 본부와 구파 장교들 사이에 강력한 추종자가 있었네. 그래서 그를 밀어내기가 어려웠는지도 몰라. 큰 톤수를 내세운 사람을 방해꾼이자 반역자로 몰아붙이는 재판이 꾸며졌네. 우리는 몇몇 기술자를 동원하여 우리가 원하는 대로 자백하게 했지. 그러나 보그로프는 그 게임을 안 하려 했어. 그는 큰 용적 톤수와 세계 혁명이라는 궁극적 목표를 옹호했네. 그는 20년쯤 뒤떨어져 있었지. 시대가 우리에게 불리하고, 유럽이 반동의 시기를 지나가고 있으며, 우리가 파도의 밑바닥에 놓여 있기에 다음 파도를 타고 치켜 올려질 때까지 기다려야 한다는 사실을 그는 인정하려 하지 않았네. 공개재판을 했다면 그는 사람들에게 혼란만 불러일으켰을 거야. 그러니 그를 행정적 차원에서 처치하는 것 외에 다른 방법이 없었지. 우리 입장이었다면 자네도 똑같이 하지 않았겠나?"

루바쇼프는 대답하지 않았다. 그는 똥통 옆 벽에 기대서 있었다. 똥통에서 심한 악취가 났다. 그는 코안경을 벗은 뒤 쫓기는 듯한 눈으로 이바노프를 바라보며 말했다.

"자넨 보그로프가 흐느끼는 소리를 듣지 못했지."

이바노프는 새 담배에 불을 붙였다. 그 역시 똥통의 악취가 지독한 탓에 이맛살을 찌푸리며 말했다.

"그래, 난 듣지 못했네. 그러나 그 비슷한 일들을 듣고 보아 왔지. 그게 어떻다는 건가?"

루바쇼프는 침묵했다. 그것을 애써 설명해 봐도 소용없는 일이었다. 흐느낌과 벽을 두드리는 소리가 또다시 메아리처럼 그의 귓속을 파고들었다. 아무도 그걸 표현할 수 없었다. 따스하고 두툼한 알로바의 가슴 곡선도. 이발사가 그에게 건네준 쪽지에는 '침묵 속에 죽을 것'이라고 쓰여 있었다.

"그게 어떻다고?"

이바노프가 되물었다. 그는 다리를 뻗고 기다리다 루바쇼프가 대답을 하지 않자, 이야기를 계속했다.

"내게 연민이 조금이라도 있다면 자네를 홀로 내버려 둘 거야. 그러나 난 연민이 털끝만치도 없네. 그래서 술을 마시지. 자네도 알다시피 한동안 난 진통제를 복용했네. 하지만 지금까지 연민이라는 악덕은 용케 피해 왔지. 연민은 극소량으로도 우릴 패하게 만드니까. 인간성을 잃었다고 슬퍼하거나 통곡하는 것에 대한 인류의 병리학적 의존을 자넨 잘 알 거야. 우리의 가장 위대한 시인들조차 이런 독약으로 자신들을 파괴했지. 그들은 마흔 살 혹은 쉰 살에 이르기까지 혁명가였네. 그러다가 연민으로 소모되었고, 세계는 그들이 성스럽다고 선언했지. 자네도 그와 비슷한 야망을 갖고 있고, 그것이 자네 개인에게만 있는 뭔가 전례 없는 독특한 것이라고 믿고 있는 듯싶네……."

이바노프는 담배 연기를 내뿜은 뒤 말을 이었다.

"이런 도취감을 조심하게. 독한 술에는 모두 일정한 양의 도취감이 들어 있지. 그러나 불행히도 모욕과 고통의 도취감은 화학적으로 야기된 도취감만큼이나 싸구려임을 알고 있는 사람은 많지 않다네. 특히 우리 동포 중에는 말일세. 마취에서 깨어나 왼쪽 무릎 아래가 잘려 나간 걸 알았을 때 난 불행의 절대적 황홀을 경험했네. 그 시절 자네가 내게 준 교훈을 기억하나?"

그는 잔에 술을 부어 마신 뒤 이야기를 계속했다.

"내 요점은 이 세상을 감정을 풀기 위한 어떤 형이상학적 사창굴로 여겨선 안 된다는 것일세. 이게 우리의 첫 계율이야. 동정, 양심, 역겨움, 절망, 후회 그리고 속죄는 우리에게 혐오스러운 방탕거리일 뿐이지. 주저앉아 스스로 최면에 빠져들어 목덜미를 글레트킨 총 앞에 공손히 내놓는 건 쉬운 해결책이야. 우리 같은 사람에게 가장 큰 유혹은 폭력을 단념하고, 참회하며 자신과 화해하는 일이네. 스파르타쿠스에서 당통과 도스토옙스키에 이르기까지 가장 위대한 혁명가들도 이 유혹 앞에서 무너졌어. 그것이 바로 대의명분을 저버리는 고전적 형태의 배반이지. 신의 유혹은 늘 사탄의 유혹보다 인류에게 더 위험했네. 혼란이 세상을 지배하는 한 신은 하나의 시대착오네. 그리고 자기 양심과의 모든 타협은 배반이지. 저주받은 내면의 목소리가 자네에게 말을 건다면, 귀를 막아 버리게……."

이바노프는 술을 한 잔 더 따랐다. 루바쇼프는 술병이 이미 반쯤 비었음을 알았다. 그는 속으로 '자네에게도 위안이 필요하군'이라고 중얼거렸다. 이바노프가 말을 이었다.

"역사의 가장 위대한 범죄자는 네로와 푸케 타입이 아니라, 간디와 톨스토이 타입이네. 간디의 내면 목소리는 인도의 해방을 막는 데 영국의 총보다도 더 많은 역할을 했지. 은화 서른 닢에 자기를 파는 건 정직한 거래야. 그러나 자기를 자기 양심에 파는 건 인류를 포기하는 것이지. 역사는 선험적으로 도덕과는 무관한 거야. 그건 양심을 안 가졌어. 역사를 주일 학교의 가르침에 따라 이끌고자 하는 건 모든 것을 그냥 그대로 놔둔다는 의미이지. 그건 자네도 잘 알 거야. 이 내기에 무엇이 걸렸는지 알고 있는 자네가 보그로프의 울먹임을 얘기하다니……. 뚱뚱한 알로바 때문에 양심의 가책을 느끼다니……."

그는 잔을 비운 뒤 다시 채웠다. 루바쇼프는 예전부터 이바노프가 많은 것을 억제할 수 있는 사람이라고 여겼다. 그러나 그는 말하는 방식이 약간 더 열띤 것 외에는 어떤 변화도 보이지 않았다.

'자네에겐 위로가 필요해. 어쩌면 나보다 더 많이.'

루바쇼프는 다시 속으로 중얼거렸다. 그는 이바노프 반대편의 좁은 의자에 앉아 귀를 기울였다. 이 모든 것이 그에게는 새로운 게 아니었다. 그는 수년 동안 이바노프와 똑같은 견해를 똑같은 혹은 비슷한 말로 옹호해 왔다. 차이점이 있다면, 이바노프가 그렇게 경멸적으로 말한 내적 과정을 그는 하나의 추상물로 알았다는 점이다. 그러나 그 후 이바노프는 '문법적 허구'를, 자신의 몸을 통해 육체적 현실로 경험했다.

  하지만 자신이 그 변화 과정을 몸소 깨닫게 되었다는 점 때문에 그 불합리한 과정을 용인해도 괜찮단 말인가? 그저 자신이 그것에 도취되었다고 해서 '신비주의적 도취'와 싸울 필요가 줄어든단 말인가? 1년 전 알로바를 죽음으로 보냈을 때 그는 처형 장면을 세세히 그려 볼 만한 상상력을 갖고 있지 않았다. 이제 그 양상을 얼마간 알았다고 해서 다르게 행동할 것인가? 리하르트와 알로바 그리고 리틀 뢰비를 희생시킨 것은 옳은 일이었는가, 그른 일이었는가? 그러나 리하르트의 말더듬, 알로바의 가슴 모양, 보그로프의 울먹임이 그 옳고 그름을 재는 척도 자체의 옳고 그름과 어떤 관계가 있단 말인가?

  루바쇼프는 다시 감방 안을 이리저리 걸었다. 수감 이후 자신이 경험한 모든 것이 그저 서곡에 지나지 않았음을 그는 느꼈다. 그리고 자신의 사고를 통해 다다른 곳은, 말하자면 이바노프가 '형이상학적 사창굴'이라고 일컬은 것의 문턱이라는 것, 그래서 처음부터 다시 시작해야 한다는 점을 느꼈다. "시간이 남았을까?" 그는 걸음을 멈춘 뒤 이바노프의 손에서 잔을 빼앗아 마셨다. 이바노프가 그를 바라보며 말했다.

  "그게 낫지."

그가 덧없는 미소를 지으며 말을 이었다.

"대화 형태의 독백은 쓸모가 있군. 내가 흉내 낸 사탄의 목소리가 효과적이었길 바라네. 상대방 대표가 나와 있지 않은 게 유감스럽긴 하지만. 그러나 이성적 토론에는 절대로 안 끼어드는 게 그들의 책략이지. 그들은 사람이 혼자 있을 때, 그래서 주변 환경이 효과적일 때, 말하자면 불타는 덤불이나 구름 덮인 산정에 있을 때처럼 예기치 않게 덮치거든. 특히 잠자는 희생자를 선호하지. 위대한 도덕주의자의 방법은 아주 불공평하고 연극적이야……."

루바쇼프는 더 이상 듣고 있지 않았다. 그는 왔다 갔다 하면서 만약 알로바가 아직 살아 있다면 자신이 그녀를 또 희생시킬지 궁금했다. 그는 이 문제로 인해 마음이 들떴다. 그것에 모든 다른 질문에 대한 답변이 들어 있는 것만 같았다. 그는 이바노프 앞에 서서 물었다.

"자네, 라스콜니코프 기억하나?"

이바노프는 냉소적인 미소를 지으며 대답했다.

"자네가 곧 언급하리라고 예상했네.『죄와 벌』……. 자넨 정말 유치하거나 노인처럼 돼 가고 있군……."

"잠깐 기다리게, 잠깐만 기다려."

루바쇼프가 흥분한 듯 앞뒤로 걸으며 말을 이었다.

"이 모든 건 그저 하는 얘기지만, 우린 지금 핵심에 점점 가까이 가고 있네. 내 생각에 문제는 학생 라스콜니코프가 그 노파를 죽일 권리를 갖고 있는가, 아닌가에 있어. 그는 젊고 재능이 있지. 말하자면 그는 아직 쓰지 않은 삶의 보증수표 같은 것을 손에 쥐고 있는 거야. 반면 노파는 늙은 데다 아무런 쓸모도 없는 인물이지. 하지만 그 등식은 성립되지 않아. 첫째, 환경이 그로 하여금 노파를 살해하지 않을 수 없도록 만드네. 그건 분명하고 논리적인 행동의 예측할 수 없는 비논리적 결과이지. 둘째, 그 등식은 어떤 식으로든 허물어지네. 왜냐하면 라스콜니코프는 수학적 단위가 인간일 때 2 곱하기 2는 4가 아니라는 것을 발견하기 때문이지……"

이바노프가 대꾸했다.

"내 견해를 말하자면, 나는 그 책의 모든 복사본은 불태워 버려야 한다고 생각해. 그 인간주의적인 몽롱한 철학이 어디에 귀착하는지 잠시 생각해 보게. 개인은 신성불가침한 존재라서 인간을 산술 규칙으로 다루어선 안 된다는 격언을 고수하려 한다면, 그건 한 보병 대대의 지휘관이 대대를 구하기 위해 순찰병 일행을 희생시켜선 안 된다는 의미와 같은 걸세. 그건 또 보그로프 같은 멍청이를 희생시켜선 안 되며, 우리의 해안 도시들이 2년 안에 총격을 받아 박살나게 될 위험을 감수해야 한다는 걸 뜻하지……"

루바쇼프는 고개를 가로저으며 말했다.

"자네가 든 예는 모두 전쟁에서 끌어온 거야. 말하자면 비정상적 환경에서 온 거지."

이바노프가 말을 받았다.

"증기 기관이 발명된 이래 세계는 줄곧 비정상적인 상태였네. 전쟁과 혁명은 이런 상태의 가시적 표현일 뿐이지. 자네가 말한 라스콜니코프는 바보이자 범죄자야. 그가 논리적인 행동이 아니라 개인적 관심에서 노파를 살해했기 때문이지. 목적이 수단을 정당화한다는 원칙은 정치 윤리의 유일한 규범이고, 앞으로도 그럴 걸세. 그 밖의 것은 그저 모호한 잡담일 뿐. 만약 라스콜니코프가 당의 명령에 따라, 예를 들어 파업 자금을 늘리거나 불법적 언론을 가동시키기 위해 그 노파를 해치웠다면, 그땐 등식이 성립될 걸세. 그리고 그런 잘못된 문제를 지닌 소설은 결코 안 쓰였을 것이네. 그랬다면 인류를 위해 더 좋은 일이었겠지."

루바쇼프는 아무 말도 하지 않았다. 그는 여전히 몇 달 동안의 경험을 한 지금도 자기가 다시 알로바를 죽음으로 보냈을까라는 물음에 사로잡혀 있었다. 논리적으로 볼 때 이바노프는 옳았다. 보이지 않는 반대파는 침묵하면서 그저 희미한 불안감으로 자기의 존재를 알릴 뿐이었다. 그리고 보이지 않는 반대파가 결코 논쟁에 자기 모습을 드러내지 않고 오직 무방비 상태의 순간에만 인간을 공격하기 때문에, 그 반대파가 매우 불분명하게 나타나 보인다는 이바노프의 견해 역시 옳았다.

이바노프가 다시 입을 열었다.

"여러 이데올로기를 하나로 뒤섞는 것이 난 못마땅하네. 인간의 윤리학에는 두 가지 개념만 존재하고, 그건 서로 반대편에 있지. 하나는 기독교적이고 인본적인 개념이야. 그건 개인은 신성 불가침하다고 선언하고, 수학적 규칙은 인간 단위에 적용될 수 없다고 주장하지. 다른 하나는 하나의 집단적 목표가 모든 수단을 정당화한다는 기본 원칙에서 시작하네. 그래서 개인은 모든 점에서 공동체에 종속되어야 하고, 이를 위해 희생되어야 한다고 인정할 뿐만 아니라, 그것을 요구하지. 즉 공동체는 개인을 실험 토끼나 희생양으로 처리할 수 있다는 얘기야. 첫 번째 개념은 반생체 해부학적 도덕성으로, 두 번째 개념은 생체 해부학적 도덕성으로 불릴 수 있네. 사기꾼과 아마추어들은 이 두 개념을 뒤섞으려고 애써 왔지만, 실제로 그건 불가능해. 권력과 책임을 짊어진 자라면 누구나 선택을 해야 한다는 사실을 맨 처음 발견하지. 그러다가 어쩔 수 없이 두 번째 대안으로 몰리게 되네. 기독교가 국교로 확립된 이래 기독교적 정책을 실제로 따랐던 예를 자네는 단 하나라도 알고 있는가? 아마 하나도 찾아낼 수 없을 거야. 곤궁의 시간이면, 정치란 주기적으로 곤궁의 시간에 처하지만, 지도자는 예외적 방어 조처를 요구하는 '예외적 환경'을 늘 불러낼 수 있었네. 국가와 계급이 존재한 이래로 그들은 상호적 자기 방어의 항구적 상태에서 살고 있지. 그리고 이러한 상태로 말미암아 인본주의의 실천은 언제나 미루어질 수밖에 없고……."

　루바쇼프는 창밖을 내다보았다. 녹은 눈이 다시 얼어 반짝거렸다. 벽 위에 선 보초가 어깨에 총을 멘 채 앞뒤로 행진하고 있었다. 하늘은 맑았으나 달은 없었다. 기관총 포탑 위로 은하수가 어른거렸다.

루바쇼프는 어깨를 으쓱거리며 말했다.

"개인을 중시하는 인본주의와 사회적 진보를 중시하는 정치가 양립할 수 없다는 걸 인정하네. 간디가 인도에겐 하나의 재앙이라는 점도 인정해. 수단을 선택할 때의 소박함이 정치적 무능이라는 결과를 낳는다는 것도. 부정적 측면에서 우리의 의견은 일치하네. 그러나 반대의 대안이 우리를 어디로 이끌었는지 보게나……."

이바노프가 물었다.

"그래, 어딘가?"

루바쇼프는 코안경을 소매에 문지른 뒤 이바노프를 바라보면서 되물었다.

"우린 우리의 황금시대로부터 어떤 쓰레기를 만들어 냈는가?"

이바노프가 미소 지은 채 말했다.

"그라쿠스 형제*와 생쥐스트,** 그리고 파리 코뮌을 보게. 지

- 그라쿠스 형제(Gracchi brothers) : 기원전 2세기 고대 로마에서 호민관으로 활동한 티베리우스(Tiberius)와 가이우스(Gaius)를 말한다. 그들은 토지개혁법을 통해 힘 있는 로마 귀족들의 토지를 평민들에게 재분배하려 했고, 이 때문에 사회주의와 인민주의(populism : 1917년 러시아혁명 이전의 공산주의)의 아버지로 불린다. 나중에 암살된다.
- ●● 루이 앙투안 드 생쥐스트(Louis Antoine Léon de Saint-Just, 1767~94) : 프랑스혁명기의 군대 지도자로 로베스피에르와 같이 공안위원회에서 일하면서 루이 16세의 처형을 주장한다. 나중에 처형된다. 카뮈는 혁명을 추구한 자들이 그 이념과 더불어 어떻게 독재의 테러리즘으로 퇴행하는지에 대한 비유로 생쥐스트를 해석한 바 있다.

금까지 모든 혁명은 도덕적 교화를 일삼는 아마추어들에 의해 이루어져 왔네. 그들은 늘 선한 믿음을 가지고 있다가 그 아마추어리즘 때문에 사멸됐지. 철저한 것은 우리가 처음이야……."

루바쇼프가 입을 열었다.

"그래. 너무나 철저해서 우리는 정당한 토지 분배 사업에서 의도적으로 1년에 약 5백만 명의 농부와 그 가족을 굶어 죽게 만들었지. 기업 착취로부터 인류를 해방시키는 데 너무도 철저해서 우리는 1천만 명을 극한 지역이나 동쪽 정글에서 강제 노동을 하도록 내몰았고. 그건 고대의 갤리선 노예들과 흡사한 조건이었지. 너무도 철저해서 우리는 견해의 차이를 없애려고 단 하나의 논지, 즉 죽음의 논지밖에 알지 못했네. 그것이 잠수함 문제건 비료 문제건, 혹은 인도차이나에서 따를 당 노선의 문제건 관계없이 말일세. 우리의 기술자들은 과오가 지적되면 감옥이나 처형대로 갈 거라는 한결같은 생각으로 일하지. 우리 행정부의 고위 관리들은 아주 사소한 실수에도 책임져야 하고 자멸할 것임을 알기 때문에, 그들 부하를 파멸시키고 없애 버리네. 우리의 시인들은 비밀경찰을 탄핵함으로써 문체 문제에 대한 논쟁을 해결하지. 왜냐하면 표현주의자들은 자연주의적 문체를 반혁명적이라고 보기 때문이야. 물론 자연주의자들은 표현주의자들을 반혁명적이라고 보겠지만. 다음 세대를 위하여 철저하게 행동한다면서 우리는 그들에게 너무도 끔찍한 궁핍을 안겨 주었고, 그 결과 지금 세대의 평균 수명은 4분의 1 정도로 줄어들었네. 국가의 생존을 위해 우린 예외적 조처를 취하고 과도기적 법률을 제정해야 했지. 그러나 이것은 모든 점에서 혁명의 목적에 대립되네. 인민의 생활수준은 혁명 전보다 더 낮아. 노동조건은 더 나빠졌고, 규율은 더 비인간적이 되었으며, 임금은 식민지 나라의 원주민보다 더 열악하지. 우리는 사형 연령 제한을 열두 살로 낮추었어. 우리의 양성법은 영국의 그것보다 더 편협하고, 우리의 지도자 숭배는 반동적 독재 정권의 그것보다 더 권모술수로 차 있지. 우리의 언론과 학교들은 쇼비니즘과 군국주의, 독단주의, 순응주의 그리고 무지를 키우고 있고. 정부의 자의적 권력은 무제한적이고, 역사에서도 전례가 없네. 출판의 자유 및 여론과 운동의 자유는 마치 인권선언이 없었던 것처럼 완전히 근절되어 버렸지. 우리는 가장 거대한 경찰 기구를 창설했고, 정보원을 이용해 국가 기구를 만들었어. 그것도 육체적·정신적 고문이 가능한, 가장 세련되고 과학적인 체계를 가진 것으로 말이야. 우리는 이 나라의 고통스러운 대중을 채찍질하여 우리만 볼 수 있는 어떤 이론상의 미래의 행복을 향해 가려 하네. 왜냐하면 이 세대의 에너지는 고갈되었기 때문이야. 그것은 혁명에 의해 소모됐네. 지금 세대는 피를 흘려 창백해졌고, 이젠 탄식하는, 마비되고 무감각해진 희생적인 몸뚱이 외에는 아무것도 안 남았어……. 그것들이 우리 철저함의 결과라네. 자넨 그걸 생체 해부학적 도덕성이라 불렀어. 내게 그것은 마치 실험자가 희생자의 살가죽을 벗겨 내 그렇게 벗겨진 조직과 근육 그리고 신경을 가진 채로 서 있게 내버려 두는 것처럼 여겨지네……."

"그래, 그게 어때서?"

이바노프가 즐거운 듯 묻더니 이야기를 이었다.

"그것이 멋지다고 여기지 않나? 역사에서 일어난 일 가운데 그보다 더 멋진 것이 있었던가? 우리는 인류의 낡은 살가죽을 벗겨 내고, 거기에 새 가죽을 입히고 있다네. 이건 신경 약한 사람들을 위한 일이 아니야. 그렇지만 자네를 열광적으로 만든 시절도 있었지. 무엇이 그토록 자네를 변화시켜, 지금은 그렇게 노처녀처럼 옹졸해져 버렸나?"

루바쇼프는 '보그로프가 내 이름을 외치는 걸 들을 때부터'라고 대답하고 싶었으나, 그런 대답이 별 의미가 없다는 생각이 들었다. 그래서 그는 대신 이렇게 대답했다.

"똑같은 비유를 써서 계속 말해 보지. 난 살가죽이 벗겨진 이 세대의 몸을 보네. 그러나 새 피부의 흔적은 보이지 않아. 우리는 모두 역사를 물리학의 한 실험처럼 취급할 수 있다고 생각했지. 차이가 있다면, 물리학에서 실험은 수천 번 반복할 수 있지만 역사에서는 단 한 번만 일어난다는 것이지. 당통과 생쥐스트는 처형대로 단 한 번 보내질 수 있을 뿐이네. 만약 대잠수함이 결국 옳은 것이라고 판명이 난다 해도, 보그로프 동지는 다시 살아날 수 없겠지."

이바노프가 말을 받았다.

"그래서 어떻다는 건가? 어떤 행동이든 그 결과를 예측할 수 없고, 따라서 모든 행동은 악하다는 이유로 우린 그저 두 손 놓고 가만있어야 하는가? 우리는 하나하나의 행동에 목숨을 걸고 있네. 우리에게 그 이상은 기대할 수 없어. 하지만 반대 진영의 그들은 그리 신중하지 않다네. 아무리 바보 같은 늙은 장군이라도 살아 있는 수천 명의 몸뚱이를 가지고 실험을 할 수 있지. 그러다 실수하면 기껏해야 퇴역시키는 게 고작이야. 반동과 반혁명의 세력들에게 신중함이나 윤리적 문제는 고려 대상이 아니야. 술라*나 갈리페,** 콜차크*** 같은 사람들이 라스콜니코프를 읽는 모습을 상상할 수 있겠나? 자네 같은 독특한 새는 혁명의 나무에서나 발견할 수 있지. 반대편 사람들에게는 한결 더 여유가 있을 거야……."

이바노프는 시계를 보았다. 감방 창은 지저분한 잿빛으로 변해 있었다. 부러진 창살 위로 튀어나온 신문 종이가 부풀어 오르더니 바람에 바스락거렸다. 반대편 벽 위에서는 보초가 아직도 왔다 갔다 하고 있었다.

이바노프가 이야기를 계속했다.

• 루키우스 술라(Lucius Cornelius Sulla (Felix), BC 138?~BC 78) : 로마의 독재자.
•• 가스통 갈리페(Gaston-Alexandre-Auguste Galliffet, 1830~1909) : 파리 코뮌을 혹독하게 진압한 프랑스의 군사 지도자.
••• 알렉산드르 콜차크(Aleksandr Vasil'evich Kolchak, 1874~1920) : 볼셰비키군으로부터 러시아 최고 통치자로 인정받았으나, 그의 정권이 전복된 뒤 볼셰비키에게 처형당했다.

"자네 같은 과거를 가진 사람이 이렇게 갑자기 실험을 혐오하다니, 좀 순진하군. 매년 수백만 명이 전염병이나 그 밖의 자연재해로 무의미하게 죽고 있지. 그런데 역사에서 가장 전망 있는 실험을 위해 수십만 명이 희생되는 것을 우리가 피해야 하는가? 탄광이나 수은 광산, 논과 면화 작물 밭에서 영양실조와 결핵으로 죽는 수많은 사람은 언급할 필요도 없네. 아무도 그들에게 주의를 기울이지 않지. 그 이유나 목적을 묻는 사람도 없어. 하지만 객관적으로 해로운 수천 명을 우리가 쏴 죽인다면, 이 세상의 인도주의자들은 모두 거품을 입에 물 거네. 그래, 우리는 소작농 중에서 기생충 같은 일부를 청산했고, 그들이 굶어 죽게 내버려 뒀어. 그건 한 번에 치러야 할 외과 수술이었지. 그러나 혁명 전의 좋은 시절에도 그만큼이나 많은 사람이 가뭄이 든 해에 죽었네. 아무런 의미도 없이. 중국의 황허(黃河) 유역 희생자들은 때때로 수십만 명에 이른다네. 자연은 인류에 대한 자기의 실험에 무덤덤하지. 그런데 인류는 왜 자기 자신을 실험할 권리를 가져선 안 된다는 말인가?"

이바노프는 잠시 멈추었다. 루바쇼프는 아무 말이 없었다. 이바노프가 이야기를 계속했다.

"반생체 해부 협회에서 나온 책자를 읽어 본 적 있나? 우리의 희망을 꺾고, 우리의 가슴을 아프게 만드는 것이라네. 자기 간을 절단당한 어느 가난한 사람이 흐느껴 울면서 어떻게 그 고문자의 손을 핥는지를 읽는다면, 자네가 오늘 밤 그런 것처럼 역겨움이 일 걸세. 그러나 그런 사람들이 자기 할 말을 한다면, 우리는 콜레라나 장티푸스 혹은 디프테리아를 막을 아무런 혈청도 못 가질 걸세……."

이바노프는 잔의 나머지를 비우고, 하품을 한 뒤 기지개를 켜더니 일어섰다. 그는 창가에 있는 루바쇼프한테 절뚝거리며 걸어갔다. 그리고 밖을 내다보았다.

"날이 밝아 오고 있군. 루바쇼프, 바보 짓 하지 말게. 내가 오늘 밤 얘기한 모든 건 자네도 잘 아는 기초 지식이야. 자넨 신경 쇠약이었지만 이제 다 지나갔네."

그는 자기 팔을 루바쇼프의 어깨에 걸치더니 다정스러운 목소리로 말을 이었다.

"어이 노병, 이제 그만 푹 자게나. 내일이면 약속한 시간이 다 끝나네. 자네의 진술서를 꾸며 내기 위해 우리 둘 다 맑은 머리가 필요할 걸세. 어깨를 으쓱이지 말라고. 자네가 서명하리라는 걸 자네 스스로도 반쯤은 확신할 걸세. 만약 거부한다면, 그건 그저 도덕적 비겁함 때문이지. 도덕적 비겁함 때문에 많은 사람이 순교자 처지가 되었네."

루바쇼프는 창밖을 내다보았다. 보초가 막 뒤로 돌기를 하고 있었다. 기관총 포탑 위의 하늘은 붉은 기운이 감도는 옅은 잿빛이었다.

"다시 생각해 보겠네."

루바쇼프가 말했다.

이바노프가 나가고 문이 닫히는 순간, 루바쇼프는 자신이 이미 반쯤 굴복했음을 깨달았다. 그는 침대 위로 몸을 던졌다. 피로했으나 이상하게도 마음은 안정되었다. 그는 속이 텅 빈 듯했고, 무엇인가에 빨려진 듯 메마른 느낌이었으며, 동시에 무거운 짐을 내려놓은 기분이었다. 비탄에 잠긴 보그로프의 호소가 내던 예리한 음향이 기억 속에서 점점 무뎌졌다. 죽은 자 대신 산 자에 대해 믿음을 지킨다면, 누가 그것을 배신이라 할 수 있겠는가?

루바쇼프가 조용히 꿈도 꾸지 않은 채 잠자는 동안 이바노프는 자기 방으로 가는 길에 글레트킨에게 들렀다. 글레트킨은 책상 앞에 앉아 서류철을 뒤적이며 일하는 중이었다. 수년 동안 그는 일주일에 서너 차례 밤새도록 일하는 버릇을 갖고 있었다. 이바노프가 그의 방으로 들어가자, 글레트킨이 일어서서 차렷 자세를 취했다.

이바노프가 말했다.

"됐네. 내일이면 그가 서명할 걸세. 자네의 바보 같은 짓을 보완하느라 진땀 좀 뺐지."

글레트킨은 말없이 책상 앞에 서 있었다. 루바쇼프의 감방으로 가기 전 두 사람 사이에 있었던 일을 글레트킨은 선명하게 기억할 것이라 생각한 이바노프는, 어깨를 으쓱이며 담배 연기를 글레트킨 얼굴 위로 훅 불었다.

"바보가 되진 말게. 자네들은 둘 다 개인적인 감정으로 괴로

위하고 있어. 자네가 그의 입장이라면 자네는 훨씬 더 고집스러울지도 몰라."

"제겐 꿋꿋한 척추가 있지만, 그에겐 없습니다."

글레트킨이 말했다.

"그렇지만 자넨 멍청하지. 그렇게 답변하다니, 자네가 먼저 총살되어야겠군."

이바노프는 절뚝거리며 밖으로 나가더니 문을 소리 나게 닫았다.

글레트킨은 책상으로 가서 다시 앉았다. 그는 이바노프가 성공할 거라고 생각하지 않았지만, 동시에 성공할까 봐 두려워했다. 이바노프의 마지막 말은 위협처럼 들렸고, 그의 말은 무엇이 농담이고 무엇이 진담인지 알 수 없었다. 아마 이바노프 자신도 알 수 없을지 모른다. 냉소적인 지식인들이 흔히 그러하듯……

글레트킨은 어깨를 으쓱거린 뒤 칼라와 소맷부리를 정리했다. 그러고는 문서 더미에 파묻혀 일을 계속했다.

세 번째 심문

1

때때로 말은 사실을 감추는 데 쓰여야 한다. 그러나 그것은 아무도 알아차리지 못하게 이루어져야 한다. 혹시 누군가 눈치를 챘다면 즉각 사과해야 한다. 다음에 또다시 그 일을 할 수 있도록.

―마키아벨리, 『라파엘로 지롤라미에 대한 소개』

너희는 그저 '예' 할 것은 '예' 하고, '아니요' 할 것은 '아니요'라고만 하라. 그 이상의 말은 악에서 오는 것이니라.

―「마태복음」 5장 37절

수감 20일째, 루바쇼프의 일기장에서 발췌한 글.

…… 보그로프는 그네에서 떨어졌다. 150년 전 바스티유 감

옥이 함락되던 날, 유럽의 그네는 오랜 무기력 끝에 다시금 움직이기 시작했다. 전제정치로부터 기쁘게 벗어나 제어할 수 없는 동력으로 자유의 푸른 하늘을 향해 내달렸다. 1백 년 동안 그것은 점점 더 높이 올라 자유주의와 민주주의의 영역으로 들어서게 되었다. 그러나 보라. 속도는 점점 느려지고, 그 경로의 정점이자 전환점에 이르렀을 때 그네는 한순간 움직이지 않다가 점점 높은 속도로 역행하기 시작했다. 위로 오를 때와 똑같은 동력으로 그네는 그 위에 올라탄 사람들을 자유로부터 폭정으로 다시 실어 날랐다. 그네에 꼭 매달리는 대신 위쪽을 응시하고 있던 자들은 현기증을 느끼고 떨어져 나갔다.

현기증을 피하고 싶은 사람은 누구나 그네의 운동 법칙을 찾아내도록 노력해야 한다. 우리는 절대주의에서 민주주의로, 민주주의에서 다시 절대적 독재 정치로 움직이는 역사의 진자 운동에 직면해 있는 것처럼 보인다.

인민들이 지배하거나 지킬 수 있는 개인적 자유의 양은 이들의 정치적 성숙도에 달려 있다. 앞에서 언급한 진자 운동은, 대중의 정치적 성숙도가 한 개인의 성장처럼 지속적인 상승 곡선을 따르는 것이 아니라 더 복잡한 법칙에 따른다는 것을 의미한다.

대중의 성숙도는 그들 자신의 이해관계를 파악하는 능력에 달려 있다. 그러나 그것은 상품의 생산과 분배의 과정에 대한 일정한 이해를 전제로 한다. 그러므로 인민들이 스스로를 민주적으로 통치할 수 있는 능력은 전 사회 조직체의 구조와 기능에 대한 이해의 정도에 비례한다.

그런데 모든 기술적 개선은 경제 기구에 새로운 분규를 야기하고, 새로운 요소와 결합 관계의 모습을 보여 주는데, 이러한 현상을 대중은 한동안 꿰뚫어 보지 못한다. 기술적 진보의 모든 도약은 상대적으로 대중의 지적 발전을 한 걸음 뒤처지게 한다. 그로 인해 정치적 성숙도의 온도계는 하강 국면을 맞이한다. 인민들의 이해 수준이 변화된 상황에 점차 적응하기까지는, 곧 그것이 문명의 낮은 단계에서 이미 소유한 것과 같은 자기 통치 능력을 회복할 때까지는, 때로 수십 년 혹은 여러 세대가 걸린다. 그러므로 대중의 정치적 성숙도는 하나의 절대적 수치가 아니라 오로지 상대적으로, 즉 그때그때 문명의 단계에 비례해 측정될 수밖에 없다.

대중의 의식 수준이 상황의 객관적 상태를 따라잡을 때 평화적으로든 폭력에 의해서든 민주주의의 정복이 불가피하게 이어진다. 그것은 기술적 문명의 다음 도약(예를 들면 베틀의 발명과 같은)이 대중을 상대적인 미성숙 상태로 되돌려 놓고 어떤 형태의 전제적 통치의 출현을 가능케 하거나 필요하도록 만들 때까지 그렇다.

이러한 과정은 여러 갑실을 가진 갑문으로 선박을 들어 올리는 일에 비견될 수 있다. 처음 갑실에 들어설 때 선박은 낮은 수면 위에 떠 있다가 수위가 최고점에 도달할 때까지 천천히 들어 올려진다. 이 장대한 모습에 속기 쉽지만 그 다음 갑실은 여전히 더 높고, 수면과 갑실의 높이가 일치하는 수평화 과정은 다시 시작되어야 한다. 갑실의 벽은 자연력을 제어하는 객관적 상태, 즉 기술적 문명의 상태를 나타낸다. 또 갑실의 수위는 대중의 정치적 성숙도를 보여 준다. 이 대중의 정치적 성숙도를 해면 위의 절대 표고로 잰다는 것은 의미가 없다. 중요한 것은 갑실 수면의 상대적 높이이기 때문이다.

증기 기관의 발명으로 급격한 발전의 시기가 시작되었고, 그 결과 마찬가지로 급격하고도 주관적인 정치적 퇴행의 시기도 시작되었다. 산업 시대의 역사는 아직 한창이므로 지극히 복잡한 경제 구조와 그 구조에 대한 대중의 이해 사이의 불일치는 여전히 크다. 그러므로 20세기 전반기에 각 나라들의 상대적인 정치적 성숙도는 기원전 2백 년 혹은 중세 시대 말기보다 낮다는 사실이 이해될 수 있다.

사회주의 이론의 과오는 대중의 의식 수준이 끊임없이 그리고 꾸준히 오른다고 믿었던 점이다. 그래서 가장 최근의 진자 운동 앞에서 그렇게도 무기력해서, 인민을 이데올로기적으로 절단시켜 버린 것이다. 우리는 세계에 대한 대중의 인식이 환경의 변화에 적응하는 것을 간단한 과정이라 여겼지만, 실은 수세기에 걸쳐 측정할 수 있을 만큼 복잡한 것이다. 유럽의 인민들은 아직도 증기 기관의 결과를 정신적으로 소화하지 못하고 있다. 자본주의 제도가 무너진 뒤에야 대중은 그 제도를 이해할 것이다.

혁명 조국의 대중 역시 다른 곳과 마찬가지의 사고 법칙에 의해 지배된다. 그들은 그 다음의 높은 갑실에 도달했지만 여전히 새로운 갑문의 가장 낮은 수준에 있다. 예전의 것을 대신한 새로운 경제 체제는 그들에게 이해할 수 없는 것이다. 고통스러운 상승이 새롭게 시작되어야만 한다. 아마도 여러 세대가 지난 뒤에야 대중은 자신들이 혁명에 의해 창조한 새로운 상황을 이해하게 될 것이다.

하지만 그때까지는 민주적 정부 형태는 불가능하며, 개인의 합당한 자유의 양도 다른 나라보다 적을 것이다. 그때까지 우리 지도자들은 텅 빈 공간에서처럼 통치할 수밖에 없다. 고전적 자유주의의 기준에서 보면 이는 유쾌한 광경이 아니다. 그럼에도 불구하고 눈에 띄는 모든 공포, 위선, 타락은 단지 앞에서 설명한 법칙의 불가피한 표현일 뿐이다. 방법만 물을 뿐 그 이유는 묻지 않는 바보와 미학자들은 벌을 받기를. 지금과 같은 대중의 상대적 비성숙기에 살고 있는 반대파들 역시 화 있으라.

성숙의 시기에는 대중에게 호소하는 것이 반대파의 의무이자 기능이다. 그러나 정신적 미숙의 시기에는 선동가만이 '인민의 드높은 판단'을 불러일으킨다. 그러한 상황에서 반대파는 두 가지 대안을 가진다. 대중의 지지를 고려할 수 없기 때문에 쿠데타로 권력을 잡든지, 혹은 소리 없는 절망 속에서 그네로부터 벗어나든지. 그래서 '침묵 속에서 죽는 것'이다.

제삼의 선택도 있다. 그것은 일관되지는 않지만, 우리나라에서는 하나의 체제로 발전한 것이다. 말하자면 확신을 구체화할 아무런 전망이 없을 때, 자신의 확신을 부정하고 억압하는 것이다. 우리가 인정하는 유일한 도덕적 기준이 사회적 유용성이기 때문에, 당원으로 남기 위해 자기 확신을 공개적으로 부인하는 것은 희망 없는 싸움을 계속하는 돈키호테적 행동보다는 분명 훨씬 명예롭다.

　개인적 자존심의 문제, 즉 자기 비하를 싫어하는 편견이나 피로와 역겨움 및 부끄러움의 개인적 감정들은 뿌리와 가지에서 잘라 내야 한다……

2

　루바쇼프는 보그로프의 처형과 이바노프의 방문이 있고 난 다음 날 아침, 첫 나팔 소리가 울린 뒤 '그네'에 대한 명상을 적기 시작했다. 들어온 아침 식사는 커피 한 모금만 마시고 나머지는 식게 내버려 두었다. 지난 며칠 동안 삐뚤빼뚤하던 글씨가 반듯해졌다. 글씨는 좀 작아지고 끝이 날카로워졌다. 그는 자신의 글을 죽 읽어 보며 글씨의 변화를 느꼈다.

　오전 11시에 그는 평상시처럼 운동하러 끌려갔지만, 멈춰 서야 했다. 앞뜰에 도착했을 때 그는 자신의 운동 동료가 립 반 윙클이 아니라 여윈 농부임을 알게 되었다. 농부는 풀로 엮은 신발을 신고 있었다. 립 반 윙클은 뜰에서 안 보였다. 루바쇼프는 아침 식사 때 그가 습관처럼 하던 '일어라, 너희들 땅 위의 비참한 자들이여'가 들리지 않았음을 그제야 기억해 냈다. 분명 그 노인은 어디론가 끌려갔을 것이다. 그러나 아는 사람은 아무도 없었다. 누더기가 다 된 가련한 나방 한 마리가 정해진 생애를 넘어 기적적이고도 쓸모없이 살아남아 철 지난 계절에 다시 나타났다가, 눈이 먼 듯 푸드덕거리며 몇 바퀴를 돌더니, 구석에 떨어져 먼지가 되어 버린 것이다.

농부는 옆에서 루바쇼프를 쳐다보며 말없이 빠른 걸음으로 걸었다. 뜰을 한 바퀴 돈 다음 그는 몇 차례 헛기침을 했다. 그리고 한 바퀴 더 돈 뒤에 말했다.

"난 지방인 D 출신이오. 선생, 당신은 거기 가 본 적이 있소?"

루바쇼프는 아니라고 대답했다. D는 동부의 외딴 벽지였는데, 그는 그곳에 대해 잘 알지 못했다.

농부가 다시 말했다.

"확실히 먼 거리지요. 낙타를 타고 가야 하거든요. 그런데 선생, 당신은 국사범인가요?"

루바쇼프는 그렇다고 대답했다. 풀로 엮은 신발 바닥이 반쯤 찢어져 농부는 맨발로 짓뭉개진 눈 위를 쿵쿵대며 걷고 있었다. 그는 목이 야위었고, 말할 때는 기도할 때 아멘을 반복하는 것처럼 끝없이 고개를 끄덕거렸다.

"나 역시 정치적인 사건에 연루된 사람이라오. 말하자면 반동입지요. 반동분자는 모두 10년형을 내린다고 하던데, 선생은 그들이 나에게 10년형을 선고할 거라고 생각하십니까?"

루바쇼프는 고개를 끄덕이고는 원 한가운데에 선 교도관을 불안스레 곁눈질로 쳐다보았다. 교도관들은 수감자들에게 주의를 기울이지 않은 채 발을 구르며 무리를 이루고 있었다.

"무슨 일을 저질렀소?"

루바쇼프가 물었다.

"아이들을 바늘로 찌르는 일이 벌어졌을 때 내가 반동적이었다고 고발된 거라오. 매년 정부는 우리에게 물건을 내려 보내지요. 2년 전에는 서류와 정부의 사진을 보냈더군요. 작년에는 탈곡기와 칫솔을 보냈고요. 올해는 아이들을 찌르는 데 쓰라고 바늘이 담긴 작은 유리통을 보냈다오. 남자 바지를 입은 여자아이가 하나 있었는데, 그 아이가 모든 아이를 차례로 찌르려고 했지요. 그 애가 우리 집에 왔을 때 나와 아내는 문의 빗장을 걸어 버렸소. 그래서 우리가 반동분자로 밝혀진 거지요. 우리는 서류와 사진을 불태웠고, 탈곡기도 부숴 버렸다오. 그리고 한 달 뒤 사람들이 와서 우리를 끌고 갔던 거라오."

루바쇼프는 뭐라고 중얼거리면서 자치에 관해 쓰고 있던 에세이의 이어질 부분을 곰곰이 생각했다. 언젠가 읽었던 뉴기니의 원주민에 대한 글이 떠올랐다. 그들은 지적으로는 이 농부와 같은 수준이지만, 완전한 사회적 조화 속에 살면서 놀라울 만큼 발전된 민주적 제도를 가지고 있다는 글이었다. 그들은 이곳보다 낮은 갑실의 최고 수면에 도달해 있었던 것이다.

농부는 루바쇼프의 침묵을 못마땅함으로 받아들여 한층 더 움츠러들었다. 발가락이 얼어 푸르죽죽한 그는 가끔씩 한숨을 내쉬며 운명에 체념한 채 루바쇼프 옆에서 걸었다.

감방으로 돌아오자마자 루바쇼프는 다시 글을 쓰기 시작했다. '상대적 성숙의 법칙'에서 한 가지 발견을 했다고 생각한 그는 극도의 긴장 상태에서 글을 써 내려갔다. 글을 막 마무리한 순간 점심 식사가 들어왔다. 그는 식사를 한 뒤 흡족한 듯 침대에 누웠다.

그는 1시간 동안 조용히 그리고 꿈 없이 잠을 잤고, 상쾌한 마음으로 깨어났다. 402호가 벽을 두드리기 시작했다. 그는 자기가 관찰한 루바쇼프의 새로운 운동 짝이 누구냐고 물었다. 그러나 루바쇼프는 그 말을 가로막으며 미소를 지은 채 코안경으로 두드렸다.

"난 항복할 거요."

루바쇼프는 어떤 답이 올지 궁금한 듯 기다렸다.

한참 아무 소리도 들리지 않았다. 402호는 조용했다. 그의 대답은 1분이 지난 뒤에야 왔다.

"나 같으면 차라리 목매달 거다……."

루바쇼프는 미소를 지으며 두드렸다.

"각자 자기 방식에 따라."

그는 402호의 분노가 폭발할 거라고 생각했다. 하지만 402

호의 두들김은 체념한 듯 조용조용 울렸다.

"난 당신이 예외일 거라고 생각하고 싶었다. 당신에게 조금이라도 명예가 남아 있나?"

루바쇼프는 코안경을 손에 쥔 채 등을 대고 누웠다. 마음이 평화로워졌다. 그는 다시 두드렸다.

"명예에 대해 우리는 생각이 다르다."

402호는 빠르고도 정확하게 두드렸다.

"명예란 자기의 신념을 위해 살고 죽는 것이다."

루바쇼프도 즉각 대답했다.

"명예란 허영심이 없는 유용한 것이다."

402호는 더 크게 그리고 더 날카롭게 답했다.

"명예란 품위다, 유용함이 아니라."

"뭐가 품위인가?"

루바쇼프가 글자에 간격을 두면서 물었다. 그가 조용히 두드릴수록 402호가 두드리는 소리는 더욱 거세졌다.

"당신 같은 사람은 결코 이해하지 못할 거야."

402호가 루바쇼프의 질문에 대답했다.

"우린 품위를 이성으로 대체해 버렸다."

루바쇼프는 어깨를 으쓱거리며 두드렸다.

402호는 더 이상 대답하지 않았다.

저녁을 먹기 전에 루바쇼프는 자기가 썼던 글을 다시 한 번

읽어 보았다. 그는 한두 군데를 고친 뒤 전문을 공화국 검사에게 보내는 편지 형태로 베껴 두었다. 그는 반대파에게 가능한 대안적 행동 방침을 다룬 마지막 단락에 밑줄을 쳤다. 그러고는 다음과 같은 문장으로 글을 매듭지었다.

'당 중앙 위원회의 전 회원이자 전 인민위원이며, 혁명군 제2사단의 전 사령관이자 인민의 적 앞에서 두려움 없이 투쟁한 공로로 혁명 훈장을 받았던 서명자 N. S. 루바쇼프는, 앞에 열거한 여러 가지 이유를 고려하여, 반대파적인 태도를 전적으로 버리고 자신의 과오를 공개적으로 규탄하기로 결정했다.'

3

루바쇼프는 이틀 동안 자신을 이바노프 앞으로 데려다 주기를 기다렸다. 그는 항복을 밝힌 서류를 늙은 교도관에게 넘겨준 다음, 곧장 그렇게 되리라 여겼다. 이바노프가 정한 기간이 만료된 바로 그날이었던 것이다. 그러나 아무도 서두르지 않았다. 어쩌면 이바노프가 '상대적 성숙의 법칙'을 연구하고 있는지도 모르고, 아니면 서류가 이미 능력 있는 고위 담당자에게 전달되었을지도 모를 일이었다.

루바쇼프는 그 글이 분명 중앙 위원회 이론가들을 경악시킬 거라고 생각하고는 미소를 지었다. 혁명 이전에, 그리고 혁명 이후 잠시, 그러니까 옛 지도자가 살아 있는 동안에 '이론가들'과 '정치인들' 사이에는 아무런 차이가 없었다. 그때그때 따라야 할 전략들은 공개 토론에서의 혁명 교리로부터 직접 도출되었다. 내전 동안의 전략적 조치, 농작물 징발, 토지의 분할과 분배, 새로운 통화의 도입, 공장의 재조직화 등(사실 그건 모두 행정 조치였다)은 응용 철학의 결의에 해당하는 것이었다. 머리에 번호가 매겨진 옛 사진 속 사람들은 법철학이나 정치 경제학 그리고 정치적 수완에 대해 유럽 대학의 어떤 유명한 교수진보다도 더 많은 것을 알고 있었다. 내전 동안 열린 당 대회 토의는 그 이전 역사의 어떤 정치 조직체도 도달하지 못한 수준에 있었다. 그건 학술 정기 간행물의 보고서를 닮아 있었다. 차이점이라면, 수백만 명의 생명과 복지 그리고 혁명의 미래가 그 토론 결과에 달려 있다는 점이었다.

구파들은 이제 용도 폐기되었다. 역사의 논리가 보여 주는 사실은 정권이 안정되면 안정될수록 그것이 더 경직되어야 한다는 점이다. 혁명이 발산한 엄청난 역동적 힘이 내부로 향해 혁명 자체를 증발시키지 않도록 하기 위해서다. 철학적으로 사고하는 당 대회의 시간은 지나갔다. 이바노프의 벽은 이전 초상화 대신 그것을 떼어 낸 자국만 빛나고 있었다. 철학적 선동은 건전한 불모의 한 시대에 자리를 내주었다. 혁명 이론은 단순화되어 쉽게 파악할 수 있는 교리 문답이 담긴 교리 숭배로 얼어붙어 버렸다.

넘버원은 고위 성직자로서 대중을 축복했다. 그의 연설과 글은 문체에서조차 조금의 과오가 없는 교리 문답서 같은 성격을 지니고 있었다. 그건 질문과 답변으로 나뉘었고, 실제적 문제와 사실을 거칠게 단순화시킨 데서 놀라운 일관성을 갖고 있었다. 넘버원은 본능적으로 대중의 '상대적 성숙의 법칙'을 응용하는 능력을 갖고 있었다. 폭압 정치에서 아마추어들은 부하들을 자신들의 명령에 따라 행동하도록 강제했지만, 넘버원은 그 명령을 생각하게끔 가르쳤다.

루바쇼프는 당의 현재 이론가들이 그가 보낸 서류에 대해 뭐라고 말할까 생각하고는 즐거워졌다. 지금 조건에서 그건 가장 거친 이단에 해당하는 것이었다. 금기시된 교리의 아버지들을 비판했고, 모든 것을 있는 그대로 언급했으며, 심지어 넘버원의 신성불가침한 인격도 역사적 맥락에서 객관적으로 다루었던 것이다. 그 때문에 그들은 분명 고통스러워할 터였다. 오늘의 저 불행한 이론가들이 한 유일한 과업은 넘버원의 도약과 갑작스러운 노선 변경을 철학의 최신 계시로 치장한 것이었다.

넘버원은 가끔 그의 이론가를 마음대로 부리려고 기이한 책략에 몰두했다. 한때 그는 당의 경제 잡지를 편집한 전문가 위원회에게 미국의 기업 위기에 대한 분석을 요구했다. 이것이 완성되는 데 서너 달이 걸렸다. 넘버원이 지난번 당 대회 연설에서 밝힌 주제에 기초하여 마침내 특별호가 나왔다. 그것은 3백여 쪽에 걸쳐 미국의 경제 호황은 그저 가짜일 뿐이고, 미국은 사실

경기 침체의 바닥에 있으며, 그 침체는 오직 혁명의 승리에 의해 극복될 것이라는 점을 입증했다. 특별호가 나온 바로 그날 넘버원은 미국의 한 언론인을 접대했고, 그에게 뒤뚱대며 걸어가 파이프 담배를 두 번 빠는 사이에, 이런 함축적인 말을 세상에 내뱉었다.

"미국의 위기는 끝났고, 경제는 다시 정상이오."

자신들이 해고되고 체포될 거라 여긴 전문가 위원회 위원들은 그날 저녁에 서류를 작성했다. 서류에서 그들은 반혁명 이론과 잘못된 분석이 야기한 자신들의 범죄를 자백했다. 그들은 참회하고 있음을 역설했고, 공개적 속죄를 약속했다. 루바쇼프의 동년배이자 편집 위원회에서 유일한 구파였던 이사코비치만이 권총 자살을 택했다. 위원회 사람들은 나중에 그 사건은 넘버원이 반대 성향이 있다고 의심한 이사코비치를 없애려는 의도로 꾸민 일이라고 주장했다.

루바쇼프는 그 모든 것이 기이한 희극이었다고 생각했다. '혁명적 철학'으로 저지른 이 모든 사기는 그저 독재 정권을 강화하기 위한 하나의 수단이었다. 이 정권은 현상을 그렇게 억압함으로써 역사적 필연성을 대변하는 것처럼 보였다. 그 희극을 진지하게, 그래서 무대 위에서 일어나는 것만 보고 그 뒤의 기계 장치를 보지 못한 사람에게는 그만큼 더 나빴다. 이전에 혁명 정책은 형식적으로는 공개적인 당 대회에서 결정되었다. 그러나 지금은 무대 뒤에서 결정되었다. 이 역시 대중의 '상대적 성숙의 법칙'이 지닌 논리적 결과였다…….

루바쇼프는 푸른 램프가 있는 조용한 도서관에서 다시 일하기를, 그래서 역사적 토대에 대한 새로운 이론을 세우기를 갈망했다. 혁명적 철학을 위한 가장 생산적인 시간은 늘 망명 시간이었고, 그 시간은 정치적 활동 기간 사이에 어쩔 수 없이 있게 된 휴식 시기였다.

그는 감방 안을 걸으면서 정치적으로 파문될 다음 2년을 일종의 내적 망명으로 보내리라 생각했다. 자기 신념에 대한 공개 철회 덕분에 그는 숨통을 트일 수 있는 여지를 얻을 것이다. 항복의 외적 형식은 그다지 중요하지 않았다. 서류가 밝히는 것과 같은 그 많은 '나의 죄'와, 넘버원의 무오류성을 믿는다는 선언을 그들은 보게 될 터였다. 그건 순전히 격식의 문제, 즉 상스러움과 끝없는 반복으로 모든 문장을 대중에게 주입시킬 필요성에서 발전시킨 비잔틴적 권모술수의 의식(儀式)이었다. 옳은 것으로 제시된 건 금처럼 빛나야 하고, 틀린 것으로 제시된 건 아스팔트처럼 검어야 한다. 정치적 진술은 마치 허울만 좋고 실속은 없는 시장의 생강 과자처럼 색깔이 칠해져야 한다.

402호는 이런 내용을 이해하지 못할 거라고 루바쇼프는 생각했다. 명예에 대한 그의 좁은 생각은 다른 시대에나 어울릴 법한 것이었다. 무엇이 품위인가? 그것은 기사의 마상 창 시합 규칙과 전통에 결부된 관습의 일정한 형식이었다. 그는 명예에 대한 생각은 다르게 정의되어야 한다고 여겼다. 말하자면, 허영심 없이 그리고 마지막 결과에 이르기까지 봉사하는 것이라고…….

402호는 불명예스러운 것보다는 죽는 게 낫다고 말했다. 그러면서 아마도 자기 수염을 만지작거렸을 것이다. 그거야말로 개인적 허영심의 전형적 표현이었다. 402호는 한쪽 알만 있는 안경으로 자신의 말을 두드렸다. 루바쇼프는 코안경으로 두드렸다. 그것이 차이점이었다. 지금 그에게 가장 중요한 일은 도서관에서 평화롭게 일하는 것, 그래서 새로운 생각을 구축하는 것이었다. 그렇게 되려면 여러 해가 걸릴 것이고, 두껍고 유용한 책도 나올 것이다. 그러나 그것은 민주적 제도의 역사를 이해하는 첫 단서가 될 것이며, 대중 심리학의 진자 운동에 빛을 던져 줄 것이다. 이런 진자 운동은 현재로서는 부분적으로 명백하나, 고전적 계급투쟁 이론은 그것을 설명하지 못했다.

루바쇼프는 미소를 지은 채 감방 안을 왔다 갔다 했다. 새로운 이론을 펼칠 시간만 허락된다면, 그 무엇도 그에게는 문제가 되지 않았다. 치통은 사라졌다. 그는 정신이 맑아지는 동시에 초조함을 느꼈다. 이바노프와 대화를 나누고 서류를 보낸 지 이틀이 지났다. 아직 아무 일도 일어나지 않았다. 체포된 뒤 첫 2주 동안 그토록 빨리 지나가던 시간이 이제는 기어가는 듯했다. 시간이 분과 초로 분해되었다. 그는 열정적으로 일했지만 역사 자료가 부족하여 번번이 중단해야만 했다. 자신을 이바노프에게 데려다 줄 교도관을 기다리며 그는 감시 구멍 앞에 1시간 동안 서 있었다. 그러나 복도에는 아무도 없고 전구만이 늘 그렇듯 커져 있었다.

때때로 그는 이바노프가 직접 왔으면 하고 바랐다. 그러면 진술서를 작성하는 등의 모든 절차를 자신의 감방 안에서 해결할 수 있을 터였다. 생각만 해도 유쾌한 일이었다. 만일 그렇게 된다면, 이번에는 브랜디 잔을 거절하지 않으리라. 그는 이바노프와 함께 '자백'을 꾸며 내는 과정을 떠올려 보았다. 이바노프의 냉소적인 말들과 자신이 나눌 대화도 상상해 보았다. 루바쇼프는 미소를 지은 채 감방 안을 가로질러 걸으며 10분마다 한 번씩 시계를 들여다보았다. 이바노프는 그날 밤, 바로 다음 날 자신을 데려가겠다고 약속했다.

루바쇼프의 초조감은 점점 더 심해졌다. 이바노프와 대화를 나눈 뒤 사흘 째 되던 밤, 그는 더 이상 잠들 수 없었다. 그는 어둠 속에서 침대에 누워 어디선가 들려오는 희미하고 억눌린 소리에 귀를 기울였다. 몸을 뒤척이던 그는 체포된 뒤 처음으로 여성의 따스한 몸이 곁에 있었으면 하고 바랐다. 숨을 고르며 그는 잠들고자 애썼지만, 점점 더 조바심만 날 뿐이었다. 402호와 대화를 나누고 싶은 욕구를 억누르느라 애를 썼다. 402호는 무엇이 품위냐고 물은 뒤로 더 이상 두드리지 않았다.

밤 12시, 그는 잠에서 깨어 세 시간째 누워 있었다. 깨진 창살로 튀어나온 신문지를 응시하던 그는 더 이상 견딜 수가 없어 주먹으로 벽을 두드렸다. 그리고 초조하게 기다렸다. 벽은 잠잠했다. 그는 다시 두드린 뒤 솟구치는 모욕을 느끼며 기다렸다.

402호는 여전히 대답하지 않았다. 그러나 그는 분명 잠들지 않은 채 지난 모험담을 곱씹으며 누워 있을 것이었다. 402호는 새벽 1시 혹은 2시 전에는 결코 잠들 수 없다고 루바쇼프에게 고백한 적이 있었다.

루바쇼프는 여전히 누운 채 어둠을 응시했다. 매트리스는 눌려 납작하고 담요는 꿈꿈해서 살갗이 눅진거렸다. 그렇지만 담요를 걷어 내면 몸이 떨렸다. 그는 아까부터 계속 줄담배를 피우는 중이었다. 꽁초가 침대 주변 바닥에 이리저리 흩어져 있었다. 아주 작은 소리마저 사라져 버렸다. 시간은 멈춰 녹아들더니 형체 없는 어둠이 되었다. 루바쇼프는 눈을 감고 자기 옆에 누운 알로바를, 어둠을 배경으로 솟은 그녀 가슴의 친숙한 곡선을 상상했다. 그는 그녀가 보그로프처럼 복도로 질질 끌려갔다는 사실을 잊어버렸다.

이제 정적은 너무도 강렬해서 윙윙 소리를 내며 흔들리는 듯했다. 벽으로 차단된 이 벌집 같은 감방 안에 갇힌 2천 명은 지금 무엇을 하고 있을까? 정적은 그들의 들리지 않는 숨소리, 보이지 않는 꿈, 두려움과 열망의 억눌린 헐떡임으로 부풀어 올랐다. 만약 역사가 계산의 문제라면, 2천 가지 악몽의 총량은 얼마나 무거울 것이며, 2천 가지 무기력한 갈망의 압력은 또 얼마나 될 것인가? 이제 그에게는 누이 같은 알로바의 향내가 정말 느껴졌다. 모직 담요 밑에 있는 그의 몸은 땀으로 뒤덮였다. 그 순간 감방 문이 덜커덩거리며 활짝 열렸다. 복도에서 들어온 빛이 그의 눈을 찔렀다.

 권총 벨트를 찬 제복 차림의 두 관리가 들어왔다. 둘 다 루바쇼프가 모르는 사람들이었다. 한 사람이 침대로 다가왔다. 그는 키가 크고, 얼굴은 잔인해 보였으며, 목소리는 매우 거칠었다. 그가 루바쇼프에게 어디로 간다는 설명도 없이 따라오라고 명령했다.

 루바쇼프는 담요 밑에서 코안경을 찾아 쓰고는 자리에서 일어났다. 그리고 제복 차림의 그 거인을 따라 복도를 걸었다. 그는 몸이 납처럼 무겁고 피곤했다. 거인은 그보다 머리 하나 정도 더 컸다. 다른 한 사람은 그들 뒤를 따라왔다.

 루바쇼프는 시계를 보았다. 새벽 2시, 402호가 잠들어 있을 시간이었다. 그들은 이발소로 향한 길을 걸었다. 보그로프가 끌려간 길과 같은 길이었다. 두 번째 관리는 루바쇼프로부터 세 걸음 뒤에 있었다. 루바쇼프는 목덜미가 근지러워 고개를 돌리고 싶은 충동을 느꼈지만 참았다. 그는 '어쨌든 그들은 아무런 절차 없이 날 죽일 순 없어'라고 생각했지만, 확신할 수는 없었다. 그러나 그 순간 그것은 그에게 그리 중요하지 않았다. 루바쇼프는 자기가 두려워하는지 혹은 두려워하지 않는지 확인하고 싶었다. 하지만 그는 뒤따라오는 사람에게 고개를 돌리지 않으려는 긴장감으로 인한 육체적 불편함만 느낄 뿐이었다.

 이발소를 지나 모퉁이를 돌자, 지하로 내려가는 좁은 계단이 눈에 들어왔다. 루바쇼프는 자기 옆의 거인이 발걸음을 늦추는

지 알아보려고 그를 유심히 쳐다보았다. 루바쇼프는 호기심과 불편함이 있을 뿐 아직 두려움이 느껴지지는 않았다. 그러나 계단을 지나친 뒤 그는 자신의 다리가 불안하게 흔들리고 있음을 깨닫고는 몸을 추슬렀다. 동시에 자신이 기계적으로 코안경을 소매에 문지르고 있음을 알아차렸다. 이발소 앞을 지나기 전 자기도 모르게 코안경을 벗었던 것이다.

'모든 게 속임수야. 무엇보다 자기를 속이는 건 가능하지만, 저 아래 밑바닥에서는 스스로 알고 있는 거야. 그들이 날 때린다면, 난 그들이 원하는 어떤 거라도 서명을 할 거야. 그러나 내일이면 난 그걸 취소하겠지……'

몇 걸음 더 걷자 그는 '상대적 성숙의 법칙'이 다시 떠올랐다. 자신이 포기하기로, 그래서 자기 항복에 서명하기로 이미 결정했다는 사실도. 안도감이 밀려왔다. 그와 동시에 지난 며칠 동안 내린 결정을 어떻게 그렇게 깡그리 잊어버릴 수 있는지 놀라웠다. 거인이 걸음을 멈추고 문을 열더니 옆으로 섰다. 루바쇼프는 방 안을 들여다보았다. 이바노프 방과 비슷해 보였다. 그러나 불빛이 불편할 정도로 밝게 비치며 눈을 찔렀다. 문의 반대편 책상 뒤에 글레트킨이 앉아 있었다.

루바쇼프가 안으로 들어가자 뒤에서 문이 닫혔다. 글레트킨이 자료 더미에서 눈을 돌려 그를 쳐다보았다.

"여기 앉으시오."

그가 건조하고도 메마른 어투로 말했다. 루바쇼프는 감방 안에서 처음 대면했을 때의 소란으로 인해 그의 어투를 기억하고 있었다. 그는 글레트킨의 머리에 난 넓은 흉터도 알아보았다. 글레트킨의 얼굴은 그늘져 있었는데, 그의 팔걸이의자 뒤에 있는 높다란 금속 램프에서 불빛이 비쳤기 때문이다. 지나칠 정도로 강한 불빛 때문에 루바쇼프는 처음 한동안 아무것도 볼 수 없었다. 그래서 그는 몇 초 뒤에야 그 방에 속기사가 앉아 있음을 알 수 있었다.

루바쇼프는 책상 앞에 놓인 의자에 앉았다. 팔걸이가 없는 불편한 의자였다.

"이바노프 위원이 없는 동안 당신을 심문하라는 위임을 받았소."

글레트킨이 말했다.

램프의 불빛 때문에 루바쇼프는 눈이 아팠다. 하지만 고개를 돌려 글레트킨에게 옆얼굴을 보이고 있으면 눈초리에 닿는 불빛 때문에 마찬가지로 불편할 것 같았다. 게다가 고개를 돌린 채 이야기를 나누는 것은 우스꽝스러울 터였다.

"난 이바노프에게 조사받길 원하오."

루바쇼프가 말하자, 글레트킨이 이야기를 받았다.

"심문관은 당국이 지명한 것이오. 당신은 진술을 하거나 거부할 권리를 가졌소. 하지만 거부할 경우, 그것은 이틀 전 당신이 기꺼이 자백하겠다고 한 선언을 부인하는 게 되어 자동적으로 조사가 종료될 거요. 그런 우발적인 사태가 일어난다면, 난 당신 사건을 해당 관청에 되돌려 보내도록 지시를 내리겠소. 그러면 그곳에서 당신에게 선고를 내릴 거요."

루바쇼프는 재빨리 생각해 보았다. 이바노프에게 무슨 일이 생긴 게 분명했다. 갑자기 휴가를 보냈거나 해고했거나 아니면 체포했음이 틀림없었다. 어쩌면 루바쇼프와의 옛 친우 관계 때문인지도 모른다. 아니면 그가 정신적으로 뛰어나고 너무 재치 있어서인지도 모른다. 혹은 넘버원에 대한 그의 충성심이 맹목적인 믿음이 아니라 논리적인 기반을 가진 것이기 때문일 수도 있다. 그는 지나치게 명석했고, 구식이었다. 신식은 글레트킨과 그가 쓰는 방법이었다.

'편히 가라, 이바노프여.'

루바쇼프에게는 오래도록 연민을 느낄 만한 시간이 없었다. 그는 빨리 생각해야 했지만, 불빛이 그를 방해했다. 그는 코안경을 벗은 뒤 눈을 깜박였다. 코안경 없이는 벌거벗은 것처럼 자기가 무기력하다는 것을, 그리고 글레트킨의 무표정한 눈이 자기 얼굴의 모든 표정을 읽고 있다는 것을 그는 알았다. 계속 침묵한다면 그는 끝장나는 것이었다. 글레트킨은 역겨운 인간이지만, 그는 새로운 세대를 대표하는 인물이었다. 구세대는 새로운 세대와 타협해야 한다. 그렇지 않으면 파멸할 수밖에 없다. 다른 대안은 없었다. 루바쇼프는 갑자기 50대인 자신이 늙었음을 느꼈다. 지금까지 결코 느껴 보지 못한 감정이었다. 그는 코안경을 쓰고 글레트킨의 시선을 똑바로 쳐다보려고 애썼다. 날카로운 불빛 때문에 눈에서 눈물이 났다. 그는 코안경을 다시 벗었다.

"난 진술할 준비가 되어 있소."

루바쇼프가 말했다. 그는 자기 목소리의 당혹감을 억누르려 애쓰며 말을 이었다.

"그렇지만 그건 당신이 계략을 멈춘다는 조건 아래에서만 가능하오. 우선 저 현기증 나게 하는 불을 좀 끄시오. 이런 방법은 사기꾼이나 반혁명분자에게나 쓰시오."

"당신은 조건을 내걸 처지가 아니오."

글레트킨이 침착한 목소리로 말했다. 그가 이야기를 계속했다.

"당신을 위해 내 방 불빛을 바꿀 순 없소. 당신은 당신 처지를 제대로 깨닫지 못한 것 같소. 특히 당신이 반혁명적 활동으로 고발되었다는 사실, 그리고 지난 몇 년 동안 당신이 그 점을 공개 선언에서 두 번이나 인정했다는 사실 말이오. 이번에도 쉽게 빠져나갈 거라고 믿는다면, 실수한 거요."

'비열한 자식! 제복 입은 더러운 놈.'

루바쇼프는 속으로 중얼거렸다. 그는 자기 얼굴이 붉어진 걸 느꼈고, 글레트킨도 그걸 눈치챘음을 깨달았다.

글레트킨은 기껏해야 서른여섯 살 아니면 서른일곱 살쯤 되었을 것이다. 어렸을 때 내전에 참가했을 테고, 겨우 소년일 때 혁명이 터지는 것을 보았을 것이다. 그는 홍수가 휩쓸고 지나간 뒤에 생각하기 시작한 세대였다. 그 세대에게는 사라진 옛 세계에 대한 어떤 전통이나 기억이 없었다. 탯줄 없이 태어난 세대였다. 그럼에도 불구하고 그들이 옳았다. 탯줄을 끊어 내야 하고,

명예에 대한 헛된 생각과 위선적인 품위로 인간을 묶던 이전 세계의 매듭을 부정해야 한다. 명예란 허영심 없이, 자기 몸을 사리지 않고 최후의 결과에 이르도록 봉사하는 것이다.

루바쇼프의 화는 점차 가라앉았다. 그는 코안경을 손에 쥔 채 얼굴을 글레트킨 쪽으로 돌렸다. 눈을 감으면서 그는 더 벌거벗겨진다고 느꼈다. 그러나 그것 때문에 더 이상 마음이 혼란스럽지는 않았다. 감은 눈꺼풀 위에서 붉은 불빛이 가물거렸다. 그는 그렇게 강렬한 고독감을 가져 본 적이 없었다.

"당에 도움이 되는 거라면 뭐든 하겠소."

루바쇼프가 말했다. 그의 목소리는 더 이상 거칠지 않았다. 그는 눈을 감고 말을 이었다.

"고발 내용을 자세히 말해 주길 바라오. 지금까지 그것은 언급이 안 됐으니까."

글레트킨의 뻣뻣한 몸체에 짧은 움직임이 스쳤다. 팔걸이의자 위의 소맷부리가 서걱거렸고, 그는 몸 전체가 잠시 이완되는 것처럼 깊이 숨을 내쉬었다. 루바쇼프는 글레트킨이 승리를 경험하고 있다고 추측했다. 루바쇼프를 쓰러뜨리는 것은 출세의 시작을 의미했다. 하지만 1분 전까지만 해도 모든 것이 어느 쪽으로 기울지 모르는 불안정한 상황이었다. 이바노프의 운명이 하나의 경고로 그의 눈앞에 걸려 있는 상태로.

루바쇼프는 글레트킨이 자신을 지배하고 있는 만큼 자기도 그를 지배하고 있다는 사실을 문득 깨달았다.

'이보게, 난 자네 목줄을 쥐고 있네. 우린 서로의 목줄을 쥐고 있지. 그러니 내가 그네 밖으로 몸을 던지면, 자네도 나를 따라 질질 끌러오는 거야.'

루바쇼프는 얼굴을 찡그리며 속으로 빈정거렸다. 글레트킨은 다시 뻣뻣하고도 엄격한 자세로 서류를 조사하고 있었다. 루바쇼프는 눈을 천천히 감았다. 사람은 허영의 마지막 찌꺼기까지 태워 버려야 한다. 자살이 허영의 뒤집힌 형식이 아니라면 무엇이겠는가? 물론 글레트킨은 루바쇼프를 항복하게 만든 것이 자기 계략 덕분이지 이바노프의 논지 때문은 아니라고 믿을 터였다. 아마도 글레트킨은 고위 당국자에게 이 점을 설득시키는 데 성공했을 테고, 그래서 이바노프의 몰락을 초래했으리라.

'비열한 놈 같으니라고.'

루바쇼프는 다시 속으로 중얼거렸다. 그러나 이번에는 별다른 분노가 느껴지지 않았다.

'제복 입은 야수, 자네를 만들어 낸 건 우리지. 이제 시작될 새 시대의 야만인. 자넨 사안을 이해하지 못하고 있어. 그러나 자네가 이해한다 해도, 자넨 우리에게 별 쓸모가 없을 거야……'

램프 불빛은 아까보다 더 날카로워져 있었다. 루바쇼프는 반대 심문을 하는 동안 램프의 밝기를 높이거나 낮추는 장치가 있다는 것을 알고 있었다. 그는 고개를 돌려 눈물을 닦지 않을 수 없었다.

'야수 같은 놈. 그러나 지금 우리에게 필요한 건 바로 그런 야

수들의 세대지…….'

글레트킨이 공소장을 읽기 시작했다. 그의 단조로운 목소리가 짜증을 불러일으켰다. 루바쇼프는 고개를 돌리고 눈을 감은 채 들었다. 그는 자신의 '자백'을 격식에 매인 것, 그래서 불합리하지만 필요한 코미디라고 여겼다. 이 코미디의 괴로운 의미는 거기 관련된 사람만 이해할 수 있는 것이었다. 그러나 글레트킨이 읽고 있는 텍스트는 불합리성에 대한 그의 최악의 기대치마저 넘어서는 것이었다. 글레트킨은 루바쇼프가 이런 유치한 계획을 꾸몄다고 정말 믿는단 말인가? 수년 동안 루바쇼프가 그 자신과 구파가 지은 건물을 부수는 것 외에는 아무것도 생각하지 않았다고? 어린 시절 글레트킨의 우상이었을 머리에 번호 매겨진 사람들, 그들을 돈으로 매수해 부패시키고, 그들이 혁명을 망치는 전염병에 갑자기 희생되었다고 글레트킨은 믿는다는 것인가? 그것도 이런 위대한 정치 전략가들이 싸구려 탐정 소설에 나올 법한 방법을 써서?

글레트킨은 단조롭게, 아무런 억양이나 색채 없이 공소장을 읽었다. 그는 외국의 권력 기관 대표들과 행해졌을 거라고 주장된 협상 대목을 막 읽고 있었다. 그 협상을 루바쇼프가 B 나라에 머무르는 동안 옛 체제를 힘으로 복권하겠다는 목적으로 시작했다는 내용이었다. 외국의 외교관 이름이 언급되었고, 그들과 만나는 시간과 장소도 언급되었다. 루바쇼프는 좀 더 주의해서 들었다. 그가 그 시절 곧 잊어버리고 다시는 생각하지 않은 작고도 사소한 한 장면이 섬광처럼 스쳐 지나갔다. 재빨리 그때의 날짜를 떠올려 보니 들어맞는 듯했다.

'그래, 그것이 나를 목매달 줄이 되었단 말인가?'

루바쇼프는 미소를 지은 채 눈물이 나는 두 눈을 손수건으로 문질렀다.

글레트킨은 마치 죽은 것처럼 뻣뻣하고 단조롭게 계속 읽었다. 그는 자신이 읽고 있는 내용을 정말 믿고 있는 것일까? 공소장의 그 기이한 불합리성을 눈치 채지 않았을까? 글레트킨은 루바쇼프가 알루미늄 기업의 우두머리로 일하던 시기 부분을 읽고 있었다. 그는 기업이 너무 갑자기 확장되어 야기된 끔찍한 조직 와해, 사고로 희생된 노동자들, 재료 부족으로 말미암아 망가진 비행기 등을 통계 수치로 정리한 내용을 읽었다. 모두 루바쇼프의 극악무도한 파업으로 인한 것이었다. 실제로 '극악무도'라는 말이 기술적 용어들과 숫자들 사이사이에 서너 차례 등장했다.

글레트킨이 미쳤다고 가정한 루바쇼프는 잠시 즐거웠다. 논리와 부조리가 뒤섞인 그 공소장은 광기를 떠올리게 했다. 그러나 그 공소장을 글레트킨이 작성한 것은 아니었다. 그는 그저 읽고 있으며, 그 공소장의 내용을 믿고 있거나 믿을 만하다고 생각할 뿐이었다.

루바쇼프는 희미한 불빛 아래 앉아 있는 구석진 곳의 속기사 쪽으로 고개를 돌렸다. 그녀는 키가 작고, 말랐으며, 안경을 끼고 있었다. 침착하게 연필을 깎고 있던 그녀는 그가 있는 쪽으로

한 번도 고개를 돌리지 않았다. 그녀 역시 글레트킨이 읽고 있는 그 끔찍한 내용이 확신할 만한 것이라고 생각하는 듯했다. 그녀는 스물다섯 내지 스물여섯 살쯤 되어 보였다. 그녀 역시 홍수가 지나간 뒤에 성장했을 터였다. 루바쇼프라는 이름이 이 현대의 네안데르탈인 세대에게 무엇을 의미할 것인가? 불빛 때문에 눈물이 나는 두 눈을 뜨지 못한 채 루바쇼프는 앉아 있고, 그들은 아무런 색채 없는 목소리로 공소장을 읽고 있으며, 무표정한 시선으로 그를 무관심하게 바라볼 뿐이었다. 마치 그가 해부대 위의 물건이라도 되는 것처럼.

글레트킨은 공소장의 마지막 대목을 읽는 중이었다. 넘버원 살해 계획이라는 어마어마한 내용이 담긴 부분이었다. 첫 번째 심문 과정에서 이바노프가 언급한 수수께끼의 인물인 X가 다시 등장했다. X는 넘버원이 바쁠 때면 점심 도시락을 배달시켜 먹는 식당의 부지배인이었다. 점심을 간단하고도 차가운 도시락으로 때우는 것은 넘버원의 스파르타식 생활 방식이었는데, 이는 선전을 통해 조장된 것이었다. 그런데 루바쇼프가 X를 시켜 그 차가운 도시락을 이용해 넘버원의 때 이른 종말을 계획했다는 것이다.

루바쇼프는 눈을 감은 채 미소를 지었다. 잠시 뒤 눈을 뜨자 글레트킨이 읽는 것을 멈추고 그를 쳐다보았다. 몇 초간의 침묵이 흐른 뒤 글레트킨은 평상시의 어조로 말했다.

"공소장을 들었으니 이제 유죄를 인정하겠지."

루바쇼프는 그의 얼굴을 바라보려고 애썼다. 그렇지만 그렇게 할 수 없어 다시 눈을 감았다. 입 안에 쓰라린 말들이 맴돌았지만, 그는 이렇게 말했다(그의 말은 너무 작아서 그 깡마른 속기사가 들으려고 고개를 쭉 내밀어야 했다).

"나는 정부 정책 이면의 불가피한 사정을 이해하지 못한 죄를, 그래서 반대 의견을 가졌던 죄를 인정하오. 감상적 충동을 따랐던 죄와, 그럼으로써 역사적 필연성을 부정한 죄를 인정하오. 희생된 자들의 탄식에 귀 기울이는 대신, 그들을 희생시킨 필연성을 입증하는 논지는 듣지 않았으니까. 유용성과 해로움의 문제보다 유죄와 무죄의 문제를 더 높이 평가했던 죄를 인정하오. 마지막으로 인간의 개념을 인류의 개념보다 더 우위에 놓았던 죄를 인정하오……."

루바쇼프는 말을 멈추고 다시 눈을 뜨려고 애썼다. 그는 불빛을 피하려고 속기사가 있는 쪽으로 고개를 돌려 눈을 껌벅거렸다. 속기사는 그가 말한 내용을 막 받아 적고 있었다. 그녀의 옆모습을 보면서 루바쇼프는 그녀가 빈정대고 있음을 깨달았다. 그가 말을 이었다.

"나는 내 일탈이 결과적으로 혁명에 치명적 위험이 될 수도 있음을 알고 있소. 역사의 결정적인 전환점에서의 모든 대립은 그 자체에 당의 분열의 씨앗을 담고 있지. 결국 내전의 씨앗을 담고 있는 셈이오. 인본주의적 허약함과 자유주의적 민주주의는 대중이 성숙하지 않았을 때에는 혁명에게 자살 행위일 뿐이라오. 그런데 내 적대적인 태도는 겉으로는 강렬하지만 실제로는 치명적이기도 한 방법들에 대한 염원에 기반을 둔 것이었소. 즉 독재 체제의 자유주의적 개혁에 대한 요구에 기반을 둔 것이었다오. 더 폭넓은 민주주의와 테러 철폐를 위해, 그리고 당의 경직된 조직을 완화시키기 위해 말이오. 나는 이런 요구들이 현재 상황에서는 객관적으로 해롭고, 그 때문에 성격상 반혁명적인 것이었음을 인정하오……."

루바쇼프는 목이 마르고 목소리가 거칠어져서 이야기를 멈추었다. 침묵 속에 속기사의 글씨 쓰는 소리만 들렸다. 그는 고개를 약간 들고 눈을 감은 채 계속 말했다.

"그런 의미에서, 오로지 그런 의미에서만 당신은 날 반혁명적이라고 부를 수 있소. 그렇지만 그 공소장에 담긴 얼토당토않은 내용과는 난 아무런 관련이 없소."

"말 다 했소?"

글레트킨이 물었다. 목소리가 너무 잔혹하여 루바쇼프는 깜짝 놀라 그를 쳐다보았다. 어느 때와 다름없이 글레트킨의 옆모습이 보였다. 루바쇼프는 글레트킨을 한마디로 묘사할 문구를 오랫동안 찾았다. '가차 없는 잔혹함', 바로 그것이었다.

"당신 진술은 새로울 게 없소."

글레트킨은 메마르고 쉰 목소리로 말을 이었다.

"이전 두 번의 자백에서, 2년 전 첫째 것이든 12개월 전 둘째 것이든, 당신은 이미 자신의 태도가 '객관적으로 반혁명적이고,

그래서 인민의 이해관계에 반한다'는 걸 공개적으로 자백했소. 당신은 두 번이나 당의 용서를 겸손히 요청했고, 지도자 정책에 충성을 맹세했소. 이제 당신은 똑같은 게임을 세 번째 기대하고 있소. 방금 당신이 한 진술은 속임수에 불과하오. 당신은 당신의 '반대적 태도'를 인정하면서도 그 논리적 결과인 행동은 부정하고 있소. 이미 말했다시피 이번에는 그리 쉽게 빠져나갈 수 없을 거요."

글레트킨은 갑자기 말을 중단했다. 침묵 속에서 루바쇼프는 램프가 윙윙거리는 소리를 들었다. 동시에 불빛이 한 단계 더 세졌다.

루바쇼프가 낮은 목소리로 말했다.

"내가 그 당시에 한 선언은 전술적 목적을 위한 것이었소. 당에 남는 특권을 갖기 위해 반대파 정치인 모두가 그 같은 선언을 하지 않을 수 없었다는 사실을 당신은 분명 알고 있을 거요. 그러나 이번엔 좀 다르오……."

"말하자면, 이번에는 당신이 성실하다는 거요?"

글레트킨이 재빨리 물었다. 그 목소리에는 어떤 냉소도 담겨 있지 않았다.

"그렇소."

루바쇼프가 대답했다.

"그렇다면, 이전에는 거짓말을 했다는 거요?"

"그렇게 생각하시오."

루바쇼프가 말했다.

"목숨을 구하려고?"

"계속 일할 수 있기 위해서요."

"목숨 없이는 일할 수 없소. 그래서 목숨을 구하려고?"

"그렇게 여기시오."

글레트킨이 질문을 쏟아 내고 루바쇼프가 대답을 하는 그 짧은 사이사이에 루바쇼프는 속기사의 연필 소리와 램프의 윙윙거림을 들었다. 램프는 흰 불빛을 폭포처럼 쏟아 내며 한결같은 열기를 방출했는데, 그 때문에 루바쇼프는 이마의 땀을 닦아 내지 않을 수 없었다. 그는 눈을 뜨려고 애썼지만, 감았다 다시 뜨는 시간이 점차 길어졌다. 루바쇼프는 졸음이 밀려왔다. 글레트킨이 질문을 연달아 한 뒤 잠시 침묵이 이어지는 동안 그의 턱이 가슴 쪽으로 떨어졌다. 글레트킨이 다시 입을 여는 순간, 그는 자신이 아주 잠깐 잠들었음을 깨달았다.

"반복해서 말하지만, 당신의 견해에 따르자면 이전의 참회 선언은 당을 속이고 당신 목숨을 구하려는 목적을 갖고 있었소."

"그건 이미 인정했소."

루바쇼프가 말했다.

"당신의 비서 알로바와의 관계를 공개적으로 부인한 것도 똑같은 목적이었소?"

루바쇼프는 말없이 고개를 끄덕였다. 안구의 압박감이 얼굴 오른편 전체로 퍼져 나갔고, 이가 다시 욱신거리기 시작했다.

"알로바가 자신을 변호할 주요 증인으로 당신을 계속 요청했다는 사실을 알고 있소?"

"알고 있소."

루바쇼프는 이가 더욱 욱신거림을 느꼈다.

"당신은 그 당시 당신이 한 선언이 거짓이라고 방금 말했지만, 알로바에게 사형을 내리는 데 결정적이었다는 사실을 분명 알고 있을 테지요?"

"그렇소."

루바쇼프는 오른편 얼굴 전체에 경련이 이는 것을 느꼈다. 머리가 멍하고 무거워졌다. 머리가 가슴 위로 꺾이지 않도록 애써야 했다. 글레트킨의 목소리가 그의 귀를 파고들었다.

"알로바가 무죄라는 게 가능하다는 거요?"

"그럴 수 있소."

루바쇼프가 냉소적인 태도로 말했다.

"결국 당신이 자기 목숨을 구하려고 한 거짓 선언 때문에 알로바는 처형되었군?"

"그렇게 됐소."

루바쇼프가 말했다. 그는 분노를 느끼며 속으로 중얼거렸다.

'깡패 같으니라고. 물론 자네가 말한 건 있는 그대로의 진리지. 사람들은 우리 둘 중 누가 더 대단한 깡패인지 알고 싶을 거야. 하지만 저 녀석이 내 목줄을 쥐고 있는데도 난 나 자신을 방어할 수가 없어. 왜냐하면 내가 그네에서 벗어나는 건 허락되지 않았으니까. 제발 잠이나 자도록 놔뒀으면 해. 계속 나를 고문한다면, 모든 걸 취소하고 말하길 거부할 거야. 그러면 그걸로 끝이고, 저 녀석도 끝장나는 거지.'

"······ 그랬으면서도 당신은 우리가 사려 깊게 대우해 주길 바란다는 거요? 그리고 아직도 무모하게 범죄 활동을 부인하고? 그 모든 것에도 불구하고 우리가 당신을 믿어야 한다고 요구하는 것이오?"

글레트킨은 여전히 잔혹한 목소리로 말했다. 루바쇼프는 고개를 똑바로 세우려는 노력을 포기했다. 글레트킨으로서는 그를 믿지 못하는 것이 당연했다. 그 자신마저 계산된 거짓과 변증법적 위선의 미로에서, 진리와 망상 사이의 모호한 상태에서 길을 잃기 시작했기 때문이다. 그는 생각했다.

'궁극적 진리는 언제나 한 걸음 뒤로 물러나 있다. 눈에 보이는 것은 끝에서 두 번째에 있는 거짓뿐이며, 이런 거짓으로 인간은 맨 끝의 진리에 봉사해야 한다. 진리 때문에 인간은 얼마나 심한 뒤틀림과 무도병*을 앓아야 하는가! 이번에는 정말로 성실하고 진심임을 글레트킨에게 어떻게 납득시킨단 말인가? 인간은 늘 누군가를 납득시키고, 이야기를 해야 하며, 논쟁을 펼쳐야 한다. 유일한 바람이 잠자는 것, 사라져 버리는 것일 때에도······.'

• 무도병 : 얼굴, 손, 발, 혀 따위가 저절로 움직여 마치 춤을 추는 듯한 모습이 되는 신경병.

"난 아무것도 요구하지 않소. 당에 대한 나의 헌신을 한 번 더 입증하는 것 외에는."

루바쇼프는 말을 한 뒤 글레트킨 쪽으로 고통스럽게 고개를 돌렸다. 글레트킨의 목소리가 들려왔다.

"그게 사실임을 증명할 수 있는 유일한 증거가 있소. 완전한 자백이오. 우린 당신의 '반대적 태도'와 고상한 동기를 충분히 들었소. 우리가 필요로 하는 건 그런 행동의 필연적 결과인 당신의 범죄 활동에 대한 완전한 공개 자백이오. 당신이 당에 봉사할 수 있는 유일한 길은, 스스로 하나의 경고적 예가 되어, 당의 정책에 대립하는 것이 어떤 결과를 낳는지를 몸소 대중에게 보여 주는 것이오."

루바쇼프는 넘버원의 차가운 도시락을 떠올렸다. 달아오른 얼굴 신경이 심하게 욱신거렸다. 그러나 그 고통은 더 이상 심각하게 느껴지지 않았다. 통증은 이제 감각을 마비시키는 듯 둔탁하게 느껴졌다. 넘버원의 차가운 도시락을 생각하자, 그의 얼굴 근육이 뒤틀리며 찡그려졌다.

"내가 저지르지도 않은 죄를 자백할 수는 없소."

루바쇼프가 단호하게 말했다.

"그렇겠지. 그렇소. 당신은 분명 그걸 할 수 없소."

루바쇼프는 글레트킨의 목소리에서 조롱 같은 것을 느꼈다.

심문에 대한 루바쇼프의 회상은 그 순간부터 다소 흐릿했다. 독특한 억양 때문에 귀에 남은 "당신은 분명 그걸 할 수 없소"라는 말 이후, 그의 기억에는 길이가 불확실한 간극이 있었다. 나중에 추측해 보니, 그는 그 전에 잠에 빠져 기이하도록 즐거운 꿈을 꾼 것이었다. 꿈은 겨우 몇 초간 지속되었다. 시작도 끝도 없이 산만하게 이어지는 환한 풍경이 보이는 꿈이었다. 아버지의 땅에 있던 마차 길을 따라 줄지어 서 있는 낯익은 포플러들과 그 포플러 위에 떠 있는 흰 구름이 보였다.

그 다음 기억이 난 것은 방에 있던 제삼의 인물, 그리고 웅얼거리던 글레트킨의 목소리였다. 그동안 글레트킨이 일어나 책상 너머로 몸을 구부리고 있었음이 틀림없었다.

"절차에 주의하길 바라오……. 당신, 이 사람을 알아보겠소?"

루바쇼프는 고개를 끄덕였다. 어깨를 웅크린 채 뜰을 거닐 때마다 입고 있던 방수복은 입지 않았지만, 그는 언청이를 금세 알아보았다. 그리고 곧바로 일련의 숫자들이 루바쇼프의 머릿속에 섬광처럼 스쳐 지나갔다.

'2-5, 1-1, 4-3, 1-5, 3-2, 4-2(언청이가 당신에게 인사를 보내는군). 402호가 이 메시지를 언제 전해 주었더라?'

"언제 그리고 어디서 그를 알게 됐소?"

루바쇼프가 말하는 데는 약간의 노력이 필요했다. 혀가 바싹 마르고 갈라져 있었던 것이다.

"뜰을 걷고 있는 그를 내 감방 창문에서 자주 보았소."

"그 전에는 몰랐소?"

언청이는 루바쇼프가 앉아 있는 의자 뒤로 몇 발걸음 떨어진 문가에 서 있었다. 불빛이 온통 그에게 떨어졌다. 평상시 노랗던 그의 얼굴은 백묵처럼 하얗고, 코는 뚜렷했으며, 갈라진 윗입술로 잇몸이 드러났고, 그 잇몸 위로 채찍 자국이 난 살갗이 파르르 떨렸다. 그의 손은 아래로 축 처져 있었다. 램프 쪽으로 등을 돌린 루바쇼프는 무대 조명 속의 유령 같은 그를 바라보았다. 새로운 일련의 숫자들이 그의 머릿속을 스쳤다.

'4-5, 3-5, 4-3……(……는 어제 고문당했지).'

그와 동시에 루바쇼프가 붙잡을 수 없는 기억의 그림자가 그의 마음속을 지나갔다. 그건 루바쇼프가 404호 감방에 들어오기 오래전에 인간 잔해물의 살아 있는 원형을 보았다는 기억이었다.

그는 주저하며 글레트킨의 물음에 답했다.

"정확히 알지는 못하지만, 가까이서 보니 전에 어디선가 만난 것 같소."

말을 끝내기도 전에 루바쇼프는 이야기하지 않는 게 더 나았을지도 모른다고 생각했다. 그는 글레트킨이 몇 분 동안만이라도 자기를 놔두었으면 하고 바랐다. 빠르고도 쉼 없이 고함치듯 말하는 글레트킨은 마치 먹잇감을 부리로 쪼아 대는 새 같았다.

"어디서 이 사람을 마지막으로 만났소? 당신의 정확한 기억력은 한때 당에서도 소문난 것이었는데."

루바쇼프는 침묵했다. 그는 억지로 기억해 내려 했으나, 불빛 아래에서 입술을 파르르 떠는 유령을 어디서 마지막으로 만났는지 떠오르지 않았다. 언청이는 움직이지 않았다. 그는 윗입술의 붉은 채찍 자국을 혀로 핥았다. 그의 눈빛은 루바쇼프에게서 글레트킨으로 옮겨 갔다가 되돌아왔다.

속기사는 쓰는 것을 멈추었다. 램프의 한결같은 윙윙거림과 글레트킨 소맷부리의 서걱거림 소리만 들려왔다. 글레트킨은 앞쪽으로 몸을 기대더니 다음 질문을 하려고 의자 팔걸이에 팔꿈치를 댔다.

"그래, 대답을 거절하는 거요?"

"기억이 나질 않소."

루바쇼프가 말했다.

"좋소."

글레트킨은 몸을 좀 더 앞으로 기대고는 언청이에게 말했다.

"시민 루바쇼프의 기억을 자네가 좀 도울 수 있나? 어디서 그를 마지막으로 만났지?"

언청이의 얼굴은 훨씬 더 하얘졌다. 그의 시선은 잠시 속기사한테 머물렀다. 속기사가 있다는 사실을 그는 방금에야 깨달은 것 같았다. 그러다가 그의 시선은 마치 도망쳐서 쉴 곳이라도 찾는 듯 곧장 이리저리 떠돌았다. 그는 다시 혀로 입술을 핥고는 단숨에 말했다.

"시민 루바쇼프는 날 선동하여 당 지도자를 독약으로 죽이라고 했습니다."

처음에 루바쇼프는 그 인간 잔해물로부터 나오는 깊은 목소리 때문에 놀랐다. 그에게 온전히 남은 것은 그 목소리뿐인 듯했다. 그 목소리는 그의 외모와 기이하게 대조를 이루었다. 그가 실제로 말한 내용을 루바쇼프는 몇 초 뒤에야 파악했다. 언청이가 도착한 뒤 루바쇼프는 그 같은 일을 예상했고, 그 위험을 냄새 맡았다. 그러나 지금 그는 고발의 우스꽝스러움이 의식되었다. 잠시 뒤 루바쇼프가 언청이 쪽으로 몸을 돌리는 순간 글레트킨의 목소리가 들려왔다. 그의 목소리에는 짜증이 묻어 있었다.

"아직 그건 묻지 않았어. 자네가 시민 루바쇼프를 어디서 마지막으로 만났는지를 물었단 말이야!"

'틀렸어. 그게 틀린 답변이라고 강조하지 말았어야 했는데. 그랬다면 내가 눈치 못 챘을 텐데.'

루바쇼프는 속으로 생각했다. 그는 머리가 아주 맑아지고 흥분으로 깨어나는 것 같았다. 그는 비교할 말을 생각해 냈다.

'이 증인은 마치 자동 오르간 같군. 그런데 지금은 잘못된 음을 울린 거야.'

루바쇼프는 속으로 중얼거렸다. 언청이의 다음 대답은 훨씬 더 선율적으로 들려왔다.

"난 B 나라가 주재한 통상 사절단에서의 만찬회 뒤에 시민 루바쇼프를 만났습니다. 거기서 그는 당 지도자를 죽이는 테러 계획을 세우도록 날 부추겼습니다."

이야기를 하는 동안 그의 유령 같은 눈빛은 루바쇼프에게 머물러 있었다. 루바쇼프는 코안경을 끼고 호기심 가득한 눈으로 그의 눈길에 답했다. 그러나 루바쇼프는 그 청년의 눈에서 용서를 갈구하는 기도가 아닌, 형제 같은 믿음과 절망적으로 괴로워하는 자의 질책을 읽었다. 그 시선을 먼저 피한 쪽은 루바쇼프였다. 그의 등 뒤에서 잔혹하고 자기 확신에 찬 글레트킨의 목소리가 다시 들려왔다.

"만난 날짜를 기억할 수 있나?"

"분명히 기억합니다. 그건 혁명 21주년 기념일에 있던 만찬회 다음의 일이었으니까요."

언청이가 부자연스러울 만큼 즐거운 목소리로 말했다. 그의 시선은 마치 구원을 향한 마지막 결사적인 희망이 거기 있기라도 한 것처럼 루바쇼프의 눈에 머물렀다. 하나의 기억이 루바쇼프 마음속에서, 처음에는 흐릿하게, 그 다음에는 선명하게 떠올랐다. 이제야 마침내 그는 언청이가 누구인지 알게 되었다. 그러나 이러한 발견은 그에게 쓰라린 놀라움 외에는 어떤 다른 감정도 불러일으키지 않았다. 그는 글레트킨 쪽으로 고개를 돌린 뒤 불빛 속에 눈을 반짝이며 조용히 말했다.

"날짜는 맞소. 키퍼 교수의 아들을 처음엔 알아보지 못했소. 그가 당신과 접촉하기 전에 한 번밖에 못 보았으니까. 당신 공작의 결과는 축하받을 만하오."

"그렇다면 당신이 그를 안다는 것, 그리고 앞서 말한 그날 그를 만난 걸 인정하는 거요?"

"방금 그렇게 말하지 않았소."

루바쇼프가 지친 듯 말했다. 홍분으로 깨어 있던 머릿속이

다시 둔탁하게 울리기 시작했다.

"그가 내 불행한 친구인 키퍼의 아들이라는 걸 당신이 곧장 말했다면, 그를 더 빨리 알아보았을 거요."

"공소장엔 그의 이름이 다 언급되어 있소."

글레트킨이 말했다.

"난 모든 사람이 그렇듯이 키퍼 교수의 필명만 알았소."

"그건 중요하지 않은 일이오."

글레트킨이 말했다. 그는 마치 둘 사이의 공간을 몸무게로 뭉개 버리려는 듯 언청이 쪽으로 온몸을 굽히고는 말을 이었다.

"보고를 계속해. 그 만남이 어떻게 이루어졌는지."

'또 틀렸군. 그건 중요하지 않은 일이 아니지. 내가 정말 그 바보 같은 계획을 하도록 이 사람을 사주했다면, 난 그가 이름을 대건 대지 않건 처음 말했을 때 그를 기억했을 거야.'

루바쇼프는 몹시 졸린 채로 생각했다. 그러나 너무 지친 상태라서 그 같은 긴 설명을 할 수가 없었다. 게다가 그러려면 얼굴을 램프 쪽으로 다시 돌려야 할 텐데, 지금은 적어도 글레트킨을 등지고 앉아 있을 수 있었다.

그들이 이야기하고 있는 동안 언청이는 머리를 숙인 채 입술을 파르르 떨면서 불빛 속에 서 있었다. 루바쇼프는 오랜 친구이자 동료이며 혁명의 위대한 역사가인 키퍼를 생각했다. 그 유명한 당 대회를 찍은 사진(모든 사람이 턱수염을 기르고, 얼굴 주위에 달무리 같은 번호가 새겨진 동그라미가 있었다)에서 키퍼는 옛 지도자의 왼편에 앉아 있었다.

키퍼는 여러 역사 문제에서 옛 지도자의 협력자였다. 그리고 그의 체스 상대였으며, 아마 그의 유일한 사적인 친구였는지도 모른다. 그 어른의 죽음 이후, 누구보다 그와 절친하게 지냈던 키퍼는 그의 전기를 쓰도록 위임받았다. 그는 10년 이상 그 일을 했지만, 그것은 결코 출간될 운명이 아니었다. 그 10년 동안 혁명의 사건들에 대한 공식적 풀이는 특이한 변화를 겪었다. 혁명에서 주역들이 했던 행동은 다시 쓰여야 했고, 가치의 기준도 뒤바뀌었다. 그러나 늙은 키퍼는 완고했고, 넘버원이 지배하는 새 시대의 내적 변증법에 대해서는 아무것도 이해하지 못했다.

"나는 아버지를 따라 국제 민속학 대회에 참가했는데, 아버지가 친구인 시민 루바쇼프를 방문하고자 했기 때문에 돌아오는 길에 B 나라를 경유했습니다……."

언청이는 불완전할 정도로 선율적인 목소리로 말했다. 루바쇼프는 호기심과 우울함이 뒤섞인 묘한 느낌으로 그의 이야기를 경청했다. 아직까지는 정확했다. 키퍼는 루바쇼프에게 마음을 털어놓고 상의할 필요가 있어서 그를 만나러 왔다. 그들이 함께 보낸 그날 저녁은 늙은 키퍼의 생애에서 아마도 마지막 즐거운 순간이었을 것이다.

"우린 단 하루 머물 수 있었습니다."

언청이는 마치 힘과 용기를 찾기라도 하듯 루바쇼프의 얼굴을 쳐다보며 계속 말했다.

"그날은 혁명 기념일이었어요. 그래서 날짜를 정확히 기억합니다. 그날 하루 종일 시민 루바쇼프는 만찬회 때문에 몹시 바빠서 아버지를 몇 분밖에 볼 수 없었습니다. 만찬회가 끝난 저녁에 그가 아버지를 자기의 아파트로 초대했는데, 아버지는 내가 같이 가도 좋다고 했습니다. 시민 루바쇼프는 약간 지친 상태로 실내복을 입고 있었는데, 우리를 따뜻하게 환대해 주었습니다. 그는 탁자 위에 포도주와 코냑 그리고 케이크를 차렸고, 아버지를 껴안은 뒤 '모히칸 족의 최후를 위한 작별 파티일세'라는 말로 인사했습니다."

루바쇼프 등 뒤에서 글레트킨의 목소리가 튀어나왔다.

"루바쇼프가 자신의 계획에 잘 따르도록 자네를 취하게 만들려고 하던 의도를 알아차렸나?"

루바쇼프는 언청이의 망가진 얼굴 위로 가벼운 미소가 스쳐지나가는 것을 보았다. 그는 그제야 언청이가 그날 저녁 본 청년과 닮았다는 사실을 깨달았다. 그러나 그 표정은 곧 사라졌다. 언청이는 눈을 깜빡거리며 윗입술을 핥았다.

"다소 의심스러웠지만, 그런 계획을 알아차리지는 못했습니다."

'가여운 놈 같으니라고. 그들이 자네에게 어떤 일을 저질렀지?'

루바쇼프는 생각했다.

"계속해."

글레트킨이 말했다. 이야기가 중단된 뒤 언청이가 다시 말하기까지 몇 초가 걸렸다. 그러는 동안 깡마른 속기사가 연필을 뾰

족하게 다듬는 소리가 들렸다.

"루바쇼프와 내 아버지는 오랫동안 추억을 교환했습니다. 몇 년 동안 서로 보지 못했으니까요. 그들은 혁명 전 시절에 대해, 내가 소문으로만 알던 이전 세대 사람들에 대해, 그리고 내전에 대해 얘기했습니다. 내가 이해할 수 없는 암시로 얘기했고, 내가 이해하지 못할 추억을 나누며 웃었습니다."

"많이 마셨는가?"

글레트킨이 물었다. 언청이의 눈이 불빛 속에서 무기력하게 반짝였다. 아주 힘들게 자기를 지탱하고 있다는 듯이 이야기를 하는 동안 그는 약간 흔들리고 있었다.

"지난 몇 년 동안 아버지가 그렇게 기분 좋은 모습인 걸 본 적이 없었습니다."

"그게 자네 아버지의 반혁명적 활동이 발견되기 3개월 전 일인가? 그리고 그 활동은 3개월 뒤 그의 처형으로 이어졌고."

언청이는 혀로 윗입술을 핥으며 불빛을 천천히 응시하다가 침묵했다. 루바쇼프가 갑자기 글레트킨 쪽으로 몸을 돌렸다. 그러나 불빛 때문에 그는 눈을 감았고, 코안경을 소매에 비비며 다시 몸을 천천히 돌렸다. 속기사의 연필이 종이 위에서 서걱거리다가 멈추었다. 글레트킨의 목소리가 다시 들렸다.

"자넨 그 당시 아버지의 반혁명적 활동에 관여하고 있었나?"

"예."

"그렇다면 루바쇼프도 자네 아버지와 똑같은 견해를 가지고 있었다는 걸 알고 있었나?"

"예."

"그 대화의 주된 구절을 알려 주게. 사소한 건 빼고."

언청이는 뒷짐을 지더니 어깨를 벽에 기댔다.

"얼마 뒤 아버지와 루바쇼프는 현재 상황에 대한 대화를 나누었습니다. 그들은 당이 처한 상태에 대해 이야기하고, 지도력을 평가 절하하는 말도 했습니다. 루바쇼프와 아버지는 지도자를 그저 '넘버원'이라고 칭했습니다. 루바쇼프는 넘버원이 그 넓은 엉덩이로 당에 주저앉은 뒤로 그 아래 공기가 더 이상 숨 쉴 수 없는 지경이라고 말했습니다. 그래서 그는 해외 임무를 선호했다고 했습니다."

글레트킨이 루바쇼프 쪽으로 몸을 돌리고 물었다.

"당신이 당 지도자에 대한 충성을 처음으로 선언하기 바로 직전이었지요?"

루바쇼프는 불빛 쪽으로 반쯤 몸을 돌리고 대답했다.

"맞을 거요."

"루바쇼프가 그런 선언을 하겠다는 의도를 밝혔나?"

글레트킨이 언청이에게 물었다.

"그렇습니다. 그 때문에 아버지는 루바쇼프를 질타했고, 그에게 실망했다고 말했습니다. 루바쇼프는 웃으면서 아버지를 늙은 바보이자 돈키호테라고 불렀습니다. 중요한 것은 오랫동안 견뎌 내 파업할 시간을 기다리는 거라고 그는 말했습니다."

"시간을 기다린다는 건 무슨 뜻이었나?"

청년의 눈빛이 쓸쓸해지며 부드러운 표정이 된 루바쇼프의 얼굴을 찾았다. 루바쇼프는 청년이 벽을 넘어와 자신의 이마에 입을 맞추려 한다는 엉뚱한 생각이 들었다. 그는 자기 생각에 골몰한 채, 언청이가 유쾌한 목소리로 대답하는 것을 들으며 미소를 지었다.

"당 지도자가 그 자리에서 제거될 시간 말입니다."

언청이가 대답했다. 그 순간 루바쇼프의 미소를 놓치지 않은 글레트킨이 건조하게 말했다.

"이런 추억들이 당신을 즐겁게 만드는 모양인데?"

"그럴지도."

루바쇼프는 짧게 대답한 뒤 다시 눈을 감았다.

글레트킨은 소맷부리를 제자리에 넣은 뒤 언청이에게 질문을 계속했다.

"당 지도자가 그 자리에서 제거될 시간이라. 어떻게 그런 일이 일어날 수 있다는 건가?"

"아버지는 어느 날 컵의 물이 넘쳐흘러 당이 그를 면직시키거나 강제로 사퇴시킬 것이며, 반대파는 이런 생각을 선전해야 한다고 했습니다."

"루바쇼프도?"

"루바쇼프는 비웃으면서 아버지를 바보이자 돈키호테 같은 사람이라고 되풀이했습니다. 그런 뒤 그는, 넘버원은 우연한 현상이 아니라 인간이 지닌 어떤 특성의 구현, 곧 자신의 신념에는 결코 오류가 있을 수 없다고 믿는 절대적인 믿음의 구현이며, 그 절대적 믿음으로부터 아주 파렴치하게 행동할 수 있는 힘을 끌어온다고 했습니다. 그래서 그는 권력에서 결코 스스로 사임하지 않을 것이며, 따라서 폭력에 의해서만 제거될 수 있다고 했습니다. 당에는 어떤 것도 기대할 수 없다는 얘기였습니다. 넘버원이 모든 줄을 쥐고 있어서 당 관료를 그의 공범자로 만들었기 때문에 그들은 그와 함께 살고 죽을 것이며, 그런 사실을 알고 있다고 말입니다."

졸음이 쏟아지는 중에도 루바쇼프는 이 청년이 그렇게 정확히 자신의 말을 잊지 않고 있다는 사실에 충격을 받았다. 자신도 대화를 그토록 상세히 기억하지는 못했다. 그는 새로운 호기심으로 청년을 관찰했다.

글레트킨 목소리가 다시 울렸다.

"그래서 루바쇼프는 넘버원, 말하자면 당 지도자에 대항하여 폭력을 사용해야 할 필요성을 강조했단 말인가?"

언청이가 고개를 끄덕였다.

"그리고 그의 주장은 마구 마셔 댄 술의 힘이 더해져 자네에게 강한 인상을 남겼겠지?"

언청이는 즉각 대답하지 않았다. 한참 뒤 그는 약간 낮은 목소리로 말했다.

"난 아무것도 마시지 않았습니다. 그렇지만 그가 말한 모든 것에 깊은 인상을 받았습니다."

루바쇼프는 고개를 숙였다. 마음속에 하나의 의혹이 떠올라 육체적 고통과 다름없이 그를 괴롭히는 바람에 그는 다른 것을 모두 잊어버렸다.

'이 불행한 청년이 과연 나의 사유 노선으로부터 그런 결론을 도출해 낼 수 있었을까? 청년이 불빛 속에서 나의 눈앞에 그 자신의 논리를 구현한 육화된 결과물로 서 있다는 사실이 가능한 일인가?'

글레트킨 때문에 루바쇼프는 생각을 더 이상 계속할 수 없었다. 그의 쉰 목소리가 들렸다.

"그렇게 이론적으로 말한 다음, 행동에 대한 직접적인 사주가 이어졌을 테지?"

언청이는 침묵했다. 그는 눈을 껌벅이며 불빛을 바라보았다.

글레트킨은 몇 초 동안 대답을 기다렸다. 루바쇼프 역시 무심결에 고개를 들었다. 수십 초가 지나갔고, 그동안 램프 소리만이 윙윙거렸다. 이어 글레트킨의 정확하고도 색채 없는 목소리가 들렸다.

"자네 기억을 좀 끄집어내 줄까?"

글레트킨은 편안히 말했지만, 언청이는 채찍이라도 맞은 듯 몸을 떨었다. 그는 혀로 윗입술을 핥았다. 그의 눈에는 벌거벗은 동물이 두려워하는 듯한 빛이 명멸했다. 그러고 나서 언청이의 즐거운 목소리가 들렸다.

"사주는 그날 저녁이 아니라 그 다음 날 아침에, 즉 시민 루바쇼프와 내가 단둘이 있을 때 있었습니다."

루바쇼프는 미소 지었다. 상상의 대화를 그 다음 날로 미룬 것은 글레트킨의 연출에서 분명 뛰어난 점이었다. 키퍼가 자신의 아들이 독약 살해를 사주받는 동안 흥겹게 경청했을 것이라는 사실은 네안데르탈인 심리학으로 보아도 너무나 있을 법하지 않은 이야기였다. 루바쇼프는 방금 받은 충격을 잊어버리고 글레트킨 쪽으로 몸을 돌린 뒤 눈을 깜빡이며 물었다.

"대질 심문을 하는 동안에 피고에게 질문을 할 권리가 있다고 생각하는데?"

"그럴 권리가 있소."

글레트킨이 대답했다.

루바쇼프는 청년 쪽으로 몸을 돌려 그를 보며 말했다.

"내가 기억하기로는 자네와 자네 아버지가 날 보러 왔을 때 자네는 대학 공부를 막 마쳤을 텐데?"

루바쇼프가 처음으로 언청이에게 직접 말을 한 것이다. 언청이의 얼굴에 희망적인 표정이 살아났다. 그가 고개를 끄덕이자, 루바쇼프가 말을 이었다.

"그렇다면 내 기억이 정확한 것이군. 내 기억이 옳다면, 그 시절 자네는 역사조사연구소의 아버지 밑에서 연구를 시작하려고 했지. 그렇게 했나?"

"예."

언청이가 대답했다. 그는 잠시 망설인 다음 덧붙였다.

"아버지가 체포될 때까지요."

"이해되네. 그 일로 자네는 연구소에 있는 게 어려워졌고, 생계를 위해 다른 일을 찾아야 했지……."

루바쇼프는 잠시 멈추었다가 글레트킨을 바라보며 이야기를 계속했다.

"…… 이것이 입증하는 것은, 이 청년과 내가 만나던 때 그와 나 어느 누구도 미래의 일을 예상할 수 없었다는 점이오. 그러니 독약 살해의 사주는 논리적으로 불가능하오."

속기사의 연필이 갑자기 멈추었다. 루바쇼프는 쳐다보지 않고도 그녀가 기록을 멈추고 쥐처럼 또렷한 얼굴을 글레트킨에게로 돌렸음을 알았다. 언청이는 글레트킨을 노려보며 윗입술을 핥았다. 그의 눈에는 안심이 아니라 당혹감과 두려움이 가득했다. 루바쇼프의 순간적인 승리감은 사라져 버렸다. 그는 자신이 장대한 의식이 매끄럽게 진행되는 것을 방해했다는 기이한 느낌이 들었다. 글레트킨의 목소리는 평상시보다 훨씬 더 냉정하고 정확하게 들렸다.

"또 다른 질문이 있소?"

"지금으로선 그게 다요."

루바쇼프가 대답했다.

"당신 사주가 살해자로 하여금 독약만 사용하도록 했다고는 누구도 주장하지 않았소. 당신은 암살 명령을 내렸소. 그리고 그 방법은 살해자에게 선택하게 했고."

글레트킨은 조용히 말한 뒤 언청이에게로 몸을 돌려 물었다.
"그게 맞지?"
"예."

언청이가 곧바로 대답했다. 그의 목소리에는 일종의 안도감이 묻어 있었다.

루바쇼프는 공소장에 '독약에 의한 살인 사주'라는 문장이 명백하게 들어 있었다는 사실을 기억해 냈다. 그러나 모든 일이 갑자기 아무래도 상관없는 일이 되어 버렸다. 언청이가 실제로 미친 짓을 했건, 아니면 그와 같은 일을 계획만 했건, 또 모든 자백이 인위적으로 그에게 주입되었건, 아니면 그 일부만 그렇건 간에, 그것은 이제 루바쇼프에게 그저 법적인 흥미밖에 없었다. 그로 인해 그의 죄가 달라질 것도 없었다. 핵심은 이 불행한 인물이 살아 있는 육체로 구현된 자신의 논리의 결과를 대변한다는 것이었다. 역할이 바뀐 셈이었다. 분명한 소송 사건을 쓸데없이 세세한 구분으로 혼란스럽게 만들려고 애쓴 사람은 글레트킨이 아니라, 바로 루바쇼프 자신이었다. 지금까지 그에게 그토록 불합리해 보이던 공소장이, 비록 서투르고 거친 방식이긴 하지만, 누락된 고리들을 완벽한 논리의 사슬 속에 끼워 넣었던 것이다.

그럼에도 불구하고 루바쇼프는 자신이 부당하게 다루어지는 것만 같았다. 그러나 말을 더 보태기에는 그가 너무 지쳐 있었다.

"질문 더 있소?"

글레트킨이 물었다.

루바쇼프는 고개를 가로저었다.

"자넨 가도 돼."

글레트킨이 언청이에게 말한 뒤 벨을 눌렀다. 제복 차림의 한 교도관이 들어와 언청이에게 수갑을 채웠다. 언청이는 뜰에서 산보를 마칠 때면 늘 그러하듯이 문가에서 고개를 다시 한 번 루바쇼프에게로 돌렸다. 루바쇼프는 그의 시선이 짐처럼 느껴졌다. 그래서 코안경을 벗어 소매에 비비면서 그의 시선을 피했다.

언청이가 끌려간 뒤 루바쇼프는 그가 부러울 정도였다. 글레트킨의 목소리가 정확히, 새삼스럽게 잔혹함을 띤 채, 들려왔다.

"그의 자백이 핵심적인 점에서 사실과 합당하다는 걸 이제는 인정하시오?"

루바쇼프는 다시 램프 쪽으로 고개를 돌려야 했다. 귓속은 윙윙거리고, 불빛은 뜨겁게 달아올라 그의 얇은 눈꺼풀을 지나가는 듯했다. '핵심적인 점에서'라는 구절이 그의 뇌리를 떠나지 않았다. 그 구절로 글레트킨은 공소장에 나타난 틈을 메웠고, '독약에 의한 살해 사주'를 간단히 '살해 사주'로 바꿀 수 있었다.

"핵심적인 점에서는 그렇소."

루바쇼프가 대답했다.

글레트킨의 소맷부리가 서걱거렸고, 속기사가 의자에서 몸을 움직였다. 루바쇼프는 자신이 금방 결정적인 말을 해 버렸고, 유죄 자백을 확인했음을 깨달았다. 죄인으로 알려진 루바쇼프가 자신의 기준에서 진실이라고 부르는 것이 무엇인지, 이 네안데르탈인이 어떻게 이해할 수 있겠는가?

"불빛이 당신을 방해하오?"

글레트킨이 갑작스레 물었다. 루바쇼프는 미소 지었다. 글레트킨은 지금 현금으로 대가를 치렀던 것이다. 그것이 바로 네안데르탈인의 정신이었다. 그럼에도 불구하고 램프 빛이 한 단계 약해졌을 때 루바쇼프는 안도감과 함께 감사에 가까운 감정까지 느꼈다.

여전히 눈을 깜박거려야 했지만, 루바쇼프는 이제 글레트킨의 얼굴을 바라볼 수 있었다. 그는 깨끗하게 면도된 두개골 위의 넓고 붉은 흉터를 바라보았다.

"…… 내가 핵심적이라고 여긴 한 가지만 빼면."

루바쇼프가 말했다.

"말하자면?"

글레트킨이 다시 뻣뻣하고 정확한 목소리로 물었다.

'물론 그는 핵심적인 한 가지가 그 청년과의 밀담을 뜻한다고 생각하겠지. 그건 실제 없었던 일이니까.'

루바쇼프는 생각했다. 글레트킨에게는 바로 그 점이 문제가 될 것이었다. 말하자면 'i' 위에 점을 콕 찍는 것, 그것이 군더더기처럼 보여도 꼭 찍어야 하는 것처럼 말이다. 그러나 글레트킨의 관점에서 보면, 그가 옳을지도 모른다…….

"내게 중요한 점은 바로 이거요. 그 당시 나의 확신에 따라

폭력적인 행동이 있어야 한다고 말한 건 사실이오. 그러나 그건 정치적 행동이지 개인적 테러리즘을 뜻한 건 아니었소."

루바쇼프가 큰 목소리로 말했다.

"그렇다면 당신은 내전을 원했단 말이오?"

글레트킨이 물었다.

"아니, 집단행동 쪽이오."

루바쇼프가 대답했다.

"당신도 알다시피 그것 역시 내전으로 이어질 텐데, 그 차이에 그토록 많은 가치가 있단 말이오?"

글레트킨의 물음에 루바쇼프는 대답하지 않았다.

조금 전만 해도 그토록 중요하게 여겨지던 것이 지금은 아무래도 상관없는 일이 되어 버렸다. 반대파가 당 관료 계층과 그 막대한 기구에 대항하여 오로지 내전이란 수단으로 승리를 쟁취할 수 있었다면, 집단행동이라는 이 대안이 넘버원의 도시락에 독약을 넣는 것보다 나을 게 뭐란 말인가. 넘버원을 제거하면 더 빨리 그리고 피를 덜 흘리고 정권을 붕괴시킬 텐데 말이다. 어떤 점에서 정치적 살해가 정치적 집단 살해보다 덜 명예롭단 말인가? 저 불행한 청년은 루바쇼프 자신이 뜻한 바를 착각했다. 그러나 루바쇼프는 지난 몇 년 동안 행해진 자신의 행동보다는 청년의 착각 속에 더 많은 논리적 일관성이 들어 있는 것이 아닐까 생각했다.

'독재 정치에 대항하는 자는 내전을 하나의 수단으로 받아들

여야 한다. 내전을 회피하는 자는 대항을 포기하고 독재 정권을 용인해야 한다.'

그가 '온건파'에 반대하는 한 논쟁에서 쓴 이런 단순한 문장들에 자기 자신의 유죄 선고가 담겨 있었다. 그는 글레트킨과 논쟁을 계속할 상태가 아니었다. 자신이 완전히 패했다는 의식이 일종의 안도감처럼 그를 채웠다. 싸움을 계속해야 할 의무(이건 부담스러운 책임이기도 한데)가 그에게서 사라졌다. 다시 무기력해졌다. 그는 머릿속에서 쿵쾅대는 소리를 희미한 메아리로 느꼈고, 책상 뒤에 앉아 있는 사람이 글레트킨이 아니라 넘버원처럼 여겨졌다. 넘버원이 마지막 작별을 할 때 악수를 하면서 루바쇼프를 바라보던 조소의 시선을 하고 앉아 있는 것 같았다.

생쥐스트, 로베스피에르 그리고 참수된 열여섯 명의 동지가 묻혀 있는 에랑시스 공동묘지 입구에서 읽은 한 묘비명이 떠올랐다. 묘비명은 한 단어로 되어 있었다.

'잠들다.'

그 순간부터 루바쇼프의 기억은 다시 흐릿해졌다. 그는 잠시, 아마 몇 분이나 몇 초 정도 졸았는지도 모른다. 그러나 이번에는 꿈을 꾸지 않았다. 진술서에 서명을 하라고 글레트킨이 그를 깨웠음에 틀림없었다. 글레트킨이 그에게 만년필을 건네주었다. 그의 호주머니에서 나온 만년필에 아직 온기가 남아 있음을 느끼고 루바쇼프는 약간 역겨워졌다. 속기사는 쓰는 것을 멈추었다. 방에는 완전한 침묵이 서려 있었다. 램프는 더 이상 윙윙거리지 않고 평상시처럼 약간 희미한 빛을 내뿜고 있었다. 창문으로 먼동이 터 오고 있었기 때문이다.

루바쇼프는 서명을 했다.

안도감, 그리고 책임에서 벗어났다는 감정은 남아 있었지만, 그런 감정이 생긴 이유는 잊어버렸다. 잠에 취한 상태로 루바쇼프는 자신이 키퍼 아들에게 당 지도자를 살해하도록 사주했음을 자백한 진술서를 쭉 읽어 내려갔다. 잠시 그는 그 모든 것이 기이한 오해라는 느낌이 들었다. 그는 서명을 지우고 그 서류를 찢어 버리고 싶은 충동을 느꼈다. 그러나 모든 것이 다시 제자리로 돌아왔다. 그는 코안경을 소매에 문지른 뒤 서류를 책상 너머 글레트킨에게 건넸다.

루바쇼프가 그 다음 기억할 수 있는 것은 제복 차림의 거인에게 호위된 채 자신이 복도를 따라 걷고 있었다는 사실이었다. 그 거인은 언제인지 헤아릴 길 없는 시간에 그를 글레트킨 방으로 데리고 간 사람이었다. 졸면서 그는 이발소와 지하실 계단을 지나갔다. 앞서 그곳을 지날 때 느낀 공포가 문득 떠올랐다. 그는 공포심을 가졌던 스스로가 좀 이상하다는 생각을 하면서 모호한 웃음을 지었다. 곧 감방 문이 쾅 닫혔다. 그는 더할 나위 없는 육체적 희열을 느끼며 침대 위에 앉았다. 낯익은 신문지 조각으로 덧댄 창틀 위로 잿빛 아침 햇살이 비치는 모습을 보던 그는 곧 잠에 빠져들었다.

감방 문이 다시 열릴 때까지도 아직 한낮은 아니었다. 채 1시간도 자지 못한 것이었다. 그는 처음에는 아침 식사를 주는 줄 알았다. 그런데 밖에는 늙은 교도관 대신 제복 차림의 그 거인이 서 있었다. 루바쇼프는 글레트킨에게 다시 가야 한다는 것, 그리고 대질 심문이 계속될 것이라는 사실을 곧 깨달았다.

그는 세면대에서 이마와 목에 찬물을 끼얹어 문지른 뒤 코안경을 썼다. 그리고 다시 걷기 시작했다. 복도를 지나고 이발소와 지하실로 내려가는 계단을 지났다. 그는 알아차리지 못했지만 그의 발걸음은 약간 휘청거리고 있었다.

4

그 이후로 루바쇼프의 기억을 덮고 있던 안개 베일은 더 짙어졌다. 나중에는 1시간 혹은 2시간 간격을 두고 사나흘 이상 밤낮없이 계속된 글레트킨과의 대화 중에서 따로따로 분리된 단편적인 기억밖에 떠오르지 않았다. 얼마나 많은 낮과 밤이었는지 정확히 기억나지 않았다. 최소한 일주일 이상이었음이 틀림없었다.

루바쇼프는 기소된 자의 육체를 완전히 망가뜨리는 이런 방법에 대한 소문을 들은 적이 있었다. 보통 두 명 혹은 세 명의 조사 책임자가 교대로 대질 심문을 진행한다고 했다. 그러나 글레트킨은 절대로 다른 사람과 교대하지 않았다. 그래서 루바쇼프만큼이나 자기 자신도 혹사시켰다. 그럼으로써 그는 루바쇼프에게서 마지막 심리적 안식처, 즉 학대받는 자의 비애나 희생자의 도덕적 우월성 같은 것마저 박탈했다.

루바쇼프는 48시간이 지난 뒤에는 낮과 밤에 대한 감각을 잃어버렸다. 1시간 정도 잠든 다음 거인이 깨웠을 때, 그는 창가의 회색빛이 새벽녘의 것인지 저녁 무렵의 것인지 알 수 없었다. 복도, 이발소, 지하실 계단, 닫힌 문에는 늘 전구의 희미한 빛이 내리비치고 있었다. 심문을 하는 동안 글레트킨이 램프를 끄고 창가가 점차 밝아졌다면, 그때는 아침이었다. 더 어두워져 글레트킨이 램프를 켰다면, 그때는 밤이었다.

조사를 받는 동안 식사 때가 되면 글레트킨은 루바쇼프에게 차와 샌드위치를 가져다주도록 지시했다. 그러나 그는 좀처럼 식욕을 느낄 수가 없었다. 발작하듯 탐욕스러운 허기가 느껴질 때도 있었지만, 빵이 앞에 놓이면 역겨움이 덮쳤다. 글레트킨은 루바쇼프가 있는 곳에서는 절대 음식을 먹지 않았다. 루바쇼프는 이상하게도 음식을 청하는 것이 모욕적으로 느껴졌다. 루바쇼프에게는 육체적 기능에 관련된 그 어떤 것도 글레트킨 앞에서는 수치스러운 것이었다. 글레트킨은 피로하다는 낌새도 보여주지 않았고, 하품을 하거나 담배를 피우지도 않았으며, 먹거나 마시지도 않는 것처럼 보였다. 그는 서걱거리는 소맷부리가 달린 뻣뻣한 제복을 입은 채 늘 책상 뒤에 바른 자세로 앉아 있었다. 루바쇼프에게 가장 극심한 수치는 대소변을 보게 해 달라고 요청하는 것이었다. 글레트킨은 근무 중인 교도관 혹은 거인에게 그를 화장실까지 데려가도록 했고, 그들은 밖에서 기다렸다. 한번은 루바쇼프가 닫힌 문 뒤에서 잠든 적이 있었는데, 그 이후로 늘 문을 조금 열어 두었다.

심문을 받는 동안 그의 몸 상태는 무감각과 부자연스러울 정도의 투명한 각성 상태를 오락가락했다. 의식을 잃은 것은 딱 한 번이었다. 금방이라도 의식을 잃을 듯했지만 자부심 같은 것이 마지막 순간에 그를 구해 주곤 했다. 그는 담배를 피우며 눈을 깜박였고, 심문은 계속되었다.

때때로 그는 자신이 그것을 견뎌 내고 있다는 사실에 놀랐다. 그리고 그는 보통 사람들이 인간의 육체적 저항력을 너무 좁게 한계 지었다는 사실을 깨달았다. 사람들은 육체적 저항력의 놀랄 만한 탄력성을 알지 못했다. 그는 20일 정도 잠을 자지 않고 견딘 수감자의 사례를 들은 적이 있었다.

루바쇼프는 글레트킨의 첫 심문에서 자신이 진술서에 서명했을 때 모든 일이 끝났다고 생각했다. 그런데 두 번째 심문에서 그것은 시작일 뿐이라는 게 명백해졌다. 공소장은 일곱 항목으로 되어 있었는데, 그는 지금까지 단 한 항목만 자백을 한 셈이었다. 그는 자기가 모욕의 술잔을 찌꺼기까지 남김없이 들이마셨다고 믿었다. 그러나 이제 그는 패배에도 권력만큼이나 여러 단계가 있다는 것을 깨달았다. 패배 역시 승리와 마찬가지로 현기중 나는 것이 될 수 있으며, 그 바닥은 아주 깊다는 사실도 알게 되었다. 그리고 글레트킨에게 떠밀려 그는 사다리를 한 계단 한 계단 내려가야만 하는 것이었다.

루바쇼프는 물론 그 모든 일을 간단히 만들어 버릴 수도 있었다. 모든 것에 서명을 해 버리거나, 아니면 모든 것을 부인해 버리면 되었다. 그렇게 한다면 그는 평화로워질 것이었다. 그러나 이상한 의무감 때문에 그는 이런 유혹에 굴하지 않았다. 루바쇼프의 삶은 언제나 단 한 가지의 절대적 생각으로 가득 차 있었다. 그것은 그가 그동안 '유혹'이라는 현상을 이론적으로만 알았다는 점이었다. 그런데 이제는 구분할 길 없는 낮과 밤 내내, 복도를 지나가는 그 흔들리는 걸음걸이와 글레트킨의 흰 불빛 아래에서도 유혹은 그를 따라다녔다. 그 유혹은 패배자들의 공동묘지에 적혀 있던 '잠들다'라는 단어였다.

그 유혹을 견뎌 내기란 참으로 어려웠다. 유혹은 조용하고 평화로웠으며, 번지르르한 장식도 없고 세속적이지도 않았으며, 말도 없고 설득도 하지 않았다. 모든 논지는 글레트킨의 것이었다. 유혹은 단지 이발사의 메시지에 적혀 있던 말, 즉 '침묵 속에 죽을 것'을 되풀이한 것뿐이었다.

가끔씩 투명한 정신 상태와 번갈아 나타나던 무감각의 순간에 루바쇼프는 입술을 움직였으나, 글레트킨은 알아듣지 못했다. 그럴 때면 글레트킨은 헛기침을 하며 소맷부리를 제자리에 밀어 넣곤 했다. 루바쇼프는 코안경을 문지르며 당혹스럽고도 졸린 듯이 고개를 끄덕였다. 그를 유혹하는 것이 자신이 이미 잊어버렸다고 생각한, 그리고 이 방에서도 그 어느 곳에서도 본 적이 없는 그 말 없는 상대방, 즉 '문법적 허구'와 동일한 것임을 확인했기 때문이다.

"그렇다면, 반대파를 위해 외국 정권 대표자들과 협상을 하고, 그들의 도움으로 현 정권을 전복시키려 했던 일을 부정하는 거요? 당신 계획을 직간접적으로 지지받기 위해 영토적 양보를, 말하자면 우리나라의 특정 지방을 희생시키려고 준비했던 죄를 부인한단 말이오?"

물론 루바쇼프는 그것을 반박했다. 그러자 글레트킨은 문제가 된 외국 외교관과 대화한 날짜와 시간을 그에게 되풀이했다. 루바쇼프는 글레트킨이 공소장을 읽고 있는 동안 갑자기 떠오른 그 작고 사소한 장면을 다시 회상했다. 졸리고 혼란스러운 표정으로 그는 글레트킨을 쳐다보면서 그 장면을 설명해 봐야 아무런 소용이 없다고 생각했다. 그것은 B 나라 공사관에서 있었던 외교상의 점심 식사가 끝난 뒤에 일어난 일이었다. 루바쇼프는 몇 달 전 얻어맞아 이가 부러진 일이 있었던 그 나라의 부영사관인 뚱뚱한 Z 옆에 앉아 있었다. 루바쇼프는 Z의 소유지와 루바쇼프 아버지의 땅에서 키우던 기니 돼지의 다양성에 관한 대화를 아주 즐겁게 나누었다. 루바쇼프의 아버지와 Z의 아버지는 그들 시대에 그 품종의 견본을 교환했을 가능성이 아주 높았다.

"그래, 당신 아버지가 키운 기니 돼지는 지금 어떻게 됐소?"

Z가 물었다.

"혁명 기간에 다 잡아먹었소."

루바쇼프가 대답했다.

"우리 돼지들은 지금 대체용 기름으로 가공되고 있소."

Z가 우울하게 말했다. 그는 그 나라의 새 정권에 대한 경멸을 숨기려 애쓰지 않았다. 어쩌면 현 정권이 그를 자리에서 쫓아내는 것을 깜빡했는지도 모를 일이었다.

"당신과 나는 비슷한 상황에 처해 있군요."

그는 술잔을 비운 뒤 말을 이었다.

"우리 둘은 우리 시대보다 더 오래 살고 있소. 기니 돼지를 사육하는 일은 이제 끝났소. 우린 평민의 세기에 살고 있으니까."

"그렇지만 내가 평민 편이라는 걸 잊지 마시오."

루바쇼프가 미소 지으며 말했다.

"내 말은 그런 뜻이 아니오. 결론적으로 말한다면, 검은 콧수염을 단 우리 마네킹의 계획에 나 역시 동의하니까요. 그가 그렇게 아우성치지만 않으면 좋을 텐데. 결국 사람은 자신의 믿음이라는 이름으로만 십자가에 못 박힐 수 있으니까."

그들은 좀 더 앉아 있다가 커피를 마셨다. 두 잔째 커피를 마시며 Z가 말했다.

"루바쇼프, 당신 나라에서 혁명을 다시 해서 넘버원을 몰아낸다면, 그땐 기니 돼지를 좀 더 잘 돌봐 주시오."

"그렇게 되기는 어렵소."

루바쇼프가 말했다. 그는 잠시 뒤 물었다.

"…… 그런데 당신 친구들 중에서는 그럴 가능성을 고려하는 사람이 있는 듯하오?"

"그렇소. 당신의 지난번 재판 소식을 들어 보니, 당신 나라에서 다소 우스꽝스러운 일이 벌어지는 것 같소."

Z가 편안한 목소리로 대답했다.

"그렇다면 당신 친구들은 전혀 있을 법하지 않은 일이 생겼을 경우 당신들 편에서 어떤 조치를 취할지에 대해 생각하고 있겠군요?"

Z는 마치 이런 질문을 기다리기라도 한 듯 재빨리 대답했다.

"'납작 엎드려 있어라, 그래도 대가는 있을 것이다'라는 거지요."

그들은 커피 잔을 손에 든 채 탁자 옆에 서 있었다.

"그러면 그 대가란 것도 이미 결정됐소?"

루바쇼프는 자신의 말투가 다소 인공적으로 들리는 것 같다고 느끼며 물었다.

"그래요."

Z가 대답했다. 그는 소수민족이 살고 있는 어느 밀 재배 지방을 거론했다. 그 뒤 그들은 서로 작별을 고했다.

루바쇼프는 여러 해 동안 이 장면을 생각하지 않았다. 적어도 그것을 의식적으로 회상하지는 않았다. 블랙커피와 브랜디를 마시며 나눈 실없는 잡담, 그것이 아무런 의미도 없는 것임을 글레트킨에게 어떻게 설명할 수 있겠는가. 루바쇼프는 늘 그렇듯이 돌처럼 무표정하게 반대편에 앉아 있는 글레트킨을 졸린 눈으로 바라보았다. 그에게 기니 돼지에 대한 이야기를 시작하는 것은 불가능한 일이었다. 글레트킨은 기니 돼지에 대해서는 아무것도 모를 테니까. 그는 Z와 커피를 마신 적이 없을 테니까. 루바쇼프는 글레트킨이 자주 틀린 억양으로 더듬거리며 공소장을 읽었다는 사실이 떠올랐다. 그는 프롤레타리아 집안 출신이었고, 어른이 되어서야 쓰기를 배웠다. 그는 기니 돼지로 시작되는 대화가 어디서 끝날지 아무도 모른다는 사실을 결코 이해하지 못할 것이다.

"그렇다면 대화가 있었다는 걸 인정하는군."

글레트킨이 말했다.

"그건 전적으로 무해한 거였소."

루바쇼프가 피로한 듯 대꾸했다. 그는 글레트킨이 자기를 한 계단 밑으로 밀어내는 느낌이 들었다.

"당신이 폭력으로 지도자를 제거할 필요가 있다는 걸 키퍼 청년에게 이론적으로 논한 것만큼 무해한 것이오?"

글레트킨이 물었다.

루바쇼프는 코안경을 소매에 문질렀다. 그 대화가 자신이 애써 믿으려는 것처럼 정말로 무해한 것이었을까? 물론 그는 분명 '협상'도 하지 않았고, 어떤 합의점에 이르지도 않았다. 그리고 Z 역시 그럴 만한 어떤 공식적 권위를 가진 사람이 아니었다. 그 대화 전체가 기껏해야 외교적 용어로 '수심 측정'이라고 일컬어지는 것 정도였다. 그러나 이런 종류의 수심 측정은 그 당시 그의 생각을 연결하는 논리적 사슬의 한 고리였다. 게다가 그것은 당의 일정한 관례들과 일치했다. 혁명 직후 옛 지도자도 망명에서 돌아와 혁명을 승리로 이끌기 위해 그 나라의 장군 참모로서 복무하지 않았는가? 나중의 첫 평화 조약에서 그는 평화에 대한 대가로 특정 영토를 포기하지 않았는가?

"옛 지도자는 시간을 얻기 위해 공간을 희생시킨 거지."

루바쇼프의 재치 있는 한 친구는 이렇게 말했다.

잊어진 그 '무해한' 대화가 연결 고리에 너무도 잘 맞아떨어지는 까닭에 루바쇼프는 그것을 글레트킨의 눈을 통해서가 아닌 다른 방식으로 보기가 힘들었다. 서투르게 읽던 글레트킨의 머리는 마찬가지로 서투르게 작동하여 단순하고도 이해 가능한 결과에 도달했다. 그것은 분명히 기니 돼지에 대해 그가 아무것도 이해하지 못했기 때문인지도 모른다.

그런데 글레트킨이 어떻게 그 대화에 대해 알게 되었을까? 거의 불가능한 일이지만 누군가의 대화를 몰래 엿들었거나, 아니면 속 편한 Z가 '선동자' 역할을 했을 것이다. 그 복잡한 이유에 대해서는 신만이 알리라. 그와 같은 일은 전에도 자주 일어났다. 루바쇼프에게 하나의 함정이 놓였는데, 그 함정은 글레트킨과 넘버원의 유치한 사고방식에 따라 계획된 것이었다. 그래서 루바쇼프는 그 안으로 곧장 걸어 들어갔던 것이다.

"Z와의 대화를 그렇게 잘 알고 있는 걸 보니 분명 그 대화에 아무런 의미도 없다는 것 역시 잘 알겠군."

루바쇼프가 말했다.

"물론이오."

글레트킨이 말을 이었다.

"우리가 당신을 적절한 때 체포해서 반대파를 없애 버린 덕분이오. 안 그랬다면 결국 반역을 기도했을 거요."

그것에 대해 그가 무슨 말을 할 수 있겠는가? 그건 어떤 경우에도 심각한 결과로 이어지지는 못했을 것이다. 루바쇼프는 너무도 늙고 기진맥진해져서 당의 전통이 요구하는 만큼, 또 글레트킨이 그의 처지였다면 행했을 만큼 그렇게 철저히 행동하지 못했다는 이유만으로도 그랬다.

이른바 반대파의 전체 활동은, 구파의 모든 세대가 그 자신만큼 녹초가 되었기 때문에, 망령 든 잡담에 지나지 않았는가? 여러 해에 걸친 불법 투쟁에 피폐해지고 젊음의 반 이상을 보낸 감옥 벽의 습기에 파 먹힌 채, 그리고 누구도 육체적 불안을 말하지 못해 각자가 홀로 견뎌야 했고, 이런 두려움을 억눌러야 하는 지속적인 긴장 때문에 정신적으로 고갈된 채 수년 혹은 수십 년을 보내야 했다. 여러 해 동안 망명에 지친 상태에서 그들은 당의 맹렬한 내분 그리고 파렴치함과 싸워야 했다. 끝없는 패배와 마지막 승리의 부도덕에 지쳐 버린 채로. 넘버원의 독재에 대한 적극적이고 조직화된 반대는 결코 없었다고 그가 말해야 하는가? 그래서 그건 그저 말뿐이고 무기력한 불놀이였다고? 구파

세대는 그들이 지닌 모든 걸 바쳤고, 마지막 한 방울까지, 최후의 정신적 칼로리까지 짜냈기 때문이라고? 마치 에랑시스 공동묘지의 죽은 자들처럼, 그들에겐 단 하나의 희망 사항, 즉 그들이 옳다고 후대가 말할 때까지 잠들어 기다리는 일이 남겨졌을 뿐이다.

이 요지부동의 네안데르탈인에게 그가 무어라고 대답할 수 있겠는가? 그가 모든 일에 옳지만, 한 가지 근본적인 실수를 했다고? 말하자면, 자신의 맞은편에 앉아 있는 자가 옛날 루바쇼프의 그림자일 따름인데도 여전히 예전의 루바쇼프라고 믿는 실수를 저질렀다고? 자기가 저지른 일 때문이 아니라 저지르지 않고자 했던 일 때문에 처벌받도록 모든 일이 귀결되었다고 어떻게 말할 수 있겠는가?

"사람은 오로지 자신의 믿음이라는 이름으로만 십자가에 못 박힐 수 있네."

느긋한 Z는 이렇게 말했다······.

진술서에 서명을 한 다음 감방으로 끌려와, 다음 고문이 새로이 시작될 때까지 침상 위에 의식을 잃고 눕기 전에, 루바쇼프는 글레트킨에게 한 가지 질문을 했다. 심문 중인 사항과는 아무런 관계가 없는 질문이었다. 루바쇼프는 매번 새로운 진술서에 서명을 받아야 할 때마다 글레트킨이 조금씩 유순해진다는 사실을, 그가 현금으로 지불한다는 것을 알고 있었다. 루바쇼프의 질문은 이바노프의 운명에 관한 것이었다.

"시민 이바노프는 구금 중이오."

글레트킨이 대답했다.

"그 이유를 알 수 있소?"

루바쇼프가 물었다.

"시민 이바노프는 당신 사건의 조사를 소홀히 했고, 사적인 대화에서 죄의 근거가 충분한가에 대해 냉소적인 의문을 표했소."

"실제로 그가 그것을 믿을 수 없었다면 어떻게 하겠소? 그가 나에 대해 지나치게 좋은 견해를 가졌나 보군?"

"그런 경우였다면, 그는 조사를 미루고 당국에 당신이 무죄임을 공식적으로 통보했어야 하오."

루바쇼프는 글레트킨이 자신을 조롱하는 것이 아닌가 생각했다. 글레트킨은 언제나처럼 정확했고, 무표정한 모습이었다.

글레트킨의 따스한 만년필을 손에 쥔 채(속기사는 이미 방을 떠난 뒤였다) 루바쇼프는 그날 기록물 위로 고개를 숙이고는 물었다.

"질문 하나 더 해도 되오?"

질문을 던지며 그는 글레트킨의 두개골에 난 널따란 흉터를 바라보았다.

"전해 듣기로 당신은 과격한 방법의 열성적인 지지자라던데, 왜 나에게는 직접적인 육체적 압력을 사용하지 않소?"

"육체적 고문 말이오? 당신도 알다시피 그건 우리 형법에서 금지돼 있소."

글레트킨이 사무적인 목소리로 대답했다. 루바쇼프는 서명을 막 끝내던 중이었다. 글레트킨이 말을 이었다.

"또 고문받을 때는 자백을 하지만 공개재판에서 철회하는 피기소자들도 있소. 당신은 그런 고집 센 무리에 속하지. 재판을 할 때 당신 자백의 정치적 유용성은 그 자발적 성격에 있을 거요."

글레트킨이 공개재판에 대해 말한 것은 처음이었다. 그러나 거인 뒤에서 작은 걸음으로 복도를 따라 되돌아오던 길에 루바쇼프의 머릿속에 떠오른 것은 공개재판이 아니라 '당신은 그런 고집 센 무리에 속하지'라는 말이었다. 글레트킨의 의지와는 반대로 이 말은 루바쇼프를 즐거운 자족감에 빠지게 했다.

'나는 점점 늙어 어린애처럼 변해 가는군.'

루바쇼프는 침대에 누우며 생각했다. 그럼에도 불구하고 그 즐거운 느낌은 잠에 빠져들 때까지 지속되었다.

그는 매번 집요한 주장을 한 뒤 새로운 자백에 서명을 했다. 그리고 녹초가 되어, 하지만 이상하게도 흡족한 마음으로 1시간 혹은 기껏해야 2시간 뒤면 일어나야 한다는 것을 알면서도 침대 위에 누웠다. 그때마다 루바쇼프는 글레트킨이 자신을 단 한 번이라도 푹 자도록 내버려 두어 맑은 정신을 되찾게 되기를 바랐다. 그는 싸움이 끝날 때까지, 그리고 'i' 위에 마지막 점을 콕 찍을 때까지 그 바람이 이루어지지 않으리라는 것을 알고 있었다. 또한 매번 싸움은 패배로 끝날 것이며, 그 최후의 결과에 대해서는 어떤 의문도 있을 수 없으리라는 점도 알았다.

그렇다면 그는 왜 뻔히 패배할 싸움을 포기하지 않고 스스로를 괴롭히고, 또 이렇게 괴롭힘 당하도록 내버려 둬야 하는 걸까? 죽음에 대한 생각은 이미 오래전에 그것의 모든 형이상학적 성격을 잃어버렸다. 그것은 이제 따뜻하고 유혹적인 잠을 의미했다. 그럼에도 불구하고 그는 어떤 기이하고도 뒤틀린 의무감 때문에, 깨어 있으면서 승산 없는 싸움(그것이 설령 풍차와의 싸움이라 해도)을 계속해야 했다. 글레트킨 때문에 그가 사다리의 마지막 가로대까지 내려가지 않을 수 없게 될 때까지, 그래서 눈을 껌벅거리며 공소장의 마지막 얼룩이 논리적인 획으로 변할 때까지 싸움을 계속해야 했다. 그는 그 길을 마지막까지 따라가야 했다. 두 눈 뜨고 어둠 속으로 들어갈 때, 그때야 비로소 그는 잠들어 다시는 깨어나지 않을 권리를 얻을 것이었다.

고리처럼 이어진 낮과 밤 동안 글레트킨에게도 일정한 변화가 일어났다. 많은 변화는 아니었지만 루바쇼프의 달아오른 눈은 그것을 놓치지 않았다. 마지막까지 글레트킨은 무표정한 얼굴로 책상 뒤 램프 그림자 속에서 소맷부리를 서걱거리며 뻣뻣이 앉아 있었다. 그러나 그의 얼굴에서 잔혹함이 점차 사라졌고, 그는 램프의 날카로운 빛을 조금씩 낮추었다. 그래서 불빛이 마침내 거의 정상적으로 되었다. 그는 결코 웃지 않았다. 루바쇼프는 이 네안데르탈인이 도대체 웃을 줄은 아는지 의심스러웠다.

그의 목소리 또한 어떤 감정의 기미를 드러낼 만큼 유연하지 않았다. 그러나 서너 시간 이어지는 대화 도중 루바쇼프의 담배가 떨어지자 호주머니에 든 담배 한 갑을 꺼내 루바쇼프에게 건네주기도 했다.

한 가지 점에서 루바쇼프는 그나마 이럭저럭 승리를 얻을 수 있었다. 그가 관계한 것으로 간주된 알루미늄 기업의 파업에 관한 대목이었다. 그것은 루바쇼프가 이미 자백한 죄 중에서 그리 무겁지 않은 것이었지만, 그는 중요한 사항에서와 똑같은 고집으로 싸웠다. 그들은 거의 밤새도록 서로 맞은편에 앉아 있었다. 루바쇼프는 자신을 유죄로 몰아가는 모든 증거에 대해 조목조목 반박했다. 피로 때문에 탁해진 목소리로 그는 마비된 머리에 마치 기적처럼 떠오르는 인물과 날짜 등을 인용했고, 글레트킨은 논리적 사슬을 풀어내는 출발점을 찾지 못했다.

그들은 두 번째인가 세 번째 만남에서 이미 묵계적인 합의를 이룬 상태였다. 즉 죄의 뿌리가 옳다는 것을 글레트킨이 입증하면(심지어 그 뿌리가 그저 논리적이고 추상적인 성격을 띨지라도), 루바쇼프는 누락된 세부 사항을 마음대로 집어넣었다. 이것을 루바쇼프는 'i에 점 하나를 콕 찍는 것'이라고 불렀다. 그들은 의식하지 못한 채 묵계적인 합의에 익숙해졌고, 두 사람 모두 루바쇼프가 실제로 한 행동과 그의 소신의 결과로서 당연히 했어야 할 행동을 구분하지 못했다. 그들은 외양과 실재, 논리적 허구와 사실에 대한 감각을 점차 상실했던 것이다. 루바쇼프는 드물게 머리가 맑은 순간에 이 점을 가끔 의식하게 되었는데, 그럴 때면 그는 어떤 기이한 중독 상태에서 깨어나는 느낌을 받곤 했다. 그러나 글레트킨은 결코 이 점을 알아채지 못한 듯싶었다.

알루미늄 기업의 파업 문제에 대해 루바쇼프가 새벽까지 승복하지 않자, 글레트킨의 목소리는 짜증스럽게 변했다. 언청이가 잘못된 답변을 했을 때처럼. 그는 한동안 정상적으로 밝히던 램프의 불빛을 더 날카롭게 밝혔다. 하지만 루바쇼프의 냉소를 본 그는 불빛을 다시 낮추었다. 그는 질문을 몇 개 더 했으나 효과를 얻지 못하자, 결론적으로 말했다.

"그러니까 당신은 당신이 맡았던 기업에서 파괴적이거나 빗나간 행동을 한 적이 전혀 없고, 그 같은 행동을 계획한 적도 없다고 주장하는 거요?"

루바쇼프는 졸린 상태에서 어떤 일이 일어날까 하는 호기심으로 고개를 끄덕였다. 글레트킨이 속기사 쪽으로 몸을 돌리며 말했다.

"받아쓰시오. 이 죄는 증거 부족으로 누락시켜야 할 것을 권고하는 바이다."

루바쇼프는 덮쳐 오는 어린애 같은 승리감을 숨기려고 담배에 재빨리 불을 붙였다. 글레트킨에게 처음 승리한 것이었다. 패배한 전투에서 작지만 비장한 부분 승리였다. 그래도 승리는 승리였다. 그가 이런 감정을 느낀 것은 아주 오랜만이었다. 글레트킨은 속기사에게서 그날의 기록물을 받아 들고는 최근 그들 사이에 생긴 관례대로 그녀를 내보냈다.

서류에 서명을 하려는 루바쇼프에게 만년필을 건네주며 글레트킨이 말했다.

"경험에 의하면 반대파가 정부 측에 어려움을 야기하고 노동자들에게는 불만을 불러일으킬 수 있는 가장 효과적인 수단이 파업인데, 왜 당신은 그런 수단을 사용하지 않았다고 혹은 사용할 의도가 없었다고 그리 고집스럽게 주장하는 거요?"

"그건 기술적으로 불가능하기 때문이오. 게다가 파업을 하는 사람들을 악령이라도 되는 양 읊조리는 것이 내 비위엔 맞지 않소."

오랜만에 가져 보는 승리감 덕분에 루바쇼프는 기분이 상쾌해졌고, 목소리도 더 크게 나왔다.

"파업이 불가능한 것이라면, 당신은 우리 산업의 불만족스러운 상태의 실제 원인이 무엇이라고 생각하오?"

"너무 낮은 임금, 노예처럼 혹사시키는 것, 그리고 야만적인 징계 조치 등이오. 과로 탓에 일어난 작은 실수 때문에 파업자로 분류되어 해고된 노동자를 내 회사 안에서도 여럿 보았소. 2분만 늦게 출근해도 해고되어 신분증에 낙인이 찍히고, 그로 인해 다른 일자리를 구할 수 없는 경우도 있었소."

글레트킨은 평상시처럼 무표정한 시선으로 루바쇼프를 쳐다보며 물었다.

"어릴 때 시계를 선물 받은 적 있소?"

루바쇼프는 깜짝 놀라 그를 쳐다보았다. 네안데르탈인의 성격에서 가장 눈에 띄는 특징은 유머의 절대적 부족, 좀 더 정확히 말하면 장난기의 부족이었다.

"내 질문에 대답하고 싶지 않소?"

글레트킨이 다시 물었다.

"물론 대답하고말고."

루바쇼프가 점점 더 놀라며 대답했다.

"시계를 선물 받았을 때 몇 살이었소?"

"정확히는 모르오. 여덟 살 혹은 아홉 살?"

"나는 열여섯 살 때 시간이 분으로 나뉘어 있다는 걸 배웠소. 내가 살던 마을에서는 농부들이 도시에 가려면 해가 뜰 무렵 역으로 가서 기차가 올 때까지 대합실에 누워 자곤 했소. 기차가 오는 시간은 대개 정오 무렵이었소. 때로는 저녁이나 그 다음 날 아침에도 왔고. 그 농부들이 지금은 공장에서 일하고 있소. 내가 살던 마을에는 세계에서 가장 큰 철로 공장이 있소. 첫해에 공장장이 용광로를 비우고 다시 비우는 사이에 드러누워 자다가 총살됐소. 다른 나라들에서는 농부들이 산업적 정교함을 익히고 기계 조작 습관을 들이는 데 1백 년 혹은 2백 년이 걸렸소. 하지만 이 나라에선 고작 10년이 걸렸소. 아주 사소한 잘못이라도 꾸짖고 해고하지 않으면, 나라는 그냥 정지될 거요. 그러면 농부들은 공장 마당에 누워 굴뚝에서 풀이 자라날 때까지 잠이나 잘 거요. 그렇게 되면 모든 게 이전처럼 되겠지."

루바쇼프는 그저 묵묵히 듣고만 있었다. 글레트킨이 이야기를 계속했다.

"작년에 영국의 맨체스터에서 여성 대표단이 우리나라에 왔소. 우리는 모든 걸 보여 주었소. 그런데 그들은 맨체스터의 직물 노동자들은 그런 대우를 받으면 절대로 참지 않을 거라고 분개하는 글을 썼소. 난 맨체스터의 면화 산업이 2백 년 이상 되었다는 글을 읽은 적이 있소. 그리고 그곳의 노동자에 대한 대우가 2백 년 전과 같다는 글도 읽었소. 당신은 맨체스터의 여성 대표단과 똑같은 논지를 폈소. 물론 당신은 그 여성들보다 더 잘 알 것이오. 그래서 똑같이 주장하는 당신에게 더 놀라는 거요. 하긴 그래도 당신이 그들과 공통된 점이 있기는 있는 것 같소. 어릴 때 시계를 선물 받았다니……."

루바쇼프는 아무 말도 하지 않고 새로운 호기심으로 글레트킨을 바라보았다. 이건 뭐였지? 네안데르탈인이 껍질에서 빠져나오고 있었던가? 그러나 글레트킨은 늘 그렇듯 무표정하게 앉아 있었다. 마침내 루바쇼프가 입을 열었다.

"어떤 점에서는 당신이 옳을지도 모르오. 그러나 그 문제에 대해 날 건드린 것은 당신이었소. 지금 당신이 설명한 것처럼 자연적인 원인들로 인한 어려움 때문에 희생양을 만드는 게 무슨 소용이 있겠소?"

글레트킨이 말을 받았다.

"경험에 의하면, 어렵고 복잡한 과정을 거치더라도 대중에게는 간단하고 쉽게 이해할 수 있도록 설명을 해야 하오. 역사에 대해 내가 아는 것은, 인류란 희생양 없이 살 수 없다는 거요. 그건 어느 시대에나 필요 불가결한 관례였다고 난 믿소. 당신의 친구 이바노프가 희생양은 종교적 기원을 갖고 있다고 가르쳐 주었소. 희생양이란 단어는 모든 죄를 짊어진 염소를 1년에 한 번씩 신에게 바친 이스라엘 사람들의 관습에서 유래했다고 하오."

글레트킨은 잠시 말을 멈추고 소맷부리를 제자리로 밀어 넣은 뒤 계속했다.

"또한 역사에는 자발적 희생양에 대한 예들이 있소. 당신이 시계를 선물 받았을 나이에 나는 예수 그리스도가 자신을 한 마리 양으로 부르면서 그 스스로 모든 죄악을 짊어졌다는 사실을 마을 목사로부터 배웠소. 누군가가 자신이 인류를 위해 희생되고 있다고 선언하는 것이 어떻게 인류에게 도움이 되는지 그때 난 이해하지 못했소. 그러나 사람들은 2천 년 동안 그걸 아주 자연스럽게 생각해 왔소."

루바쇼프는 글레트킨을 보며 생각했다.

'그는 무엇을 겨냥하는 걸까? 이 대화의 목적은 뭐지? 저 네안데르탈인은 어떤 미로에서 헤매고 있나?'

루바쇼프가 입을 열었다.

"그게 어떻든, 이 세상에 파업자와 사탄을 만들어 내는 대신 사람들에게 진리를 말하는 것이 우리 이념과 더 일치할 거요."

글레트킨이 대꾸했다.

"만약 우리 마을 사람들에게 혁명과 많은 공장에도 불구하고 그들이 아직도 느리고 뒤처져 있다고 말한다면, 그건 그들에게 아무런 효과도 없을 것이오. 하지만 그들이 노동의 영웅이고, 미국인들보다 더 능률적이며, 모든 악은 오직 사탄이나 파업자에게서 나온다고 말한다면, 그건 '약간의' 효과는 있을 거요. 인간에게 진실은 유용한 것이고, 거짓은 해로운 것이오. 성인 야간반을 위해 당이 발행한 역사 개요서는 기독교가 처음 수백 년 동안 인류를 위해 진보를 이룩했다고 강조하고 있소. 예수가 자신은 신의 아들이자 동정녀 마리아의 아들이라고 주장했을 때, 예수의 말이 진실인지 아닌지는 지각 있는 사람들에게는 흥미로운 일이 아니었을 거요. 그것은 상징적인 얘기지만, 농부들은 그걸 글자 그대로 받아들이고 있소. 농부들이 글자 그대로 받아들일 유용한 상징을 꾸며 낼 권리가 우리에게도 있소."

그러자 루바쇼프가 말했다.

"당신 추론은 가끔 이바노프의 추론을 떠올리게 하는구려."

이어 글레트킨이 말했다.

"시민 이바노프는 당신과 마찬가지로 구시대 지식인에 속하오. 그와 얘기를 하다 보면 불충분한 학교 교육 때문에 놓친 역사 지식을 어느 정도 얻을 수 있소. 차이점이 있다면, 나는 당에 봉사하기 위해 그런 지식을 사용하려고 노력한다는 점이오. 하지만 시민 이바노프는 냉소주의자였소."

"……였다고?"

루바쇼프가 코안경을 벗으며 물었다.

"시민 이바노프는 행정 판결 집행으로 어젯밤에 총살됐소."

글레트킨이 무표정한 얼굴로 루바쇼프를 바라보며 말했다.

대화를 마친 뒤 글레트킨은 루바쇼프에게 2시간 동안 잘 수 있도록 해 주었다. 감방으로 돌아가면서 루바쇼프는 이바노프가 죽었다는 소식이 자신에게 왜 아무런 인상도 남기지 않았는지 의아했다. 그건 그저 그가 가졌던 작은 승리의 즐거운 효과를 가시게 했고, 피로와 졸음을 다시 일깨웠을 뿐이었다. 그는 분명 아무런 감정도 없는 상태에 이르렀던 것이다.

어쨌든 이바노프의 죽음을 알기 전에도 그는 그런 나태한 승리감을 부끄러워했다. 글레트킨이라는 존재가 그의 승리를 패배로 바꾸어 버릴 만큼 큰 힘을 갖고 있었던 것이다. 육중하고 무표정하게, 글레트킨이 거기 앉아 있었다. 많은 루바쇼프와 많은 이바노프 덕분에 존재할 수 있는, 살아 있는 잔인한 국가의 구현체인 그가.

글레트킨은 자신이 이바노프와 구세대 지식인의 정신적 상속자임을 스스로 인정하지 않았는가? 글레트킨과 새 네안데르탈인들은 머리에 번호 적힌 세대의 과업을 완결했을 뿐이라고 루바쇼프는 수백 번 홀로 되풀이했다. 동일한 원칙이 그들 입으로 말해질 때 그리도 비인간적으로 변하는 것은 순전히 시대 풍조 때문이었다. 이바노프가 똑같은 주장을 할 때 그의 목소리에는 사라져 버린 세계를 잊지 않음으로써 과거에 남겨진 희미한 빛깔이 바닥에 깔려 있었다. 사람은 자기의 어린 시절을 부정할 수는 있어도 그걸 지울 수는 없다. 이바노프는 최후까지 자신의 과거를 질질 끌고 다녔다. 그래서 그가 하는 무슨 말에나 장난기 어린 우수의 빛이 서려 있었다. 글레트킨이 그를 두고 냉소주의자라고 부른 이유는 바로 그 점 때문이었다. 글레트킨의 무리에게는 지워야 할 어떤 것도 없었다. 그들은 어떤 과거도 안 가졌기 때문에 과거를 부정할 필요가 없었다. 그들은 탯줄도 없이, 경쾌함도 없이, 우울도 없이 태어났다.

5

루바쇼프의 일기장에서 발췌한 글.

무대를 떠나고 있는 우리가 무슨 권리로 우월감을 가진 채 글레트킨을 내려다보고 있는가? 네안데르탈인이 지구상에 처음 나타났을 때 원숭이들 사이에는 틀림없이 웃음이 있었을 것이다. 고도로 문명화된 원숭이들은 가지에서 가지로 우아하게 옮겨 다녔지만, 네안데르탈인은 거칠게 땅에 매여 지냈다. 평화롭고 포만감에 찬 원숭이들은 정교한 놀이를 하거나 철학적 명상 속에서 벼룩을 잡았다. 네안데르탈인은 곤봉으로 이리저리 치면서 세계를 짓밟고 다녔다. 원숭이들은 나무 꼭대기에서 즐거운 듯 그를 바라보다 호두를 집어 던졌다. 때때로 원숭이들은 공포에 사로잡혔다. 원숭이들은 우아하고 세련되게 과일과 부드러운 식물을 먹었지만, 네안데르탈인은 날고기를 먹어 치우고 동물들과 자기 동료들을 학살했기 때문이다. 그는 늘 서 있는 나무들을 베어 내고, 바위들을 시간 숭배의 장소로부터 다른 곳으로 옮겼으며, 정글의 모든 법칙과 전통을 위반했다. 그는 동물적 품위 없이 거칠고 잔혹했다. 고도로 문명화된 원숭이들의 관점에서 보면, 그것은 역사의 야만적 퇴보였다. 그래서 마지막까지 살아남은 침팬지들은 인간을 보면 아직도 콧방귀를 뀐다…….

6

닷새인가 엿새 뒤에 한 사건이 일어났다. 루바쇼프가 심문 중에 기절한 것이다. 그들은 공소장 결론 부분, 즉 루바쇼프의 행동의 동기에 대한 질문에 막 접어든 상태였다. 공소장은 그의 동기를 간단히 '반혁명적 정신 상태'로 규정했고, 아주 자명한 사실이라는 듯 그가 적대적인 외세에 봉사했다고 언급했다. 루바쇼프는 이 구절에 반대하여 마지막 싸움을 벌였다. 논의는 새벽 어스름부터 루바쇼프가 의자 옆으로 쓰러져 바닥에 누워 있던 오전까지 계속되었다.

몇 분 뒤 제정신으로 돌아온 그는 솜털로 뒤덮인 의사의 민머리를 보았다. 의사는 병에 있는 물을 그의 얼굴에 부으며 관자놀이를 문지르고 있었다. 의사의 숨결에서 박하와 고기 국물이 밴 빵 냄새가 풍겨 나와 그는 토해 버렸다. 의사는 날카로운 목소리로 꾸짖더니, 루바쇼프에게 신선한 공기를 마시도록 해야 한다고 충고했다. 글레트킨은 무표정한 눈으로 그 광경을 바라보았다. 그는 벨을 눌러 카펫을 치우라고 지시했다. 그러고는 루바쇼프를 그의 감방으로 데려가게 했다. 몇 분 뒤 늙은 교도관이 루바쇼프를 데리고 뜰로 나갔다.

처음 몇 분 동안 루바쇼프는 신선한 공기에 취한 듯했다. 그는 입천장이 달콤한 청량음료를 마시는 것처럼 산소를 들이마시는 허파가 있다는 사실을 깨달았다. 태양은 창백하고 맑게 빛났다. 오전 11시였다. 이때는 낮과 밤의 몽롱하고도 기나긴 행렬이 시작되기 전, 그러니까 가늠할 수도 없는 시간 그 이전에, 산보를 위해 그가 끌려가곤 하던 시각이었다. 그는 이 같은 축복에 감사하지 않은 자기 자신이 바보처럼 느껴졌다. 그는 문득, 인간은 어째서 눈 위를 걸으며 자기 얼굴 위로 비치는 태양의 희미한 온기를 느끼며 살고 숨 쉴 수 없는 걸까 싶었다. 글레트킨 방의 악령과 이글거리는 램프 불빛, 그 유령 같은 무대 장치를 모두 떨쳐 버리고 다른 사람처럼 살아가리라.

평상시 운동하는 시간이었으므로 그의 옆에는 홀쭉한 농부가 있었는데, 그는 풀로 엮은 신발을 신고 있었다. 그는 옆에서 약간 휘청거리며 걷는 루바쇼프를 쳐다보았다. 그러더니 한두 번 헛기침을 한 뒤 교도관을 힐끗 쳐다보며 말했다.

"선생, 오랫동안 못 뵈었는데 아픈 기색이군요. 사람들이 곧 전쟁이 일어날 거라고 하던데."

루바쇼프는 아무 말도 하지 않았다. 그는 눈을 한 움큼 집어 공을 만들고 싶은 욕구를 억눌렀다. 사람들은 원을 그리며 천천히 뜰을 돌았다. 스무 걸음쯤 앞에서 두 사람이 낮은 눈 둔덕 사이로 발을 구르며 걷고 있었다. 키가 비슷한 두 사람은 회색 코트를 입은 채 입김을 내뿜고 있었다. 농부가 입을 열었다.

"곧 씨 뿌리는 철이 올 거요. 눈이 녹으면 양들은 언덕으로 가지요. 언덕 위로 오르려면 사흘이 걸려요. 전에 그 지역 마을들 전체가 같은 날에 양을 그렇게 떠나보냈지요. 해가 뜨면 모든 오솔길과 들에서 양들이 출발하고, 마을 사람들 모두 첫날에는 그 양떼를 따라갑니다. 선생은 아마 그렇게 많은 양을 보지 못했을 거요. 그리고 수많은 개와 먼지 그리고 개 짖는 소리, 양들의 울음소리도……. 성모 마리아여, 그건 얼마나 큰 축복이었는지……."

루바쇼프는 태양을 향해 고개를 들었다. 태양은 여전히 희미했지만, 허공에 온기를 더해 주고 있었다. 루바쇼프는 기관총 포탑 저 위로 원을 그리며 미끄러지다 갑자기 방향을 바꾸는 새들을 구경했다. 농부의 넋두리가 이어졌다.

"공기 중에서 눈 녹는 냄새가 나는 오늘 같은 날은 내 마음이 갈피를 못 잡아요. 우리 중 누구도 오래 못 갈 겁니다. 반동분자라는 이유로, 행복하던 옛 시절이 돌아오면 안 된다는 이유로 그들이 우리를 망가뜨려 놨으니까요."

"당신은 그 시절에 정말 행복했소?"

루바쇼프가 물었다. 그러나 농부는 그저 알 수 없는 말을 중얼거렸을 뿐이다. 그의 목젖이 위아래로 여러 번 오르내렸다. 루바쇼프는 고개를 돌려 그를 쳐다보다가 말했다.

"사막의 부족들이 '우리가 대장을 한 명 뽑아 고기 가마가 있는 이집트로 돌아가자'라고 소리 지르는 『성경』 구절을 기억하오?"

농부는 열심히 고개를 끄덕였지만, 이해는 하지 못하는 듯했다.

잠시 뒤 그들은 건물 속으로 다시 끌려갔다. 신선한 공기 효과는 사라지고, 납처럼 무거운 졸음과 현기증 그리고 역겨움이 되돌아왔다. 입구에서 루바쇼프는 눈을 한 줌 집어 들어 이마와 뜨거운 눈에 문질렀다.

루바쇼프는 원하는 대로 자기 감방으로 되돌아간 것이 아니라 글레트킨 방으로 곧장 끌려갔다. 글레트킨은 루바쇼프가 그 방을 떠날 때와 똑같은 자세로 책상 앞에 앉아 있었다. 그는 루바쇼프가 없는 동안 움직이지 않은 것처럼 보였다. 커튼은 내려져 있고, 램프는 빛나고 있었다. 그 방 안의 시간은 썩어 가는 연못 속처럼 멈춰 있었다. 글레트킨 맞은편에 앉는 루바쇼프의 시선이 카펫 위 습기 찬 곳에 머물렀다. 그는 자기가 아팠다는 사실이 떠올랐다. 어떻든 그가 이 방을 떠난 건 1시간 전이었다. 글레트킨이 말했다.

"이제 좀 나아졌을 거라고 여기오. 우린 당신의 반혁명적 활동의 동기에 대한 마지막 물음에서 중단했소."

그는 아직도 작은 눈덩이를 꽉 쥐고 있는 루바쇼프의 오른손을 주시했다. 글레트킨의 눈길을 좇던 루바쇼프는 미소를 지으며 오른손을 램프 쪽으로 올렸다. 두 사람은 눈덩이가 전구의 온기로 인해 조금씩 녹는 모습을 지켜보았다. 글레트킨이 말을 이었다.

"동기 문제가 마지막이오. 그것에 당신이 서명하면 우린 이제 더 이상 볼 일이 없을 거요."

램프가 날카롭게 빛을 발했다. 루바쇼프는 눈을 찡그리지 않을 수 없었다.

"…… 그러고 나면 당신은 휴식을 취할 수 있을 거요."

글레트킨이 말했다. 루바쇼프는 오른손으로 관자놀이를 만졌지만 눈의 차가움은 이미 사라진 상태였다. 글레트킨이 말한 '휴식'이라는 단어가 침묵 속에 걸려 있었다. 휴식과 잠. 대장을 뽑아 이집트로 돌아가자……. 그는 코안경으로 글레트킨을 쳐다보며 눈을 깜박이고는 말했다.

"당신도 그 동기에 대해 잘 알 거요. 당신은 내가 '반혁명적 정신 상태'에서 행동하지 않았고, 외국 권력에 봉사하지 않았다는 것도 알고 있소. 내가 생각하고 행동한 것은 나 자신의 확신과 양심에 따른 것이었소."

글레트킨이 서랍에서 사건 기록을 꺼냈다. 그는 그것을 쭉 보더니 그 가운데에서 종이 한 장을 꺼내 단조로운 목소리로 읽었다.

"'…… 주관적인 선한 믿음의 문제는 우리에게 흥밋거리가 아니다. 틀린 자는 대가를 치러야 하고, 옳은 자는 용서받을 것이다. 그것이 역사적 신용 대출의 법칙이고, 우리의 법칙이다…….' 체포된 직후 당신은 일기장에 이렇게 썼소."

루바쇼프는 눈꺼풀 뒤에서 그 친숙한 불빛이 깜박거리고 있음을 느꼈다. 글레트킨의 입을 통해, 그가 생각하고 썼던 문장들이 발가벗겨진 듯한 소리를 내고 있었다. 마치 익명의 사제에게 행한 고백이 녹음기를 통해 쉰 목소리로 흘러나오는 것처럼.

글레트킨은 또 다른 종이를 들어 이번에는 한 문장만 읽었다. 무표정한 시선을 루바쇼프에게 고정시킨 채.

"명예란 허영심 없이, 자기 몸을 사리지 않고 최후의 결과에 이르도록 봉사하는 것이다."

루바쇼프는 그의 시선을 이겨 내려고 애쓰며 말했다.

"모르겠군. 당원들이 온 세상 앞에 머리가 땅에 닿도록 엎드리는 것이 어떻게 당에 봉사하는 것인지 말이오. 당신이 원하는 모든 것에 난 서명을 했소. 그릇되고 해로운 정책을 추구했다는 잘못도 인정했소. 그것으로 충분하지 않소?"

그는 코안경을 쓴 뒤 눈을 힘없이 깜빡거렸다. 그러고는 지치고 쉰 목소리로 이야기를 끝맺었다.

"무엇보다 N. S. 루바쇼프라는 이름은 그 자체로 당 역사의 한 부분이오. 그 이름을 당신은 진흙 속에서 질질 끌고 다니면서 혁명의 역사를 욕되게 하고 있소."

글레트킨은 서류를 쳐다보며 말했다.

"그 점에 관해서도 난 당신이 직접 쓴 글을 인용해서 답할 수 있소. 당신은 이렇게 적었소. '모든 문장을 단순화시켜 반복함으로써 대중의 머릿속에 주입하는 게 필요하다. 옳은 것으로 제시된 건 금처럼 빛나야 하고, 틀린 것으로 제시된 건 아스팔트처럼 검어야 한다. 정치적 진술은 마치 허울만 좋고 실속은 없는 시장의 생강 과자처럼 색깔이 칠해져야 한다.'"

말없이 듣고만 있던 루바쇼프가 잠시 뒤 입을 열었다.

"당신이 노리는 게 바로 그거군. 당신이 보여 주는 '펀치와 주디 쇼'*에서 내가 사탄 역할을 하는 거 말이오. 말하자면 개처럼 울부짖고, 이를 드러내고 웃으며, 내 혀를 뽑아 버리라는 것이지. 그것도 자발적으로. 당통과 그의 친구들도 그렇게 당하지는 않았소."

글레트킨은 서류 겉장을 덮었다. 그는 앞쪽으로 몸을 약간 굽혀 소맷부리를 바로잡았다.

"당신의 증언은 당신이 당에게 할 수 있는 마지막 봉사가 될

• 펀치와 주디 쇼: 영국의 익살스러운 인형극으로, 매부리코에 꼽추인 주인공 펀치는 아내인 주디와 아이를 죽이고 끝내 교수형을 받는다.

거요."

루바쇼프는 대답하지 않았다. 그는 눈을 감고 램프 광선 아래에서, 마치 태양 아래에서 피로에 지쳐 잠자는 사람처럼 쉬었다. 그러나 글레트킨의 목소리를 벗어날 수는 없었다. 그 목소리가 말했다.

"당신이 말한 당통과 그 모임은 지금 여기 문제에 비하면 그저 호사스러운 극에 지나지 않소. 그에 관한 책을 읽은 적이 있는데, 그들은 땋은 머리에 분칠을 하고, 자신들의 개인적 명예를 위해 열변을 토했소. 그들에게 중요했던 건 오직 고상한 몸짓으로 죽는 거였소. 그 몸짓이 이로운지 해로운지 상관없이 말이오."

루바쇼프는 아무 말도 하지 않았다. 귓속이 붕붕대고 윙윙거렸다. 글레트킨의 목소리는 사방에서 들리고, 사정없이 두드리듯 머릿속에서 쿵쾅댔다. 그 목소리가 계속 말했다.

"여기서 뭐가 문제인지 당신도 알고 있잖소. 역사상 처음으로 하나의 혁명이 권력을 정복했고, 그것을 보유하고 있소. 우린 우리나라를 새 시대의 요새로 만들었소. 그것은 세계의 6분의 1이고, 세계 인구의 10분의 1에 해당하오."

글레트킨의 목소리는 이제 루바쇼프 등 뒤에서 울렸다. 그는 일어나 방 안을 앞뒤로 걷고 있었다. 이런 일은 처음이었다. 걸을 때마다 긴 구두가 저벅거렸고, 풀 먹인 제복이 서걱거렸으며, 땀과 가죽의 시큼한 냄새가 났다.

"우리 혁명이 성공했을 때 지구상의 나머지 국가들도 우리의 선례를 따를 거라고 믿었소. 그러나 반동의 물결이 닥쳐와 우릴 삼킬 듯 위협했소. 당에는 두 가지 경향이 있었소. 하나는 모험자들로 이루어졌는데, 그들은 국외 혁명을 위해 우리가 획득한 걸 걸고 싸우려고 하오. 당신은 그들에 속하오. 우린 그 경향이 위험한 것임을 깨달았고, 그래서 그걸 청산해 버렸소.”

루바쇼프는 고개를 들어 뭔가를 말하고 싶었다. 글레트킨의 발자국 소리가 그의 머릿속에서 울렸다. 그는 너무 지쳐서 몸을 뒤에 기대고 눈을 감았다. 글레트킨이 계속 말했다.

“당의 지도자는 넓은 관점과 집요한 전술을 갖고 있었소. 그는 모든 것이 세계 반동의 기간을 견뎌 내고 요새를 지키는 데 달렸음을 깨달았소. 새로운 혁명의 물결을 받아들일 만큼 세계가 성숙하려면 10년 혹은 20년, 어쩌면 50년이 걸릴지도 모른다는 걸 그는 깨달았소. 그때까지 우린 홀로 견딜 거요. 그때까지 우린 오직 한 가지 의무를 가지고 있소. 그건 사멸하지 않는 것이오.”

하나의 문장이 루바쇼프의 기억 속에서 희미하게 헤엄쳤다.

'자기 자신의 생명을 보존하는 게 혁명가의 의무다.'

누가 그걸 말했던가? 루바쇼프 자신? 이바노프? 그가 알로바를 희생시킨 것도 이런 원칙의 이름에서였다. 그런데 그것이 그를 어디로 끌고 갔던가?

글레트킨의 목소리가 이어 울렸다.

“……사멸하지 않는 것. 요새는 어떤 대가와 희생을 치르더라도 지켜져야 하오. 당의 지도자는 이 원칙을 선견지명으로 자각했고, 그걸 일관되게 응용했소. 인터내셔널 정책은 우리의 국가 정책에 종속되어야 했소. 이런 필연성을 이해하지 못한 사람은 누구라도 파멸돼야 했지. 유럽에서 활동하던 우리의 최고 직원들은 모두 물리적으로 제거되어야 했소. 요새의 이해관계가 걸린 것이라면, 우리는 외국 기관들을 파괴하는 것도 서슴지 않았소. 우리는 잘못된 시기의 혁명 운동을 억누르기 위해 반동 국가의 경찰과 협력하는 것도 마다하지 않았소. 요새를 보존하기 위해 우린 우리의 친구를 배반하고 우리의 적과 타협하는 것도 피하지 않았소. 그것이 역사가 우리에게, 처음으로 승리한 혁명의 대변자인 우리에게 부여한 과업이었소. 근시안적인 사람들, 미학자들 그리고 도덕주의자들은 이해하지 못했소. 그러나 혁명의 지도자는 이 모든 게 하나의 일, 얼마나 더 잘 버티는가에 달려 있음을 이해했소."

방 안을 걸어 다니던 글레트킨은 발걸음을 멈추고 루바쇼프 의자 뒤에 섰다. 머리 흉터가 땀에 젖은 채 빛났다. 그는 숨을 헐떡였고, 손수건으로 머리를 닦았으며, 자제심을 잃어버린 것에 당황하는 듯했다. 책상 앞에 다시 앉아 소맷부리를 바로잡은 그는 전등 빛을 약간 낮추고, 평상시의 무표정한 목소리로 계속 말했다.

"당의 노선은 엄격히 규정돼 있소. 그 전술은 목적이 수단을, 어떤 예외도 없이 모든 수단을 정당화한다는 원칙 아래 결정됐소. 이런 원칙의 정신으로 검사는 당신, 시민 루바쇼프의 목숨을 요구할 것이오. 시민 루바쇼프, 당신의 무리는 파괴됐소. 당신은 당에서의 불화가 내전을 뜻한다는 걸 분명히 알고 있었음에도 당을 분열시키고자 했소. 자신들에게 부과된 희생정신을 아직 못 배운 농민층 사이에 퍼진 불만을 당신은 알 거요. 몇 달이 걸릴지도 모르는 전쟁에서 그런 경향은 재앙으로 귀결될 수 있소. 그래서 당으로선 하나로 단결해야 할 필요성이 시급했던 거요. 그것은 눈먼 규율과 절대적 신뢰로 채워진 채 마치 하나의 주물로 찍어 낸 듯 통합되어야 하오. 시민 루바쇼프, 당신과 당신 친구들은 당의 분열을 일으켰소. 후회하는 게 사실이라면, 이 분열을 치유하도록 당신은 우릴 도와야 하오. 당신에게 말하건대, 그건 당이 당신에게 요청하는 마지막 봉사요."

루바쇼프는 고개를 숙인 채 꼼짝도 하지 않고 있었다. 글레트킨의 목소리는 계속되었다.

"당신 임무는 간단하오. 그걸 스스로 하는 거요. 즉 옳은 것은 보기 좋게 도금하고, 틀린 것은 검게 칠하는 거요. 반대파 정책은 틀렸소. 그러므로 당신 임무는 반대파를 경멸할 수 있도록 만드는 것이오. 반대 행위는 하나의 죄악이며, 반대파 지도자들은 죄인이라고 대중에게 이해시키는 겁니다. 대중이 이해하는 간단한 언어는 그것이오. 만약 복잡한 동기를 말하기 시작한다면, 당신은 혼란만 야기할 거요. 시민 루바쇼프, 당신의 임무는 동정과 연민을 일깨우지 않도록 하는 겁니다. 반대파에 대한 동정과 연민은 이 나라에 위험할 뿐이오. 루바쇼프 동지, 난 당이 당신에게 부여한 임무를 이해했으면 하오."

글레트킨이 루바쇼프를 '동지'라고 부른 것은 그들이 알고 지낸 이후 처음 있는 일이었다. 루바쇼프는 얼른 고개를 들었다. 그는 머릿속에 주체할 수 없는 뜨거운 물결이 이는 것을 느꼈다. 코안경을 쓰는 사이 루바쇼프의 턱이 약간 흔들렸다. 그가 말했다.

"알겠소."

글레트킨이 말을 받았다.

"당은 당신에게 어떤 보답의 가능성도 제공하지 않았다는 점을 깨달으시오. 기소된 자들 가운데 어떤 이는 육체적 압박 때문에 순순히 복종했소. 또 다른 사람들은 그들의 목숨이나 볼모로 잡힌 그들 친척들의 목숨을 구해 주겠다는 약속 때문에 그랬소. 그러나 시민 루바쇼프, 당신에게 우리는 어떤 거래도 제안하지 않았고, 아무것도 약속하지 않았소."

"알겠소."

루바쇼프가 거듭 말했다.

글레트킨이 서류를 힐끗 보며 말을 던졌다.

"당신 글 중에 인상적인 구절이 하나 있소. 당신은 이렇게 적었소. '나는 내가 해야 하는 대로 생각하고 행동했다. 내가 옳았다면 후회할 것이 없고, 틀렸다면 대가를 치러야 할 것이다.'"

그는 서류에서 눈을 뗀 다음 루바쇼프의 얼굴을 쳐다보면서 말을 이었다.

"당신은 틀렸소. 그래서 대가를 치를 거요, 루바쇼프 동지. 당은 한 가지만 약속하오. 우리가 승리한 뒤에 더 이상 해가 되지 않을 때가 오면, 비밀 보관서의 자료는 출간될 거요. 그때 세상 사람들은 당신이 말했듯이 '펀치와 주디 쇼'의 배경에 무엇이 있었는지 알게 될 거요. 우리는 그 쇼를 역사의 지침서에 따라 보여 줘야 했소……."

글레트킨은 잠깐 망설이다 소맷부리를 바로잡으면서 약간 서투르게 말을 맺었다.

"그러고 나면 당신에게 그리고 구세대의 몇몇 당신 친구들에게 오늘날에는 거부된 동정과 연민이 주어질 게요."

그는 말하면서 준비된 진술서를 루바쇼프에게 밀고, 그 옆에 자신의 만년필을 놓았다. 루바쇼프는 일어서서 굳은 미소를 지은 채 말했다.

"네안데르탈인들이 감상적으로 된다면 어떻게 될까 궁금했는데, 이제 알겠소."

"이해하지 못하겠는데."

글레트킨 또한 일어나며 말했다.

루바쇼프는 반혁명적 활동을 통해 그리고 외세에 봉사하며 죄를 저질렀다는 점을 자백한 진술서에 서명했다. 고개를 든 그의 시선이 벽 위에 걸린 넘버원 초상화에 닿았다. 수년 전 작별할 때 넘버원이 보여 준 냉소적인 표정을 그는 다시 한 번 느꼈다. 곳곳에 걸린 초상화에 담긴, 인류를 빤히 내려다보는 우울한 냉소였다.

루바쇼프가 말했다.

"당신이 이해하지 못해도 괜찮소. 구세대들, 즉 이바노프나 루바쇼프 그리고 키퍼 무리들만 이해하는 일들도 있다오. 이젠 끝났지만."

"재판이 있을 때까지 당신이 고생하지 않도록 지시해 두겠소."

글레트킨은 잠시 말을 멈추었다가 다시 뻣뻣하고 정확하게 말했다.

"다른 특별한 바람이 있소?"

"자는 것이오."

루바쇼프가 대답했다. 코안경을 쓰고 수염을 기른 그는 열린 문 앞의 건장한 교도관 옆에 초췌한 모습으로 섰다.

"당신 잠을 방해하지 않도록 지시해 두겠소."

글레트킨이 말했다.

루바쇼프가 나가고 문이 닫히자, 글레트킨은 책상으로 되돌아갔다. 몇 초 동안 조용히 서 있던 그는 속기사를 불렀다. 그녀는 늘 앉던 구석에 앉아 있었다.

"글레트킨 동지, 당신의 성공을 축하합니다."

그녀가 말했다.

글레트킨은 램프 불빛을 평상시대로 낮춘 뒤 말했다.

"그건 수면 부족과 육체적 피로 덕분에 얻어진 거요. 모든 게 체질 문제지."

문법적 허구

1

우리에게 길 없는 목표를 보여 주지 말라.
땅 위의 목적과 수단은 너무도 얽혀 있어서
하나를 바꾸면 다른 하나도 바꾸어야 한다.
다른 길은 각기 다른 목적을 갖는다.

―페르디난트 라살레, 『프란츠 폰 지킹겐』

"자신의 유죄를 인정했는지 물었을 때, 피고 루바쇼프는 분명한 목소리로 '예'라고 답했다. 피고가 반혁명 활동의 앞잡이로 활동했는지에 대한 검사의 그 다음 질문에도 그는 낮은 목소리로 다시 '예'라고 대답했다……."

문지기 바실리의 딸은 각각의 음절을 떼어 천천히 읽었다. 그녀는 신문을 식탁 위에 펼쳐 놓은 뒤 그 문장을 손가락으로 따라갔다. 이따금 그녀는 꽃이 그려진 머릿수건을 매만졌다.

"…… 변론을 위해 변호사를 원하는가 물었을 때, 그런 권리를 포기하겠다고 피고는 선언했다. 그러자 법정은 공소장 낭독을 계속했다……."

문지기 바실리는 얼굴을 벽으로 향한 채 침대에 누워 있었다. 그의 딸 베라 바실료브나는 이 노인이 자신이 읽는 것을 듣고 있는지, 아니면 자고 있는지 확실히 알지 못했다. 노인이 혼자 중얼거릴 때도 있었다. 그녀는 그 사건에 대해 어떤 관심도 갖지 말라고 배웠다. 그래서 그저 '교육적인 이유'에서 매일 저녁 신문을 큰 소리로 읽었다. 공장 일을 끝내고 세포 모임에 참석한 뒤 집에 늦게 돌아온 날에도 그녀는 신문을 읽었다.

"…… 공소장과 기록된 증거물, 예비 조사 때 그 자신이 한 자백 등에 의해 피고 루바쇼프가 유죄임이 입증되었다고 한다. 예비 조사에 대한 불만이 있느냐는 재판장의 질문에 대해서도 피고는 아니라고 대답했고, 자발적으로 반혁명적 죄악을 진지하게 후회하며 자백했다고 그는 덧붙였다……."

문지기 바실리는 움직이지 않았다. 침대 위 그의 머리 바로 위에 넘버원 초상화가 걸려 있었다. 그 옆으로 녹슨 못 하나가 벽에서 튀어나와 있었다. 얼마 전만 해도 그곳에는 게릴라 대장인 루바쇼프 사진이 걸려 있었다. 바실리의 손이 무의식적으로 매트리스에 난 구멍을 더듬었다. 그 안에 빤질빤질한 『성경』을 딸이 못 보도록 숨겨 놓곤 했는데, 루바쇼프가 체포된 직후 딸이 그것을 발견해 교육적 이유로 내다 버렸다.

"…… 검사의 요청에 따라 피고 루바쇼프는 자신이 당 노선에 대한 반대자에서 조국에 대한 반혁명가이자 반역자로의 변화 과정을 계속 묘사했다. 빽빽이 들어찬 방청객 앞에서 피고는 다음과 같이 진술을 시작했다. '시민 재판관님, 저는 조사 책임자와 우리나라 사법부의 대표자인 당신 앞에서, 제가 왜 항복하게 되었는지 설명하려 합니다. 제 이야기는 당 노선에서 조금이라도 빗나가는 것이 어떻게 반혁명적 도적 행위로 귀결되는지를 보여 줄 것입니다. 우리 반대파 투쟁의 결과는 점점 더 구렁텅이 아래로 빠져들었습니다. 저의 경우를 서술해 보이겠습니다. 그것은 이 결정적인 시간에도 여전히 망설이거나 당 지도부와 당 노선의 정당성에 대한 의혹을 가진 사람들에게 하나의 경고가 될 것입니다. 수치감에 휩싸이고 먼지 속에 짓밟힌 채 그리고 곧 죽을 몸으로서, 저는 당신에게 한 반역자의 서글픈 경로를 얘기하고자 합니다. 그것은 우리나라의 수백만 사람들에게 하나의 교훈이자 끔찍한 예로 기여할지도 모릅니다……."

문지기 바실리는 침대 위에서 몸을 돌린 뒤 얼굴을 매트리스 속에 파묻었다. 그의 눈앞에 수염 기른 게릴라 지도자 루바쇼프의 얼굴이 어른거렸다. 루바쇼프는 최악의 혼란 속에서도 신과 인간에게 하나의 기쁨이 될 만큼 유쾌한 방식으로 맹세하는 법을 알았다.

"먼지 속에 짓밟힌 채 그리고 곧 죽을 몸으로서……."

바실리는 고통으로 끙끙거렸다. 『성경』은 사라졌지만, 그는 많은 구절을 외우고 있었다.

"…… 그 순간 검사는 피고의 이야기를 가로막고 반역 활동 혐의로 처형된 루바쇼프의 전 비서 알로바의 운명에 관해 몇 가지 질문을 했다. 피고 루바쇼프의 답변에서 드러난 사실은, 그가 당의 감시로 그 시절 궁지에 몰리자 자기 죄의 책임을 알로바에게 전가시킴으로써 자신의 목숨을 구했고, 그래서 불명예스러운 활동을 계속할 수 있었다는 점이다. N. S. 루바쇼프는 이런 사악한 죄를 부끄러움 없이 냉소적인 솔직함으로 자백했다. '당신에겐 분명 어떤 도덕의식도 없군'이라는 시민 검사의 지적에 대해 피고는 비웃는 듯한 미소를 띠며 그렇다고 대답했다. 그의 행동은 청중에게 분노와 경멸을 불러일으켰지만, 시민 재판장이 이러한 반응을 즉각 제지했다. 한번은 이런 혁명적인 정의감이 유쾌한 웃음의 물결로 표현되기도 했다. 피고가 '참을 수 없는 치통'을 이유로 몇 분간 재판을 중지시키길 요청하자, 재판장은 즉시 허용했다. 그가 경멸적으로 어깨를 으쓱이며 재판을 몇 분간 중단시킨 것은 혁명 재판의 올바른 절차를 상징하는 것이었다."

문지기 바실리는 등을 대고 누워 루바쇼프가 외국인들로부터 구출된 뒤 승리 속에서 여러 모임에 나오던 그 시절을 생각했다. 붉은 깃발과 장식물 아래의 플랫폼에서 목발에 기대서 있던 그의 모습을, 그리고 환호하는 소리가 끊이지 않는 동안 미소 지으며 코안경을 소매에 문지르던 모습을 생각했다.

"그리고 군인들이 그를 '집정실'이라 불리는 홀로 데리고 갔다. 그들은 무리를 한데 불러 모았다. 그들은 고관대작들이 입던 자주색 옷을 그에게 입혔고, 갈대로 머리를 두드렸으며, 그에게 침을 뱉었다. 그리고 무릎을 구부린 채 그를 경배했다."

"무얼 그리 중얼거리나요?"

딸이 물었다.

"상관할 것 없다."

문지기 바실리는 벽을 향해 몸을 돌리고는 손으로 매트리스에 난 구멍을 더듬었다. 그러나 그 안은 텅 비어 있었다. 그의 머리 위에 박힌 못에도 아무것도 없었다. 딸이 벽에서 루바쇼프 초상화를 떼어 쓰레기통에 던져 버릴 때 그는 반대하지 않았다. 감옥의 수치심을 견뎌 내기에는 그는 지금 너무 늙었기 때문이다.

딸은 읽기를 멈추고, 차를 준비하려고 스토브를 탁자 위에 놓았다. 코를 찌르는 석유 냄새가 문지기의 오두막집 위로 번졌다.

"내가 읽는 걸 듣고 있었나요?"

딸이 물었다.

바실리는 유순하게 그녀 쪽으로 고개를 돌리고 대답했다.

"다 들었어."

"그러면 이제 알게 될 거예요. 그는 자기가 반역자라고 스스로 말하고 있어요. 진실이 아니라면, 그렇게 직접 말하진 않을 거예요. 공장 모임에서 우리 모두 서명할 결의문을 이미 작성했어요."

딸이 쉭쉭거리는 스토브 안으로 기름을 펌프질하며 말했다.

"그 일에 대해 많은 걸 알고 있구나."

바실리가 한숨을 지었다.

딸이 그를 힐끗 쳐다보았다. 그녀의 눈길 때문에 그는 다시 고개를 벽 쪽으로 돌렸다. 딸이 그런 눈길을 던질 때마다 바실리는 자기가 딸의 길을 막고 있다는 사실이 떠올랐다. 그녀는 수위실을 혼자 사용하고 싶어 했던 것이다. 3주 전 그녀와 그녀 공장에서 일하는 한 젊은 기계공은 결혼 등기소에서 이름을 나란히 기입했지만, 그들에겐 아직 집이 없었다. 젊은이는 동료 두 명과 방을 같이 쓰고 있었는데, 주택 공급 회사에서 집을 할당받으려면 몇 년은 기다려야 했다.

스토브가 드디어 켜졌다. 딸이 그 위에 주전자를 놓았다.

"서기관 세포가 우리에게 그 결의문을 읽어 주었어요. 거기엔 반역자는 가차 없이 처단되어야 한다는 우리의 요구가 적혀 있었어요. 반역자에게 동정을 보이는 사람도 반역자가 되므로 비판받아야 해요."

그녀는 사무적인 목소리로 말을 이었다.

"노동자들은 정신을 바짝 차려야 해요. 우린 그 결의문의 복사본을 한 장씩 받았어요. 서명을 모으려고요."

딸은 블라우스에서 약간 구겨진 종이 한 장을 꺼내 식탁 위에 펼쳐 놓았다. 바실리는 침대 위에 등을 대고 반듯하게 누워 있었다. 그의 머리 바로 위 벽에 녹슨 못이 튀어나와 있었다. 그는 눈을 가늘게 뜨고 스토브 옆에 펼쳐진 종이를 보다가 급히 고개를 돌렸다.

"그리고 그는 말했다. 내가 너희에게 이르노니, 베드로야, 오늘 새벽닭이 울기 전에 네가 나를 모른다고 세 번 부인하리라……."

주전자 물이 부글거리기 시작했다. 바실리가 말했다.

"그렇다면 내전에 참전했던 사람들도 서명해야 한단 말이냐?"

꽃이 수놓인 머릿수건을 두른 딸이 주전자 위로 몸을 굽히며 말했다.

"꼭 그래야 할 의무는 없어요. 물론 공장 사람들은 그가 이 집에서 살았다는 걸 알아요. 모임이 끝난 뒤 서기관 세포가 아버지가 끝까지 루바쇼프와 친구였는지, 그리고 서로 많은 이야기를 나누었는지 내게 물었어요."

바실리는 힘겹게 일어나 앉아 기침을 했다. 그 바람에 연주창을 앓은 것처럼 보이는 가느다란 목의 혈관이 부풀어 올랐다.

딸은 식탁 구석에 잔 두 개를 놓고 종이 봉지에서 찻잎 가루를 꺼내 잔에 넣었다.

"뭐라고 또 중얼거리는 거예요?"

그녀가 물었다.

"그 빌어먹을 종이를 이리 다오."

바실리가 말했다. 딸이 종이를 건넸다.

"뭐라고 쓰여 있는지 읽어 드릴까요?"

"아니다. 알고 싶지 않아. 차를 좀 주겠니?"

바실리가 종이 위에 자기 이름을 쓰며 말했다.

딸이 잔을 건네주었다. 바실리의 입술이 움직이고 있었다. 그는 엷은 갈색 액체를 한 모금씩 홀짝이며 혼자 중얼거렸다.

차를 마신 뒤 딸은 계속 신문을 읽었다. 피고 루바쇼프와 키퍼의 재판은 끝에 다다르고 있었다. 당 지도자의 암살 계획이라는 죄를 둘러싼 논란은 청중들 사이에 폭풍 같은 격노를 불러일으켰다. "저 미친개를 총살하라!"는 아우성이 거듭 들렸다. 동기에 대해 검사가 결론적으로 질문하자, 혼절한 듯한 피고 루바쇼프는 몹시 피로한 목소리로 대답했다.

"내가 말할 수 있는 것은, 우리 반대파는 혁명 조국의 정부를 제거하고자 저열하고 사악한 방법을 썼다는 사실입니다."

딸이 의자를 뒤로 밀며 말했다.

"역겨워. 뱃가죽이 땅에 닿도록 아첨하는 꼴이 구역질나는군."

그녀는 신문을 옆으로 놓은 뒤 스토브와 찻잔을 치우느라 야단이었다. 바실리는 그녀를 쳐다보았다. 뜨거운 차가 그에게 용기를 주었다. 그는 똑바로 앉으며 말했다.

"네가 사정을 다 안다고는 생각하지 마라. 그가 그런 말을 할 때 그 마음에 뭐가 있는지는 아무도 모르니까. 당은 너희 모두에게 영리해지라고 가르쳤지. 그러나 너무 영리해지면 품위를 잃어버린단다. 어깨를 으쓱거리는 건 아무 소용도 없지."

그는 화가 난 목소리로 말을 이었다.

"세상이 지금 이렇게 된 것은 영리함과 품위가 서로 싸우기 때문이야. 한쪽 편만 드는 사람은 다른 쪽은 없이 지내야 해. 사람이 여러 생각을 다 말하면 좋지 않은 거야. 그래서 『성경』에도 이렇게 적혀 있는 거야. '너희는 그저 예 할 것은 예 하고, 아니요 할 것은 아니요라고만 하라. 그 이상의 말은 악에서 오는 것이니라.'"

바실리는 이야기를 마친 뒤 딸이 어떤 표정을 짓는지 보지 않으려고 고개를 돌렸다. 그는 오랫동안 그렇게 용감하게 딸에게 맞서 본 적이 없었다. 그녀가 자기와 남편 단둘이서 그 방을 쓰고 싶다는 생각을 품는 이상, 어떤 일이 일어날지 몰랐다. 결국 사람은 영리해지지 않을 수 없다. 그렇지 않으면 늙어서 감옥에 가야 하거나, 다리 밑 차가운 곳에서 잠을 자야 할지도 모른다. 그러니까 방법은 하나밖에 없다. 약삭빠르게 행동하거나 품위 있게 행동하는 것이다. 이 둘은 함께 어우러지지 못한다.

"이제 끝 대목을 읽어 드릴게요."

딸이 다시 읽기 시작했다.

"검사는 루바쇼프에 대한 심문을 마쳤다. 이어 피고인 키퍼가 다시 한 번 심문을 받았다. 그는 암살 미수에 관해 앞서 했던 진술을 다시 자세히 반복했다. '키퍼에게 질문할 것이 있는가'라는 재판장의 물음에 피고 루바쇼프는 그 권리를 포기하겠다고 대답했다. 이로써 증거 심문은 끝났고, 재판은 휴정되었다. 재판이 다시 시작된 뒤 시민 검사는 요약문을 읽기 시작했다……."

바실리는 검사의 연설에 귀를 기울이지 않았다. 그는 벽 쪽으로 몸을 돌려 잠들었다. 자신이 얼마나 오래 잤는지, 딸이 얼마나 자주 스토브 기름을 채웠는지 그는 알지 못했다. 그녀의 집 게손가락이 얼마나 자주 신문지 밑에 이르렀다가 새 칼럼을 읽기 시작했는지도 알지 못했다. 그는 검사가 연설을 요약하며 사형을 구형할 때에야 비로소 깨어났다. 딸은 아마도 끝 무렵에 목소리의 높낮이를 바꾸었을 테고, 한 번쯤 읽기를 멈추었을 것이다. 어쨌든 바실리는 그녀가 진하고 검은 글씨체로 인쇄된 검사 연설문의 마지막 문장을 읽을 때 깨어났다.

"난 이 모든 미친개들을 총살시켜야 한다고 요구하는 바입니다."

피고들에게 최후 진술을 하라고 했다.

"…… 피고 키퍼는 재판관 쪽으로 몸을 돌린 뒤 그의 청춘을 참작하여 생명을 살려 주길 간청했다. 그는 다시 한 번 자기 죄가 비열하다는 걸 인정했고, 그 모든 책임을 선동자 루바쇼프에게 돌리려고 애썼다. 흥분한 탓에 그는 말을 더듬었고, 방청객들 사이에서는 큰 소란이 일었다. 시민 재판장이 소란을 가라앉힌 뒤 루바쇼프에게 말할 기회를 허용했다……."

신문 기사는 피고 루바쇼프가 이 대목에서, 청중을 간절한 시선으로 살펴보다가 단 하나의 동정적인 얼굴도 발견하지 못하자 어떻게 절망 속에 고개를 떨어뜨렸는지를 생생히 묘사하고 있었다.

루바쇼프의 최후 진술은 짧았다. 그것은 이미 법정에서 그의 행동이 불러일으킨 불쾌한 인상을 강화시켰을 뿐이다. 피고 루바쇼프가 분명하게 말했다.

"시민 재판장님, 저는 여기에서 제 생애 마지막으로 말합니다. 반대파는 타도되어 파멸했습니다. '오늘 난 무엇을 위해 죽어가고 있는가?'라고 자문해 보면, 절대적 무(無)와 대면할 뿐입니다. 당과 당 활동과 화해하지 못한 채 죽는다면, 죽을 수 있는 명분이 없는 것입니다. 그러므로 저는 마지막 시간의 문턱에서 나라와 대중, 그리고 전체 인민에게 무릎을 꿇습니다. 정치적 가면무도회, 토론, 공모의 무언극은 끝났습니다. 시민 검사가 우리 머리를 요구하기 오래전에 우린 정치적으로 죽었습니다. 패배한 자들에게 화 있으라! 역사는 이들을 먼지가 되도록 짓밟고 있습니다. 시민 재판장님, 저는 당신 앞에서 오직 한 가지 정당성만 갖습니다. 그것은 바로 제가 저 자신이 편하려고 하지는 않았다는 사실입니다. 허영심과 마지막 남은 자존심이 제게 속삭였습니다. '침묵 속에 죽어라. 아무것도 말하지 마라. 그렇지 않다면, 감동적인 백조의 노래를 입술에 머금은 채 고상한 몸짓으로 죽어라. 마음을 쏟아부어 너를 고발한 사람들에게 도전하든지.' 나이 든 반역자에게는 쉬울지 모르지만, 저는 그 유혹을 물리쳤습니다. 그것으로 제 임무는 끝났습니다. 전 대가를 치렀습니다. 역사에 대한 셈은 청산되었습니다. 자비를 청하는 것은 웃음거리가 될 것입니다. 더 이상 할 말이 없습니다."

딸은 이어서 다음 대목을 읽었다.

"…… 잠시 토의한 뒤 재판장은 선고문을 읽었다. 사법부의 최고 혁명 법정 위원회는 피고들에게 모든 소송 건에서 최고 형량을 선고했다. 총살형에다 모든 개인적 재산을 몰수한다는 것이었다."

바실리 영감은 머리 위의 녹슨 못을 뚫어지게 쳐다보며 중얼거렸다.

"당신의 뜻이 이루어지이다, 아멘."

그는 벽 쪽으로 몸을 돌렸다.

2

그렇게 하여 모든 것은 끝이 났다. 루바쇼프는 자정이 되기 전에 자기 삶이 끝나리라는 것을 알았다.

루바쇼프는 재판을 끝낸 뒤 감방으로 돌아와 왔다 갔다 했다. 창문 쪽으로 여섯 걸음 반, 뒤로 여섯 걸음 반. 그가 귀 기울이며 창가에서 세 번째 검은 타일 위에 말없이 서자, 희게 칠해진 벽에서 마치 깊은 우물 속에서 나오는 것처럼 침묵이 들려왔다. 그는 마음속과 외부가 왜 이렇게 고요해졌는지 그 이유를 알지 못했다. 그러나 이제는 어떤 것도 이 평화를 더 이상 방해할 수 없으리란 것을 그는 알았다.

돌이켜 보면, 그는 이런 복된 고요가 스며들던 순간을 기억할 수 있었다. 그가 재판정에서 최후 진술을 시작하기 전이었다.

그는 이기주의와 허영심의 마지막 찌꺼기까지 불태워 버렸다고 믿었지만, 청중들의 얼굴에서 무관심과 조롱을 발견한 순간 연민에 대한 갈구가 솟구쳤다. 온몸이 얼어붙은 그는 자신의 말로 스스로를 따뜻하게 해 주고 싶었다. 자신의 과거를 이야기하고, 이바노프와 글레트킨이 자신을 얽매던 그물을 찢어 버리고서 당통처럼 자기를 고발한 자들에게 이렇게 외치고 싶었다.

'너희가 내 온 생애를 거머쥐고 있구나. 내 목숨이 일어나 너희에게 도전하길⋯⋯.'

그는 혁명 재판에서 행한 당통의 연설을 얼마나 잘 알고 있었던가. 소년 시절 그 연설을 모두 외웠을 정도였다.

'너희는 공화국을 피로 질식시키려고 한다. 자유의 발걸음은 얼마나 오래 묘비가 되어야 하는가? 폭정이 일어났다. 그건 자유의 베일을 찢고 자유의 머리를 높이 세운 채 죽은 우리 몸을 밟으며 넘고 있다.'

이 말을 하고 싶어 그의 혀는 간질간질했다. 그러나 그 유혹은 그저 한순간일 뿐이었다. 그가 최후 진술을 시작했을 때는 침묵의 종소리가 그를 덮쳤다. 그는 너무 늦었다는 것을 깨달았다.

너무 늦어, 왔던 길을 되돌아갈 수 없었고, 그가 딛고 선 무덤 위에서 더 이상 걸음을 뗄 수가 없었다. 말로는 그 어떤 것도 되돌릴 수 없었다.

그들 모두가 너무 늦었다. 세상에 마지막 모습을 보일 시간이 왔을 때 그들 중 어느 누구도 피고석을 연단으로 바꿀 수 없었고, 그들 중 어느 누구도 세상 사람들에게 진실을 밝힐 수 없었으며, 그들 중 어느 누구도 당통처럼 공소장을 재판관들에게 던질 수 없었다.

몇 사람은 언청이처럼 육체적 불안 때문에 침묵했다. 어떤 사람은 목숨을 구하려고 했다. 또 다른 사람들은 글레트킨의 마수로부터 최소한 아내나 아들만큼은 구하고자 애썼다. 그들 중 가장 나은 사람들은 자신을 속죄양으로 희생시킴으로써 당에 마지막으로 봉사하기 위해 침묵했다. 그 가장 나은 사람들조차 자기 양심에 알로바 같은 사람을 품고 있었다. 그들 역시 자신들의 과거에 너무 깊이 얽혀 있었고, 뒤틀린 윤리와 뒤틀린 논리의 법칙에 따라 그들 스스로 짠 그물 속에 사로잡혀 있었다. 비록 스스로 고발한 행동은 아니었을지라도 그들은 모두 유죄였다. 그들에게는 돌아갈 어떤 길도 없었다. 무대에서 나오는 문은 그들의 기이한 게임 규칙에 따라 생겨났다. 대중은 그들에게 어떤 죽음의 노래도 기대하지 않았다. 그들은 교과서에 따라 연기해야 했고, 그들이 맡은 역할은 밤의 늑대 울음과 같은 것이었다…….

이제 끝났다. 이 일과 관련해서 루바쇼프가 할 일은 더 이상 없었다. 그는 더 이상 늑대와 함께 울부짖어서는 안 되었다. 그는 대가를 치렀고, 그의 셈은 끝났다. 그는 모든 관계의 끈으로부터 풀려난, 그림자를 잃어버린 사람이었다. 그는 모든 생각의 마지막 결론까지 따라갔고, 그 끝에 이르기까지 그에 따라 행동했다. 그에게 남은 시간은 논리적 사고가 끝나는 바로 그 지점에서 시작되는 영역에 존재하는 저 말 없는 상대의 몫이었다. 당이 사도들에게 일인칭을 부끄러운 것으로 생각하도록 가르친 대로 부끄러운 낯빛으로 그는 말 없는 상대를 '문법적 허구'라고 이름 붙였다.

루바쇼프는 그와 406호 사이에 가로놓인 벽 옆에서 멈추었다. 406호는 립 반 윙클이 떠난 뒤 비어 있었다. 그는 코안경을 벗고 주위를 살핀 뒤 두드렸다.

"2-4……."

그는 아이 같은 부끄러움으로 귀를 기울인 다음 다시 두드렸다.

"2-4……."

루바쇼프는 귀를 기울인 채 똑같이 이어지는 신호를 다시 반복해서 두드렸다. 그러나 벽에서는 여전히 아무 소리도 들리지 않았다. 그는 '2-4', 즉 '나'란 말을 지금까지 결코 의식적으로 두드린 적이 없었다. 아마 전혀 안 두드렸을 것이다. 그는 귀 기울였으나 두드림은 메아리 없이 사그라졌다.

루바쇼프는 감방을 가로질러 계속 왔다 갔다 했다. 침묵의 종소리가 그를 덮친 뒤, 그는 너무 늦기 전에 답을 찾고 싶던 어떤 질문을 생각하고 있었다. 그것은 단순한 질문으로, 고통의 의미, 더 정확히 말하자면 의미 있는 고통과 의미 없는 고통의 차이에 관한 것이었다.

불가피한 고통, 즉 생물학적 재난으로부터 유래하는 고통만이 의미를 가진 것이었다. 다른 한편으로 사회적 기원을 가진 모든 고통은 우발적이고, 따라서 효과도 없고 무의미했다. 혁명의 유일한 목적은 무의미한 고통의 철폐였다. 그러나 이 두 번째 고통을 제거하는 일은 첫 번째 고통의 총량이 한때나마 엄청나게 증가하는 대가를 치르고서야 가능하다는 사실이 입증되었다.

그리하여 이제 질문은 이렇게 되었다. 그러한 고통의 제거 작업이 정당했는가? '인류'라는 추상물 속에서 말한다면, 그건 명백히 정당했다. 그러나 '인간' 개인에 적용한다면, 그래서 뼈와 살과 피와 살가죽을 가진 실재적 인간 존재인 '2-4'에 적용한다면, 그것은 정당하지 않았다.

소년 시절 루바쇼프는 당을 위해 일하면 이 같은 모든 질문에 대한 답을 찾으리라고 믿었다. 그리고 40년간 일을 해 왔다. 그런데 출발점에 선 순간 그는 일에 뛰어들도록 만든 자신의 질문을 잊어버렸다. 이제 40년이 지났고, 루바쇼프는 소년 시절의 당혹감으로 되돌아갔다. 당은 그에게서 모든 것을 앗아 갔지만, 어떤 답도 그에게 주지 않았다. 그가 텅 빈 감방의 벽에 말 없는 상대의 그 마술 같은 이름을 두드렸지만, 이 상대는 대답하지 않았다. 아무리 급하고 절망적이더라도 질문이 직접적일 경우 상대는 벙어리가 되었다.

그럼에도 불구하고 루바쇼프에게 다가갈 길은 아직 있었다. 가끔 그는 예기치 않게 어떤 가락 혹은 어떤 가락에 대한 기억에, 아니면 〈피에타〉의 구부러진 손이나 어린 시절의 어떤 장면에 대한 기억에 반응했다. 마치 소리굽쇠를 친 것처럼 응답하는 진동이 일어나고, 이것이 시작되면 신비주의자들이 '황홀'이라고 부르거나 성자들이 '정관'(靜觀)이라고 부르는 상태가 되곤 했다. 현대 심리학자들 중 가장 위대하고 진지한 사람들도 이런 상태를 하나의 사실로 인정했고, 그걸 '대양적 감정'이라고 불렀다. 그리하여 한 인간의 존재는 바닷가의 소금 한 알갱이처럼 녹아버렸다. 그러나 동시에 무한한 바다는 소금 한 알갱이에 모두 들어 있는 것 같았다. 알갱이는 더 이상 시간과 공간에 놓일 수 없을지도 몰랐다. 그건 사고가 그 방향을 잃고 마치 나침반의 바늘처럼 돌기 시작하는 상태와 같았다. 그래서 그것은 마침내 그 축에서 벗어나 공간 속에, 마치 밤하늘의 빛 무리처럼 자유롭게 돌아다녔다. 그리하여 결국 모든 사상과 모든 감정, 심지어 고통과 기쁨 자체도 의식의 프리즘 속에 분열하는, 그저 같은 빛줄기의 분광인 것처럼 여겨졌다.

　루바쇼프는 감방을 가로질러 걸었다. 예전이었다면 그는 이 같은 유치한 묵상을 부끄럽게 여기며 부정했을지도 모른다. 그러나 이제 그는 부끄럽지 않았다. 죽음 속에서는 형이상학적인 것도 현실적인 것이 되었다.

　그는 창가에 멈추어 창살에 이마를 기댔다. 기관총 포탑 위로 푸른 하늘이 보였다. 하늘은 창백했다. 그가 어린 시절 아버지 농장의 잔디밭에 누워 포플러 가지 사이로 보던 하늘의 그 각별한 푸름이 떠올랐다. 분명 한 조각의 푸른 하늘만으로도 막막한 '대양적 감정'을 일으키기에 충분했다.

천체 물리학의 최근 발견에 따르면 우주는 유한하다. 즉 우주 공간은 아무런 경계도 없지만, 공의 표면처럼 독립된 자기 충족적인 공간이라는 것이다. 이와 관련된 글을 읽을 당시 그는 이해할 수 없었다. 그러나 지금은 이해하고 싶은 절박한 욕구를 느꼈다. 그것을 읽은 것은, 독일에서 처음 체포되었을 때 불법 인쇄된 당 기관지 한 장을 동료들이 감방으로 몰래 넣어 준 덕분이었다. 위쪽에는 방적 공장 파업에 대한 3단짜리 기사가 있었는데, 그 아래에 여백을 채우기 위한 임시변통의 기사가 실려 있었다. 우주가 유한하다는 발견에 대한 기사가 작은 글씨로 인쇄되어 있었는데, 그 면의 반은 찢어져 있었다. 찢겨 나간 나머지 부분에 뭐라고 적혀 있는지 그는 알 수 없었다.

루바쇼프는 창문 옆에 서서 코안경으로 빈 벽을 두드렸다. 어렸을 때 천문학을 공부하고 싶던 그는 40년 동안 다른 일을 해 온 것이다. 검사는 왜 "피고 루바쇼프, 무한성이란 무엇이오?"라고 묻지 않았을까? 그랬다면 그는 대답할 수 없었을 것이다. 그리고 바로 거기에 그의 죄의 진짜 본질이 놓여 있었다. 무한보다 더 큰 것이 있을 수 있겠는가?

고문 때문에 관절이 심하게 쑤시는 상태에서 그는 감방에 홀로 앉아 그 기사를 읽고 있었다. 어느 순간 그는 어떤 기이한 고양 상태로 빠져들었다. '대양적 감정'이 그를 휩쓸었던 것이다. 그 후 그는 그러한 자신을 부끄럽게 여겼다. 당은 그것을 소부르주아 신비주의이고, 상아탑으로의 도피이자, '과업 도피'이며,

'계급투쟁의 방기'라고 일컬었다. '대양적 감정'은 반혁명적이었던 것이다.

투쟁을 할 때 인간은 땅 위에 두 발을 확고히 딛고 서 있어야 한다. 당은 그렇게 서 있는 법을 가르쳤다. 무한한 것은 정치적으로 의심스러운 양이었고, '나'는 의심스러운 질이었다. 당은 그 존재를 인정하지 않았다. 개인이란 단지 1백만 명을 1백만 명으로 나눈 것으로 정의되었다.

당은 개인의 자유 의지를 부정하는 동시에 자발적 자기희생을 강요했다. 당은 개인의 양자택일 능력을 부정하는 동시에 한결같이 옳은 것을 택하길 요구했다. 당은 선과 악을 분간할 수 있는 개인의 능력을 부정하는 동시에 죄와 배반에 대해 열정적으로 말했다. 개인은 경제적 숙명성이라는 계시 아래 서 있었다. 개인은 영원히 감기기만 하고 멈추거나 어떤 것에 영향받아 움직일 수 없는 시계 장치 속 한 바퀴였다. 그런데도 당은 그 바퀴가 시계 장치에 반역을 일으켜 그 경로를 변화시키길 요구했다. 어디선가 계산 착오가 있어 방정식은 풀리지 않았다.

40년 동안 그는 경제적 숙명성에 대항해 싸웠다. 그것은 인류의 중심적인 질병이었고, 내장을 갉아먹는 암이었다. 바로 그 부분을 수술해야 했다. 수술을 하면 치유 과정은 저절로 따라올 것이었다. 그 밖의 모든 것은 아마추어적 도락이고 낭만주의이며 허풍이었다. 치명적인 병에 걸린 사람을 경건한 훈계로 고칠 수는 없었다. 유일한 해결책은 외과 의사의 칼이고 그의 냉철한 계산이었다. 그러나 어디에 칼을 대든 이전 자리에는 새로운 종기가 났다. 또다시 방정식은 작동하지 않았다.

40년 동안 그는 명령자인 당에게 맹세한 대로 엄격히 살았다. 그는 논리적 계산 법칙을 지켰으며, 신맛 나는 이성 의식에서 나온 낡고도 비논리적인 도덕성의 잔재를 태워 버렸다. 그는 말 없는 상대의 유혹으로부터 돌아섰고, '대양적 감정'에 대항하여 온 힘으로 싸웠다. 그래서 그는 어디에 도달했는가? 나무랄 데 없는 진리의 전제 조건이 그를 완전히 불합리한 결과로 이끌었다. 이바노프와 글레트킨의 반박할 수 없는 추론 때문에 그는 곧장 공개재판이라는 무시무시하고 유령 같은 게임에 빠져들었다. 모든 사고를 논리적 결론에 이르기까지 생각한다는 것은 인간에게 부적절한지도 몰랐다.

루바쇼프는 창문을 통해 기관총 포탑 위의 푸른 하늘 조각을 응시했다. 과거를 돌아보니 그는 40년 동안 순수 이성의 광란에 휩싸여 살아온 듯싶었다. 사람이 '너는 무엇을 해선 안 된다'거나 '너는 무엇을 할 수 없다'와 같은 끊임없는 구속으로부터 완전히 자유로워지는 것, 그래서 목표를 향해 곧장 질주하는 것은 어쩌면 불가능한 일인지도 몰랐다.

푸른 하늘은 분홍빛으로 변하기 시작했고, 어스름이 지고 있었다. 검은 새 떼가 완만한 날갯짓을 하며 포탑 주변을 천천히 맴돌고 있었다. 그렇다, 방정식은 작동하지 않았다. 눈을 목표물에 두고 손에 칼을 쥔다고 해서 다 되는 것이 아니었다. 칼을 쥐고 실험한다는 것이 인간에게는 적절하지 않았다. 아마도 훗날 어느 날에는 가능할지도 모른다. 그러나 지금 당장 인간은 너무 미숙하고 너무 서툴렀다. 실험의 위대한 마당, 자유의 요새이자 혁명의 조국에서 날뛴 꼴이라니.

글레트킨은 이 요새를 보존해야 한다는 원칙에서 행한 일은 모두 옳다고 했다. 그러나 실제로는 어떠했는가? 누구도 콘크리트로 낙원을 세울 수는 없다. 요새는 보존될지 모르지만, 그러나 거기에는 더 이상 어떤 메시지도, 세상에 보여 줄 본보기도 없었다. 넘버원 정권은 마치 중세의 몇몇 교황이 기독교 왕국의 이상을 더럽혔듯이 사회주의 국가의 이상을 더럽혔다. 혁명의 깃발은 이제 조기(弔旗)의 위치에 걸려 있었다.

루바쇼프는 감방 안에서 이리저리 오갔다. 주위는 조용했고 날은 어둑어둑해졌다. 곧 그를 데려가기 위해 그들이 올 것이다. 방정식의 어딘가에, 아니 사상이라는 수학 전체 체계에 과오가 있었다. 그는 리하르트와 〈피에타〉 얘기 이후 오래전부터 이미 그것을 어렴풋이 알고 있었다. 하지만 그것을 완전히 인정할 엄두는 낼 수 없었다.

아마도 혁명은 너무 빨리 왔는지도 모른다. 괴물처럼 비틀린 사지를 가진 유산된 아이처럼. 아마도 모든 것이 시기상으로 불운한 과오였는지도 모른다. 로마 문명의 운명 역시 기원전 1세기에 이미 정해진 듯 보였고, 우리의 운명처럼 골수까지 썩은 것처럼 보였다. 그래서 그 당시 가장 나은 사람들마저 위대한 변화의 시기가 무르익었다고 믿었지만, 그 낡아 빠진 로마 문명의 세계는 그 후로도 5백 년이나 더 지속되었다. 역사의 맥박은 느렸다. 인간은 햇수로 계산했지만, 역사는 세대로 계산했다. 아마 지금도 창조의 둘째 날에 불과할지도 모른다. 그렇다면 어떻게 인간이 살아남아 대중의 '상대적 성숙의 법칙'을 세울 수 있겠는가!

감방 안은 조용했다. 루바쇼프의 귀에는 저벅거리는 자기 발걸음 소리만 들렸다. 문 쪽으로 여섯 걸음 반. 여기서 사람들은 그를 데리고 갈 것이다. 다시 창가 쪽으로 여섯 걸음 반. 창문 뒤로 밤이 내리고 있었다. 모든 것이 곧 끝나리라. 그는 자신에게 물었다.

"넌 대체 무얼 위해 죽고 있는 것이지?"

그는 어떤 대답도 찾을 수 없었다.

그건 체제상의 과오였다. 어쩌면 그 과오는 지금까지 그가 논의의 여지가 없는 것으로 간주해 온 원칙(그 원칙의 이름으로 그는 다른 사람들을 희생시켰고, 이제는 그 자신마저 희생되고 있지만), 즉 목적은 수단을 정당화한다는 그 원칙에 있는 것인지도 모른다. 바로 그 원칙이 혁명의 위대한 동지들을 죽였고, 그들 모두를 미쳐 날뛰게 만들었던 것이다. 그는 한때 자기 일기장에 이렇게 적었다.

'모든 관습을 배 밖으로 던져 버렸다. 우리의 유일한 지침 원리는 필연적 논리의 원리다. 우리는 윤리라는 바닥짐 없이 항해하고 있다.'

아마도 악의 중심은 거기에 있는지도 모른다. 어쩌면 인류가 바닥짐 없이 항해하는 것은 부적절한지도 모른다. 그리고 이성 하나만으로 만들어진 나침반은 불완전하기에 목표가 안개 속으로 사라져 버리는 뒤틀린 경로로 이끌 것이다.

아마 이젠 거대한 어둠의 시간이 찾아들지도 모른다.

어쩌면 먼 훗날에야 비로소 새로운 깃발과 함께 새로운 운동이 일어날지도 모른다. '경제적 숙명성'과 '대양적 감정'을 모두 아는 새 정신이 일어나리라. 아마도 새로운 당의 당원들은 수도사 옷을 걸칠 테고, 오직 순수한 수단만이 목적을 정당화할 수 있다고 전도할 것이다. 어쩌면 그들은 한 인간이란 1백만 명을 1백만 명으로 나눈 결과라고 말하는 교리는 틀렸다고 가르칠 것이며, 곱셈에 근거한 새로운 종류의 산수를 도입할지도 모른다. 즉 1백만 명의 개인이 합쳐져 하나의 새로운 실체를 형성하고, 더 이상 무정형의 집단이 아닌 이 새로운 실체가, 무제한적이나 그 자체로 충족된 공간 속에서, 1백만 배로 확대된 '대양적 감정'으로 자기 자신의 의식과 개인성을 펼쳐 나갈 것이다.

루바쇼프는 걸음을 멈추고 귀를 기울였다. 나지막이 두드리는 소리가 복도 아래에서 들려왔다.

3

 마치 멀리서 바람에 실려 오는 것처럼 북을 치듯 두드리는 소리가 들려왔다. 소리는 점점 가까이 다가오고 있었다. 루바쇼프는 움직이지 않았다. 이제는 다리가 그의 뜻대로 되지 않았다. 다리에서 천천히 차오르는 지구의 중력이 느껴졌다. 그는 감시 구멍에서 눈을 떼지 않은 채 창문 쪽으로 세 걸음을 옮겼다. 깊이 숨을 내쉰 뒤 담배에 불을 붙였다. 침대 옆 벽에서 탁탁거리는 소리가 들려왔다.
 "그들이 언청이를 끌고 가고 있소. 그가 당신에게 인사를 전하오."
 다리에서 무거움이 사라졌다. 그는 문으로 가서 그 철판을 두 손바닥으로 빠르게 그리고 규칙적으로 두드리기 시작했다. 406호로 소식을 전하는 것은 이제 소용없었다. 그 방은 비어 있었다. 연결 고리가 거기서 끊어지는 것이었다. 그는 북 치듯 두드리면서 눈을 감시 구멍에 갖다 댔다.
 복도에서는 희미한 전등 빛이 언제나처럼 타고 있었다. 그는 늘 그러하듯 401호부터 407호까지의 철문을 바라보았다. 두드리는 소리가 점점 세졌다. 발걸음이 천천히 그리고 질질 끌리며 다가오고 있었고, 그건 분명 타일 위에서 났다.
 갑자기 감시 구멍으로 언청이가 서 있는 모습이 보였다. 그는 글레트킨 방의 반사 불빛 아래 서 있을 때처럼 입술을 떨고 있었다. 수갑이 채워진 두 손은 기이하게 뒤틀린 자세로 등 뒤에 놓여 있었다. 그는 감시 구멍 뒤의 루바쇼프 눈을 볼 수 없었지만, 마치 그 뒤에 구원의 마지막 희망이라도 있는 것처럼 뭔가를 찾는 듯한 눈동자로 문을 바라보았다. 순간 무슨 명령이 떨어졌고, 언청이는 순순히 몸을 돌려 걸었다. 그 뒤를 권총 벨트를 찬 제복 차림의 거인이 따라갔다. 두 사람은 감시 구멍에서 차례차례 사라졌다.

두드리는 소리가 사라졌다. 주위가 다시 조용해졌다. 잠시 뒤 침대 옆 벽에서 톡톡거리는 소리가 울려 왔다.

"그의 행동은 매우 훌륭했다……."

루바쇼프가 402호에게 자신의 항복을 알려 준 날 이후 그들은 서로 말하지 않았다. 402호는 계속했다.

"당신에겐 아직 10분 정도 남아 있다. 기분이 어떤가?"

루바쇼프는 자신이 기다리는 시간을 좀 편히 보내게 하려고 402호가 대화를 시작했다고 이해했다. 고마운 마음이 들었다. 그는 침대 위에 앉아 되받아 두드렸다.

"이미 끝났으면 좋겠다……."

"당신은 겁내지 않겠지. 우린 당신이 악마 같은 사람이라는 걸 안다……."

402호는 잠시 멈추더니 재빨리 마지막 말을 반복해서 두드렸다.

"악마 같은 사람……."

그는 이 대화가 중단되는 것을 막으려고 애쓰고 있었다.

"아직 기억하고 있나, '샴페인 잔 같은 젖가슴'이란 말을? 하하! 악마 같은 동지……."

루바쇼프는 복도에 귀를 기울였지만 아무 소리도 들리지 않았다. 402호가 그의 심중을 알아챘는지 금세 다시 두드렸다.

"귀 기울이지 마. 그들이 오면 내가 알려 줄 테니까……. 만약 풀려난다면 뭘 하고 싶나?"

루바쇼프는 곰곰이 생각한 뒤 두드렸다.

"천문학 공부."

"하하! 어쩌면 나도. 다른 별에도 누군가가 살고 있을 거라고들 하던데. 당신에게 내가 조언 좀 해도 괜찮겠나?"

"물론."

루바쇼프가 대답했다.

"나쁘게 여기지 마. 한 군인의 기술적 추측이니까. 당신 오줌통이나 비워. 그 편이 더 좋을 테니까. 정신은 뜻이 있되 육체가 말을 안 들으니. 하하!"

루바쇼프는 미소 지으며 똥통으로 갔다. 볼일을 본 뒤 그는 다시 침대 위에 앉아 두드렸다.

"고맙군. 뛰어난 생각이다. 그런데 당신 앞날은 어떤가?"

402호는 말이 없었다. 잠시 뒤 그는 좀 느리게 두드렸다.

"18년 정도. 더 정확히는 6,530일……."

그는 잠시 멈추었다가 덧붙였다.

"난 당신이 정말 부럽다."

다시 잠시 쉰 다음 그는 두드렸다.

"생각해 봐. 여자 없이 6,530일을 보내야 한다는 것을……."

루바쇼프는 잠시 가만히 있다가 두드렸다.

"그러나 당신은 읽고 공부할 수 있다……."

"그럴 머리가 안 된다."

402호가 두드렸다. 다시 그는 서두르듯 두드렸다.

"그들이 오고 있다……."

그는 멈추었다가 몇 초 뒤에 덧붙였다.

"유감이다. 재미있는 얘기를 나누고 있었는데……."

루바쇼프는 침대에서 일어서 잠시 생각한 뒤 두드렸다.

"당신은 날 많이 도와주었다. 고맙다."

열쇠가 자물통에서 철커덕거렸다. 문이 활짝 열렸다. 밖에는 제복 차림의 거인과 민간인 한 사람이 서 있었다. 민간인은 루바쇼프의 이름을 부른 뒤 서류에 적힌 글을 줄줄 읽었다. 그들이 그의 두 팔을 등 뒤에서 비틀어 수갑을 채우는 동안 루바쇼프는 402호가 급히 두드리는 소리를 들었다.

"난 당신이 부럽군. 난 당신이 부러워. 잘 가."

복도에서는 북 치듯 두드리는 소리가 다시 시작되었다. 그 소리는 그들이 이발소에 이를 때까지 계속되었다. 루바쇼프는 수감자들이 각각의 철문 뒤에서 감시 구멍으로 자기를 내다보고 있음을 알았다. 하지만 그는 왼쪽이든 오른쪽이든 고개를 돌리지 않았다. 손목의 살갗이 벗겨졌다. 거인이 수갑을 너무 바짝 쥔 데다 좀 전에 등 뒤에서 그의 팔을 심하게 비트는 바람에 상처가 난 것이었다.

지하 계단이 눈에 들어왔다. 루바쇼프는 걸음을 늦추었다. 민간인이 선두에서 걸음을 멈추었다. 그는 키가 작고 눈이 약간 튀어나와 있었다. 그가 물었다.

"소원이 있소?"

"없소."

루바쇼프가 대답한 뒤 지하 계단 아래로 내려가기 시작했다. 위에 남아 있던 민간인이 튀어나온 눈으로 그를 내려다보았다.

계단은 좁고 불빛은 형편없이 어두웠다. 루바쇼프는 계단 난간을 잡을 수 없었기 때문에 넘어지지 않으려고 조심해야 했다. 두드리는 소리가 멈추었다. 제복 입은 사람이 그의 뒤에서 세 걸음 정도 떨어져 내려오고 있었다.

계단은 나선형이었다. 루바쇼프는 더 잘 보려고 몸을 앞으로 구부렸다. 그 바람에 그의 코안경이 땅으로 떨어졌다. 코안경은 깨져 버렸고, 파편이 낮게 튀었다. 루바쇼프는 망설이듯 잠시 멈추었다가 계단 아래로 더 내려가야 한다는 사실을 깨달았다. 그는 뒤의 사람이 몸을 구부려 깨진 코안경을 주워 자기 호주머니에 넣어 주는 소리를 들었다. 그러나 고개를 돌리지는 않았다.

그는 이제 맹인이나 다름없었지만 그의 두 발은 단단한 바닥을 딛고 있었다. 긴 복도가 그를 맞았다. 벽이 희미해서 그 끝이 보이지는 않았다. 제복 차림의 남자는 계속 그의 뒤에서 세 걸음 떨어져 걸었다. 루바쇼프는 그가 자기 목 뒤를 응시하고 있음을 느꼈다. 그러나 고개를 돌리지는 않았다. 그는 조심스럽게 한 발 한 발을 옮겼다.

그들은 복도를 몇 분 동안 걷고 있었다. 아직 아무 일도 일어나지 않았다. 제복 입은 남자가 케이스에서 권총을 꺼낸다면 그 소리가 들릴 것이다. 그러므로 그때까지는 시간이 있고, 그는 아직 안전했다. 아니면 이 남자는 환자에게 몸을 구부리는 사이 자기 소매에 기구를 감추어 둔 치과 의사처럼 일을 진행시킬까? 루바쇼프는 무언가 다른 일을 생각하려고 애썼다. 그러나 고개를 돌리지 않기 위해 온 정신을 집중해야 했다.

재판하는 동안 축복의 침묵이 그를 감싸는 순간 치통이 멈추다니, 이상한 일이었다. 어쩌면 이의 곪은 부위가 바로 그 순간에 터졌는지도 모른다. 그때 그가 그들에게 무엇을 말했는가?

"저는 마지막 시간의 문턱에서 나라와 대중, 그리고 전체 인민에게 무릎을 꿇습니다······."

그러나 그게 어떻다는 말인가? 이 대중과 이 나라가 어떻게 되었다는 말인가? 40년 동안 그들은 위협과 약속 속에서, 테러와 보복을 상상하며 사막을 쫓겨 다녀야 했다. 그러나 약속된 땅은 대체 어디에 있었는가?

이 방황하는 인류를 위한 그런 목표가 정말로 있었는가? 그것이야말로 너무 늦기 전에 그가 대답을 찾고 싶은 질문이었다. 모세가 약속의 땅으로 들어가는 것은 허락되지 않았다. 그러나 그의 발치에서 그 땅이 펼쳐지는 것을 산꼭대기에서 보는 건 허

문법적 허구 351

락되었다. 그러므로 자기의 목표를 눈앞에서 보며 죽는 것은 쉬운 일이었다. 하지만 니콜라스 살마노비치 루바쇼프를 산꼭대기로 데려가지는 않았다. 또한 그의 시선이 닿는 어디에서도 사막과 밤의 어둠 외에는 아무것도 볼 수 없었다.

무엇인가 둔탁한 것이 그의 뒤통수를 쳤다. 그는 오랫동안 그것을 예상했는데, 그만 알아채기도 전에 그를 덮친 것이다. 그는 무릎이 꺾이고 몸이 반 바퀴 도는 것을 느꼈다.

'얼마나 연극적인가. 난 아무것도 느끼지 못하다니.'

루바쇼프는 넘어지면서 생각했다. 그는 차가운 바닥에 턱을 댄 채 널브러져 있었다. 주위가 어두워졌다. 바다가 밤의 표면 위에서 흔들리는 그를 실어 갔다. 기억이 마치 물결 위의 안개처럼 그를 관통해 지나갔다.

밖에서 누군가가 문을 두드리고 있었다. 그는 사람들이 자기를 체포하러 오는 꿈을 꾸었다. 그런데 그가 있는 곳은 어느 나라인가?

그는 실내복 한쪽 소매 속으로 팔을 집어넣으려고 애썼다. 그런데 그의 침대 위에서 그를 내려다보고 있는 것은 누구의 천연색 초상화였는가?

넘버원이었는가, 아니면 다른 사람이었는가? 빈정대는 미소를 지닌 사람이었는가, 아니면 거울과 같이 투명한 눈빛을 지닌 사람이었는가?

형체가 없는 한 사람이 그 위로 몸을 굽혔다. 그는 권총 벨트에서 나는 새 가죽 냄새를 맡았다. 그 사람은 제복의 소매와 어깨에 어떤 기장을 하고 있었나? 그는 누구의 이름으로 검은 권총을 들었는가?

그의 귀에 두 번째 타격이 가해졌다. 그러자 모든 것이 조용해졌다. 수많은 소리를 가진 바다가 다시 거기 있었다. 한 굽이의 파도가 그를 천천히 들어 올렸다. 그것은 멀리서 와서 조용히 계속 나아가는 영원의 속삭임이었다.

'역사'라는 기이한 희극

_번역을 하고 나서

인민들이 지배하거나 지킬 수 있는 개인적 자유의 양은
이들의 정치적 성숙도에 달려 있다.

— 아서 쾨슬러, 번역문, 228쪽

　　아직 살아 있는 영국의 저명한 역사가인 에릭 홉스봄(E. Hobsbawm)이 20세기를 '극단의 시대'라고 지칭했을 때, 이 극단이란 '이데올로기적인 맹목성과 그로 인한 정치적 파행' 정도로 해석될 수 있을 것이다. 이 이데올로기적 맹목성으로 인한 대립은 크게 보면 동서 진영 — 공산주의와 자본주의의 대치에서 나타나지만, 작게 보면 1917년 10월 혁명 후에 러시아에서 전개된 공산주의 내부의 여러 왜곡된 사건에서도 잘 확인된다. 이 변화의 중심에는 1926년 이후 시작되는 스탈린의 독재 그리고 그에 이은 모스크바 재판이 있다.

모스크바 재판(1936~38년)은 아마도 한 사회의 정치 엘리트가 생각을 달리하는 정치 엘리트를, 그것도 전쟁 기간이 아닌 평화 기간에 체포, 감금, 유배, 처형시킨 역사상 최대의 야만적인 사건일 것이다. 이 기간에 수천 명에 이르는 혁명 1세대 구파(옛 볼셰비키주의자들)는 거의 다 숙청되고 만다. 아무리 이념적으로 옳고 실천적으로 모범을 보였다고 해도, 당의 공식 정책이나 스탈린 같은 1인 우상화에 위배되는 것이라면, 그것은 가차 없이 처벌받거나 처형되었다. 원래 순수했던 혹은 순수하다고 다들 믿었던 이상적인 이념이 시간이 갈수록 불합리와 불평등을 제거하기보다는 스스로 권력화하면서 자유를 억압하고 인간성을 말살시키는 유령으로 둔갑해 버린 것이다. 이런 변질은 제2차 세계대전과 1956년 흐루쇼프에 의한 스탈린 격하 운동으로 이어졌고, 급기야는 1989년 동서 붕괴를 야기하고 만다. 아서 쾨슬러의 문제의식 또한 이런 자장 안에서 움직인다고 할 수 있다.

소설가이자 저널리스트이고 에세이스트인 아서 쾨슬러는 1905년 부다페스트에서 헝가리 유대계 부모 아래 태어났다. 어린 시절 그는 오스트리아에서 교육을 받았고, 청년 시절 저널리즘 활동을 시작한 이래 1931년에는 독일 공산당에 참가했으나 1938년 환멸 속에 탈퇴한다. 생애의 말년에 그는 파킨슨병을 앓았고, 1983년 런던에서 자살로 생을 마감한다. 죽는다는 것 자체가 두려워서가 아니라 '죽어 가는 과정에서 자신의 몸과 마음을 제어할 수 없다는 데서 오는 모욕감 혹은 창피함으로 고통받길 원치 않은' 까닭이다. 자살 노트에는 그렇게 적혀 있다.

쾨슬러 역시, 1920~1930년대의 유럽 지식인들이 대개 그러했듯이, 러시아혁명의 이념적 순수성과 정치적 비전에 동의했고, 그래서 초기에는 당 활동에 열성적으로 참여한다. 그 당시 많은 지식인은 자본주의사회에서 자행된 민중 착취에 도덕적 분노를 느꼈고, 이런 분노가 인간적 공동체에 대한 염원으로 이어졌으며, 염원은 만인 평등을 지향하던 공산주의에 대한 기대로 어렵지 않게 바뀌곤 했다. 그러나 파시즘의 등장은 지식인들의 이런 낙관주의에 찬물을 끼얹게 된다. 특히 히틀러-스탈린 사이의 불가침조약(1929년)과 모스크바 재판을 겪으면서 많은 좌파 지식인은 극심한 배신감과 절망감에 빠져들게 된다. 쾨슬러 역시 1935년 이후 당과 결별하면서 공산주의를 비판하는 작가로 활동한다. 『한낮의 어둠』은 바로 이 무렵에 있었던 모스크바 재판을 배경으로 쓰인 20세기의 대표적인 체제 비판 소설이라고 일단 말할 수 있다.

『한낮의 어둠』의 주인공인 루바쇼프는 옛 볼셰비키 지도자의 한 사람으로서 평생 혁명운동에 헌신했지만, 당 내외의 많은 지도자(부하린이나 트로츠키 같은)가 그 당시 그러했듯이, 결국 숙청되고 만다(실제로 루바쇼프의 모델은 부하린이라고 전해지지만, 그러나 작품 안에서 러시아나 소비에트 연합과 같은 단어는 언급되지 않으며, 스탈린도 그저 '넘버원'으로 암시될 뿐이다). 이 작품은 이념적 명분과 삶의 실제 사이의 간극과, 이런 간극 속에서 파멸해 가는 과정을 루바쇼프의 투옥과 심문, 공개재판과 처형의 순서로 보여 준다. 이때 이야기를 끌고 가는 것은 투옥된 루바쇼프다(여기에는 스페인 내전에서 겪은 작가의 옥살이 경험이 한몫했을 것이다).

『한낮의 어둠』은 크게 두 줄기의 이야기로 되어 있다. 한 줄기는 루바쇼프가 체포되기 전에 만났던 사람들과의 일을 회상하는 장면이고, 다른 한 줄기는 감옥 안에서 일어나는 세 번에 걸친 심문 과정이다[이 점에서 이 작품은 카프카의 『소송』(1925년)과 깊은 의미에서 이어진다고 할 수 있다]. 앞의 장면에 리하르트나 리틀 뢰비 혹은 알로바가 자리한다면, 뒤의 장면에는 그의 친구이자 혁명 동기인 이바노프와 그들 뒤 세대를 대표하는 글레트킨이 있다.

1. 당-집단-이념의 폭력

루바쇼프는 감옥 밖에서 활동할 당시에 만났던 여러 사람 — 독일 남부에서 활약하던 청년 리하르트나, 벨기에 항구에서 부두 노동자의 책임자로 살아가는 리틀 뢰비 그리고 연인이었던 알로바와의 일을 떠올린다. 이들은 모두 당의 이름으로 희생된 사람들이다. 당의 활동에서 개인적 동기나 양심은 중요하지 않다. 당은 개인의 자유의지나 선택의 권리 그리고 선악의 판별을 허용하지 않기 때문이다. "무한한 것은 정치적으로 의심스러운 양이었고, '나'는 의심스러운 질이었다. 당은 그 존재를 인정하지 않았다. 개인이란 단지 '1백만 명을 1백만 명으로 나눈 것'으로 정의되었다"(341쪽). 그리하여 개인은 무조건 복종해야 하고, 전체를 위해 희생해야 하며, 자기의 목소리를 죽여야 한다. 리하르트가 제거된 이유는, 그가 만든 팸플릿에 당의 패배나 재난이 언급되었기 때문이다. 집단적·공적 이데올로기의 신봉자가 되지 않으면, 사람은 전체주의 국가에서 살아남을 수 없다. 그러므로 중요한 것은 오직 하나 — 당 노선의 이탈 여부이고, 이탈하면 죽음이라는 처벌을 받아야 한다.

당은 '인간의 두개골에 있는 사적 영역'을 결코 인정하지 않는다. 이것을 작가는 '문법적 허구'라고 지칭한다. 문법적 허구란 사적이고 비논리적이며 개체적으로 특별한 것이다. 이것은, 당의 차원에서 보면 없거나 사소한 일일 수 있지만, 해당 개인에게는 목숨이 걸린, 따라서 절대적으로 중대한 일일 수도 있다. 어떤 일로 목숨을 걸거나 잃는다면, 그것은 결코 허구가 아니라 현실이고, 가상이 아니라 실질이다. 이 실질적 현실을 무시한다면? 그러면 당은 부당하게 된다. 당이 "곪아 가는 상처와 선혈의 낙인으로 뒤덮"여(85쪽) 있다면, 그것은 어떻게 되는 것인가? 그리하여 루바쇼프는 심문 과정을 겪으면서 현실을 기존과는 다르게 생각하기 시작한다. "확실한 것은 어디에도 없었다. …… 역사는 하소연하는 이들의 턱뼈가 떨어져 먼지가 될 즈음에야 판결을 내렸다"(28쪽).

첫 번째 심문에서 이전 동료인 이바노프는 거짓 자백서에 서명하도록 루바쇼프를 설득시키려고 한다. 그는 혁명의 와중에 일어나는 사소한 일에 대해 가능한 한 감정을 배제하고 판단한다. 그는 연민이나 도취를 '인류의 병리학적 의존'이라고 규정하면서 그 위험을 경계한다. "인간성을 잃었다고 슬퍼하거나 통곡하는 것에 대한 인류의 병리학적 의존을 자넨 잘 알 거야. 우리의 가장 위대한 시인들조차 이런 독약으로 자신들을 파괴했지. 그들은 마흔 살 혹은 쉰 살에 이르기까지 혁명가였네. 그러다가 연민으로 소모되었고, 세계는 그들이 성스럽다고 선언했지"(207쪽). 폭력을 단념하고 자기와 화평하는 것이야말로 그에게는 가장 위험스런 짓이다. "스파르타쿠스에서 당통과 도스토옙스키에 이르기까지 가장 위대한 혁명가들도 이 유혹 앞에서 무너졌어. 그것이 바로 대의명분을 저버리는 고전적 형태의 배반이지. 신의 유혹은 늘 사탄의 유혹보다 인류에게 더 위험했네"(208쪽).

이바노프의 생각은 강력해 보인다. 그는 대의의 순수성을 위해 연민을 배격하고 폭력을 옹호하고자 한다. 이런 생각은 물론 문제가 있다. 그러나 이런 생각을 갖지 않을 수 없게 만드는 세상의 무자비함에 대한 그의 도저한 직시는 예리해 보인다. "혼란이 세상을 지배하는 한 신은 하나의 시대착오네. 그리고 자기 양심과의 모든 타협은 배반이지. 저주받은 내면의 목소리가 자네에게 말을 건다면, 귀를 막아 버리게"(208-209쪽). 이바노프는 역사에서 진리의 존재를 부정한다. 오히려 그는 이 현실에 양심이나 도덕이 없다고 보는 게 더 정직한 것이라고 여긴다. "은화 서른 닢에 자기를 파는 건 정직한 거래야. 그러나 자기를 자기 양심에 파는 건 인류를 포기하는 것이지"(209쪽). 그리하여 혼란이 세상을 지배하지 않는 것, 그래서 평화와 사랑의 전언이 세상에서 울려 퍼지는 일은, 그의 판단으로는, 불가능하다. 비폭력이나 화해는, 마치 내면의 목소리처럼, 현실에서는 쉽게 조롱거리가 되는 것이다.

2. 수단이 목적을 정당화한다?

이바노프의 현실관은, 거기에 동의할 만한 구석이 없는 건 아니지만, 그럼에도 그것이 여전히 '목적이 수단을 정당화한다'는 원칙을 정치적 윤리의 유일한 규칙으로 파악한다는 점에서, 문제가 있다(그 점에서 그는 강경파인 글레트킨과 상통한다). 루바쇼프는 이런 이바노프에 대해 목적만의 정당성이 아니라 수단의 정당성도 확보하려는 노력이 필요하다고 반박한다. 순결한 수단의 선택이 정치적 무능을 가져올 수 있고, 그래서 정치와 인본주의는 양립하기 어려운 것이지만, 그럼에도 불구하고 개인에 대한 존중과 사회적 진보를 동시에 행해야 한다고 그는 말하면서 이

어려운 길을 포기하지 않는다.

이바노프는 곧 당의 결정으로 제거된다. 그에 이은 심문의 책임자는 새로운 세대를 대표하는 글레트킨이다. 그는 이바노프보다 더 강경한 인물이다. 루바쇼프는 거짓 진술을 강요하는 이 무자비한 심문자의 요구를 처음에는 거부한다. 그러면서 그가 과거에 만났던 사람들 — 독일 청년 리하르트와 부두 노동자 지도자인 리틀 뢰비 그리고 연인 알로바가 자기 자신 때문에 죽어 갔다는 사실을 뒤늦게야 깨닫게 된다. 그러면서 1인 독재 체제의 본질을 조금씩 인식하게 되고, 이전의 동지들이 모두 이 체제의 하수인들에 의해 제거되었음을 알게 된다. 글레트킨은 그런 하수인의 대표자다. 그는 목적을 위해서라면 어떤 수단도 정당화된다는 논리를 추종한다. 오직 상부의 명령에 의한 집행만 있지, 그 일의 앞과 뒤, 지나간 것과 다가올 것에 그는 아무런 관심도 갖지 않는다. 그래서 루바쇼프는 글레트킨 같은 세대를 두고 '네안데르탈인'이라고 부른다.

목적이 수단을 정당화한다는 악만큼 더 악한 것은 없다. 이 악 때문에 무수한 생명이 죽어 가고, 이 악으로 인해 혁명은 좌초하며, 이 악 때문에 위대했던 이념은 부패하기 시작한다. 많은 혁명가가 죽기 전에 허위 자백을 하게 되는 것은, 이런 자백이 당과 인민에 대한 충성이라고 생각했기 때문이다. 아니 스스로 그렇게 생각한 것이 아니라 그렇게 생각하도록 강요당했기 때문이다. 그러니까 순수한 영혼의 최후 봉사마저 당의 조작으로 악용되어 버린 것이다. 가장 혁명적인 이념은 가장 불순한 거짓으로 기능한다. 마치 합리성이라는 이름 아래 가장 불합리한 일이 자행되듯이.

결국 루바쇼프는 기진맥진하여 거짓 자백에 서명하고 만다. 자기가 비난했던 죄과 — 당의 노선에 반대하는 죄를 저질렀다는 자술서에 스스로 서명함으로써 조국의 반역자라는 낙인을 자기 자신에게 스스로 찍는다. 그러니까 그는 독재 체제의 실상을 폭로하는 것이 아니라 당의 명령에 순응하여, 이 일당독재 정책에 충성을 바치며, 혹은 충성을 바친다고 착각하며 죽어 가는 것이다(이 점에서 루바쇼프의 행동은 스탈린 정책에 맞서 자기 신념을 지키다가 죽는 옛 볼셰비키주의자들이나 트로츠키파들 혹은 부하린과는 다르다고 할 수 있다). 그러나 이와 같은 사람들이 어디 그뿐이겠는가. 루바쇼프의 동료 수감자인 립 반 윙클 역시 자신의 신념 때문에 20년 동안, 그러니까 7천 번의 낮과 밤을 어두운 감옥에서 보내야 했다. 루바쇼프 또한 이 윙클처럼 가혹한 원칙주의자 글레트킨에 의해 제거된다.

루바쇼프는 모세처럼 40년간을 위태로운 현실에서 헤맸지만, 약속의 땅에 들어서는 모세와는 달리 그 땅으로 들어서지 못한다. 그는 축복의 땅이 어딘지 물으며 홀로 죽어 간다. "약속된 땅은 대체 어디에 있었는가?"(351쪽), "그의 시선이 닿는 어디에서도 사막과 밤의 어둠 외에는 아무것도 볼 수 없었다"(352쪽). 진실을 품은 사람은 마치 '원치 않는 이방인'처럼 그 사회에 산다

[1939년 제2차 세계대전이 발발한 후 프랑스 당국이 쾨슬러를 여러 달 억류했을 때, 그에게 붙은 명칭이 바로 이 '원치 않는 이방인'(undesirable alien)이었다]. 혹은 한 사회와 다른 사회를 끊임없이 떠돌아다닌다. 역사는, 작가가 쓰고 있듯이, "기이한 희극"(grotesque comedy)에 지나지 않는 것이다(240쪽). 아니 어쩌면 이렇게 써야 할지도 모른다. 희극인지 비극인지 알 수 없는, 그리하여 희한한 사건들이 현실에서는 무대를 바꿔 가며 속출한다.

무대 위에서 일어나는 사건만 보고 그 뒤의 기계장치를 보지 못한다면, 우리는 늘 휩쓸리게 마련이다. 어둠을 응시한 채, 알로바가 끌려가는 장면을 떠올리며 루바쇼프는 이렇게 되뇐다. "벽으로 차단된 이 벌집 같은 감방 안에 갇힌 2천 명은 지금 무엇을 하고 있을까? 정적은 그들의 들리지 않는 숨소리, 보이지 않는 꿈, 두려움과 열망의 억눌린 헐떡임으로 부풀어 올랐다. 만약 역사가 계산의 문제라면, 2천 가지 악몽의 총량은 얼마나 무거울 것이며, 2천 가지 무기력한 갈망의 압력은 또 얼마나 될 것인가?"(244쪽) 곳곳에 숨죽인 소리와 꿈들, 두려움과 열망이 흩어져 있다. "사람은 자신의 믿음이라는 이름으로만 십자가에 못 박힐 수 있"을 뿐인가(288쪽). 집단의 명령이 횡행하고, 정치가 제대로 작동하지 못한다면, 인간의 현실은 특히 그렇다.

3. 딜레탕티슴이 아닌 정치는 가능한가?

『한낮의 어둠』에서 얘기되는 것은 많다. 그러나 그 어떤 주제건, 그것은 결국 어떻게 사는 것이 인간다운 것이며, 이 인간다운 삶을 위해 사회는 그리고 정치체제는 어떤 식이어야 하는가를 묻고 있는 것으로 보인다. 말하자면 '이성적 삶의 가능성을 위한 정치 윤리적 탐구'라고나 할까. 이것은, 다른 식으로 표현하자면, 좋은 정치 혹은 정치의 가능성에 대한 물음이다. 이런 물음에서 핵심은 민주적 공동체의 조건은 무엇이고, 이런 공동체를 위해 개인은 사회와 어떤 관계에 있는가가 될 것이다. 이것은 어떻게 가능한가?

여기엔 물론 어떤 답변도 쉽지 않다. 답이 있다면, 그것은 단순하지 않을 것이고, 따라서 모순과 역설을 관통하는 것이라야 할 것이다. 그것은 논리나 이성만의 문제가 아닐 것이고, 감성이나 정서의 문제만도 아닐 것이기 때문이다. 얼마나 많은 선의가 혁명의 와중에 악의로 변질되었고, 얼마나 많은 정당성이 부지불식간에 폭력으로 전락하게 되었던가? 그리고 보면, 우선 필요한 것은 자기 자신의 모순 가능성 — 언어와 사고와 행동의 한계를 직시하는 것인지도 모른다. 혹은 작가가 쓰고 있듯이, '수학적 자비심'이 자행하는 무자비함을 경계하는 것일지도 모른다. "그는 마키아벨리와 이그나티우스 데 로욜라, 마르크스 그리고 헤겔을 읽지. 일종의 수학적 자비심에서 그는 인류에 냉정하고 무자비하네. 그는 늘 자기가 가장 싫어하는 것을 하도록 저주받았지. 말하자면, 학살 행위를 없애기 위해 학살자가 되고, 양을 도살하지 않기 위해 그 양을 희생시키고, 인민을 매로 채찍질함으로써 그들이 채찍질당하지 않도록 가르치는, 그래서 신중함이라는 이름으로 모든 신중함을 빼앗고, 인류에 대한 사랑 때문에 인류를 감히 증오하는, 추상적이고 기하학적인 사랑이네"(204-205쪽).

    단순히 선의만으로는 부족하다. 사랑의 선언이나 자비의 설파로 현실이 개선될 수 있는 건 아니다. 정당성만으로 삶이 정당하기는 어렵다. 우리는 모든 선의의 변질 가능성을 의식하고, 이념의 이데올로기화를 경계하며, 논리적 원칙주의가 갖는 무자비함에 주의할 필요가 있다. 그것은 현실을 직시한다는 것이고, 정치의 힘겨움을 인정한다는 것이며, 인간을 단순화하지 않는다는 것이다. 이것은 일반적 태도의 문제이지만, 정치에서는 특히 그렇다. 정치는 모든 도락주의적 서투름을 넘어설 수 있어야 한다. 이것은 작가가 말하는 '문법적 허구' — 비논리적이고 무한하며 침묵하는 것의 영역을 적극적으로 고려할 때, 조금씩 가능하게 될지도 모른다. 올바른 정치는 삶의 전체를 헤아리고, 이 전체가 놓여 있는 제한된 가능성의 조건 안에서 갈등을 조정할 수 있을 때, 조정하려고 할 때, 어느 정도 실현될 수 있을 것이다.

    섣부른 확신은 무조건적인 부정만큼이나 위험하다. 이념은, 그것이 설령 옳다고 해도, 동의나 설득, 검증과 확인의 절차를 거쳐야 한다. 강제된 이념 아래에서는 아무리 고귀한 도덕성도 부패하는 까닭이다. 가치가 부식되고 원칙이 무너질 때, 세계는 불합리의 아성이 된다. 현실의 사건은 물론이고, 사람이 하는 일의 어떤 것은 아무도 모르는 곳에서 시작될 수도 있고, 누구도 예측할 수 없는 곳에서 끝날 수도 있다. 많은 것은 계산이나 논리를 넘어선다. 수천 개의 악몽, 수백 개의 무기력 혹은 수만 개의 좌절은 측량할 수 없는 것이다. 믿음과 확신과 이념과 주의의 정당성을 우리는 언제나 다시금 물을 수 있어야 한다.

모든 문제의식은 모든 낙관주의를 문제시하는 가운데 견지되어야 한다. 그것이 있을 수 있는 실수나 불필요한 환멸을 줄이는 길이다. 손쉬운 낙원은 어디에도 없다. 단순 소박한 것이 필요하다면, 그것은 신념의 고갱이로서 그렇지 그에 대한 이해나 방법이 그런 것은 아니다. 신념에 대한 접근 방법이나 절차는 가능한 한 복합적이고 다층적이어야 한다. 이런 탄력적인 시선으로 우리는 현실과 만나 대결하고 싸우며 응전해야 한다. 역사의 합리성과 이성적인 질서, 나아가 자유로운 개인과 그 책임에 대한 탐구는 정치나 문학만의 문제가 아니라, 삶을 사는 모든 인간이 시민으로서 부대껴야 하는 일반적인 문제다. 비판과 계몽, 각성과 일깨움은 여전히 절실하다. 수감자 립 반 윙클이 감옥에서 거듭 흥얼거리던 가락도 바로 이것이었다. "일어나라, 너희들 땅 위의 비참한 자들이여." 깨어 있음, 일어남, 일어나 도전하는 것은 삶의 '영원한 가락'이어야 마땅하다. 우리는 깨어나야 한다. 그렇지 않다면, 태곳적 야만상태는 반복될 것이다.

4. 절제된 언어, 철학적 통찰

쾨슬러의 『한낮의 어둠』은 흔히 조지 오웰의 『동물 농장』이나 알렉산드르 솔제니친의 『수용소 군도』와 더불어 공산주의 독재정치 체제에 대한 20세기의 가장 뛰어난 작품으로 거론된다. 아마 이 작품만큼 정치적으로 큰 영향을 끼친 작품도 드물 것이다. 그것은 30여 개가 넘는 언어로 번역되었다.

그러나 『한낮의 어둠』은, 나의 판단으로는, 단순히 반스탈린적 고발물이나 혁명적 독재 체제에 대한 비판적 작품으로만 여겨지지 않는다. 이 작품을 정치소설의 차원에서만 받아들인다면, 그것은 지나치게 좁은 관점이라고 하지 않을 수 없다. 뛰어난 작품은 일정한 관점에서 볼 수 있으면서도 이런 관점의 제약을 넘어 다른 여러 차원을 드러내 보이기 때문이다. 이 작품은 집단 체제에 대한 비판이면서 개인의 내밀한 심리에 대한 실존적 탐구이기도 하고, 개인적 자유의 억압에 대한 고발이면서 이때의 고발이 우주론적 넓이와 신학적 함의까지 내포한다. 그것은 서사적 흐름의 긴장을 처음부터 끝까지 유지한다는 점에서, 또 문제의식의 포괄성이나 언어적 절제 그리고 철학적 통찰이 각별하다는 점에서, 훌륭한 소설의 모범적인 예로 보인다. 몇 가지 예를 들어 보자.

대중의 정치적 성숙도가 하나의 절대적 수치가 아니라 "오로지 상대적으로, 즉 그때그때 문명의 단계에 비례해 측정될 수밖에 없다"(229쪽)라거나, 인간의 고통을 생물학적 고통과 사회적 고통으로 나눈 다음, "혁명의 유일한 목적은 무의미한 고통의 철폐"라고 한다면, "이 두 번째 고통을 제거하는 일은 첫 번째 고통의 총량이 한때나마 엄청나게 증가하는 대가를 치르고서야 가능하다는 사실이 입증되었다"라고 적는다든지(338쪽), 비상사태를 주기적으로 조성함으로써 정치가들은 인본주의의 실천을 무한적으로 유예시킨다는 다음의 지적이 그렇다. "기독교가 국교로 확립된 이래 기독교적 정책을 실제로 따랐던 예를 자네는 단 하나라도 알고 있는가? 아마 하나도 찾아낼 수 없을 거야. 곤궁의 시간이면, 정치란 주기적으로 곤궁의 시간에 처하지만, 지도자는 예외적 방어 조처를 요구하는 '예외적 환경'을 늘 불러낼 수 있었네. 국가와 계급이 존재한 이래로 그들은 상호적 자기방어의 항구적 상태에서 살고 있지. 그리고 이러한 상태로 말미암아 인본주의의 실천은 언제나 미루어질 수밖에 없고……"(214쪽). 그렇다. 인본적 실천은 즉각적으로 행해지는 것이 아니라 '언제나 다른 시간'으로 유예될 뿐이다.

혹은 그보다 더 단순한 것으로 한 노인의 종말에 대한 다음의 묘사도 그 예가 될 수 있을 것이다. "분명 그 노인은 어디론가 끌려갔을 것이다. 그러나 아는 사람은 아무도 없었다. 누더기가 다 된 가련한 나방 한 마리가 정해진 생애를 넘어 기적적이고도 쓸모없이 살아남아 철 지난 계절에 다시 나타났다가, 눈이 먼 듯 푸드덕거리며 몇 바퀴를 돌더니, 구석에 떨어져 먼지가 되어 버린 것이다"(233쪽). 이 대목에 이르면, 우리는 이 소설이 이미 정치 소설적 차원 — 이데올로기 비판적 주제를 넘어서고 있음을 확인하게 된다. 그것은 인간성을 압살하는 가공할 정치체제나 혁명 이념의 부패를 비판하는 것이면서도 그 이상 — 말하자면, 인간의 삶이 어디로부터 와서 어디로 가는 것인가에 대한 어떤 근원적 성찰로 이어지는 것이다[작가는 『한낮의 어둠』에서도 '대양적 감정'(oceanic feeling)을 말하고 있거니와, 자살하기 전에 쓴 노트에서도 이 대양적 감정이 어려운 시기에 자신을 지탱해 주었다고 고백하고 있다]. 우리는 사회적 질서의 이성적 구조를 고민하면서도 동시에 이를 뛰어넘는 차원 — 삶의 무한성도 헤아리는 정치적 가능성을 염두에 둘 필요가 있다. 물질과 시간과 공간의 한계를 뛰어넘는 자유의 가능성을 생각할 수 있다면, 이때 갖게 될 정치 윤리의 사회적 제도화 구상도 좀 더 유연해질 것이기 때문이다.

그러나 이러한 깨달음은 대개 늦게야 찾아온다. 역사의 진전 속도는 너무도 느린 것이다. "역사의 맥박은 느렸다. 인간은 햇수로 계산했지만, 역사는 세대로 계산했다. 아마 지금도 창조의 둘째 날에 불과할지도 모른다"(344쪽). 인간은 '경제적 숙명성의 기호' 아래에서만 살지 않는다. 그를 제약하는 주된 요소는 경제와 정치이지만, 그 밖에도 여러 분야가 있다. 경제학과 철학, 정치학과 천문학, 생물학과 신학, 물리학과 형이상학은 인간의 삶에서 서로 분리될 것이 아니라 함께 하나로 만나야 한다. 상부구조와 하부구조는 나날의 삶 속에서, 지금 여기의 활동 속에서 함께 고려되어야 한다. 그렇지 못하다면, 그것은 어느 한편으로 편향되기 쉽고, 편향된 제도는 억압적인 강제 체제로 변모한다. 이 체제 속에서 인간은, 저지르지도 않은 죄과를 덮어쓴 채, 속죄양으로 죽어 간다. 부자유한 공동체에서 양심적 개인이 할 수 있는 일이란 '침묵 속에 죽어 가는' 일밖에 없을지도 모른다.

아무리 진리보다 거짓이 역사에 더 봉사한다고 해도, 금송아지를 숭배할 수는 없다. 좋은 사회의 민주적 공동체란 침묵, 무한성, 개인성의 애매함과 곡절한 사연 그리고 삶의 경외감과 신비까지 허용하는 체제다. 알 수 없는 것을 알 수 없는 것으로 인정하고, 각 개인의 환원될 수 없는 고유성을 존중하는 것은 이성적인 사회의 바탕이며, 이런 알 수 없음에도 불구하고 이 미지의 타자를 이해의 영역으로 번역해 내고자 하는 것은 각성된 시민사회의 문화적 징표다.

번역서로 역자가 선택한 책은 Arthur Koestler, *Darkness at Noon* (Vintage, 2005)이다. 원래 이 작품은, 쾨슬러 자신의 복잡한 삶 때문에, 처음에는 독일어로 쓰였고, 이 독일어 원본을 바탕으로 영역되어 출간되었다. 그런데 그사이 독일어 원본이 상실되는 바람에 다시 영어에서 '일식'(Sonnenfinsternis)이라는 제목으로 독일어본이 재번역되었다. 한국어 번역본(A. 케슬러 지음·최승자 옮김, 『한낮의 어둠』, 한길사, 1981)이 있다는 것은 초벌 번역이 퇴고된 다음에야 알게 되었는데, 그럼에도 유용한 도움을 받았다. 최승자 시인께 감사의 말씀을 드린다.

역자는 이 작품을 2008년 9월에서 11월까지 3개월에 걸쳐 거의 매일 저녁 세 시간 정도 읽으면서 보냈고, 평일에는 자투리 시간에 그리고 주말에는 하루 종일 그렇게 읽은 것을 타이프 쳤다. 늘 그렇지만, 날이 갈수록 호락호락한 것은 삶에 더 드물어지는 것처럼 보이는데, 이 책을 저녁마다 읽는 것은 내게 큰 힘이 되었다.

책을 내 준 후마니타스와 박상훈 대표 그리고 편집부 사람들께도 고마움을 전한다. 나는 이 책이 정치적인 것의 의미나 인간적 삶의 질서 혹은 개인성의 의미를 생각하는 데 그 나름으로 기여할 작품이라고 여긴다.

2010년 8월
문광훈